A
MULHER
PERDIDA

A MULHER PERDIDA

Tim Winton

Tradução de Juliana Lemos

© 1994, Tim Winton
Traduzido do original em inglês:
The Riders

Tradução: Juliana Lemos
Revisão de tradução: Melissa Antunes de Menezes
Produção gráfica: Katia Halbe
Imagem de capa: © Peter Turnley / Corbis / Latinstock
Capa: Miriam Lerner
Diagramação: Join Bureau

CIP-Brasil. Catalogação na Fonte
Sindicato Nacional dos Editores de Livros, RJ

W749m
Winton, Tim
    A mulher perdida / Tim Winton ; tradução de Juliana Lemos. – São Paulo : Paz e Terra, 2009.

    Tradução de: The riders
    ISBN 978-85-88763-10-4

    1. Romance australiano. I. Lemos, Juliana. II. Título.

09-4161   CDD 828.99343
                                                          CDU: 821.111(94)-3

GRUPO EDITORIAL PAZ E TERRA
Editora Argumento
Rua do Triunfo, 177
Santa Ifigênia, São Paulo, SP – CEP: 01212-010
Tel.: (11) 3337-8399
e-mail: vendas@pazeterra.com.br
home page: www.pazeterra.com.br

2009
Impresso no Brasil / Printed in Brazil

Para Denise

Agradecimentos

Várias pessoas me ajudaram com este livro. Os primeiros esboços tiveram o apoio do Literature Board of Australia Council e de Marten Bequest. Meus sinceros agradecimentos a Joe Sullivan e ao som de suas botas sobre o cascalho todas as manhãs, muito tempo atrás, e também a Denise Winton e Howard Willis por sua paciência, sabedoria e auxílio inestimável. Esta é uma obra de ficção e todos os personagens são fictícios.

Wasted and wounded
It ain't what the moon did
I got what I paid for now
See you tomorrow
Hey Frank can I borrow
A couple of bucks from you
To go
Waltzing Matilda
Waltzing Matilda
You'll go waltzing Matilda with me...[1]

Tom Waits, "Tom Traubert's Blues"

---

[1] Bêbado e ferido/ Não foi o que a lua fez/ Agora colhi o que plantei/ Te vejo amanhã/ Ei, Frank, me empresta uma grana?/ Para que eu possa/ Sair por aí com uma trouxa nas costas/ Sair por aí com uma trouxa nas costas/ Você vai viajar sem rumo comigo... "Waltzing Matilda", expressão usada nessa música de Tom Waits, é título da música popular mais famosa da Austrália. [N.T.]

Um

On Raglan Road on an autumn day
I saw her first and knew
That her dark hair would weave a snare
That I may one day rue...[2]

"Raglan Road" (canção tradicional irlandesa)

---

[2] Em Raglan Road, num dia de outono/ Eu a vi pela primeira vez e soube/ Que seus cabelos negros/ Um dia fariam uma armadilha/ Que eu viria a lamentar... [N.T.]

1

Com o vento norte soprando fortemente às suas costas, Scully estava de pé na porta, farejando o ar. A brisa fria invadia a casa, desvendando cada canto e buraco escuro. Fazia as tábuas do andar de cima gemerem e levantava lascas de tinta das paredes, até voltar e atingi-lo em cheio no rosto, trazendo consigo o cheiro de mofo, mato, fuligem, cocô de pássaro, molho inglês e, também, o odor sepulcral dos mortos e esquecidos. Scully esfregou as solas enlameadas das botas nas lajotas e fechou a porta atrás de si. O barulho repentino causou uma explosão de sons na chaminé: gralhas-de-nuca-cinzenta fugindo de seu abrigo de gravetos na lareira. Com o coração disparado, ficou ouvindo enquanto elas se chocavam contra as paredes, subindo ao céu, em direção ao dia que sumia e, quando elas se foram, ele acendeu um fósforo e o colocou em meio aos detritos. Logo o fogo começou a rugir como uma horda de pessoas na lareira, emitindo uma luz repentina e inconstante. As paredes tinham manchas verdes escorridas, teias de aranha envolviam as vigas no teto e o chão estava repleto de lixo, mas os novos sons e a nova luz no ambiente serviam-lhe de consolo – eram algo com vida naquele lugar, algo além da sua própria respiração.

Simplesmente deixou-se ficar ali, hipnotizado pelo fogo, como se ainda fosse o menino de fazenda de sua infância, observando as chamas consumirem as folhas semifossilizadas, os gravetos, as pinhas. Ali, naquele clarão, viu as grandes queimadas em sua memória, as fileiras de eucaliptos vermelhos que ficavam acesos feito foguetes de sinalização, durante dias a fio, sobre a clareira recém-feita. Agora, as paredes dançavam e grandes pedaços de fuligem em chamas caíam sobre a pedra da lareira. Scully fez um movimento, chutando-as de volta para o fogo, tonto com o fedor do lugar e o pensamento de que ali nascia uma nova vida para ele.

A chaminé estremeceu, sugando o ar, oscilando, e o lixo na casa começou a ferventar. Scully correu para o lado de fora e viu sua nova casa cuspindo fogo contra o céu negro da tarde, a chaminé como uma tocha sobre o vale úmido, onde era possível ouvir seu grito de felicidade ecoando na metade da distância que havia entre ele e as montanhas. Aquela era de fato a sua casa. A casa deles.

Era uma casa pequena, simples feito um desenho de criança, e mais antiga que seu próprio país. Dois aposentos no andar de cima, dois no de baixo. Linhas clássicas, como um modelo saído de livros antigos. Erguia-se solitário sobre o escalpo liso de um morro chamado Leap. Uns duzentos metros abaixo, separados dali por uma fileira de freixos e uma ruazinha ladeada de sebes, havia os resquícios de um castelo gótico; o torreão e as alas decaídas erguiam-se, monolíticos, sobre o vale, com suas fazendas e brejos. De onde Scully estava, debaixo de sua chaminé crepitante, ele podia enxergar toda a área até as Montanhas Slieve Bloom. Ao pé das montanhas, o vale e a colcha de retalhos formada pelas fazendas surgiam como um véu retorcido. Sempre que você olhava naquela direção, era possível ver as montanhas ao longe e o castelo com o canto dos olhos. O vale ficava apertado entre eles; diversas coisas, cores e criaturas desfilavam à sombra das montanhas, e atrás, bem atrás do monte Leap, pairava o mais baixo dos firmamentos.

Não perdeu tempo. Nas poucas horas que restavam daquele breve dia do norte, ele precisava proteger o local das intempéries, então começou a vedar os vidros bambos das janelas e a cortar algumas placas rudimentares de compensado. Arrastou suas ferramentas e materiais para fora do seu velho furgão e colocou uma porta caída sobre dois caixotes para servir de mesa de trabalho. Levou para dentro um balde de aço e um saco de cimento, algumas madeiras grosseiras e latas de pregos e parafusos, além de caixas com diversos cacarecos que ele tinha trazido consigo, atravessando metade da Europa. Perto do fogo, deixou uma frigideira e uma panela de ferro, e sobre o banco ao lado de uma pilha de livros de bolso, meio destruídos, colocou sua caixa de papelão com compras. Deixou todas as malas no furgão. O furgão era uma lata velha, com vazamento, mas pelo menos estava mais seco e mais limpo que a casa.

Alinhou suas ferramentas maltratadas ao longo da parede cheia de infiltrações, o mais perto possível do fogo, e encolheu os ombros. A umidade era absurda! Aquela pequena casa não tinha nem mesmo uma tomada. Resignou-se e conseguiu achar uma colher de pedreiro, fez uma mistura de cimento no balde de aço, colocou sua escada de alumínio contra a parede da frente e subiu na direção do telhado, para vedar as telhas e aproveitar a ausência de chuva e o pouco de luz. Lá de cima, viu todo o vale mais uma vez: o castelo decaído, os terrenos encharcados e os brejos, os pastos e os campos de cevada nos quadradinhos formados por pilriteiros e muros de pedra se estendendo até as montanhas. Suas mãos tinham ficado menos resistentes nas últimas semanas. Sentia as rachaduras nos dedos ardendo por causa da cal e não podia fazer nada além de cantar. Sua animação era tão grande que começou a cantar bem mal a única canção irlandesa que conhecia.

There was a wild Colonial boy,
Jack Dougan was his name...[3]

Fez a letra ecoar pelos campos cheios de lama, improvisando de qualquer jeito os versos que não sabia, e a tensão que sentiu durante o longo percurso que fez até ali começou a se dissipar lentamente. Ele tinha o trabalho manual para acalmá-lo, até a hora em que a única luz que restasse viesse das casas nas fazendas distantes, e o único som fosse o latir dos cães.

Lavou-se à luz da lanterna no pequeno poço ao lado do celeiro e depois entrou para cozinhar batatas. Colocou uma pilha de madeira grossa no fogo e os pedaços de turfa seca que encontrou, e pendurou a panela no suporte sobre o fogo. Depois acendeu três velas baratas e as deixou sobre o peitoril da janela. Ficou ereto diante do fogo durante alguns instantes, sentindo, de repente, o peso do dia. A casa agora estava vedada. Era um começo.

Colocou um dos pés, ainda calçado com a bota, sobre uma pilha encharcada de edições do jornal *Irish Times* e viu, perto do peito do pé:

---

[3] Havia um rapaz louco na colônia/ Seu nome era Jack Dougan... [N.T.]

HOMEM DO PÂNTANO EM CHESHIRE
Homens trabalhando no corte de turfa, em Cheshire, descobriram
Ontem o corpo de um homem que supostamente
Ficou preservado no pântano durante séculos (...)

Scully mexeu o pé e o jornal se desfez como se fosse papel de adubo.

Agora estava quente ali dentro, mas seria necessário passar dias acendendo o fogo para secar o lugar e, mesmo assim, a umidade sorrateira acabaria voltando. Era estranho ser dono de uma casa mais velha que seu próprio país. Estranho até mesmo se importar com o fato, pensou ele. Não existe nada mais estranho do que um homem apaixonado.

Agora as pilhas de detritos estavam de fato cozinhando e o fedor era terrível. Então, com a pá e o ancinho, e com as próprias mãos, ele arrastou para fora, para os fundos do celeiro, casacos apodrecidos e calças de sarja, chapéus de feltro, botas, camisas de flanela, cobertores encharcados, garrafas, rodas de bicicleta, ratos mortos e cartões empenados convidando para uma missa em homenagem ao falecido. Varreu, catou e empilhou mais algumas levas de lixo até a pilha detrás da parede vacilante. O vento norte estava soprando de novo e rodopiava na escuridão, fazendo cantar os cantos mais recônditos do celeiro. Tropeçando na penumbra, foi até o furgão buscar o solvente, encharcou a pilha e pegou os fósforos. Mas o vento soprava e ele não conseguia acender fósforo nenhum e, quanto mais tempo levava, mais pensava no assunto e menos gostava da ideia de queimar os pertences de um homem falecido daquela maneira. Todos os pertences estavam do lado de fora. O resto podia esperar até de manhã.

Em algum lugar, lá embaixo no vale, o gado gemia em seus estábulos. Sentiu o cheiro da fumaça de sua lareira e do vapor terroso exalado pelas batatas que cozinhavam. Viu o contorno de sua casa sob o baixo firmamento. No poço, lavou as mãos entorpecidas mais uma vez e entrou na casa.

Quando as batatas ficaram prontas, ele puxou uma cadeira de bambu para perto do fogo e as comeu, dividas ao meio, com manteiga e pedaços de pão de soda. Abriu uma garrafa de Guinness e tirou as botas com os pés. Eram cinco e meia e já estava escuro lá fora; já estava escuro há quase uma hora. Que hemisfério, aquele. Que dia. No espaço de vinte e oito horas, ele se despediu da mulher e da filha no aeroporto de Heathrow, comprou o furgão-lata-velha de dois hippies na Waterloo Station, pegou suas ferramentas e todas as malas guardadas na casa de um amigo, no norte de Londres, e pôs o pé na estrada, na direção da costa oeste, mal conseguindo acreditar. A Inglaterra ainda estava soterrada pelos detritos e árvores arrancadas pelas tempestades. O lugar todo parecia ter enlouquecido, com tantos policiais e soldados. Ele não tinha rádio e também não tinha lido o jornal. Em Enniskillen, diziam, onze pessoas morreram e sessenta ficaram feridas numa operação infeliz do IRA. Todos os caminhos, ruas, estradas estavam agitados, todos os policiais paravam carros e pediam documentos. A balsa que cruzou o Mar da Irlanda, as estradas que saíam de Rosslare, o percurso atravessando a Irlanda. O mundo todo estava confuso, ou talvez só ele estivesse, surpreso e cansado, hospedado na casa do advogado em Roscrea, visitando seu primeiro supermercado e sua primeira loja de bebidas na Irlanda. As pessoas falavam de Enniskilen, de Wall Street, de tempestades infernais, e ele seguia em frente, bêbado de cansaço, confuso com tantas informações. Deveria haver um limite para o que podemos absorver, pensou. E agora ele estava finalmente em repouso, por dentro, com a vida novamente engatilhada.

O vento castigava o mundo lá fora e ele bebia sua Guinness. A cerveja escura, quente e espumante expandiu seu estômago e ele gemeu de satisfação. Caramba, Scully, pensou ele, não é difícil te agradar. Olhe pra você!

E então, de repente, com a garrafa vazia no colo e os membros esticados diante do fogo que apagava, em um país desconhecido, ele adormeceu e sonhou como um cão.

2

Scully acordou dolorido e gelado. O fogo já tinha apagado há tempos e suas roupas estavam úmidas. Tomou coragem e lavou-se no poço, depois revirou o lixo ensopado de solvente e encontrou um caco de espelho para poder se barbear. Passou a mão no espelho e o colocou sobre o muro de granito. E lá estava ele mais uma vez: Frederick Michael Scully. O mesmo rosto quadrado, os mesmos dentes fortes. O nariz largo com a cicatriz polpuda, pendendo para o lado esquerdo, resquício de uma briga num barco de pesca de lagostas, a mesma briga idiota que fez com que seu olho ficasse torto. O olho funcionava até bem, a não ser que Scully estivesse cansado, mas vacilava um pouco, o que dava a ele um ar amalucado que às vezes deixava um tanto nervosos os desconhecidos, que viam como sinais de má sorte seu cabelo crespo e o rosto bastante castigado embaixo dele. Há tempos ele passou a aceitar o fato de que sua aparência parecia ser a de um assassino que matava a machadadas, de tarado que cheirava bancos de bicicleta. Ele sempre chamava a atenção, como uma privada no meio de um deserto. Assustava os franceses e fazia os ingleses transpirarem. Também não fazia muito sucesso entre os gregos, mas ainda não sabia qual era a opinião dos irlandeses. E que rosto, o dele. Porém quando se olhava para ele de frente, era um rosto doce e bonito, à sua maneira. Era o rosto de um otimista, de um homem ansioso para agradar, feliz em ser útil. Scully acreditava nas infinitas possibilidades da vida. Seus pais viam a vida do mesmo modo que toda a geração deles via; para eles, a existência era a oportunidade de conseguir uma única coisa: você seria fazendeiro, pescador ou açougueiro durante toda a vida. Mas Scully achava que isso não era suficiente. Bastava um pouco de imaginação e um pouco de coragem para refazer a vida quantas vezes fossem necessárias. Quando olhava para trás, para os seus trinta anos, mal conseguia acreditar em sua sorte. Saiu da escola cedo, trabalhou no convés de um barco, passou a ser florista de mercado, vendeu equipamento de pesca, dirigiu caminhões, ergueu tijolos em obras, aprendeu carpintaria sozinho e conseguiu cursar dois anos de arquitetura na universidade. Virou marido e pai, morou fora durante alguns anos, e agora era dono de uma casa em County Offaly, uma casa de camponeses do século XVIII, que estava reformando com as próprias mãos. E, no Ano Novo, ele seria pai novamente. Inacreditável. Viveu todas essas vidas e ainda assim seu rosto era o mesmo. Tantas tentativas, tantos acasos e, mesmo assim, lá estava ele. O velho Scully.

Estava acostumado a ter gente que gostava dele e se magoava quando as pessoas não o compreendiam, mas mesmo na Europa a maioria das pessoas gostava de Scully. Elas levavam exatamente o que compravam, como se diz, mas nunca sabiam ao certo o que estavam comprando – o sujeito idiota da classe trabalhadora casado com uma mulher acima de seu nível, o boêmio peludo com uma linda família, o expatriado vira-lata com sotaque forte, saudoso de sua pátria, cuja patroa era ambiciosa, o pobre-diabo de bom coração que não percebia que um dia ia se dar mal. Ninguém conseguia dizer exatamente o que ele era, então as pessoas contavam-lhe segredos, abriam portas para ele, retornavam suas ligações, o tempo todo se perguntando que diabos ele estava aprontando, dando duro pela Europa afora, sem descanso. As crianças o adoravam; sua filha tinha de empurrá-las quando ele ia apanhá-la na escola. Ele não sabia ser diferente: adorava sua vida.

À medida que a névoa descia dos picos das Montanhas Slieve Bloom, os campos quadriculados abriam-se ao sol e brilhavam com a geada. Scully batia com a picareta, à sombra da parede que dava para o sul. A terra era pesada, cheia de pedras, e então, a cada tantos golpes, ele atingia o granito e o choque percorria seu braço e penetrava seu corpo como o choque das cercas elétricas de sua infância. Suas mãos coçavam por causa da urtiga, seu nariz escorria por causa do frio. A fumaça das chaminés do vale erguia-se ereta no ar.

Na sebe ao seu lado, dois passarinhos aproximaram-se, numa dança de acasalamento. Ele reconheceu a espécie: eram *choughs*, gralhas-de-bico-vermelho. Pronunciou o nome, descansando um momento e esfregando as mãos. Nome estranho. Dois anos ali e ele ainda pensava como se estivesse no hemisfério sul. Sabia que não poderia agir assim para sempre. Devia parar de pensar no mar azul e na areia branca; afinal, tinha de tomar conta de sua nova vida.

Os pássaros aterrissaram sobre uma velha roda de carroça ao lado da sebe para observar Scully e a grande nuvem formada pela respiração que saía de sua boca.

— Pra vocês vagabundos pode estar tudo bem — disse ele. — Mas o resto de nós tem de trabalhar.

As gralhas levantaram o rabo na sua direção e voaram. Scully sorriu e ficou olhando enquanto elas subiam e se entrecortavam sobre a floresta lá embaixo, e depois sobre as ameias do castelo mais além, onde ele as perdeu de vista, seu olho meio virado para a massa negra de torres que circundavam a fortaleza do castelo. Um freixo enorme crescia na ala oeste das ruínas. Em seus galhos nus, ele viu manchas: eram ninhos. Tentou imaginar a árvore na primavera, quando sua nova folhagem devia quase implodir as paredes do castelo.

Voltou para sua trincheira malfeita contra a parede da casa. A casa não tinha uma camada de material impermeável nas fundações, e as paredes do lado de dentro estavam verdes de tanto mofo, principalmente daquele lado, onde o solo havia ficado alto contra a parede. Sem dúvida o lugar estava caindo aos pedaços. Dez anos de negligência quase acabaram com a casa. A parede da cumeeira leste inclinava-se para fora e iria precisar de uma escora, ao menos a curto prazo. Ele não tinha energia elétrica e nem encanamento, muito menos mobília de verdade. Precisaria raspar e selar as paredes de dentro assim que possível. Precisava de uma motoniveladora para limpar séculos de acúmulo de estrume de vaca do curral e uma cerca para impedir que o gado dos vizinhos entrasse em seu modesto campo. Precisava plantar árvores – puxa, o país inteiro precisava plantá-las – e comprar roupas de cama, cobertores, coisas para a cozinha. Um fogão a gás, uma pia, um vaso sanitário. Mas não valia a pena pensar nisso naquela manhã. Tudo o que ele podia fazer era trabalhar com o que tinha à mão.

Scully continuou a golpear o chão, soltando um palavrão de vez em quando, maravilhado com o fato de ainda ser possível gerar faíscas em pedras cheias de lama.

Pensou nas duas, ficou imaginando quanto tempo teria de ficar sozinho. Ele não fazia o tipo solitário e já estava sentindo falta delas. Ficou pensando como é que Jennifer e Billie suportariam ver a Austrália de novo. Difícil voltar para deixar tudo para trás, para sempre. Sentia-se aliviado por serem elas. Ele mesmo teria amarelado. Bastaria que ele colocasse um pé no solo australiano, sentisse o cheiro de eucalipto uma só vez e pronto. Não, era melhor que elas fossem e terminassem tudo. Ele estava acostumado a aprontar as coisas por ali mesmo. Desse jeito, ele conseguia aguentar. Scully só conseguia sentir as coisas até certo ponto antes de agir. Realizar coisas, nisso ele era bom. Principalmente quando elas faziam sentido. E aquilo não era exceção. Fazia aquilo por Jennifer, não adiantava negar, e ela se sentia grata por ele ter encarado o desafio, por ter concordado. Era simples. Ele a amava. Ela era sua mulher. Havia um bebê a caminho. Estavam naquele barco juntos e ponto final.

Trabalhou o dia inteiro para libertar as paredes do solo e da vegetação, arrancando ervas daninhas da argamassa quando cansava de trabalhar com a picareta. Percorreu as mãos cheias de bolhas sobre as pedras antigas e as quinas arredondadas da casa e sorriu: toda a estrutura era torta. Duzentos e cinquenta anos e provavelmente não havia uma pedra reta ali.

Irlanda. De todos os lugares do mundo, a Irlanda, e isso por causa de Mylie Doolin, aquele palhaço.

Scully tinha vindo para a República da Irlanda originalmente para passar um fim de semana, só por respeito. Era o menino do interior dentro dele que queria pagar suas dívidas, colocar os pontos nos "is". Eles iam sair da Europa, finalmente, iam desistir e voltar pra casa. Era como se a gravidez dela fosse o fator decisivo. Na Grécia, ele conseguiu uma passagem de avião barata e foi até Londres, onde as coisas deles estavam guardadas. O vôo da Qantas só sairia dali a alguns dias de Heathrow, mas eles deixaram tudo empacotado e pronto tanto tempo antes, que se sentiam confinados. No fim das contas, Scully sugeriu que eles passassem um fim de semana na Irlanda. Eles nunca tinham ido para lá, então o que custava? Ficariam alguns dias passeando e Scully poderia fazer uma visita para Mylie Doolin, que foi quem os ajudou a sobreviver durante o primeiro ano deles no exterior.

Mal acabou de sair do avião vindo de Perth, Scully começou a trabalhar para Mylie em canteiros de obras fora-da-lei, em toda a Grande Londres. O irlandês robusto comandava um grupo de irlandeses em trabalhos para os quais faltava certa documentação, e que precisavam ser feitos de maneira rápida e discreta em troca de dinheiro vivo. Sem ter onde cair morto, Scully conheceu o bando de Mylie num pub da Fulham Road, na hora do almoço, homens cheios de cal nas mãos e pó nos cabelos, cantando e tomando cervejas em *pints*. Os irlandeses pareceram meio surpresos quando o viram chegar no canteiro-de-obras, mas ele acabou conseguindo uma tarde de trabalho marretando um banheiro em Chelsea e tirando o entulho. Trabalhou feito escravo e, dentro de poucos dias, já era uma figura conhecida. Sem aquele trabalho, Scully, Jennifer e Billie nunca teriam sobrevivido em Londres e jamais teriam escapado de suas terríveis garras. O doido do Mylie o pagava bem, contava mentiras fantásticas e foi responsável pelo sustento deles durante um bom tempo. Scully economizava feito protestante. Nunca se esquecia de um favor. Então, há exatamente uma semana, ele e a família atravessaram de carro o interior da Irlanda, numa Kombi alugada, até a cidade de Banagher, onde, de acordo com Mylie, Anthony Trollope inventou a caixa de correio em formato de pilastra, e onde um ancestral de Doolin recebeu uma anulação papal de seu casamento em cima de seu cavalo. E, foi assim, de maneira totalmente aleatória. Uma viagem até as terras pantanosas. Um desencontro. Uma parada à beira da estrada. Uma casa que ninguém queria e uma passagem para a Austrália que ele trocou por um furgão meio caído e materiais de construção. A vida era uma maldita aventura!

Trabalhou até de noite, sem terminar, e lá debaixo, no vale, das janelas, celeiros e estradinhas enlameadas, as pessoas olhavam para cima e viam aquela cena esquisita: velas na janela do casebre e uma fumaça fantasmagórica saindo da chaminé, onde um sujeito peludo trabalhava feito louco, parecendo cada vez menos um forasteiro rico.

3

Scully golpeava, de cenho fechado, o chão coberto de lama. Seu bom humor se esvaía a cada vez que sentia o suor frio descendo pelas costas enquanto abria, centímetro por centímetro, o último pedaço de trincheira, à luz mesquinha da manhã. Começava a desconfiar que talvez aquele trabalho fosse demais para ele. Afinal, ele não era um profissional tarimbado e estava trabalhando num país cujas regras ele desconhecia totalmente. E fazia tudo sozinho. Toda vez que ele olhava para aquela pilha esquecida de roupas e lixo atrás do celeiro, passava a vê-la como se fosse sua. E será que isso poderia acontecer? Será que, em algum momento no futuro, uma pilha solitária como aquela seria o marco de seu fracasso? Minha nossa, como estava de mau humor naquela manhã. Não era ele mesmo. Viu um vulto correndo morro acima, subindo o cume. Uma lebre. Engraçado como elas estão sempre subindo morros. A lebre se esquivou, pulou em ziguezague e desapareceu em meio às árvores caídas.

Cães latiam no vale lá embaixo. Ele descansou mais uma vez, apoiando-se no cabo liso de castanheira da picareta, e viu um carro, um furgão Renault, pequeno e verde, subir com dificuldade a estrada. Scully jogou no chão a picareta, esperançoso, e atravessou a lama, lentamente, em suas galochas, até a frente da casa, onde, graças a Deus, um furgão da AN POST estacionava. Limpou as mãos em seus jeans enlameados. O motorista desligou o motor e abriu a porta.

— Jesus! — disse, com forte sotaque irlandês, o homem comprido, mal-vestido e sardento, desdobrando-se como se fosse uma maltratada cadeira de descanso de piscina. — O tempo todo eu pensei que fosse mesmo verdade.

Debaixo do boné amarfanhado do carteiro havia um monte de cabelos ruivos e duas orelhas enormes. Scully ficou ali parado, ansioso.

— Então tem mesmo alguém vivendo no casebre do Binchy.

— Isso mesmo. Meu terceiro dia aqui.

— Meu nome é Peter Keneally. Eles me chamam de Pete-Carteiro.

Scully estendeu o braço e apertou a mão sardenta:

— Bom dia — disse, imitando o sotaque irlandês.

O carteiro riu, mostrando seus dentes horríveis.

— Então o senhor se chama F.M. Scully, certo?

— Isso mesmo.

— Ah, então vocês são os australianos...

— Sim, um deles.

— Nossa, vocês já são tão famosos quanto Seamus por aqui. O Jimmy Brereton, que mora ali perto do castelo, disse que você viu esse lugar e comprou em menos tempo do que alguém leva pra dar uma mijada.

Scully riu.

— É. Por aí.

– E que assinou os papéis no pub do Davy Finneran, aliás.
– Sim, foi no ato. E ainda dizem que vocês, irlandeses-comedores-de-batata, é que são burros.

O carteiro soltou uma gargalhada.

– A minha mulher teve... um pressentimento sobre esse lugar – disse Scully, precisando se explicar, por algum motivo, sabendo que nenhuma explicação soaria plausível o suficiente para o que ele fez.

– Bom, imagino que eu não possa rir, então.

Scully encolheu os ombros.

– De fato a ideia parece meio idiota em determinadas horas do dia.

– Ah, mas é um bom lugar aqui em cima, alto e longe de tudo. E o senhor é bem-vindo.

– Obrigado.

Scully arrastou as solas das botas para limpar a lama e agora olhava para o envelope pálido nas mãos do carteiro. Os dois homens ficaram ali parados, num silêncio desconfortável, durante um breve instante.

– Trabalhar dá sede, hein?

Depois de uma longa pausa, Scully percebeu que o homem precisava de uma bebida.

– Você não aceita um *nip*?

– Um *nip*? – perguntou o irlandês, espremendo os olhos.

– Um trago – disse Scully. – Sei que ainda está cedo.

– Ah. Bem... é, ainda está claro.

– Tenho alguns Tullamore Dew lá dentro.

– Sem dúvida é um uísque matinal – disse o carteiro, com uma piscadela.

Entraram, alojaram-se perto do fogo e Scully jogou na lareira um pedaço de cerca podre. Sob a luz pálida do dia, o interior parecia repugnante, desolado.

— Desculpe a bagunça.

— Aquele Binchy sempre foi um velho sujo, que Deus o tenha. Nunca vi esse lugar tão limpo.

— Um dia fica limpo de verdade.

— Sem dúvida, Sr. Scully.

— Pode me chamar de Fred. Todo mundo me chama de Scully, até a patroa.

— Bom, se serve pra ela...

— As roupas dele e todo o resto ainda estavam aqui.

— Uns dez anos, mais ou menos. Tudo ficou aí apodrecendo. Acho que as pessoas tinham medo de tirar daqui. Mas também os irlandeses adoram ter medo de tudo.

— Eu pensei que a família talvez viesse para levar as coisas dele.

— Ele não tinha família, coitado. Era o jardineiro do castelo, como o pai tinha sido. Todo mundo morreu.

— Inclusive o castelo – disse Scully. – Quando foi a última vez que alguém cuidou daquele jardim?

— Ah, queimaram ele na época dos Conflitos. Ninguém mora lá desde aquela época. Os nobres saíram de lá e os Binchy ficaram morando no casebre do jardineiro. Deixaram para eles. Binchy e o pai plantavam batatas e às vezes caçavam. Gostavam bastante de beber, pode-se dizer.

— Toma – disse Scully, pegando a garrafa da caixa de papelão e servindo um pouco nos copos de metal. – Saúde.

— *Slainte*.

O uísque o esquentou todo por dentro. Ele só gostava mesmo de beber depois do anoitecer.

Scully olhou impaciente para o envelope claro na mão do carteiro. Era um telegrama, agora ele via. Encolheu os dedos dentro das botas.

– A sua mulher teve um pressentimento, foi isso?

Scully contorceu-se, ansioso pelo telegrama, feliz com a companhia e um pouco envergonhado com sua própria presença ali. Não conseguia imaginar o que o irlandês pensava dele.

– É, é... Ela ficou toda esquisita e disse que era isso mesmo, que ela sentia como se tivesse estado aqui antes, tipo um *déjà vu*. Teve uma sensação estranha de que era aqui que a gente devia morar.

– Ela é irlandesa, então.

– Não. Não tem nem ascendência. As pessoas costumam falar essas coisas mas... não, nada.

– Bom, você é... com um sobrenome como Scully...

– Bom, talvez um irlandês-do-brejo há muito tempo. Agora, irlandês-do-deserto.

– Rá! Irlandês do deserto! – disse o carteiro, batendo os pés no chão.

O fogo sibilava e crepitava. As paredes suavam, quentes, e a casa tinha o cheiro de um vestiário masculino que foi lavado com sangue de peixe. Scully olhou para as rachaduras pretas nos dedos do irlandês.

– Sabe onde eu posso alugar uma betoneira? Imagino que talvez tenha algum lugar que venda na cidade.

– Betoneira? Na loja do Conor.

– Conor.

– Meu irmão de Birr. Ele é eletricista, mas ele também faz outras coisas, sabe?

– Maravilha. Será que você tem o telefone de lá ou algo assim?

– Aqui, não, mas trago amanhã – disse Pete-Carteiro, repousando o copo com um baque no consolo surrado da lareira. – E naquela lata verde lá fora, no meio da correspondência da República, ainda por cima.

– Olha, também não quero dar trabalho.

– Trabalho nenhum.

Scully ficou olhando para o carteiro enquanto ele lambia os lábios, como se estivesse sentindo o último gosto do uísque, com os olhos fechados contra a luz fraca que atravessava a janela, e se perguntou se algum dia teria o seu telegrama.

– Bom, hora de ir embora – disse o carteiro, dando um tapa no próprio rosto com a parte de baixo da palma da mão. – Ah, já ia me esquecendo – tem uma coisa pra você.

Entregou o envelope e Scully fez o possível para não arrancá-lo da mão dele, de tanta ansiedade.

– Espero que seja boa notícia – disse o carteiro. – Eu nunca gostei de telegramas.

– Obrigado – disse Scully, enfiando o telegrama no bolso e seguindo Pete-Carteiro até a porta.

– Até amanhã de manhã! – disse Pete.

Enquanto o furgão ia embora, o motor sofrendo, Scully rasgou o envelope e o telegrama ao meio, então precisou se agachar na lama para encaixar os pedaços.

CASA À VENDA. CORRETOR DIZ QUE VENDE RÁPIDO. FAZENDO AS MALAS. BILLIE ESTÁ COM A SUA MÃE. VOLTO

ANTES DO NATAL. MANDE TELEGRAMA ATÉ INSTALAR O TELEFONE. JENNIFER.

Uma chuvinha fina começou a cair. Corvos e gralhas-de-nuca-cinzenta subiam e desciam a fortaleza do castelo no meio do vazio envolto em névoa. Scully apoiou o peso do corpo num pé, depois no outro, inexplicavelmente decepcionado.

Era uma boa notícia. Um contato, uma confirmação. Mas com um tom tão sério. Qual foi o resultado do ultrassom? Como é que estava a Austrália? Fazia calor? Aquele calor de verão mesmo? E será que ela estava com tanta saudade quanto ele? Mas era um telegrama, afinal de contas. Não dava exatamente para ser doce e amoroso em um telegrama.

Enfiou o papel no bolso. Estava mesmo acontecendo. Eles finalmente iam poder parar de se mudar e ter um lar, os três. Talvez ela tivesse razão quanto a essa coisa de pressentimento. Talvez ela tivesse sido cautelosa e sensata durante tempo demais. Era uma coisa nova para ela, ser livre.

Era a mentalidade que prevalecia nela desde que foram para o exterior, mas ele admitia que gostava dela do mesmo jeito de antes. Às vezes ela era como uma âncora de salvação, uma influência estável sobre ele, em todos à sua volta. Jennifer não era só uma mulher bonita, disse ele uma vez aos pais dela, que ouviam de cara amarrada, ela também era uma mulher que qualquer um deveria levar muito a sério. Deus do céu, como ele sentia falta dela, das duas. De seus corpos bronzeados de nadadoras e suas vozes de pássaro – até mesmo do som sóbrio e feminino atrás da porta do banheiro quando urinavam. Sentia falta de falar besteira com Billie e as partidas desvirtuadas de Banco Imobiliário que ela prolongava até o máximo, insistindo que eles jogassem de acordo com "as regras certinhas".

Sete anos e meio. Era uma menina inteligente e, mesmo sem considerar seu orgulho de pai, ele sabia que ela era diferente das outras crianças. Ela sentia muito as coisas. Era intensa, precoce, leal. Não levava desaforo para casa e, às vezes, enxergava as coisas com tal clareza que deixava os outros estupefatos. Agora que pensava nisso, ele se deu conta de que passava mais tempo com ela do que com Jennifer. Sentia falta da silenciosa companhia que faziam um ao outro. Entendiam um ao outro, ele e Billie. Às vezes ele se perguntava se Jennifer percebia aquilo, o modo como os dois se movimentavam sincronizados em meio à multidão, num barco, à mesa do café da manhã. Era quase como se se vissem um no outro. Era estranho, como se fosse um dom. Jennifer estava sempre ocupada, mas ela deve ter percebido.

Mais para o fim da tarde, meio tonto e respirando com dificuldade, com as paredes finalmente desenterradas do chão e das pedras, ele se sentou para recuperar o fôlego num toco de madeira atrás do celeiro e viu as coisas de Binchy empilhadas ali, fedendo a solvente. Sacudiu a caixinha de fósforos no bolso, mas a deixou ali mesmo. Por que estragar o momento da vitória? Inclinou a cabeça para trás e deixou o suor escorrer por entre os cabelos embaraçados. De noite ele iria ferver um pouco d'água e tomar um banho de verdade. Faria uma cama com uma porta velha e alguns tijolos. Estava frio demais para dormir nas lajotas de novo. "Se você viver feito um animal, vai começar a pensar feito um!", dizia seu pai. Scully riu de si mesmo. Parecia uma daquelas casinhas sobre árvores de sua infância, aquele fator meio Robinson Crusoé, a busca pelo conforto. Uma caneca de chá o faria ser humano de novo – estava certo disso.

Depois que escureceu, já lavado, alimentado e plenamente satisfeito, Scully resolveu dar uma volta; ele era uma mera sombra se movendo entre os freixos, o vento castigando o topo nu das árvores acima dele. Estava dolorido, feliz, as mãos ainda pinicando por causa da urtiga, as botas cheias de pedras. Viu as luzes das casas nas fazendas lá embaixo no vale e ficou imaginando o que faziam de noite, aquelas famílias. Ele ainda não tinha se apresentado. Aquele era o máximo de distância que ele havia percorrido longe da casa. Mas chegaria o momento. A noite endurecia com o frio. A massa negra do castelo avultava lá embaixo. Scully sugou o ar metálico e ficou olhando as árvores em meio à turbulência do vento, ouvindo o barulho violento que faziam acima dele, contra o céu. Quando virou e olhou de volta para cima do morro, viu as três velas na janela sem cortina. O vento o castigava, penetrando no frio molhado de seus cabelos, mas ele ficou ali um bom tempo, em meio às árvores abaixo do seu terreno, apenas olhando aquelas três velas tremeluzindo na casa vazia.

Naquela noite, em seus sonhos, Scully atravessava correndo um mato alto entre muros e sebes, subindo o morro, com luzes atrás de si e somente a cobertura de grama e a noite à sua frente. E ele corria, sem nunca parar para ver o que estava atrás dele, penetrando cegamente na escuridão.

4

Scully acordou de sobressalto. Barulho de motor constante lá fora. Já estava claro. Desvencilhou-se de seu saco de dormir manchado e foi até a janela, mas só conseguiu ver seu reflexo amarfanhado no vidro coberto de geada. Abriu a parte de cima da porta da frente, sentiu o frio penetrante e viu um caminhão cinzento e imundo escorregando e sambando enquanto descia pelo morro gelado, com a guarda traseira tremulando. Fumaça de diesel no ar. Saiu descalço para o chão congelado e viu duas toneladas de areia contra a parede do celeiro.

E, aparecendo na curva do morro, lá vinha o pequeno furgão verde.

– Bota é melhor, Sr. Scully – disse Pete-Carteiro, saindo do carro para destrancar as portas traseiras. – Numa manhã assim, sem dúvida é melhor usar bota, não acha?

Scully sorriu, contraindo os dedos dos pés sobre a lama endurecida. Ajudou o carteiro a descarregar a betoneira e diversos sacos de cimento.

– Mais barato que correio aéreo, isso aqui.

– Agradeço muito – disse Scully.

– Vão chegar um monte de tijolos em uma hora, e eu mesmo apareço lá pela uma hora para começar.

Scully piscou os olhos, incrédulo.

– Bom, você vai precisar de alguém pra carregar coisas, certo?

– Bom... Eu... Mas você não tem que entregar a correspondência?

– Diversificar, Sr. Scully, é o meu lema. Agora a gente tá na União Europeia, né?

– União Europeia.

– O senhor tá olhando pra nova Irlanda.

– Sério?

– Não, é a mesma merda de sempre, pode apostar. Mas não conta pra ninguém! – respondeu o carteiro, rindo.

Naquela manhã, Scully limpou direito o casebre. Usou a pá, lixou e varreu até que os quatro cômodos simples ficassem limpos o suficiente para que se pudesse andar por eles sem fazer nenhuma careta. Depois reorganizou seu equipamento de maneira que fizesse sentido. Arrastou-se de quatro no chão do andar de cima, marcando as tábuas que precisavam ser trocadas, e examinou o que havia no celeiro, desgostoso, encontrando sacos velhos de carvão, utensílios de cozinha, algumas madeiras decentes e outra porta larga, a qual ele colocou sobre blocos para melhorar sua cama temporária. Atrás do celeiro, viu novamente as coisas de Binchy e tirou da pilha um pequeno terço negro, que ele pendurou com um prego sobre o consolo da lareira, na parede. Ao lado do terço estava uma reprodução em preto e branco dos três, Jennifer, Billie e ele, uma foto tirada por uma amiga num dia gelado, na Bretanha. Ficou olhando para a foto durante um bom tempo, lembrando-se do dia. A amiga parisiense deles, Dominique, usou a Leica o fim de semana inteiro. Tirou tantas fotos que eles começaram a ficar *blasé* e passaram a fazer poses. Aquela foi tirada no cemitério de St. Malo. Todos os três estavam rindo. O cabelo negro de Jennifer estava solto, debaixo de uma boina. O seu cabelo e o de Billie pareciam copas de árvores iguais, uma folhagem insana que fazia parte da mesma floresta. Era uma ótima foto. Os três posaram juntos, como se fossem uma forma só. Logo atrás deles estava a cruz com círculo dos celtas, a pedra com muitos detalhes talhados, rostos de santos e pecadores entrelaçados. Era bonita, tão bonita que dava aos três uma aparência digna. Dominique sabia bem o que estava fazendo. Sabia tirar fotos. Iam sentir falta dela. Metade do que acontece quando você viaja é simplesmente sentir falta de coisas, sensações, pessoas. Ele sentiu falta de tanta coisa, durante tanto tempo e com tanta intensidade, naqueles últimos anos, que mal conseguia pensar no assunto. E ainda sentiria falta delas, e da pior maneira, até o Natal.

 Tocou a fotografia. O carvão queimava desbragadamente na grade da lareira. A casa começou a esquentar e a secar. Scully saiu para examinar a parede da cumeeira.

5

A porta desliza, enclausurando as vacas cabisbaixas que fazem esterco, e o homem de boné de tecido se vira para olhar o andaime contra o casebre de Binchy e duas pessoas debaixo dele, como dois ogros sobre o morro. O céu tem cor de peixe, uma cor de sexta-feira, por Deus, e as árvores, nuas, erguem-se desoladas. É o Pete-Carteiro que está lá em cima com aquele sujeito peludo que tem amor nos olhos.

Ele percorre os dedos pelo colete em busca do cigarro úmido que estava guardando. O fedor da silagem queima sua garganta e ele acende o cigarro para aliviar.

É amor, sem dúvida. Jimmy Brereton, solteirão até morrer, sabe reconhecer um homem arruinado pelo amor, enfeitiçado por uma mulher. Dava para ver no dia em que eles apareceram naquela Kombi caindo aos pedaços. Ela com o cabelo parecendo uma bandeira negra, as mãos sobre as pedras lisas das paredes de Binchy, como se a casa pulsasse em febre, e ele, peludo como nada mais sobre a face da Terra, à sua espera, os olhos cheios de irreparável expectativa, igual a uma gazela. Os grilhões do casamento, todo um universo de toalhinhas decoradas, cortinas de renda e misteriosas mazelas femininas, ali na cara dele, e ele alegre como só, dócil, dócil feito um carneirinho que vai ser abatido, o pobre-diabo.

Jimmy Brereton dá pequenos chutes no ar para se livrar da bosta em suas botas e fica observando a cena. Ele queria que eles descessem e derrubassem aquela praga horrorosa de castelo de seu campo enquanto o governo dormia em Dublin. Aquilo é um perigo pra todo mundo. Com um vento norte violento, pedras e escombros caem da fortaleza com toda a força, e não dá mais para deixar as vacas entrarem lá fugindo do mau tempo, já que elas podem ser atingidas em cheio na cabeça com um pedaço da história celta. Ele dá graças a Deus e a Arthur Guinness por dormir bem à noite e não ficar pensando demais nas coisas que viu por aqueles lados, durante todos aqueles anos. Coisas de arrepiar os pelos do braço, como se cada um daqueles pobres coitados emparedados vivos, servidos de comida para os porcos e enterrados nos porões daquele lugar, estivessem dando sinais de vida. Às vezes dava para ouvir vozes trazidas pelo vento e pedras caindo no chão, fazendo um barulho como se fossem homens. Gritos estridentes, cheiros horríveis, um pandemônio de corvos, luzes vindas das montanhas, um conjunto de luzes agrupadas que ele não busca mais com os olhos. Não tem nada de loucura ou bebedeira nisso, embora ele abuse bastante do álcool. Todas as pessoas do vale têm medo do lugar. Ele se lembra de quando esteve ali com seu próprio pai, vendo o padre de Limerick gritando coisas em latim na direção da fortaleza, balançando as velas na direção de ninguém específico. Nenhum Brereton, adulto ou criança, ousaria entrar depois de anoitecer naquele lugar maldito. Aquilo era uma praga no seu terreno, algo que o fez se aposentar cedo, que o transformou num homem que toma seis *pints* de cerveja quando o sol se põe. Mas ele não se sente infeliz. As coisas poderiam ter sido piores. Ele poderia ter se casado com Mary Finneran, em 1969, em vez de dar pra trás como qualquer homem que se preze. Poderia ter tido um irmão como o de Peter Keneally, em vez de parente nenhum. Poderia estar ali naquele morro com aqueles dois doidos, tentando resgatar o que já estava perdido, trabalhando feito cão.

Dócil, aquele lá. O sujeito cabeludo com o cocho de pedreiro sobre o ombro e amor nos olhos.

Jimmy Brereton retira-se para seus aposentos, para ficar em companhia do Sr. Guinness.

6

Assim que anoiteceu, Scully e Peter Keneally deitaram a última pedra do reforço das paredes e ficaram de pé, resfolegando, sobre o andaime improvisado.

— Pronto, isso aí tá segurando ela. Amanhã a gente põe o reboco — disse o carteiro.

Scully riu e descansou a testa contra a calha. Sem dúvida o sujeito trabalhava! Eles mal se falaram durante toda a tarde e agora o carteiro parecia querer recuperar o tempo perdido.

— Então, onde foi que você aprendeu a trabalhar feito irlandês?

— Em Londres, acho — disse Scully, olhando para o vale lá embaixo. Era bonito, de uma maneira estranha, organizada, europeia.

— Minha nossa, trabalhar pros ingleses!

— Não, era um irlandês, na verdade — disse Scully, descendo.

— Eu fui pra Londres uma vez.

— Uma vez já basta.

— Ah, sem dúvida.

Pete encaixou as colheres de pedreiro, fazendo um ruído metálico, e eles foram na direção do poço.

– Trabalhei com uns caras de Offaly. Pode-se dizer que eram caras durões. A gente fazia trabalho em troca de dinheiro vivo, sabe? Trabalho com papelada faltando, digamos assim.

–Tipo esse aqui, você diz?

Scully sorriu.

– Vamos entrar e tomar alguma coisa, eu estou congelando.

No poço, enquanto lavavam a argamassa dos braços, Peter cantarolou uma música, mas de boca fechada, só na garganta. No escuro, ele soava como um velho, e Scully se deu conta de que não tinha ideia da idade do carteiro. O carteiro parou, de repente.

– Qual é mesmo o nome dela? Da sua mulher?

– Jennifer.

– Dizem que ela é bonita.

– Esse pessoal daqui é rápido, hein?

O carteiro deixou sair uma risada rouca.

– Mas é mentira?

– Não, estão certos.

– Então você é um homem de sorte.

– Meu amigo, ela é uma mulher de sorte.

Entraram na casa, cansados e rindo, dirigindo-se até o calor que saía em espirais da lareira. Scully serviu uma cerveja preta para os dois e eles se sentaram numa cadeira e numa caixa para ouvir o chiado do fogo. Scully escreveu uma mensagem de telegrama na parte de trás de um envelope: BOAS NOTÍCIAS. TUDO BEM POR AQUI. MANTENHA CONTATO. AMO VOCÊS. SCULLY.

– Telegrama? Eu mando pra você.
– Mesmo?
– Vocês têm cobras lá na Austrália? – perguntou Pete.
– E como. Nada de São Patrício por lá.
– Cobras venenosas?
Scully sorriu e respondeu:
– Cascavéis, corais, cobras-tigre. Uma vez uma cobra-tigre foi atrás de mim e me seguiu até o curral.
– Elas são rápidas, então?
– Eu estava de moto.
– Deus do céu!
– Cobras e tubarões – disse Scully, gesticulando.
Entregou para Pete o envelope sujo.
– E também canguru pulando pra lá e pra cá. Deus do céu!
Scully riu.
– Mas nada lá é tão imprevisível quanto um irlandês. Vou te falar, aqueles caras irlandeses em Londres eram bem doidos. Do tipo que bate e pergunta depois.
– De Offaly, não é?
– É. O chefe era de Banagher.
Pete lambeu o lábio inferior, descruzou as pernas lentamente e repetiu:
– Banagher.
– É. Talvez você até conheça o sujeito.
Pete engoliu em seco.
– Talvez.
– Se chama Doolin.
– Mylie – disse o carteiro, num sussurro.
– Você conhece ele, então?

– Jesus, Maria e José.
– O palhaço acabou sendo preso, em Liverpool.
– É, ouvi falar que... prenderam ele.
– Problemas com sonegação, acho.
– O senhor não precisa fingir comigo, Sr. Scully.
– Hã?
– A gente não quer ter problema por esses lados. Digo, por aqui somos boa gente católica, mas...

Scully olhou para ele. O homem estava pálido.

– A gente só quer deixar tudo isso pra trás. A gente não quer a polícia vindo pra cá, pro interior, aqueles carros sem identificação, interrogatórios a toda hora.

Agora as orelhas do carteiro estavam vermelhas e havia suor em sua testa.

– Pete...
– A gente só quer viver nossa vida. Desculpe por ter dado a impressão errada.
– Eu não estou entendendo direito.
– Aqui comigo eu tenho duzentas libras em dinheiro vivo, sou um homem que sabe guardar segredo. Eu devia ter percebido. Ai, meu Deus. O senhor aparecendo do nada e querendo essa casa no meio do nada. Foi o sotaque, acho. Eu não pensei que... sim, com o Mylie preso vocês iam recrutar mais gente.
– Que gente?
– *Aquela* gente – disse Pete, inclinando a cabeça um pouco para olhar diretamente para Scully pela primeira vez. – Como assim, que gente? O senhor tá de brincadeira comigo?

Scully ficou de pé, lentamente:

– Mas de que diabos você está falando?

Pete umedeceu os lábios frios.

– Quer dizer que o senhor não... o senhor jura pela Mãe de Deus que não sabe?

– Sei o quê? Me diz o que é que eu preciso saber!

Agora que estava nervoso e seu olho apresentava movimentos meio espasmódicos, Scully tinha uma aparência ameaçadora para quem não o conhecia.

– O senhor jura?

– Juro!

– O senhor é católico, então?

– Não, não sou nada.

– Então o seu nome é falso.

– Não, eu me chamo Scully mesmo. Batizado na Igreja Anglicana.

– Quer dizer que é verdade mesmo que o senhor não sabe? Ah, Jesus, Maria e José, como eu sou idiota! Que susto! Sr. Scully, não foi por causa de imposto que o Mylie Doolin foi preso em Liverpool. Ele foi preso pela Divisão Especial da Scotland Yard. O senhor tem mais sorte do que imagina. O senhor é praticamente uma criança inocente de Deus! O Mylie Doolin faz parte dos Provos.

Scully descansou o copo.

– Você tá dizendo... você tá dizendo que ele é do IRA?

– Exato.

– Puta que pariu, você tá brincando!

– Eu pareço que tô brincando?

– Caramba. Não pode ser.

– Ah, bebe aí e não se preocupe – disse Pete, enxugando o suor do rosto e conseguindo sorrir de novo.

– Você tem certeza?

— A vida é cheia de mistérios, Sr. Scully, mas disso daí eu tenho certeza.

— Eu nunca... Você acha que ele teve alguma coisa a ver com o ataque no Dia dos Veteranos? Todos aqueles jovens...

Pete-Carteiro esvaziou o copo e encolheu os ombros. Um vento uivava lá fora.

— Ele foi preso antes. Semanas antes. Mas foi um negócio tão esquisito, ninguém sabe direito. Não dá para conhecer as pessoas, pelo menos não direito. Às vezes a gente mal conhece a gente mesmo, não acha?

Scully olhava fixamente para o fogo. Pete ficou rindo sozinho durante um tempo e depois ficou de pé.

— Volto amanhã, uma da tarde de novo. Não fique preocupado com Mylie Doolin, aquele desgraçado. Deus do céu, quase fiz nas calças de tanto medo. Boa noite.

— É, sem problema. Cuidado com as cobras.

Sozinho, com o fogo ardendo impetuoso na chaminé, Scully bebeu e pensou no ano divertido e turbulento que passou em companhia da turma de Mylie. Ele sabia que eram caras durões. Uma vez, quando um velho desgraçado de terno e gravata disse, do nada, que não tinha dinheiro, depois de um trabalho já feito, e sabendo que os irlandeses não tinham como recorrer à lei, Mylie abriu a janela do quinto andar e começou a jogar para fora, calmamente, a TV, o micro-ondas e o aparelho de som do sujeito, até o dinheiro aparecer magicamente sobre a mesa. Outra vez, no fim de três semanas horríveis em Hampstead, eles descobriram que o senhorio tinha dado no pé, tinha ido para Maiorca, e que nunca receberiam pelo trabalho. Então Mylie derramou concreto instantâneo em todas as privadas e pias. Um pouquinho de Jetset aqui, outro lá. Quase dava para ouvir a tubulação inteira virando pedra. Três andares com canos totalmente entupidos. Não era a mesma coisa que dinheiro no bolso, mas deixou os caras um pouco mais felizes quando foram para o pub depois. Uns irlandeses loucos, ele achava, mas gente que extorquia e colocava bombas? Terroristas, ladrões?

Ficou ali sentado a noite inteira, esquecendo-se de comer, relembrando aqueles meses em Londres, remoendo, às vezes sem acreditar, até quase meia-noite; e então arrastou seu saco de dormir sobre a porta velha e deitou.

7

Scully continuou a trabalhar durante aquela semana de novembro, parando só para comer e dormir, e de vez em quando se via olhando para além do vale, para as Montanhas Slieve Blooms, com sua luz mutante. Ouvia os sons que ele mesmo fazia na casa, sua respiração, seus passos, as marteladas e esfregadas, e sabia que nunca estivera tão sozinho na vida. Estava tão ocupado, tão determinado a deixar o lugar habitável, que nem saiu para conhecer os vizinhos, embora soubesse seus nomes, já que Pete-Carteiro vinha todos os dias e trazia a correspondência, um jornal, material de construção e, com bastante frequência, leite, um pedaço de pão de soda e uma embalagem com bacon para as refeições rústicas que eles faziam naquelas tardes escuras, com a chuva castigando lá fora e o cheiro da turfa queimando no nariz. Pete fazia companhia quase todas as tardes, fazia Scully rir e adiantava muito o trabalho. Scully gabava-se sem pudor de sua inteligente filha, de todas as coisas descaradas que ela dizia para as pessoas, o quanto ela não tinha medo de corrigir os professores, os vendedores nas lojas, os policiais. De como ela ficava sentada lendo, horas a fio, desenhando histórias em quadrinhos intrincadas sobre a vida deles em Fremantle, Paris, Grécia. De como ela foi o salvo-conduto deles pela Europa, de como era ela quem amaciava os funcionários, ganhava a simpatia dos garçons, atacava idiomas como se fossem um novo quebra-cabeça a desvendar. As coisas que ela dizia, que ela ficava imaginando, como o que deveria pensar um marlim quando via o barco o arrastando, os rostos que olhavam lá de cima, do convés, enquanto o marlim permanecia deitado, de lado, exausto, o olho exposto ao mundo sem água. Scully percebia que as descrições que fazia de sua filha deixavam Pete intrigado. Scully imitava sua vozinha para ele e as coisas que ela tagarelava. Pete ouvia com a cabeça inclinada, as orelhas incandescentes. Talvez não acreditasse no que Scully dizia. Talvez achasse que era só orgulho de pai, só amor. Mas a animação de Scully era contagiante, ele mesmo percebia. O carteiro ria alto, batia com a colher de pedreiro contra as pedras, como que aprovando o que ele dizia. Scully gostava mais dele do que de todos os homens de que tinha lembrança. Trabalhou com vários homens a vida inteira, desde os dias em que pescava, e depois, de fazenda em fazenda, onde soube o que era trabalhar feito escravo, ser motivo de chacota ou ser totalmente ignorado. Principalmente na época da pesca: foi a pior. Sete dias por semana trabalhando para um sérvio com uma barra de ferro na mão. Aquele Dimic safado sacaneava com ele toda a viagem de ida e de volta ao porto, e o que ele poderia fazer, estando trinta quilômetros longe da costa? Trabalhou em feiras com italianos taciturnos, cuja sujeira do corpo fedia a ferrugem e produtos químicos e cujas mulheres eram turbulentas, sensuais, perigosas. Mas os maiores babacas de todos eram os sujeitos certinhos da universidade, que podiam assassinar os outros com as palavras só pelo prazer da coisa. Puseram fim às suas fantasias de classe trabalhadora a respeito da educação e da gentileza da vida profissional. Eram esses caras, os caras de terno, que era preciso evitar. Eram eles os verdadeiros desgraçados. Não sabia ao certo qual era a do Peter Keneally. Talvez Peter fosse só um sujeito solitário, mas Scully sempre se sentia feliz quando ele aparecia.

Na sexta-feira seguinte, Pete trouxe outro telegrama com a garrafa de leite e o pacote de bacon.

Scully abriu o telegrama com cuidado e ficou perto da janela.

CASA VENDIDA. PAGAMENTO EM TRÊS SEMANAS. CHEGAREMOS NO AEROPORTO SHANNON, VÔO AE46, 13 DE DEZEMBRO. JENNIFER.

— Caramba — disse Scully. — Melhor eu abrir uma conta no Allied Irish.

— Boas novas?

— A nossa casa foi vendida. E elas chegam em três semanas.

— Melhor você se apressar, então. Não dá para elas viverem aqui na bagunça.

Scully dobrou o telegrama, sério. Então era isso. A casa já era. Mas a ideia, o fato o fez ficar pensando. As paredes pedrosas de calcáreo que ele mesmo reduziu, as tábuas despojadas de eucalipto no chão, o telhado de ferro grande, de quatro águas, as varandas arejadas e as flores de jasmim-manga. O barulho dos motores a diesel de manhã vindo do ancoradouro. Era toda a ideia de vida em conjunto que eles tiveram. Que sensação esquisita. Só quinze dias para vender a casa? Deus sabe como as pessoas ficaram meio loucas no Ocidente durante o *boom* econômico! Mas não tinha tudo já ido pelos ares? Talvez agora todo mundo estivesse comprando imóveis — ele não entendia de economia. Mas elas estavam chegando. Era isso que contava. Ele precisava trabalhar. Havia uma casa bem ali. Não era essa a ideia? Trabalhar pensando no futuro?

— Você tá rico, então? — perguntou Pete, do topo da escada, naquela tarde.

— Rico?

— Não quero me intrometer — riu Pete. — Só queria saber se você tá cheio da grana.

— É por isso que você não cobra seus serviços, seu filho da mãe traiçoeiro?

— Ih, agora você já ficou convencido — disse Pete, balançando um balde cheio de cimento na direção dele.

— Olha só essas mãos aqui. Por acaso parecem mãos de um homem rico?

Pete empurrou uma telha quebrada e os dois ficaram olhando enquanto ela caía e desaparecia na lama.

— Bom, fico meio decepcionado — continuou o ruivo grandalhão. — Pensei que você fosse um chefão das drogas, sei lá como chamam esses caras, porque você é feio demais pra ser estrela do rock.

— Você andou bebendo aquele uísque caseiro de novo?

— Bom, você tem que pensar do ponto de vista de um comedor-de-batata ignorante feito eu. Duas pessoas aparecem numa Kombi, uma Kombi!, vindo de Heathrow, a caminho da Austrália, e aí falam: *aaaarrr*, que casa bacana, *arrrr*, *mate*! Então eu pensei que só poderiam ser três coisas: drogas, rock ou problema mental. Comprar essa porcaria aqui no meio do nada, na Irlanda?

— Anda, puxa essa calha enquanto você ainda está aí em cima.

O carteiro arrastou a calha apodrecida e a jogou lá pra baixo, ocasionando uma chuva de ferrugem e musgo.

– Imaginei que fosse rock. Que a sua linda mulher é que fosse famosa e que você era o cara que carregava as malas dela. Afinal, onde é que um cara consegue ficar bronzeado desse jeito?

– Na Grécia. A gente morou na Grécia.

– Pensei que você tinha dito Londres.

– Primeiro em Londres. Moramos em Paris, também, grande parte do ano passado.

– Em Paris? Meu Deus!

– E aí fomos pra Grécia este ano.

– Vocês três? Andando por aí feito um bando de ciganos. Diga logo porque eu tenho sobrinhos. É drogas?

Scully olhou para ele, sorrindo, e disse:

– Você tá falando sério? Meu amigo, eu sou só um trabalhador pobre feito você. Minha mulher é funcionária pública. Bom, ela era funcionária pública, porque ela abandonou o emprego depois de tirar uma licença bem comprida. Não sou rico, não tem drogas no meio e nada de rock. E nada de terrorismo também, seu tonto.

– Cuidado com a cabeça! Bom, taí, tirei a calha toda. E tenho uma calha velha muito boa em Roscrea pra você.

– Lá vem a chuva – disse Scully, escondendo-se embaixo da escada.

A chuva caía inclinada, silenciosa, ignorada pelo carteiro, enquanto Scully tentava abrigar-se na projeção do telhado do celeiro.

– O que você tá fazendo, Scully?

– Saindo dessa droga de chuva, o que você acha?

– Com medo de uma chuvinha, hein?

Scully encolheu os ombros.

– Vai ter que se acostumar, rapaz!

– Ah, dane-se – disse Scully.

Pegou suas ferramentas e entrou na casa.

Quando Pete entrou, Scully estava no andar de cima, levantando com força as tábuas do chão e colocando novas no lugar. Tinha o gosto metálico de pregos na boca. Por algum motivo, aquele gosto o fazia lembrar-se do estábulo, a construção improvisada e oblíqua que seu pai manteve durante vinte anos. Ia para todos os lugares com pregos na boca, o velho. O cheiro de madeira recém-serrada agora era doce e a chuva tamborilava contra as janelas. Scully olhou para a inclinação das paredes do sótão no andar de cima. Agora conseguia imaginar as duas acordando em manhãs silenciosas e úmidas como aquela, suas vozes sonolentas muito próximas naquele espaço anguloso.

– Anda, Scully – disse Pete, aparecendo de repente ao seu lado. – Não fica aí com cara de apaixonado. Me fala dela.

– Da Jennifer?

– Você não me conta nada, Scully. Tô começando a acreditar que você deve ser inglês. Um sujeito trabalha com você o dia inteiro e você não fala porra nenhuma. Só fica aí, com ar sonhador.

– Bom...

– "Bom" nada!

Scully sorriu.

– Ah, pelo amor de Deus, homem, me fala da Jennifer. Faz o dia passar mais rápido. Me dá alguma informação pra ficar pensando. Ela é do tipo que gosta de trabalhar, então?

— Isso. No Departamento de Imigração. É preciso ter certo cacife.

— E agora ela mesma tá emigrando?

— É, ela saiu. Ela odiava! *Adorava* trabalhar, sabe? Mas também nunca foi o tipo de pessoa que gosta de ficar em casa e cuidar das crianças. Eu é que sou mais assim.

— E você dizendo que é um homem trabalhador.

— Quando Billie, a nossa filha, era menor, eu trabalhava meio-período para ficar com ela.

— Onde você trabalhava? No que você trabalha exatamente, Scully?

Scully riu.

— Naquela época, eu trabalhava numa loja de pescaria. Vendia iscas e coisas assim, consertava varas de pescar. Já viu uma isca própria para pescar cavala?

— Meu Jesus, eu odeio pescar!

— Parei de estudar aos quinze anos. Fui para o norte trabalhar num barco de lagosta. A grana era ótima. Acho que já fiz de tudo.

— Então onde vocês se conheceram?

Scully deslocou uma tábua, causando uma chuva de madeira apodrecida e seca.

— Ah, você quer detalhes, é?

Pete cutucou o buraco da tábua com um cinzel, procurando madeira mole.

— Foi dançando, foi?

— Os australianos não dançam nem cantam, acredite. Não, a gente se conheceu na universidade. Dá pra acreditar? Eu estava tentando cursar arquitetura. A gente fazia uma matéria juntos. Me esqueci qual era. Alguma coisa do Departamento de Inglês, alguma disciplina que eu quis fazer para ler uns livros, sabe? Ela era a moça entediada que estava sendo paga para se especializar mais à noite. Cabelos pretos, bonita. Sério, bonita mesmo. E não falava nada. Bom, eu também não. Afinal, tinha aquele bando de jovens enchendo a boca para falar de livros e gente que eu nunca tinha ouvido falar, cheios de si. Eu só ficava quieto e tentava ficar na minha. E ela fazia a mesma coisa.

Pete ficou remexendo a lâmina da plaina, ajustando-a com ar distraído.

— E que mais? Que mais?

— Ela me convidou pra tomar uma cerveja.

— *Ela* te convidou?

— Ah, meu amigo... — disse Scully, revirando os olhos, pensando na ocasião. Ela o pegou desprevenido perto da janela certa noite e falou coisas que só podiam ser ensaiadas. Sem dúvida andava ensaiando.

— Que país doido a Austrália. Deve ser porque é quente demais. Sem clima para romance.

Scully jogou um punhado de serragem nele e voltou a trabalhar na madeira.

— E aí nós dois saímos da universidade e nos casamos — exclamou. — Oito anos!

— Bom, e o que você tá fazendo *aqui*? Ela saiu de um bom emprego para ficar zanzando por aí, indo para lugares estranhos e acabar aqui nesse morro, com as vacas do Brereton?

— Bom, ela estava entediada com o trabalho, se sentindo inquieta, e eu topava uma mudança. Alugamos a nossa casa e viajamos e tal.

— Com um bebê e tudo.

– Uma menina de cinco anos não é mais bebê, Pete.

Não, pensou ele. Para um bebê seria preciso um lugar calmo, aconchegante, seguro. Como aquela casa.

– E de quem foi a ideia?

– Dela, acho.

– E você foi atrás.

– Eu achava legal uma mudança, sim. Não fui atrás e só.

– Antes eram as mulheres que seguiam os homens.

Scully riu, mas o comentário doeu um pouco. Admita, Scully, pensou. Você foi atrás dela e iria atrás dela, iria para qualquer lugar. Algumas semanas atrás você mal conseguia dormir, sonhando com a Austrália, as praias quentes e brancas e o cheiro desagradável do óleo de coco e a Fremantle Doctor, a brisa de verão típica do oeste da Austrália, que agitava as cortinas e as fazia tocar a mesa comprida na casa em que você se matou de trabalhar durante todos aqueles anos. Você estava doido pra voltar, meu amigo. Feito um cavalo preso no estábulo, inquieto, com o nariz farejando o ar, despedindo-se da Europa, dando uma banana para o lugar, e aí, *bam!*, mudou de ideia rapidinho por causa dela. Por causa de uma sensação estranha que ela teve, uma coisa que ela não conseguia explicar, só porque queria vê-la feliz.

– Bom, talvez seja a nossa vez de seguir as mulheres – disse.

– Talvez. Não sei muito sobre mulheres. Essas tábuas agora precisam ser lixadas. Você precisa de eletricidade, Scully. Não dá para fazer tudo na mão.

– O problema é o dinheiro, meu amigo. Eu estou duro até o dinheiro chegar. Tô vivendo com o dinheiro do reembolso da passagem. Nem sei se posso pagar o que já te devo.

– O quê? Você acha que eu fico acordado de noite esperando pagamento? Parece até protestante. Vou fazer o Con vir de manhã e colocar um quadro de energia, eu devia ter feito isso na segunda. Nem fodendo vou fazer essa bosta à mão. E você tem uns buracos na chaminé, melhor ir misturar cimento. Faz com uma parte de *Portland*, uma de cal e seis de areia da boa. Se ele não aparecer até as onze amanhã, você precisa ir até lá falar com ele. O nome da loja é Conor Keneally Electric, em Birr. Ele é o infeliz grandão que se parece comigo.

8

Mas Conor Keneally não apareceu, pelo menos não nos vários dias seguintes, e Scully achou melhor esperar. Raspou o mofo, a sujeira e a argamassa porosa das paredes de dentro, calafetou buracos e rachaduras, e depois rebocou tudo de novo, deixando o lugar com o mau cheiro embriagante da cal. Raspou a tinta do teto baixo do sótão, dos quartos do andar de cima, e limpou tudo com fosfato trissódico até as mãos ficarem feridas. A casa ficou cheia de raspagens, serragem, cascas de tinta e sujeira das paredes, e começava a parecer o convés de um barco de pesca de camarão. Certa noite, Scully caiu em si e percebeu que estava agachado perto do fogo, comendo com as mãos. No caco do espelho, ele parecia um animal selvagem. Continuou a trabalhar sem eletricidade, forçando-se, dormindo sobre a porta de carvalho, em meio às brisas frias que sopravam. Não tinha coragem de ir até Birr atrás de Conor Keneally, não quando o irmão do sujeito aparecia todos os dias com um macacão sobre o ombro do seu uniforme de carteiro, uma colher de pedreiro na mão e um *pint* de Power's pronto para beber. O homem trouxe até um botijão de gás, pelo amor de Deus, e uma pia de cozinha, além de camas trazidas peça por peça em cima do furgão de carteiro. Os dois ficavam ali parados, no fim do dia, silenciosamente testemunhando a falta de eletricidade.

— Você devia sair de vez em quando, Scully — dizia Pete-Carteiro. — Você tá se matando aqui e não vê ninguém, nem mesmo os vizinhos.

— Você vive trazendo comida e eu não consigo pensar numa desculpa para sair. Não duvide que eu vá.

— Bom, eu fico com pena de você, Scully.

O comentário fez Scully rir, meio sem-graça. Será que ele era tão digno de pena assim? Sim, era verdade que ele estava levando uma vida dura, mas era só temporário.

— Estou chegando lá.

— Sem dúvida, meu caro. Você trabalha feito negro.

Scully fez uma cara de desagrado, mas deixou passar.

— Só queria que você me cobrasse — disse Scully.

— Você tá procurando emprego?

— No Ano Novo vou procurar.

— Bom, então quando você conseguir um emprego, eu te cobro.

Scully não foi atrás de Conor Keneally por respeito. Depois de ouvir o sujeito dizendo aquelas coisas, como é que ele podia envergonhá-lo indo atrás de seu irmão, como tinha vontade de fazer, manhã após manhã, sempre que ele não aparecia? As ferramentas elétricas de Scully ficavam ali imóveis, no andar de baixo, numa fileira desajeitada, e todos os dias ele fazia tudo à mão, à luz de velas, à luz do fogo, despejando sua ansiedade no trabalho.

Em dois dias insanos, Scully caiou todo o interior e o lugar de repente pareceu mais claro, maior, mais limpo, e o ambiente ficou tão estranhamente saudável que fez ele se dar conta do quanto era horrível antes, do lugar imundo em que estava trabalhando dia e noite. Depois, impermeabilizou o chão de madeira do andar de cima e o poliu à mão, e envernizou o corrimão de carvalho da escada e as grandes vigas que iam de lintel a lintel no andar de baixo. Usando tábuas de pinho que estavam no depósito do celeiro, fez um armário para a pia da cozinha: só faltava o revestimento de compensado e dobradiças para as portas. Lixou tábuas a mais para fazer prateleiras e as colocou no andar de cima, ao lado da cama de Billie, e elas ficaram tão bonitas que ele começou a pensar se a eletricidade não ia estragar tudo, no fim das contas. Peter chegou com mais compensado e uma caixa de pregos e terminou a cozinha. Deixaram as lajotas limpas e secas. Era um lugar limpo e simples, a sua nova casa, um lugar em que agora ele gostava de acordar, mas ainda faltava música, faltavam vozes e risos durante grande parte do dia.

Havia momentos, no dia de Scully, em que ele simplesmente não conseguia usar nenhum pincel, plaina ou martelo, de tanto pensar no verão australiano que não veria: a grama sem cor prostrada perante o vento, o mar liso e quente, os barcos paralisados em suas amarras, com o calor e o cheiro do deserto descendo sobre eles, nos ancoradouros, enseadas e rios. O peso lustroso dos cachos de uva, o cheiro de peixe assado no carvão. O céu azul infinito, as roupas frouxas nos corpos bronzeados. Deus, aquilo quase doía, a ideia de pensar que tudo aquilo havia ficado para trás, a ideia de Jennifer e Billie embalando aquela vida em caixas e abandonando a velha casa em Fremantle. Talvez eles devessem ter ido com calma, ter feito um empréstimo para o caso de as coisas não darem certo.

A casa em Fremantle valia dez vezes o valor que eles pagaram por esta. Não precisavam de fato vender. Mas aí ele pensava na expressão doce e sonhadora no rosto dela, em um determinado dia do mês passado, aquele olhar de resolução que a fez parecer tão abertamente confiante pela primeira vez em anos. Valia a pena seguir o pressentimento, valia a pena o risco de confiar.

Pior do que a dor da dúvida e do medo que ele sentia sozinho enquanto trabalhava, era passar a sonhar acordado com ela. Sua imaginação era tão vívida que ele conseguia sentir a respiração dela. Via lençóis sobre a cama, os dois brilhantes de suor, ofegantes no silêncio, o cabelo negro dela como uma sombra sobre o lençol. Billie dormindo ao lado da mansarda, com o céu escuro atrás de si, e um berço no canto, ainda balançando de leve no ar límpido.

Scully tomava banho de mangueira sob o arco da porta do celeiro, à noite, e a água era tão fria que do campo e da floresta era possível ouvi-lo gritar como um homem que estivesse de fato sofrendo.

Conor Keneally não aparecia nunca, e certa tarde, quando Scully não aguentava mais, jogou as ferramentas no chão e foi dar uma volta. O céu estava denso. O vento soprava forte, vindo dos morros. Enfiou as mãos no fundo dos bolsos e caminhou entre muros caídos e sebes de espinheiros até o vale. Ouviu, vindo de algum lugar, o ruído de um trator jogando estrume em um campo e cães latindo. O cheiro de turfa queimada pairava no ar. Contornou o castelo e a fazenda adjacente e penetrou bastante no vale, onde os campos eram escuros, pesados e se transformavam em brejos ao pé dos morros. Uma pequena igreja jazia solitária na esquina da estradinha. Scully subiu o lance de escadas que levava até o cemitério e caminhou por entre os túmulos de granito sob as cruzes celtas e as flores fossilizadas. Ele adorava aquelas cruzes, com sua topografia de rostos, plantas, histórias; eram tão mais poderosas que os símbolos simples do Exército da Salvação de sua infância. Havia sofrimento ali, vida, beleza. Tocou os sulcos cheios de líquen das cruzes e ensaiou um sinal-da-cruz, antes de continuar a andar, meio acanhado.

Numa floresta silenciosa, adiante, viu faisões e alguns coelhos que fugiam. Suas próprias pegadas pareciam macabras no detrito deixado pelas folhas, o vapor de sua respiração surgia à sua frente. O vale o fazia lembrar da fazenda de laticínios de sua infância, com suas poças que nunca evaporavam, portões improvisados e o leve ruído de motores a diesel pairando no ar. Ali, as construções eram de pedra e tinham sobrevivido a diversas gerações. Eram mais antigas que nações, sotaques, pactos, enquanto que as cabanas e casas da infância de Scully eram feitas com a madeira da floresta à sua volta, as coberturas de estanho que batiam ao vento e a madeira castigada pelo sol, já arcaicas antes do tempo. Foi essa a vida que os bancos tomaram de seu pai. Os homens de terno apareceram de repente e a fazenda sumiu. Scully agora só tinha as memórias, que vinham de vez em quando, de como era a vida antes de ter cabelo no peito, antes das garotas, dos shopping centers. Talvez seja por isso que estou aqui, pensou ele, surpreso. Talvez eu esteja comprando de volta a vida na fazenda, de certa forma. Comprando de volta a minha infância. Pensou no pai, deprimido, vivendo numa acomodação no subúrbio, a mãe seguindo-o, desorientada. O rápido declínio. Os derrames. Os homens de terno aparecendo mais uma vez. Comprar uma fazenda: que ótima maneira de descrever o esquecimento.

Olhou para trás e viu sua pequena casinha branca sobre o morro, contra o céu. Entre ele e a casa havia campos encharcados que subiam até o enorme carvalho desfolhado que estava diante da carcaça do castelo e seus anexos, com suas janelas negras e vazias. Imaginou seiscentos anos de camponeses na lavoura, levantando os olhos e vendo o contorno austero dos normandos em sentinela na entrada do vale. Parecia ter tantos olhos quanto Deus, aquele castelo. Não achava estranho quererem queimá-lo.

Scully continuou caminhando com dificuldade pelos campos enlameados, sentindo o vento castigando-lhe as bochechas.

Quando se aproximou de um muro de pedra, procurando o lance de escadas para transpô-lo, Scully ouviu latidos. Parou e inclinou a cabeça, e quase caiu para trás, no esterco, quando dois esguios cães de caça apareceram silenciosamente sobre o muro, acima de sua cabeça.

– Bom dia! – exclamou um fazendeiro, com uma perna para fora do muro, deixando aparecer a coronha de sua espingarda quebrada.

– Bom dia – disse Scully, com os cães já perto de suas pernas.

O fazendeiro deixou-se escorregar pelo muro e aterrissou na lama. Estava usando trajes de caça.

– Eu me chamo Scully. Agora somos vizinhos, imagino.

– Ah, você é o australiano que vive no casebre do Binchy, então.

– Isso. Prazer em conhecê-lo.

Scully apertou a mão pequena e manchada do homem. Era um homem esquelético, arruivado, com costeletas enormes, insanas, e dentes ruins. Scully gostava da aparência dele.

– Jimmy Brereton, homem afortunado. Te digo sem pestanejar que a primeira vez que vi aquelas velas na sua janela, na semana passada, quase me mijei de medo. Pensei que fosse o velho Binchy que estava de volta, aquele preguiçoso desgraçado.

– Não, era só eu.

– E a sua família vem também, me disseram.

– O senhor andou falando com o Pete-Carteiro?

– Ah, Jesus, não – riu o homem. – O Peter é que anda falando comigo.

– Ele é um bom sujeito.

– Ah, ele é ótimo, o Peter. Dizem que basta seguir o Pete que você acha a diversão.

Scully riu.

– Bom, isso aí é verdade.

– Ele diz que você tá fazendo um ótimo trabalho lá, trabalhando feito negro.

– Ele tem ajudado bastante. Acho que vou morrer quando acertar o que devo pra ele.

Jimmy Brereton chutou os cães para longe, desculpando-se, e chegou mais perto.

– Cá entre nós, Peter é quem faz as coisas acontecerem na família dele. Ele que alimenta a família do irmão. Que Deus o abençoe. O irmão mesmo não sai da cama o dia todo.

– Conor?

– Eu teria que comprar uma caixa grande de velas pra rezar se tivesse que esperar alguma coisa de Conor Keneally.

Scully deve ter ficado com uma expressão consternada, porque o homem riu de maneira afável, fazendo balançar a espingarda calibre 12.

– Ah, você não seria o primeiro também, meu amigo. Peter faz de tudo que aparece na frente, menos as coisas que ele não tem permissão pra fazer, e até mesmo um pouco dessas coisas, mas o mundo devia ter leis para separar os homens bons dos imbecis. É o que eu faria se fosse Deus.

– E como você saberia quem é quem? – disse Scully, com um sorriso. – Os homens bons e os imbecis, digo.

– Bom, se você é Deus e não sabe quem é quem, então nem vai ter mais emprego, não é? Nós, pobres mortais, precisamos descobrir na marra. A gente precisa receber as coisas boas e as más pra poder descobrir.

Scully olhou para cima, para a grande casa de dois andares perto da estrada, e de lá saía fumaça de quatro chaminés.

– Essa é a sua casa?

– Minha velha cocheira e os meus estábulos. É da minha família sabe-se lá há quanto tempo. Deus do céu, os cavalos daquela época tinham boa vida, viu.

– E o castelo é seu também?

– Sim, desde os Conflitos, essa porcaria aí. Um dia cai na minha cabeça, esse entulho mal-humorado de merda. O governo não me deixa derrubar.

– Tudo bem se eu for lá um dia desses para ver como é?

– Passe por lá antes de ir pra casa, mas tome cuidado. Vá por sua própria conta e risco. Que lugar maldito! Deviam ter feito o trabalho deles direito, os sujeitos de antigamente. Teriam poupado muitas pessoas de sofrimentos. Apareça para fazer uma visita uma noite dessas, Sr. Scully. Aí a gente toma uma cerveja.

– Obrigado. Apareço sim.

– Traga as moças com você quando elas chegarem, sim? Você já viu alguma coisa se movendo lá na floresta?

– Uns coelhos, só.

– Vamos embora, rapazes – disse o irlandês para os cães.

Scully ficou olhando enquanto ele descia o declive do morro, pernas arqueadas, na direção dos freixos e lariços, com os cães adiantando-se entre as sebes e as árvores caídas.

E então escalou o muro e caminhou até o campo abaixo do castelo, cujo alicerce parecia ser um grande outeiro de granito enterrado no cume do morro. Quanto mais perto chegava, quanto mais penetrava na sombra do castelo, mais evidente ficava seu tamanho. Agora conseguia enxergá-lo em sua totalidade. Scully há muito tempo achava que arquitetura era o que as pessoas faziam no lugar da paisagem: era um sinal de perda, de imitação. A Europa tinha arquitetura para dar e vender porque a paisagem já tinha sumido, as áreas intocadas não faziam sequer parte da memória. Mas aquilo... aquilo era a arquitetura transformando-se em paisagem. Era necessário tempo e grandeza, era algo estranhamente além do humano. Algo que não se encontrava nos livros.

E não era bonito. O corte normando surgia, desfigurando o castelo, entre alas em estilo Gótico Tardio, cujas ameias pareciam ter sido alteradas posteriormente, e cujas janelas, cuspindo árvores, surgiam em grande número, parecendo um desenho de criança. Scully ficou embaixo do carvalho que crescia aos pés da escada da entrada, e esticou os dedos nus no ar abaixo das primeiras janelas. As pedras dos degraus estavam desgastadas, com poças de chuva, cheias de musgo. Mato, hera e sarça grudavam na parede, como se quisessem sufocar a única porta gótica. Scully assoviou por entre os dentes e ouviu o gado respondendo a uns cinquenta metros, no curral de Brereton.

Scully foi se esgueirando pela vegetação e pela porta entreaberta até sair em uma área cheia de escombros dentro de um grande salão, onde tábuas jaziam em uma pilha incendiada e cheia de musgo. Tudo ali havia desmoronado e atravessava tudo o mais. Grandes vigas de carvalho desabadas, feito mastros caídos, dispostas sobre ossos de vacas e toneladas de tijolos do porão. Acima de tudo aquilo, acima da galeria enegrecida pela fumaça, em cujas paredes poeirentas gerações de jovens pareciam ter gravado suas iniciais, avultava o teto abobadado, negro como uma tempestade. Scully fez a volta em torno de uma lajota e ouviu o arrulho desagradável de pássaros ainda não avistados. Chegou na escada embutida na parede da fortaleza. As paredes deviam ter uns seis metros de espessura. Um vento repentino penetrou no lugar e agitou o ar queimado. Scully subiu uns sete ou oito degraus pela escada em espiral e aí começou a pensar em sua cozinha quentinha, na chaleira de ferro que àquela hora estaria soltando vapor e sibilando. Assim que fez a primeira curva, percebeu a única luz que chegava na escada e que vinha de algum lugar sobre ele. Cubículos nas paredes e recessos para tochas pareciam fossos enegrecidos, as botas de Scully faziam mais barulho do que ele achava conveniente. A luz aumentou e uma pequena câmara surgiu na lateral. Scully entrou naquela cova e viu a grande camada de gravetos e juncos deixada pelos pássaros. As fendas nas paredes, originalmente para armazenar armas, deixavam entrar blocos de luz. Olhou para baixo, para a floresta de freixos abaixo de seu terreno. Os pássaros pairavam por ali, seus gritos erguiam-se, lamuriosos. Continuou a subir as escadas, agora com mais coragem, tateando o caminho pela curva úmida e comprida até a luz surgir novamente, junto com outra câmara lateral igual à anterior, que agora ele ignorou. Continuou a subir até chegar numa porta que mais parecia uma coluna, a qual cedeu lentamente ao seu peso. Diante dele surgiu um salão abobadado, com janelas compridas e largas que deixavam entrar uma luz azulada e iluminavam o mar de galhos e excremento embranquecido dos pássaros, que ia de uma parede à outra. Gralhas voavam, espatifando-se umas contra as outras, assustando-se quando ele entrou, chegando antes dele à janela sem vidro. E ali, na janela, ele ficou: observou o vale, a área compreendida entre o castelo e as montanhas, onde cada poça, janela e cobertura de metal nas casas refletia a luz e não podia mais se ocultar. Os picos das Slieve Blooms circundados por fiapos de nuvens. Os campos arados derramavam-se, nus, em ziguezague. Scully atravessou a sala e foi até a janela superior para observar seu pequeno casebre, com seu telhado manchado, depois das árvores. A chaminé exalava fumaça. Ruelas, sebes, pedaços de madeira e estradinhas de terra encharcadas espraiavam-se em todos os ângulos sob o seu olhar, enquanto o vento dividia seu cabelo. Dali, tudo parecia organizado: as estradas saíam de todos os pontos antes de chegar até ali, indo em todas as direções. Era uma área pequena, atravessada, cheia de máquinas e ferramentas, simples; tão absurdamente simples vista lá de cima. Cada campo tinha seu nome, cada caminho levava a um lance de escadas. Tudo que é possível imaginar já tinha sido feito ou experimentado ali. Não era a sensação que ele tinha ao olhar a paisagem de seu país. Na Austrália, você olha e vê as possibilidades, os espaços, os acasos. Mas, ali, a natureza havia sido moldada para dar origem a outra coisa, a algo que já não existia mais. E ali, embaixo dos pássaros, em meio à confusão de pinceladas, linhas e conexões do vale, estava sua nova vida.

9

Quando o dia seguinte amanheceu, com o chão congelado e uma névoa pairando ao seu redor feito o lençol de uma criança que molha a cama, Scully percebeu que os dias em que ele precisava sair e ir atrás do celeiro, munido de uma pá e um rolo de papel higiênico, haviam finalmente chegado ao fim. A terra, parecendo concreto reforçado, só cedia depois de golpes determinados com a parte mais fina da picareta, e o buraco que ele conseguia fazer era do tamanho de um pote de geléia. A fumaça gélida que o buraco exalava era terrível e o fazia gemer alto. Acabava com a sua manhã, aquele buraquinho desgraçado, e ele se sentia totalmente ridículo agachado sobre ele, como se fosse alguém pescando no gelo, balançando a isca. Seu traseiro congelava, suas mãos gritavam de dor. E ontem mesmo ele estava agachado em meio à névoa e Jimmy Brereton passou por ali com seu trator, acenando profusamente por trás da sebe de pilriteiros, fazendo uma saudação irônica com o boné. Ah, claro, Jimmy Brereton. O ponto alto da manhã, certamente.

O inverno nem havia chegado ainda e dali para a frente só iria piorar. A hora de defecar estava se tornando o momento mais difícil e triste do dia e, no caso de Scully, uma pessoa que gostava de relaxar naqueles banheiros externos, ficar pensando, lendo e remoendo coisas, com as calças arriadas e a porta entreaberta, o sacrifício era grande demais.

Assim que suas mãos descongelaram e a panela estava no fogo, ele catou lápis e papel e começou a planejar a fossa séptica. Como será que Binchy e sua família fizeram durante todos aqueles anos? Gerações e gerações agachando-se na chuva, na lama, na neve, no próprio celeiro, a julgar pelo chão desigual e imundo. O desafio do ato de defecar, por si só, já devia fazer os pobres coitados apelarem para a bebida.

Estava cavando o chão parcialmente degelado, no fim da manhã, quando um carro negro passou, sibilante e lento, descendo o morro comprido, com um séquito de carros atrás dele. Apoiou-se na pá para observar a procissão que ia serpenteando entre as sebes, cinquenta carros ou mais, pegando a estradinha para Birr, com o céu cor-de-água-suja acima. Scully permaneceu ali durante todos os minutos que a procissão levou para ir embora e, ao mesmo tempo, os campos perderam sua cor verde lustrosa; quando o último carro se foi, o ar já estava pesado, o mundo repentinamente imóvel.

Pete-Carteiro deparou-se com Scully metido até a cintura num buraco na terra, pouco depois do meio-dia. O chão estava repleto de pedras, ossos e pedaços de metal que ele havia jogado por cima do monte de terra cor de chocolate à beira do buraco. Era desagradável ficar ali na terra, que tinha um cheiro forte demais para um homem que cresceu perto da areia. Era macia demais, esponjosa demais embaixo dos pés, e ele ficou aliviado ao ver o carteiro chegando, com um sorriso esperto no rosto, a correspondência tremulando ao vento.

– Não sei se você sabe, Scully, mas não tem mais ouro na Irlanda.

– Não estou garimpando – disse Scully, levantando mais uma pá de terra. – Vou é depositar. Vai ser a caixa séptica. Sempre vai ter algum canto, em algum lugar, com minha marca.

– Ah, espertalhão. Depositando, hein?

– Como vai você? Não te vejo há dias.

– Ah, problemas de família.

Scully apoiou-se contra a parede de terra e enxugou a testa. A terra tinha um cheiro podre e queimado, como o do interior do castelo.

– Tá tudo bem? – perguntou Scully.

– Tudo ótimo. Tem correspondência pra você.

– Você pode deixar lá dentro? Tô todo sujo, Pete.

Pete olhou para dentro do buraco e depois para as estacas que marcavam a trincheira até o celeiro. Era uma boa inclinação, uma boa distância.

– Vai colocar a privada no celeiro, então?

– Não tem espaço na casa. Se eu estivesse na Austrália, colocaria do lado de fora, mas aqui não dá. Não quero deixar a pele do meu traseiro no assento da privada toda manhã.

Pete riu e suas orelhas ficaram vermelhas.

– Te trago um cano e um revestimento até as quatro. Tem problema se forem peças "já amadas", como dizem os americanos? Tenho até um trono pra você, cor-de rosa e tudo mais.

– Meu amigo, rosa é a minha cor. E "já amado" é o meu destino.

– Beleza, então. Há... mas e a água, Scully?

Scully levantou os olhos do chão e ficou segurando a pá.

– Meu Deus! Eu me esqueci disso.

— Mesmo que o trono tenha cobertura de Teflon, acho que você vai ter problemas se não tiver água.
— Gênio, você. Acha que dá para usar a bomba? Usar uma bomba de mão para encher a cisterna?
— Jesus, você tá bem rudimentar, hein, Scully. Imagino que na sua casa fosse melhor.
— Ah, sem dúvida era melhor — murmurou Scully.
— Você vai precisar de uma bomba elétrica para tirar do seu poço. E bastante tubulação.
— Bem...
— Eu sei, eu sei. Te vejo às quatro. Assina aqui. Ah, seu porco. Vai lavar as mãos.

Scully leu a correspondência perto do fogo, com uma caneca de chá fumegante ao lado. Havia um cartão-postal de sua mãe: a mensagem tinha um tom distante, magoado. A foto era de um pôr-do-sol no rio Swan, as luzes de Perth brotando contra o céu púrpura. Havia também uma carta do Departamento de Tributação Australiano, perguntando por que ele não fez a declaração nos últimos dois anos. Essa carta tinha sido mandada por Jennifer, aparentemente, junto com um cartão-postal da esposa de um amigo da época em que ele trabalhava com pesca. A julgar pela mensagem incoerente, a mulher estava bêbada. No cartão-postal, a imagem de um coala surfando e a mensagem SAUDAÇÕES DE GERALDTON. Dentro de um envelope gordo, havia um pôster do jornal *Daily News*, enviado por um amigo da loja de equipamentos. JOH VAI EMBORA! Era uma notícia sobre Bjelke-Petersen, aquele déspota gagá; finalmente ele abandonou a vida política. Graças a Deus. No envelope registrado estavam todos os documentos relativos à venda da casa em Fremantle, prontos para serem assinados, e, num envelope à parte, um cheque de Jennifer no valor de dois mil dólares. O cheque estava no nome dela e era de uma conta que ele não reconhecia, um banco no qual nenhum dos dois tinha conta. Não havia nenhum bilhete. A letra e a assinatura eram dela, o envelope tinha o carimbo postal de Fremantle, de alguns dias atrás. Por que ela simplesmente não transferiu o dinheiro para a conta deles na Irlanda, no Allied Irish? Devia ser algo específico. Talvez só o suficiente para ele virar a mesa, pagar a dívida do cartão de crédito. Dinheiro era algo que sempre o deixava nervoso. Passou para o último item do pacote, um cartão-postal de Billie. Na frente estava a fotografia da Round House, o antigo presídio que ficava na praia em Fremantle. As paredes octogonais de calcáreo ficavam mais suaves à luz do pôr-do-sol, ficavam absurdamente bonitas. Era um lugar onde iam muito, ele e ela. Jennifer saía para o trabalho e os dois andavam a esmo pela cidade até a praia, falando dos edifícios, do passado. Ele se sentia grato por aquela época, por ter sido ele quem ficou mais tempo com Billie. Ela o ouvia com tanta atenção que quase dava para ouvir sua mente curiosa trabalhando. Era por isso que ele não tinha mais tantos amigos: era como se a criança de repente, inesperadamente, já bastasse para ele.

> Hoje eu fui pra Bathers Beach com a vovó. Fiquei pensando nos presos. Eles devem ter pensado que Deus esqueceu deles. Como se tivessem sumido do mundo. Quando a gente foi pra Londres, eu tinha cinco anos. Eu me senti feito uma presa, como se tudo fosse muito diferente pra mim. Mas eu era criancinha. A vovó mandou dizer que agora tem bastante anxova. Eu já sei fazer um nó-de-barril! Não some no mundo, Scully. Não esquece de mim. BILLIE ANN SCULLY. (todos por um!)

E um por todos, pensou Scully. A casa estava em silêncio, com exceção dos ruídos suaves da turfa na fogueira. Scully olhou para o carimbo postal e ficou emocionado, confuso. Que menina. Ela o deixava sem ar, às vezes.

Conseguia imaginá-la agora, como ela estava no dia em que compraram aquela casa. Lendo aquela velha revista de histórias em quadrinhos. Ela costumava carregar todos os *Clássicos Ilustrados* dele numa bolsa grande de viagem, trazida da fazenda. Tinha todos. *Moby Dick, Huckleberry Finn, O Conde de Monte Cristo*. Sim, conseguia vê-la jogada no banco daquela velha Kombi alugada lendo o seu favorito, *O Corcunda de Notre Dame*, com suas ilustrações vistosas e inúmeros pontos de exclamação. Os lábios se movendo enquanto comia um saco de batatas fritas, deslizando, cantarolando pelo nariz uma música do Paul Simon. O cabelo balançando, a boca grande rodeada de sal. Os cadarços desamarrados.

Naquele dia estranho, quando Jennifer saiu do carro e olhou o casebre, os dois trocaram olhares, ele e Billie, mas ele não conseguia decifrar o que significavam. Um sentimento mútuo de dúvida, talvez. E mesmo quando ele foi vencido pelas súplicas de Jennifer, sua alegria e sua animação contagiante, Billie continuava desconfiada. Ele agora se lembrava. Lembrava disso e do quanto ela estava rebelde no aeroporto. Chorando no portão de embarque, sendo puxada corredor afora pela mão de sua mãe, que parecia totalmente serena. Só mesmo essa palavra para descrevê-la – serena. Talvez fosse o fato de estar grávida, ou de estar tão decidida. Radiante de satisfação. O cabelo negro lustroso atrás de si. Braços balançando enquanto andava, uma mulher satisfeita, finalmente seguindo seu destino, serena do jeito que nunca estivera antes. Sim, seu rosto parecia sereno mas indecifrável, mesmo agora. E Billie feito uma âncora no mar, sendo arrastada até o avião.

No fim do dia seguinte, Scully já tinha um vaso sanitário conectado, mas não tinha água. Na parede do celeiro, ao lado do vaso, grudou o pôster com fita adesiva: JOH SE DESPEDE! Encheu a cisterna com um balde e deu descarga, ouvindo a água correr morro abaixo. Colocou tábuas sobre tijolos no percurso entre a casa e o celeiro, fazendo uma ponte sobre a lama. Pete ficava ali, de pé, observando tudo com um sorriso malicioso.
– Limpeza geral, hein?
– Anda, vamos entrar e tomar alguma coisa, seu safado.
Atrás deles, o vento norte fazia barulho nas vidraças das janelas, a chaminé roncava enquanto bebiam *pints* de Harp. A sala estava quente e úmida com o vapor do ensopado que cozinhava no fogo.
– Você acha que as suas meninas vão gostar daqui, Scully?
– Bom, a Jennifer, sem dúvida, eu não vou precisar convencer.
– Quantos anos tem a sua filha?
– Billie? Sete, sete e meio.
– Vai ter uma vida ótima aqui. Você pode levar ela até Birr, para brincar com os filhos do Con.
Só a menção do nome "Conor Keneally" fazia Scully ficar rígido de tanta irritação.
– E tem um ônibus escolar que passa aqui e vai pra Coolderry. Uma escolinha bacana.
– Ela não é católica.
– Ah, mas eles não tão nem aí. E, no fim das contas, ela pode até virar católica. Um pouquinho de civilização não faz mal.

Scully riu. A ideia de que eles tentariam "civilizar" Billie! Eles iam ver só. E iam gostar dela. Os irlandeses e ela, eles se dariam bem. Eles gostavam de gente determinada, não é?

Agora estava escuro lá fora e a chuva caía, leve no começo, depois um dilúvio estrondoso. O fogo crepitava.

– Você tem sorte de ter uma filha – disse Pete, olhando fixamente para o fogo.

– Sim – respondeu Scully, com toda convicção. – Sim. É uma surpresa, sabe? Nada te prepara pra isso. Nunca me aconteceu nada melhor na vida. É engraçado. Mas eu me sinto tão grato por isso. Grato a Jennifer, a Deus – riu, meio embaraçado. – Sabe, essa coisa costumava ser automática, natural. As mulheres não estão muito a fim de ter filhos, não no lugar de onde eu vim, pelo menos. Elas têm outros interesses, o que é justo. Mas elas não se dão conta, às vezes, do que estão perdendo, ou o que estão guardando, sabe? O poder que elas têm. Não sei se Billie foi um acidente ou não. Acho que foi. É difícil dizer, sabe, quando se trata de "pessoas". Então eu me sinto grato. Essa é a verdade.

Scully enrubesceu. Sim. Era por isso que ele a vestia com tanto cuidado quando ela era pequena, por que ele se preocupava em excesso com cintos de segurança, por que deixava a menina furiosa com tantos sermões sobre cáries. Ele não era assim, mas ela não tinha como saber. O que causava tudo isso era ela, o fato de ela existir. E quando ela caía da bicicleta ou de uma árvore, ia correndo para ele. Na frente de Jennifer, isso o fazia se sentir embaraçado, o fato de Billie sempre correr para ele primeiro. Será que Jennifer sentia o que o próprio pai de Scully deve ter sentido, que ela, dos dois pais, não era a preferida? Talvez ele levasse aquilo a sério demais. Talvez as outras pessoas não sentissem essas coisas.

TIM WINTON

– Você quer ter filhos um dia, então?

– Ah, não consigo me imaginar – respondeu Pete, enchendo novamente seu copo e descansado a bota sobre a lareira. – Tem esse probleminha do casamento, Scully. Se eu estivesse atrás de problema, eu me mudaria para Ulster. Gosto de ter liberdade. Quando eu sinto falta de criança, tem os filhos do Con.

Pete ficou olhando enquanto Scully se levantava e acendia as três velas no peitoril da janela. Os dois ficaram observando a chama dançante das velas, o reflexo que elas jogavam nas vidraças.

– Mas já chegou perto? – perguntou Scully. – De casar?

– Ah, uma vez. Mas eu era jovem. Melhor esquecer a história. As aventuras estão no futuro, não no passado. A gente precisa ir atrás delas. E, permita-me dizer – disse, com um olhar travesso –, acredito que, de vez em quando, a gente também cria as próprias aventuras. Você tem sido muito paciente com o meu irmão.

– Pete, a gente não…

– Não, não, eu sou grato por você entender.

– Olha…

– Você pode encontrar comigo em Birr, amanhã de manhã cedo, umas sete e meia?

– Claro. Por quê?

– O poder corrompe, você sabe. Mas sem ele, você não vai poder nem fazer uma torrada e nem cagar direito. Sete e meia.

Às sete e meia da manhã seguinte, as ruas de Birr estavam quase claras e as casas, umas ao lado das outras na praça enevoada, tinham um tom cinza. Começavam a despertar com os gritos de chaleiras e cães brigando. Scully avistou o furgão na parte alta da rua, molhada de chuva, e parou ao lado dele. Ao mesmo tempo, Pete saía do carro, acenando para ele, de cara amarrada.

Pete o levou até uma pequena porta verde ao lado da fachada de uma loja. Bateu na porta e soprou as mãos para aquecê-las. Uma mulher que aparentava estar exausta e temerosa os deixou entrar, sem dizer palavra.

– Bom dia, Maeve.

– Ele só vai acordar mais tarde, Peter. Nem se dê ao trabalho.

– Esse aqui é o Fred Scully, que mora lá no monte Leap.

– Ah, sim, o australiano – disse ela, dando um sorriso pálido.

– Prazer em conhecê-la – disse Scully, sentindo cheiro de repolho cozido, fumaça de cigarro, turfa e gordura de porco.

– O Peter fala de você o dia inteiro.

– Ah. Espero que não fale muito mal – disse Scully, sem firmeza na voz.

– Tá pronto, Scully?

– Pronto pra quê? – perguntou Maeve Keneally.

Scully se sentiu tonto com o ar abafado e o desespero daquela casa. Teve a impressão que nenhuma janela era aberta há várias gerações.

– Só deixe a porta da frente aberta, Maeve.

Scully seguiu o carteiro pela casa lúgubre até entrar num quarto mal-cheiroso, onde Conor Keneally dormia de botas. Os dois o apanharam pelas botas e o arrastaram da cama, saindo pelo corredor, que tinha fotos esverdeadas do Papa, de santos e de Charlie Haughey, até passar pela porta da frente e chegar na rua, onde caía uma chuvinha – ali, finalmente acordado, ele começou a se debater.

– Que merda é essa? Me larga!

– Tem um trabalho pra você, então melhor você entrar no carro, Con.

Pete tentou puxar o irmão, mas o homem escorregou e caiu de novo no asfalto grumoso.

– Eu tô de pijama no meio dessa merda de rua molhada, seu imbecil!

– Ah, Conor Keneally, você sempre dorme de roupa. Entra no furgão.

Conor ficou de pé, com dificuldade. Era maior que o irmão, com punhos fortes. Suas costeletas pareciam chamas que desciam pelo rosto enquanto ele se segurava contra o furgão Toyota, batendo um pouco a parte de trás da cabeça num tubo de PVC enquanto cambaleava.

– Ninguém me diz o que fazer!

– Cala a boca e entra no carro – disse Pete, tentando sorrir.

– E quem vai me obrigar, seu imbecil? Você, Sr. Carteiro?

O grandalhão ficou ereto e parecia estar farejando os campos da República da Irlanda, lá do alto.

– Não – respondeu Pete, apontando para Scully. – Ele.

Conor tentou focalizar melhor o rosto do australiano, com suas cicatrizes e um olho meio caído, que parecia ser forte o suficiente para uma briga. Não era o rosto de um carteiro.

– E, Conor, esse cara faz parte do bando do Mylie Doolin em Londres e precisa que você trabalhe pra ele.

O eletricista ficou todo mole e levou a mão grande e polpuda à cabeça, horrorizado.

– Aaah! Aaah, pelo amor de Deus! Jesus Cristo! O que você tá fazendo, Peter Keneally, seu imbecil!
– Não faça perguntas idiotas. Anda, vai pegando um quadro de energia e as tralhas todas.
– Tem um aí dentro – disse Conor, enjoado, deixando a cabeça encostar no furgão. – Eu tava vindo de Tullamore...
– Vambora, então – interrompeu Pete, ríspido. – O nosso homem aqui vai seguir no outro carro.
Conor agora cobria o rosto com as duas mãos.
– Minha Nossa Senhora, Peter. Mylie Doolin!
– Pois é. O próprio – disse Peter, piscando por sobre o ombro do irmão para Scully.
Scully ficou olhando enquanto os dois subiam no Toyota com um jarro de uísque caseiro. Um cão latiu. A chuva caía.

Scully ficou longe do casebre a manhã inteira, limitando-se ao celeiro frio, lixando e envernizando uma velha cadeira de mogno que encontrou no sótão. De vez em quando, ouvia gritos vindos da casa: raiva, irritação, ressaca, medo. Sem dúvida era uma situação engraçada, mas ele sentia pena do pobre Conor, trabalhando ali e sentindo uma arma imaginária apontada na direção de sua cabeça e uma ressaca bem real dentro dela. Scully trabalhou arduamente, mais uma vez grato a Mylie.
Logo antes do meio-dia, quando não conseguia mais suportar o frio, entrou e ouviu na cozinha um rádio tocando uma música com violinos.
Conor estava à mesa, trêmulo, preenchendo alguns papéis, e Pete estava jogando turfa na fogueira.
– "Poder ao povo", Scully! – disse Pete.
– Não fica puxando o saco do sujeito, Pete.

Scully só sorriu. Conor estendeu a mão para entregar os papéis para Scully, que os pegou sem dizer nada.

— Agora aquela furadeira elétrica vai funcionar, meu velho — disse Pete. — Vai ser tiro no joelho, então?

Conor ficou pálido.

— Ah, vai, Pete — disse Scully, falando na presença de Conor pela primeira vez naquele dia. — Dá um desconto pro seu irmão.

— Esse desgraçado não é irlandês! — exclamou Conor.

— Sou australiano — respondeu Scully. — Um irlandês do deserto, digamos.

A mesa foi para a frente com um baque e Conor já estava voando na direção do pescoço do irmão quando, de repente, ouviu-se a Ave Maria do meio-dia no rádio. Sem hesitar, os dois irlandeses relaxaram e adotaram a postura de quem reza, encurvados, trêmulos e respirando ruidosamente pelo nariz, enquanto o sino da igreja tocava. O vento batia contra as vidraças. O fogo apagou e o sino tocava e tocava, naquela falsa calmaria. Scully ficou olhando para os cachos caídos na parte da frente da cabeça dos Keneally e lutou contra o riso que teimava em sair de sua garganta. E então a última badalada terminou e tudo ficou em silêncio. Os dois homens fizeram o sinal da cruz e Conor Keneally percebeu que Scully estava empertigado, que ainda estava com as mãos nos bolsos.

— Meu Deus, ele nem é católico! Quanto mais irlandês!

— E isso não é tudo — disse Peter, rindo e se preparando para levar porrada. — Ele achou que Mylie foi preso por causa de impostos.

Conor olhou para Scully com repentina suavidade no rosto — era pena.

— Meu Jesus, cara, em que escola você estudou?
— Pode-se dizer que não foi aqui.
— Seus desgraçados — disse Conor, batendo com o boné de pano contra os joelhos. — Vocês, seus putos, me deixaram todo arrebentado. Então ele não trabalha pros Provos, é isso?
— Foi mal — disse Scully.

Pete inclinou a cabeça para trás e riu, e não parou de rir em nenhum momento enquanto Conor o arrastava para fora e batia o irmão contra a porta do Toyota. Continuava a bater, enfurecido, a cabeça do irmão contra o teto do veículo, segurando os cabelos avermelhados, batendo uma, duas vezes, até que o grandalhão o soltou, deu alguns passos para trás e começou a chorar.

— Meu Deus... a minha vida...

Da porta de sua casa, que derramava música e cheiro de terra queimada, Scully ficou olhando enquanto Pete agarrava o irmão e o abraçava com força, os dois ao vento. O grandalhão chorava, soluçava, deixando cair lágrimas e ranho. Seu rosto maltratado tinha uma expressão de vergonha, desespero e um ar de impotência que Scully nunca vira antes. As mãos de Peter estavam entre os cachos avermelhados do irmão e ele também chorava, desviando o olhar, a cabeça levantada contra o vento.

Scully entrou e ficou perto do fogo, pendurou a chaleira no suporte, jogou mais turfa na lareira. O rádio tocava uma balada e a voz lúgubre da mulher enchia o casebre. Voltou para a porta da frente e ofereceu aos Keneally um pouco de chá. Eles se empertigaram, aceitaram a oferta com ar digno e agitaram os pés para tirar a lama das botas.

10

No dia 11 de dezembro, uma sexta-feira ensolarada, de ar penetrante e límpido, Scully estava em pé perto de uma pia cheia de água quente, cantando, com voz desafinada e rouca, uma velha canção que tinha ouvido Van Morrison berrar no rádio no dia anterior.

But the sea is wide
And I can't swim over
And neither have
I wings to fly...[4]

A casa exalava um cheiro doce de turfa e de limpeza. Havia louça de barro sobre as prateleiras de pinho e uma prateleira debaixo da escada já exibia velhos livros de bolso. Havia uma vassoura de palha atrás da porta e uma pilha de cedros acesos perto da caixa de turfa. Uma capa de chuva estava pendurada num suporte na parede da chaminé, acima de suas galochas.

---

[4] Mas o oceano é grande/E eu não posso nadar até o outro lado/E nem tenho/asas para voar... [N.T.]

Ao lado de Scully, a pequena geladeira zumbia sobre as lajotas. Havia cortinas baratas nas janelas, azuis contra o branco das paredes, e o sol penetrava e caía sobre a pia de aço inoxidável. Vamos, admita, disse ele a si mesmo; você gosta. Você gosta do lugar agora que está cheio de coisas. Porque você adora coisas, sempre adorou.

Scully era como seu pai neste aspecto. Não importava o que dissesse o pessoal do Exército da Salvação, o velho achava que certos objetos eram sagrados. Os motores Briggs e Stratton, a serra McCulloch, o antigo nível de bolha de ar que ficava no galpão, perto do leite, o mesmo nível de bolha de ar que fez com que o pequeno Scully tivesse a ideia de um dia desenhar e construir. Ah, as coisas. A velha achava que era idolatria, mas ela também tinha um dedal de latão ao qual ela dava mais valor do que à sua aliança.

Não foi conseguir as coisas, ter as coisas, que Scully aprendeu; era simplesmente o fato de poder admirá-las, ficar estimulado com sua estranha presença.

Scully limpou a vidraça da janela com o cotovelo do suéter e viu o tremeluzir brilhante dos cristais de gelo nos campos. Era um dia bom demais para trabalhar. Não conseguia ficar mais um só dia trabalhando, não enquanto houvesse sol. Pete tinha razão: ele não tinha visto nada, já que estava afogado em trabalho. Nem conhecia o lugar onde morava.

Na mesa da cozinha, começou a escrever uma carta para casa, mas se deu conta de que não chegaria a tempo. Olhou para a pequena nota que escreveu para Billie na margem. *Mesmo que eu desapareça do mundo, Billie Ann Scully, eu ainda vou te amar lá do espaço.*

Ele sorriu. Sim.

Naquela manhã, ele pegou o furgão Transit e foi até Birr para organizar suas finanças. Tinha um cheque em nome de Peter Keneally como parte do pagamento. Comprou um pernil de carneiro da Nova Zelândia e um raminho de alecrim por um preço absurdo. Encontrou laranjas espanholas, azeitonas, anchovas, tomates, coisas que ainda carregavam o sol com elas. Homens e mulheres o cumprimentaram quando ele passou por eles com um saco de batatas nas costas, rumo ao furgão, debaixo de uma chuva fina. Comprou o *Irish Times* e leu sobre o louco desgraçado que matou oito pessoas em Melbourne, no prédio do serviço de correios da Austrália. Depois se atirou contra o vidro espelhado da janela do décimo andar. Outra pessoa, em Miami, um marido rejeitado, matou toda a família com um martelo e depois se envenenou com gás, para poder novamente se juntar a eles. Caramba, será que só os homens faziam isso?

Dois jovens usando bonés de beisebol fluorescentes passaram por ele, cantando. Ele deu partida no furgão. Sim, aconteça o que acontecer, aquele era um lugar em que as pessoas cantavam.

Dirigia pela estradinha cheia de curvas, contida entre sebes e muros, atingindo os arbustos espinhosos em cada curva que fazia, escorregando de leve nas poças duras feito aço, até chegar numa árvore no meio da estrada com pedaços de pano amarrados em seus rígidos galhos. A árvore ficava numa pequena ilha de grama e a estrada fazia uma curva para desviar dela. Scully parou o carro ao lado da árvore e viu os pedaços de pano amarrados aqui e ali, alguns pálidos e apodrecidos, outros recém-colocados. Uma arvorezinha triste, com uma estrada que se esquivava dela. Parecia um tanto cômica, melancólica. Continuou a dirigir.

Em Coolderry, parou o carro ao lado da escola do vilarejo. Saiu para a luz do dia e ficou ao lado do campo de hóquei irlandês ouvindo a sineta tocar, indicando o horário do almoço. O grito das crianças fez seu coração disparar.

Um carro desceu devagar pelo morro.

— Como vai, Scully?

Ele virou e viu Pete-Carteiro, com o braço do lado de fora do furgão.

— Eu? Eu diria que estou, como dizemos na Austrália, *toey*.

— *Toey*?

— Ansioso, impaciente, nervoso...

— Ah. Aqui na Irlanda a gente diz *antsy*. Você está *antsy*, então.

— Não. *Toey*.

Pete sorriu e desligou o motor.

— Mas não por muito tempo, amigo. Só mais dois dias, não é?

— Como vai Conor?

O carteiro fez um bico e olhou ao longe, para o campo enlameado onde meninos desengonçados começavam a se aglomerar e movimentar, os tacos de hóquei fazendo movimentos rápidos.

— O Conor tá piorando cada vez mais. A bebida, se você não sabe, é a coisa mais triste do mundo, Scully. Um homem que deixa a própria vida escapar pelos dedos.

Scully arrastou as botas no cascalho.

— Algum motivo?

— Ah, história muito comprida pra te chatear com ela. Algo muito ruim aconteceu na família, cinco ou seis anos atrás. Uma coisa... bom, uma coisa terrível. Conor é o tipo de pessoa que não consegue deixar pra trás. Ele nunca fala do assunto, claro, nunca diz palavra. Mas fica remoendo, sabe? Tem coisas que precisam terminar, Scully, coisas que não têm fim. Talvez não seja justo, mas é a mais pura verdade. O único fim que algumas coisas têm é o fim que a gente dá pra elas. Olha só, tô aqui falando feito matraca.

Scully fez um gesto com a mão, como se dizendo que ele não precisava se desculpar.

— Você é um bom irmão.

— Tem um pub ótimo pra cantar em Shinrone. Vou lá amanhã à noite. Por que você não vem também e a gente celebra a sua última noite como um solteirão irlandês?

Scully apertou os olhos, hesitante. Sentia-se tão relutante quanto um eremita, e bastante tolo por se sentir assim.

— Anda, Scully, coragem!

— Tá bem — sorriu. — Obrigado.

Scully ficou ali na nuvem azulada que o furgão da AN POST deixou para trás e ouviu Pete arrastando as marchas vila afora. Bateu os pés no chão e ouviu meninas gritando atrás dele. O pequeno furgão de repente freou no morro, fez meia-volta e voltou relinchando. Pete estacionou perto dele mais uma vez, extremamente enrubescido, enfiando um braço pra fora da janela.

— Sabia que eu tinha parado por um motivo. Telegrama, Scully.

Ele abriu o telegrama enquanto Pete ia embora pela segunda vez.

TUDO CERTO. VOO AE46 COM CHEGADA NO AEROPORTO SHANNON CONFIRMADO, DOMINGO DE MANHÃ. JENNIFER.

Enfiou o telegrama no bolso e ficou ali de pé, sem saber o que fazer, perto da escola, imaginando-as ali com ele. Suas mãos tremiam. E então ele se deu conta – o desgraçado tinha lido o telegrama. Peter soube antes mesmo de ele próprio saber. Ah, a vida no campo!

No sábado à noite, Scully fez a barba e colocou sua melhor calça jeans, suas botas de couro de canguru e um pulôver preto. Na parte de trás do Transit, pegou um elegante sobretudo preto comprado certo dia na Place Monge, naquela época de desespero em Paris. Era de segunda mão. Custou quatrocentos francos. Até agora ele balançava a cabeça pensando nisso. Tinha se matado de trabalhar para comprar aquele casaco. Escovou o casaco perto da lareira, e o deixou um pouco pendurado para arejar enquanto escovava os dentes com o máximo de atenção. Scully, pensou ele, você parece um penitenciário. Você dá bons motivos para a desconfiança e o desprezo de qualquer inglês. Não há muito o que fazer com o seu rosto mas, pelo amor de Deus, dê um jeito no seu cabelo.

Atiçou o fogo e o encheu de turfa e depois pegou as chaves da casa, umas coisas enormes, medievais, que em seu bolso sempre pareciam tão pesadas quanto um revólver.

Leu o telegrama amassado mais uma vez: **CONFIRMADO. DOMINGO.** O papel jazia pálido e estranho sobre a mesa de pinho lixada, refletindo a luz do fogo e fazendo sombras sobre a madeira.

Pensou na noite em que compraram a casa. Quando ele acordou no quarto grande e com cheiro de mofo, sobre o pub de Davy Finneran, viu Jennifer nua perto da janela, iluminada pelo neon da loja de *fish and chips* do outro lado da rua, enquanto os últimos fregueses desciam a rua para ir para casa. Seu corpo estava bronzeado do sol na Grécia. A cama tinha o cheiro do sexo dos dois. Billie dormia num sofá perto da porta, braços e pernas esparramados. Scully ficou imóvel alguns instantes. Deitado sobre a cama, sentindo a boca seca devido à emoção da celebração. Ficou observando-a perto da janela, ouvindo os sinos da igreja. Os ombros dela contraíram-se; ela fungou. Scully a amava. Ele não iria mais voltar para a Austrália, nunca mais veria sua casa e todas as suas coisas de novo, mas ele a amava, e ela devia saber disso. Ela enxugou os olhos e se virou, levando um susto por vê-lo acordado.

– Tive... um sonho – sussurrou ela.

Mas ela nem mesmo parecia ter conseguido dormir.

– Está tudo bem?

Ela fez que sim.

– Vem pra cama.

Seu corpo ficou repentinamente rígido. Ela hesitou antes de caminhar pesadamente até ele. A pele dela estava fria, quase pegajosa contra a dele.

– Me desculpe – murmurou ela.

– Pelo quê? Por um sonho?

Sentia o hálito dela quente contra o ombro. Ele a aproximou para junto de si e adormeceu.

Scully ouviu o furgão da Renault subir o morro com dificuldade. Atiçou o fogo, desligou a luz e foi para fora, ao encontro de Peter.

Pete-Carteiro dirigia lentamente pela chuva densa, ao lado de Scully, rumo a Shinrone, passando o meio *pint* de uísque Bushmills para Scully de vez em quando. Scully tomava um gole e observava o túnel que os faróis faziam entre as sebes e os muros de pedra.

— Casaco bonito!

— Comprei em Paris.

— Paris. Maldita Paris, hein?

Scully riu.

— Isso. Paris.

— E Paris é como nos filmes?

— Não exatamente.

— Eu gostava daqueles filmes meio Gene Kelly, sabe, com dançarinos, guarda-chuvas, beijos perto da fonte.

— Ah, claro, a gente fazia tudo isso, sem dúvida.

— Mas então que diabos você fazia?

Scully suspirou.

— Trabalhava feito escravo, Pete. Eu pintava e Jennifer escrevia.

— Pintava? Não sabia que você fazia o tipo artista.

— Pintava apartamentos, amigo. Dinheiro vivo. Pior emprego da minha vida. Nem pergunte.

— E ela escrevia o quê?

Scully tomou um gole do quente e acre Bushmills. Paris não era exatamente a lembrança que ele gostaria de ter em mente numa noite em que queria se divertir. Queria esquecer aquela droga de lugar de uma vez por todas. Os dias longos e terríveis que passou raspando os tetos dos parisienses sovinas e tacanhos. O desesperado embate com Billie, todas as manhãs, do lado de fora da escola, e as noites repletas de lágrimas e raiva, quando a frustração de Jennifer parecia um animal preso no aposento junto com eles. Era quase como se ela estivesse padecendo de uma doença. Depois da agitação inicial, das semanas embriagantes de esperança e animação, dos dias em que ela ficava enfurnada no pequeno apartamento, repleta de ideias e amigos novos, ela se tornou aquela criatura transtornada.

Em certas noites, eles ficavam acordados até tarde e bebiam *pastis* em excesso, enquanto ele tentava consolá-la, mas ela atacava feito um animal selvagem encurralado. Era culpa dele, dizia ela. Ele era preguiçoso, não tinha motivação, não tinha ambição, não tinha coragem; ele achava aquilo meio exagerado, dadas as circunstâncias. Ele fazia um trabalho de merda o dia inteiro para que ela pudesse escrever. E fazia isso feliz da vida. Deus, como ele queria que ela tivesse algum sucesso, passasse a ser uma nova versão de si mesma que a fizesse feliz.

Mas Paris era um buraco negro, um lugar onde Jennifer bateu com força contra o muro de suas limitações, sendo que tudo que ele podia fazer era ficar perto dela, testemunhar.

– Scully?

– Hum?

– Me fala do que ela escrevia. Você já tá com sono ou já tá bêbado?

– Bom, eu gostava.

– Mas o que ela escrevia? Sem dúvida ela tem alma de poeta, já que gostou da casa do jeito que gostou.

Scully sorriu e passou a garrafa para ele.

– Na verdade, ela é bem pragmática, Pete. Gosta de tudo certinho e no lugar, sabe? A família dela é toda certinha. Ela fugiu deles, por certo. Ela sempre achou que os pais não a deixavam fazer o que quisesse. Eles fizeram muita pressão para ela ter um cargo público, coisa e tal. Ela diz que eles a transformaram numa pessoa comum, sendo que ela não era. Segura, sem graça, esse tipo de coisa que ela não é. Eu gostei dela porque ela parecia tão... certinha, acho. Mas ela odeia isso, ser certinha. Escrever era uma das coisas que ela sempre quis fazer. Ela queria fazer coisas diferentes, arriscadas, o tipo de coisa que os pais costumam odiar. Todas essas viagens foram uma oportunidade para ela. Ela abandonou o emprego e quis muito ir para Paris. Paris era pura poesia para ela. E ela escrevia uns poemas legais, mostrou para as pessoas e acho que ela foi... humilhada. Aqueles desgraçados, os amigos dela, acharam os poemas meio ridículos. Que se fodam. Eu achava os poemas bons.

– Você gostava porque a ama.

– Não, gostava porque gostava – Scully seguiu com os olhos as sebes irregulares que passavam por eles. – Mas, enfim, não deu certo.

– Ficaram sapateando perto das fontes e não deu em nada.

– Pois é.

Pete tomou um grande gole da garrafa de uísque e sorveu o ar com a boca aberta, satisfeito. Guiou o volante com os joelhos durante uns instantes e cantarolou de um jeito afetado.

– Minha nossa, Scully, você conheceu o mundo!

– Só na classe econômica, meu amigo.

– E o que você fez na Grécia? Ficou lá deitado no sol, bebendo aqueles drinques com chapeuzinhos?

Scully riu.

– Não, trabalhei para um pedreiro, carregando granito morro acima. Adorei. O lugar era o máximo. A Grécia parecia a Austrália, só que invadida pelos irlandeses.

– Minha nossa!

– Verdade. Nada funcionava e ninguém tava nem aí. Perfeito.
– E o que a Jennifer fazia lá?
– Ela pintava.
– Casas?
– Não, quadros. Porque, bom, ela precisava tentar. Ela era boa, eu achava. O negócio com a Jennifer é que ela é capaz de tentar qualquer coisa. Ela é boa em várias coisas, mas quer ser um gênio numa coisa só. Talvez aconteça. Um dia. Ela merece fazer sucesso.
– Você ama essa moça.
– Sim.
Chegaram em Shinrone. A chuva caía oblíqua contra as luzes da pequena cidade, que parecia engasgada com tantos carros estacionados.
– O Arlo Guthrie esteve aqui no ano passado, Scully. Eu vim ver o show. Lembra daquela música?

Comin into Los Angeles
Bringin in a coupla keys
Don't touch my bags
If you please, Mr Customs ma-aan! [5]

– Lembro. Essa música é sobre drogas, Pete.
– Nunca!
Scully pegou a garrafa da mão do irlandês e riu até doer a barriga. Pete disse:

---

[5] Chegando em Los Angeles/Trazendo uns quilos/Não mexa nas minhas malas/Por favor, guarda da Alfândega! [N.T.]

— Um daqueles caras do U2 veio de Dublin só para ver o Arlo. Esbarrei no cara e quase o derrubei sem querer no banheiro. O que seria da gente sem música, hein? Essa música não é sobre drogas, é?

Scully só conseguia rir, fazendo que sim com a cabeça.

— Puta que pariu! — exclamou o irlandês.

Na fumaça densa e quente do pub, naquela noite, Scully deixou de lado a ansiedade que tinha tomado conta dele algumas horas antes. A banda atacava, tocando de *jigs* a *reels*, a poeira levantava do chão imundo com o bater dos pés de gente dançando e a vibração dos casacos e cachecóis. O violino tinha um som maníaco, agudo, a flauta irlandesa era demente e a bateria era o presságio de uma dor de cabeça. Alguém apareceu com uma gaita-de-foles e um velho agarrou o microfone, e então a temperatura do lugar começou a baixar com uma balada. Scully não conseguia se lembrar de ter ouvido um som mais doce do que o triste suspiro daquela gaita-de-foles. Não era uma gaita escocesa, barulhenta; era um choro fúnebre, carregado de desejo e remorso. O velho cantava, com a gravata torta e as dentaduras meio moles, uma música sobre as Slieve Blooms, sobre ser deixado para trás, abandonado em meio aos morros, com o inverno chegando. Scully ouvia, hipnotizado, até que no refrão final ele colocou o copo na mesa e foi empurrando pessoas e abrindo caminho até a porta.

Lá fora estava chovendo e não havia ninguém na rua além de um cão preto e triste, acorrentado a uma bicicleta. Do outro lado da rua, o dono da loja de *fish and chips* estava queimando a gordura para fechar a loja, as luzes fluorescentes e duras caíam feito blocos de gelo na rua. Scully sentia o rosto entorpecido em alguns pontos. Deixou-se ficar ali, com o rosto virado para a chuva, tentando entender o medo repentino que sentiu ali dentro. Era isso, medo. Mas é só uma música, Scully.

Pete apareceu na porta.

– Você não vai vomitar, vai?

– Não, está tudo bem.

– Não gostou da música?

– A música é ótima. Linda, aliás.

– Minha nossa, tem umas moças meio safadas de Tullamore aqui.

– Vai lá.

– Tá tudo bem, então?

– Eu entro daqui a pouco.

Pete foi sugado de volta pela negra boca do pub e Scully enxugou a chuva do rosto. O cão preto ganiu. Scully foi até ele e o soltou da corrente. O cão deu-lhe uma mordida de leve e saiu correndo, noite adentro.

Em meio ao vapor oleoso que saía de um pacote de batatas fritas, os dois seguiam no carro, indo para casa, cantando.

> *Keep your hands off red-haired Mary*
> *Her and I are to be wed*
> *We see a priest this very morn*
> *And tonight we'll lie in a marriage bed...*[6]

---

[6] Tire suas mãos da Mary ruiva/Ela e eu vamos nos casar/Vamos ver um padre esta manhã mesmo/E hoje à noite estaremos na nossa cama... [N.T.]

Chegaram na arvorezinha esquisita no meio da estrada, com sua triste decoração de trapos, e Scully perguntou o que era aquilo.

— É uma árvore dos desejos — disse Peter, parando ao lado dela e baixando a janela para deixar entrar uma lufada de ar frio. — As pessoas amarram um pano e fazem um desejo.

— E funciona?

Pete soltou uma grande gargalhada.

— E você acha que esta merda funciona, meu filho? Por acaso este país parece o Havaí? Pouca gente consegue o que quer na Irlanda, Scully.

— As coisas aqui não são tão trágicas assim — disse Scully, sentindo o bom humor desaparecer.

— Jesus! — exclamou Pete. — Imagina então como a gente estaria fodido se fossem!

Os dentes do carteiro ficavam enormes e hilários sob a luz fraca.

Durante um longo pedaço morro acima, atrás do casebre de Binchy, uma lebre correu determinada à frente deles, na lateral da estrada, o rabinho balançando à luz dos faróis quando eles diminuíam a velocidade. Ela corria e corria, ziguezagueando de vez em quando, em busca de uma abertura no muro de pedra, correndo sobre pedaços de lama vítreos, até que finalmente fez uma curva à esquerda em uma estradinha e lançou-se na escuridão do campo. Scully e Peter Keneally ficaram torcendo pela lebre durante todo o percurso, até chegarem à crista do morro.

No casebre, Scully saiu do carro e ficou em pé, parado durante alguns momentos perto do furgão.

— Ânimo, Scully. É amanhã.

– Sim, amanhã.
– Fica com Deus.
– Muito obrigado pelo convite. Obrigado por tudo.
– Quer que eu te leve até o aeroporto depois da missa?
– Obrigado, mas acho que é melhor eu ir sozinho.
– Bom, te vejo na segunda, então – disse Pete, descendo o morro.

As luzes do carro iluminaram as sebes e desapareceram.

Scully abriu a porta. O fogo na lareira ainda ardia um pouco. Pegou um pouco mais de turfa e uns pedaços de carvão e reavivou a chama. Ficou caminhando em cada cômodo da casa, tentando imaginar todos eles ali, mas talvez estivesse cansado ou bêbado demais: as imagens fugiam dele enquanto ele endireitava um tapete ali, colocava uma cadeira mais para lá. E então ele finalmente foi para a cama, no andar de cima, dormindo sobre lençóis que ainda tinham cheiro de fábrica, de loja, de lugares mais ensolarados.

11

Scully acordou em algum momento durante a noite, a garganta dolorida e seca. Levantou com dificuldade da cama, no frio, e desceu a escada com passos duros, em busca de um copo d'água. O gado mugia nos currais de Brereton, atrás do castelo. Perto da pia, viu que o céu havia clareado e que havia estrelas. Uma lua disforme pairava lá em cima, brilhando no escuro. Viu luzes no castelo. Ficou ali, nu e tremendo, perto da janela, observando as luzes que se movimentavam através das árvores. Devem ser jovens, imaginou ele, adolescentes aproveitando a noite de sábado para brincar. Bebeu água e colocou o copo na pia. Ficou pensando se Jimmy Brereton estava a par daquilo. Não custava dar uma olhadinha.

Perto da porta, colocou seu sobretudo, enfiou os pés nas galochas e se enrolou num cachecol. O ar gélido e severo o acertou em cheio no rosto quando ele saiu rumo à noite. O mostrador luminoso do relógio de pulso informava que eram três da manhã.

Scully desceu com cuidado pelo campo, no escuro. Não estava ventando; só havia uma névoa penetrante que se levantava do chão. Lá embaixo, por entre as árvores – não, atrás das árvores, bem no fundo do vale –, as luzes se moviam. Quando subiu os degraus da mureta na beirada de seu terreno, Scully percebeu como as luzes se movimentavam: era uma procissão de luzes. Inclinou a cabeça, tentando ouvir a algazarra dos jovens, mas não conseguiu ouvir nada além do mugido das vacas de Brereton.

    Scully atravessou a estrada e escalou a mureta no ponto em que a floresta de freixos encontrava a estrada. Foi escolhendo o melhor caminho, passando sobre galhos caídos, triturando os detritos congelados. Sua respiração parecia um farol à sua frente. A grande sombra do castelo surgiu por detrás das árvores, silenciosa, impassível. Com o mato congelado fustigando suas canelas nuas, ele atravessou o pátio ao lado das ruínas da casa hidráulica, que agora parecia somente com blocos de pedra escuros e instáveis na sua visão periférica. Chegou no topo do declive: viu uma confusão de tochas dando voltas nos campos, circulando debaixo dos carvalhos nus, atrás das escadas do castelo. Tochas. Sim, eram chamas que ele via, bem acima do nível do chão. Agora Scully conseguia ouvir o som pesado de passos e, quando as luzes passaram debaixo de uma velha árvore, ele viu os corpos suados e quentes dos cavalos, viu os rostos barbados dos homens. Cajados. Um estandarte com uma bandeira esguia. A lama quebradiça erguia-se à frente dos cascos feito ondas que se chocam contra um navio.

    Passando rapidamente pelos arbustos de amora-preta e de urtiga, Scully saiu em disparada para se esconder atrás de um muro caído. Agora o frio chegava até suas bolas, que ele sentia quebradiças feito bolas de árvore de Natal entre as coxas. Envolveu-se melhor no casaco e espiou por um buraco nas pedras. Lá embaixo, no campo que se inclinava suavemente, abaixo das escadas do castelo, os cavaleiros tinham se agrupado. Devia haver uns vinte deles, usando fantasias. Tinham cabelos desgrenhados, usavam mantos e botas de cano alto. Dois deles tinham armaduras sujas e cinzentas sobre o peito e panos amarrados na testa. Scully ouviu os cavalos resfolegando, relinchando. A respiração deles lançava colunas de vapor, os tremores em suas ancas emitiam sons metálicos. Com a luz do fogo refletida nos olhos, os cavaleiros fitavam o castelo, e Scully tentou raciocinar, tentou imaginar o que poderia ser tudo aquilo. Tremia de frio. No vale, não havia mais nenhuma luz brilhando. Nos quintais das fazendas das redondezas, nenhum sinal de vida. Observou e ficou à espera, hipnotizado. Agora ele conseguia enxergar armas, cicatrizes e sangue, o esticar inquieto das rédeas. Viu o brilho do suor nos corpos dos cavalos e o olhar cravado dos cavaleiros. Parecia um bando mercenário, homens brutais, estóicos. Em toda a sua vida, ele nunca vira homens como aqueles. De onde estava agachado, ele não conseguia ver direito a frente da fortaleza do castelo, se havia alguma luz ali, ou se a porta estava aberta, ou se havia alguém lá em cima.

Foi circundando de quatro o muro destruído do pátio até conseguir escalar uma pilha de escombros cheia de musgo, com a intenção de se esconder atrás de um abrunheiro e chegar ao próprio átrio, mas, antes de chegar até o arbusto, Scully meteu o pé num buraco, cambaleou e perdeu totalmente o equilíbrio. Tropeçou, xingou e caiu rolando pelo declive e, quando finalmente parou, sofrendo de dor e medo, estava em campo totalmente aberto, totalmente visível. Não adiantava correr. Imaginou então que só lhe restava permanecer ali, ficar visível sob a estranha luz das tochas crepitantes. Empertigou-se, sentindo a lama macia escapar por debaixo da superfície quebrada do solo, mas os cavaleiros continuavam sentados, impassíveis, sobre suas montarias imóveis, expectantes. Cada um sobre sua sela, olhos fixos no castelo, de onde não vinha nenhuma luz, onde ninguém se movia. Quase como um gesto de educação, Scully pigarreou e chutou duas pedrinhas para chamar a atenção deles, mas era como se ele não existisse.

Com os braços para cima, desceu com dificuldade pelo mato enlameado e foi em direção ao forte odor dos cavalos. Mais perto, sentiu um cheiro mais azedo, o fedor de homens que não haviam se lavado. Com o repentino ruído de um cavalo urinando lá atrás, Scully grunhiu de susto, mas nenhum homem se mexeu. As tochas crepitavam, as chamas eretas no ar parado, exalando cheiro de piche. O sangue pulsando feito um animal enjaulado, Scully andou por entre os cavaleiros, sem tocar nos flancos espasmódicos de suas montarias. Alguns dos cavalos tinham feridas negras e coaguladas sobre o peito e pareciam estar tão cansados, entorpecidos e com tanto frio quanto seus cavaleiros. Alguns dos cavaleiros eram rapazes, ainda, de pernas finas e nuas, a pele arrepiada. E como continuavam altivos, esses cavaleiros. Era como se a qualquer momento um acontecimento grandioso e terrível fosse descer sobre eles, como se algo, alguém lá em cima, pudesse fazer com que eles se movessem. Acima deles, o céu era um véu triste. O chão estava enlameado, repisado. Montinhos vaporosos de merda de cavalo entre os cascos. A fortaleza erguia-se feito uma muralha diante deles. Scully percebeu que ele mesmo esticava o pescoço, esperando por algo, quase sem respirar. Um cavalo balançou a crina e Scully sentiu a névoa de seu suor contra o rosto. Era como se seus pés tivessem fincado raízes no chão, e os cavaleiros continuavam a esperar, e ele esperava com eles.

Ele sentia que era verdade, que algo estava mesmo prestes a acontecer. Mas aquela terrível calmaria continuava.

– Tem alguém aí? – gritou Scully na direção do forte, a voz desafinada pelo esforço de falar. Agora ele estava ofegante de frio, sentindo a terra sugar seu calor, como se o estivesse puxando para dentro da lama fecunda. – Tem alguém aí? Alguém? Alguma coisa?

Nenhuma cabeça se virou em sua direção. Nada se movia na boca escancarada e escura da fortaleza e suas alas destruídas. As heras que se alimentavam das pedras arcaicas cintilavam à luz das chamas. Os degraus tortos e desgastados que levavam ao castelo continuavam vazios, sem nada além das pelotas de cocô de coelho, mas os cavaleiros continuavam a esperar, intrépidos. Agora Scully sentia a pele doer, os olhos empolados. O ar gélido em seus pulmões chamuscava, os botões do sobretudo queimavam a pele do seu corpo. Suas pernas estavam enrijecidas e, de repente, ele sentiu medo de ser engolido pela terra. Iria morrer se ficasse mais tempo ali, mas continuou ali, petrificado, incapaz de imaginar um frio pior do que aquele, incapaz de se forçar a fazer um movimento. Você vai morrer, disse ele a si mesmo, vai morrer se não for embora. Ouvia seu coração rangendo dentro do peito. Como se estivesse fora do próprio corpo, percebeu que se mexeu. E, de repente, ele era um homem que tentava sair voando dali, e a terra e o frio rasgaram-se feito uma cortina quando ele endireitou seu casaco e correu.

No topo do morro, tremendo contra a porta de sua casa, golfando de frio e medo, ele se virou mais uma vez e viu as luzes, que ardiam pacientes como a própria natureza, brilhando como estrelas por entre as árvores.

12

As luzes acendem ao longo do corredor desagradável e comprido do grande avião e as pessoas se espreguiçam feito gatos. Billie levanta os olhos de sua revista em quadrinhos, cuja história fala do pobre e feio corcunda, e vê a mãe bocejar e se ajeitar no assento ao seu lado. Seu cabelo é negro. Brilha como a asa de um corvo, parece algo que vai sair voando de repente. Ela olha a figura do tocador de sinos e faz uma careta, enrugando o nariz, para Billie.

– Ah, essa coisa velha de novo.

Bille dá de ombros. Ainda é o seu favorito, por mais que as páginas estejam todas caindo aos pedaços. Era de Scully quando ele era menino. Ela tem todas as histórias em quadrinhos dele e sua coleção d'*As Aventuras de Biggles, o Aviador* (que são bem idiotas, para falar a verdade) e também *O Pudim Mágico*. Em um baú que estava em algum lugar naquele momento, ela tem guardados uma pele inteira de cobra, uma varinha mágica e uma bolsa velha com livros e papéis. É difícil imaginar o próprio pai sendo criança. Tirando leite das vacas. Sem TV. Antes mesmo dos foguetes espaciais. Vivendo feito o Tom Sawyer: é assim que Billie imagina. Ela sente pena das crianças que têm pais comuns. Só havia um Scully no mundo. Ele não era bonito, mas era especial. Ele a ensinou a nadar, a andar de bicicleta. Antes mesmo de ela ir para a escola, ele a ensinou a ler e escrever. Billie não se esquece de coisas assim. Ele sabe das coisas e não guarda segredos. "Você leva o que compra", como ele mesmo diz.

Uma vez, em Paris, uma senhora caiu na rua bem ao lado deles e começou a se debater contra as pedrinhas arredondadas da calçada. Estava tendo convulsões. Sua boca começou a espumar. Todo mundo começou a se afastar, dizendo "Uh-lá-lá!". Mas Scully fez Billie ficar parada e se agachou perto da mulher, enfiou seu jornal entre os dentes dela para evitar que ela mordesse a própria língua. A mulher pinoteava, pulava, mas ele falava com ela do jeito que Billie imaginava que ele falasse com as vacas quando era menino. Talvez, feito uma vaca, ela não conseguisse entender nada do que ele dizia, já que ele falava com ela em inglês, de um jeito doce e amável, enquanto todas as pessoas em volta continuavam atônitas. Ele acariciava o cabelo da senhora e Billie sentia náuseas, ficou com vontade de vomitar ali mesmo. Mas estava feliz por ele tê-la feito ficar ali. Ele chorou, ela o viu chorar enquanto a senhora francesa mordia o jornal e se contorcia na rua. Ela então soube que só havia um Scully no mundo.

Ela balança as pernas, tomando cuidado para não chutar o assento da frente e fazer com que o velho com cabelo saindo das orelhas fique irritado de novo.

Sua mãe pega a bolsa e enfia os pés nos sapatos. Pés bonitos, com unhas vermelhas. Pés bonitos.

– Só vou ali me lavar um pouco – murmura ela.

– Okay – responde Billie.

Billie volta a ler a historinha. Ela gosta do corcunda. Ele é feio e triste, mas tem bom coração. Ele consegue enxergar a cidade ao longe. Paris. Ela morou em Paris uma vez e sabe que deveria ter uma Torre Eiffel em algum lugar naquela história, mas parece que o moço que desenhou os quadrinhos esqueceu de colocar. O velho Quasímodo consegue enxergar tudo. Ele tem os pássaros livres, o céu e a música dos sinos que acabam com seus ouvidos e adora tudo isso. No alto da Notre Dame, enorme e assustadora, com estátuas perto das entradas, os pombos e os asnos na fachada. Quando ela fecha os olhos, consegue enxergar o tocador de sinos andando rapidamente lá em cima – não precisa mais da historinha para imaginá-lo. Sua corcunda pesando sobre ele, dobrando-o como se ele fosse Cristo sob a cruz que tem de arrastar. Ninguém o ama, muito menos a bela moça cigana. Ela só vê o pobre rosto dele, sua corcunda. Ninguém o ama como Billie, porque ela sabe: há bondade em seu coração.

As pessoas no avião empurram a cobertura da janelinha ridiculamente pequena para deixar entrar um pouco de luz. O avião está tão alto que está quase no espaço. A sensação nervosa toma conta dela de novo. Ela vai morar numa casinha de pedra, com janelas quadradas e uma chaminé. O seu pai vai estar lá. Ela não precisa sentir medo. Mas é difícil se sentir calma quando se está quase no espaço, quando não se sabe o que vai acontecer.

13

Scully acordou com a arenga do fresco vento norte soprando sobre as telhas e, só de pensar no frio fora do edredom, seu corpo enrijeceu. Sentia o rosto dolorido, a garganta coçando, como se fosse ficar gripado. As mãos ardiam por causa da urtiga e um de seus joelhos latejava. Fechou os olhos novamente, na casa ainda pouco iluminada, em cima de um morro em um país desconhecido, e então, sentindo o lento ardor em seus membros, ficou mais calmo. Finalmente chegou. Hoje era o dia. Olhou o relógio, meio tonto. Minha nossa, como ele estava atrasado. Já passava das oito e o voo chegava no aeroporto Shannon às dez.

Jogou o edredom para longe e rugiu com o choque do frio, e, enquanto lutava para colocar a calça jeans, viu as pernas cheias de lama. Havia lama endurecida entre seus dedos também, e nos lençóis. O frio e os cavaleiros agora pareciam uma memória distante, como um sonho. Hoje ainda, à tarde, ele desceria até lá e daria uma olhada, só para ter certeza. E talvez também falasse com Brereton. Mas agora ele estava atrasado. E o sol já havia nascido.

Tirou os lençóis da cama e os levou para o andar de baixo, onde a lareira deixava sair uma brisa e as vidraças das janelas chacoalhavam. Ele deveria ter acordado há duas horas. Com tanta expectativa por aquele dia, como ele pôde ter dormido até mais tarde?

Com a água fria e cortante feito metal, ele se lavou, de pé, na banheira de lata. Fez a barba de qualquer jeito e correu para o andar de cima, levando lençóis limpos. Depois achou a calça Levi's, as botas e o pulôver e se arrumou.

Oito e trinta e cinco. Agora ele estava desesperado! Desesperado o suficiente para esbarrar na tina e jogar água cinzenta contra a janela fechada da cozinha: o impacto fez com que a água voltasse direto para ele. Sentou-se, encharcado e totalmente desperto, gemendo de frustração. Olhou em volta, viu os pratos na pia, os lençóis sujos, marcas de lama e a poça de água aos seus pés. Ele havia trabalhado até se matar para deixar o lugar quase perfeito e agora estava parecendo uma república de estudantes. Mesmo assim, elas veriam a mudança, saberiam que ele tinha dado tudo de si. Levantou-se, acendeu a lareira, empilhou nela pedaços de carvão e saiu para o vento, com a roupa molhada.

Na estradinha que serpenteava e levava até Roscrea, ladeada de sebes, Scully dirigia, determinado, com pressa, jogando camadas de lama por onde passava, os muros e abrunheiros passando rapidamente pelas janelas. A chuva deixava borrado o pouco que ele conseguia enxergar dos campos e lugares abertos. O céu não existia.

A cidadezinha estava lotada de carros estacionados para ir à missa e os sinos ecoavam pelas fileiras apertadas e cinzentas de casas e lojas. Ali, na estrada reta, Scully castigou o motor do furgão, que agora tremia. Ele suava, nervoso com a expectativa. Os morros vertiam água e nuvens, os campos de Tipperary abriam-se à chuva, deixando brotar, aqui e ali, o esqueleto destruído de uma torre, um portal, um solar antigo. Viu casebres sufocados sob o peso dos telhados de palha, descuidados e tomados pelo mato. Ao longo de toda a rodovia, cruzando os campos, havia chaminés solitárias, grandes muros desolados, igrejas caídas com cruzes cobertas de líquen, cruzes fincadas na terra, inclinadas feito alavancas. Muito mais raro era avistar árvores, ou agrupamentos de árvores, uma floresta que perdurasse, para depois ver mais terrenos cor de chocolate e também casas de fazenda achatadas, cheias de reboco, com átrios de cascalho cinzento e arcos de arquitetura espanhola. Cada cidadezinha tinha uma placa que dizia *fáilte*, bem-vindo a Moneygall, Toomyvara, Nenagh, e cada uma delas estava lotada de carros por causa da missa de domingo, de guarda-chuvas dos fiéis que andavam, do badalar dos sinos, enquanto as ruas permaneciam vazias, sem caminhões, o que era uma bênção. Um *viva!* para este país temente a Deus, pensou Scully, e para todos os caminhoneiros que gostam de se ajoelhar e rezar.

Quando surgiu Limerick, com seu mar de telhados, ele conseguiu ver as horas em um relógio na vitrine de uma loja de *fish and chips*. Atravessou a ponte e viu o aeroporto Shannon despontar, recortado, virado para o mar e, de súbito, sua tensão transformou-se então em bem-estar: ele ia conseguir, ia chegar a tempo.

A chuva diminuiu. A estrada estava vazia.

Na ruazinha comprida, plana e desolada que levava até o aeroporto, Scully tinha um sorriso tão largo no rosto que os outros motoristas até mudavam de faixa e se mantinham à distância. Um jumbo da Pan Am ergueu-se no ar e passou por ele, a sombra atrás do avião feito uma âncora. *Bon voyage*, pensou ele; divirtam-se em Nova York, tenham uma excelente vida, todos vocês. O mundo era bom e o avião, uma dádiva da evolução.

Dentro do terminal, o ar estava carregado de fumaça de cigarro, cheiro de sarja molhada, gritos de despedidas e reencontros. Aqui e ali, era possível ver as calças xadrez dos americanos que iam até o balcão da Avis e da Dan Dooley para alugar carros. Havia irlandeses usando ternos horríveis e botas com solados grossos, subindo as escadas para tomar um *pint*, e mulheres segurando valises, à espera do voo que as levaria de volta para Londres.

Scully sentou-se ao lado de um extintor de incêndio operado por moedas e viu um homem fazer o sinal da cruz em todo o corpo – nos óculos, nos testículos, na carteira, nas chaves – enquanto subia pela escada rolante, para o portão de embarque. Boa viagem, meu caro, pensou ele.

O monitor tremulava e informava que o voo da Aer Lingus, vindo de Londres, iria aterrissar em poucos minutos. Bem na hora!

Elas deviam estar cansadas, depois de tantas horas no voo da Qantas, vindo de Perth, e da espera em Heathrow. Ele faria almoço para elas, iria atiçar o fogo e colocá-las na cama, ouvindo as rajadas do vento lá fora. Que nada: ele também iria ficar na cama com elas, mesmo se não fosse dormir. Ficou pensando se teria tempo de achar um vinho decente em alguma loja daquele país antes que anoitecesse. Mas não num domingo. Agora ele precisava ir ao banheiro. Sentia-se como uma criança ansiosa, não conseguia parar de se mexer.

No fim do corredor, achou o banheiro masculino. Olhou-se no espelho durante um instante. Os cachos de seus cabelos estavam desarrumados, em pé, e o olho defeituoso e o rosto avermelhado davam a ele um ar de desespero. O *Garda*, guarda da polícia irlandesa, que estava no terminal não o chamou num canto com o intuito de revistá-lo em busca de um supositório de explosivo Semtex: pura sorte. Sorriu, um sorriso débil, arrumou-se o melhor que podia, ajeitou o cabelo com o suor da palma das mãos e saiu para encontrá-las.

O monitor piscava: *Aeronave no solo*. Uma muralha de pessoas fazia a curva ao redor das portas automáticas da saída da alfândega. Scully foi abrindo caminho por entre elas e, forçando um pouco o caminho, conseguiu se posicionar bem no corrimão da frente.

Os executivos de maleta apareceram primeiro, fechando as abas de suas capas de chuva de tecido, mal olhando para a massa de parentes de outras pessoas que estavam ali, na barreira cromada. E aí surgiram os carrinhos de bagagem, com pilhas vacilantes de malas, empurrados por pessoas exaustas ou chorosas. Começaram os gritos de reconhecimento. Famílias abraçavam-se e choravam. Bebês eram erguidos e passados de um lado para o outro. Scully mal conseguia suportar as gargalhadas e gritos felizes das outras pessoas. Estava esmagado pelos lados, pessoas passavam à sua frente, e ele começou a ficar primeiro sobre um pé, depois sobre o outro, esforçando-se para enxergar um traço conhecido no fluxo constante de rostos que chegavam.

E então ele viu os cachinhos loiros, batendo na altura da cintura das outras pessoas.

– Billie!

Ela desapareceu atrás do carrinho de alguém.

– Billieee!

Quando surgiu de novo, ele viu a pequena mala xadrez em sua mão, a mochila verde fluorescente nos ombros e a comissária de bordo ao seu lado. Os olhos de Billie o encontraram e piscaram, reconhecendo-o. A pobre menina parecia pálida, cansada, completamente esgotada. Scully procurou o carrinho atrás dela, que Jennifer devia estar empurrando. Scully nem conseguia imaginar a nota preta que deviam ter pago por causa do excesso de bagagem. Mas só havia homens empurrando os carrinhos lá atrás. Scully viu o adesivo verde na jaqueta de Billie. Viu sua mãozinha segurando a mão da mulher uniformizada. Viu a prancheta, o sorriso rígido e falso. Pulou a divisória.

– Billie, você devia ter esperado a mamãe.

Ele a agarrou, com maleta e tudo, e sentiu que ela se agarrava a ele feito um boxeador. Meu Deus, que sensação maravilhosa. Ela tinha cheiro de framboesa e de Jennifer. Por entre a névoa dos cabelos de Billie viu os carrinhos surgindo em pequenos grupos e depois desaparecendo.

— Sr. Scully?

Ele se virou. A funcionária da Aer Lingus sorria.

– Desculpe, mas precisamos de um documento do senhor. É o regulamento. Ela é uma menina muito boazinha.

– Desculpe, mas acho que eu não estou... Ela está com o passaporte dela, não está?

– Ah, sim. Está aqui comigo.

Billie pressionou o rosto contra o pescoço do pai e ele sentiu seu próprio sangue pulsando contra a testa dela.

– Bom, qual documento? Elas perderam as malas?

– Não, meu senhor, era só essa mala.

– Tudo bem, a gente espera — disse ele, cheirando o cabelo de Billie; sentia-se esfuziante.

– Serve a carteira de motorista do senhor. E também preciso da sua assinatura. Todas as crianças desacompanhadas precisam...

– Como é que é?

Levantou Billie e viu o adesivo de "Criança Desacompanhada" em sua lapela. Colocou a criança no chão e pegou a prancheta como se a mulher estivesse lhe oferecendo uma arma ensanguentada. Criança desacompanhada, B. Scully, sexo feminino, sete anos de idade. Scully segurou a pequena caneta, deixando-a tremer acima do papel, e depois olhou de novo para a funcionária da Aer Lingus.

– Bem aqui nessa marca, senhor.

Scully assinou e mal dava para reconhecer seu nome. Agora as portas de desembarque se fecharam. Não havia mais ninguém saindo. Olhou novamente para o formulário. Londres, Heathrow – Shannon, 13 de dezembro. A assinatura de Jennifer.

– Preciso de um documento de identificação, por favor.

O sorriso da mulher começava a se dissipar.

Scully olhou para baixo, para a filha. Ela estava branca, dura feito uma estátua.

– O que está acontecendo? Não havia lugar no avião? Ela vai trazer a bagagem no próximo voo, é isso? Você deve ter deixado o bilhete no bolso, não foi, Bill?

Billie mantinha os olhos fixos sobre ele, como se fosse sonâmbula. Deus do céu! Ele sentiu uma vontade repentina de ir ao banheiro.

– Sr. Scully? Por favor...

Enfiou a mão no bolso de trás, pegando a sua carteira estreita, e a abriu num gesto rápido, mostrando os documentos, sem nem mesmo olhar para a mulher. Sua Habilitação de Motorista Internacional, o cartão de crédito American Express, a velha fotografia dos três, na praia. A mulher rabiscou a informação de que precisava e fechou a prancheta.

– Tchau, Billie – murmurou ela, e se foi.

Billie olhou para as pessoas que passavam.

– O que diabos está acontecendo, minha querida? Por que ela não veio? Onde estão nossas coisas? Ela não devia ter te mandando na frente sozinha.

Ele se debruçou sobre Billie e começou a revistar os inúmeros bolsos de sua jaqueta jeans. Embalagens, um pacote de chiclete de framboesa, um Darth Vader de plástico, dez libras esterlinas, mas nenhum bilhete de Jennifer. Ali mesmo no chão ele abriu a pequena mala xadrez e, para a diversão da próxima rodada de pessoas que se reencontravam, começou a revirar tudo, com inegável desespero. Roupas de cores alegres, um gibi antigo, produtos de higiene pessoal, uma pasta cheia de documentos e algumas fotografias. Brinquedos, mais roupas. Sentia a boca pegajosa. Seus intestinos se contorciam. Olhou rápido para o monitor. O próximo voo que chegava de

Londres aterrissava em vinte minutos, um avião da British Airways, e havia outro Aer Lingus chegando ao meio-dia, um Ryanair no meio da tarde e mais nada depois disso, até as seis.

– Vem cá, senta aqui um pouco – disse ele, tremendo. – Preciso ir ao banheiro.

Colocou-a num banco de vinil e depositou a mala ao lado dela.

– Não saia daí, tá bem? Não fale com ninguém, só fique aí sentada. E enquanto isso – completou, em pânico, tentando abaixar o tom de voz – tente lembrar direitinho e me conte o que aconteceu em Londres, tá bem?

Billie só piscou. Ele não conseguia mais ficar ali.

No cubículo horrível e excessivamente iluminado do banheiro, ele tremia. Parecia que estava defecando ácido sulfúrico. Os dedos dos pés contraídos dentro das botas. O que houve? O que houve? O que houve? Ela era responsável demais para não agir de acordo com o planejado. Era muito séria, muito desgraçadamente *funcionária pública* para mudar de rumo sem ter um bom motivo. Sentia a cabeça ferver. Voo da Qantas até Heathrow, voo da Lingus até Shannon. Se houvesse algum atraso, ela iria passar um telegrama e esperaria, sem desorganização. Era domingo, Scully, e não havia mais telegramas. Certo, mas ela é uma burocrata, pelo amor de Deus. Ela sabe que tudo precisa ser feito de maneira organizada e que surpresas são ruins. Ela teria pensado em algo. Teria mandado um bilhete com Billie. Não, alguma coisa aconteceu. Você tem que falar com a polícia, Scully. Que polícia, o quê! Não, não, tente ficar calmo, você está em pânico. Tente se acalmar e pensar direito. Direito, com calma. Meu Deus.

Scully colocou o balde de batatas fritas e o suco de laranja na frente da filha e tentou pensar com calma. Ela não havia falado nada desde que chegou, e isso aumentava a sua ansiedade. Sentaram-se numa mesa de laminado branco, um de frente para o outro. Para as pessoas desconhecidas, os dois pareciam igualmente pálidos, confusos. Billie comia as batatas, o rosto inexpressivo.

– Você pode me contar?

Billie olhou para o bufê do restaurante, para a procissão de viajantes com bandejas vermelhas de plástico nas mãos.

– Billie, eu estou com um problema sério. Não sei o que está acontecendo. Eu estava esperando duas pessoas e só veio uma.

Billie mastigava, o olhar dela indo de encontro ao dele por um segundo, antes de ela olhar para baixo, para seu suco de laranja.

– A mamãe se machucou, ficou doente ou alguma coisa do tipo? Lá no aeroporto de Londres?

Billie mastigava.

– Vocês tiveram algum problema com a bagagem?

Caramba, pensou ele, talvez fosse a alfândega... Mas ela não estava trazendo nada de errado, a não ser que tivesse acontecido algum problema, algum engano. E será que ela teve de passar pela alfândega em Londres? Ou ia só fazer escala? Scully levantou a cabeça.

– Ela estava no avião com você, vindo de Perth? Devia estar, né? Tinha que estar com você. Billie, você precisa me ajudar. Você pode me ajudar?

Scully olhou para ela e soube, que o que quer que fosse, não era pequeno. Não quando se olhava para aquele rosto terrivelmente impassível. Ela era uma menina tagarela, geralmente era impossível fazê-la calar a boca, e conseguia ter jogo de cintura quando se deparava com problemas pequenos, conseguia se safar de situações complicadas com bravura... Menos aquilo.

– Me conta quando você puder, tá?

Os olhos de Billie ficaram brilhantes por alguns instantes, como se ela fosse chorar, mas ela não chorou. Ele segurou a mão da filha, acariciou seus cabelos, viu suas próprias mãos tremendo.

No balcão da British Airways, Scully tentava persuadir os funcionários de terno para que verificassem o nome de Jennifer na lista de passageiros, mas eles não cediam.

– Desculpe senhor, mas isso vai contra o regulamento de segurança.

– Eu sou o marido dela, esta é a filha dela. Que segurança?

– Não sou eu quem faz as regras, senhor. Logo, logo o avião aterrissa. Assim o senhor mesmo verifica.

– Obrigado por bosta nenhuma.

Scully puxou Billie pela mão até o balcão da Aer Lingus, onde resolveu adotar uma abordagem mais suave e colocar a menina no colo, encaixada no quadril.

– Sei que é contra as regras e tudo o mais, amigo – disse ele para um sujeito de expressão suave e olhos tristes – mas a gente está esperando a mamãe, não é, querida? E ela não estava no voo que chegou de Londres agora há pouco e...

– Eu sei que é horrível, meu senhor, mas é o regulamento.

– Bom, é que eu fico pensando... será que vou ter que esperar o dia inteiro no aeroporto? O que você acha? A menina aqui aguentou vinte horas num avião que veio da Austrália, dá pra ver como ela tá cansada. Eu vim lá de County Offaly e se eu voltar pra lá e minha mulher chegar... e a minha menina está tão ansiosa pra ver a mãe... Afinal, que mal tem só saber se ela vem ou não?

Scully percebeu o genuíno pedido de desculpas do homem, oculto no primeiro gesto relutante de cabeça que ele vira até o momento, e resolveu dar o bote.

– Olha... por que eu não te dou o nome dela e você vê? Se ela não estiver aí, você pode ir embora e pronto. Só me diz se tem algum indício de que a Sra. J. Scully está num voo da British Airways para a Irlanda hoje, certo?

O funcionário da Aer Lingus suspirou. Ah, graças a Deus os irlandeses têm bom coração, pensou Scully. Ouviu o barulho das chaves batendo contra o console. Scully abraçou Billie mais forte, suando de novo.

– Não.

– Mas você nem precisa falar nada, basta dizer sim ou não com a cabeça.

– Não, eu quis dizer que ela não está na lista de passageiros. Nem na de hoje, nem na de ontem e nem na de amanhã. Sinto muito, senhor.

Scully engoliu a informação feito um cubo de gelo. Suas entranhas tremiam.

– Muito obrigado mesmo assim, amigo. Tem algum escritório da Qantas na Irlanda?

– Acho difícil, meu senhor. Eles não têm voos pra cá.

– Sim, claro.

– Agora preciso ir. Com licença.

Scully esperou até que o último infeliz exausto saísse cambaleando do voo da British Airways e até que o último carrinho de bagagem saísse do desembarque antes de pegar a mala de Billie e levá-la até a saída. Não havia mais por que esperar.

– Você quer ir ao banheiro antes, querida?

Billie soltou sua mão e mudou de rumo, indo em direção ao banheiro feminino. Scully ficou ali, de pé, vendo a porta do banheiro fechar sozinha. Segurava a maleta de estampa xadrez, de frente para a parede. Conseguia sentir o cheiro de Jennifer na mala e até mesmo em seu pescoço, e como doía sentir aquele cheiro. Uma de suas pernas começou a tremer sem obedecer ao resto do corpo. Ficou ali de pé, sozinho em meio à multidão, os olhos fixos na porta com a placa *Mulheres* até que o pânico tomou conta dele provocando um ataque de náusea. Sua filhinha estava ali dentro, sozinha, no aeroporto de um país estrangeiro. Não se sabia onde estava sua mãe e lá estava ele parado, confiante, feito um idiota. Só faltou derrubar as mulheres que gritaram quando abriu de supetão a porta do banheiro e ficou procurando a filha feito louco pelos cubículos, gritando seu nome.

14

Durante todo o caminho de volta pela estrada de Dublin, embora a chuva tivesse parado e o vento estivesse mais calmo, a vegetação parecia abaulada e cada monumento erigido pelos homens estava tão cinzento quanto água de banheira usada. Uma ladainha sem fim de valas, borrões de estrume, ruínas e fracassos. Os homens que ele via nas ruas das cidadezinhas encardidas eram imbecis de traços rudes, o céu acima deles uma cobertura sufocante, prestes a desabar. Scully segurava com força o volante. Tentou pensar em coisas que poderia dizer, palavras reconfortantes, mas tudo o que ele conseguia era tentar não começar a gritar e enfiar o carro com os dois dentro em um daqueles campos da República da Irlanda. A menininha ficou sentada, sem tocar os pés no chão, sem falar nada, quilômetro após quilômetro, até que, felizmente, adormeceu.

Scully colocou carvão na grelha, ouviu-o cair e crepitar. O casebre estava aquecido e momentaneamente alegre. Saiu da casa e foi para o frio da tarde, para pegar Billie no furgão. Ela estava inclinada para trás, numa posição estranha, com a boca aberta, e só se mexeu de leve quando ele sussurrou em sua orelha e a tocou. E então ele abriu o cinto de segurança, pegou-a nos braços e a carregou para o andar de cima, para o seu novo quarto. Lá em cima o ar estava fresco, mas as pedras da chaminé evitavam que o lugar ficasse frio. Enquanto ela estava deitada na cama, ele desamarrou e tirou suas botas. Ajudou-a a tirar a jaqueta e a colocou debaixo das cobertas. Ali, no travesseiro, ela pareceu encontrar um novo aleento, e um frágil sorriso surgiu breve em seu rosto.

Sentado na beirada da outra ponta da cama, ele abriu o zíper da mala e tirou de lá o pequeno coala careca de uma perna só, o único vício permanente da menina. Segurou o bicho de pelúcia contra o rosto e sentiu o cheiro da vida que conhecia. Colocou o coala ao lado dela, debaixo das cobertas, e desceu as escadas.

Colocou a chaleira de ferro no fogo e ficou sentado à mesa, com as mãos espalmadas à sua frente. Minha mulher mandou minha filha sozinha. Sem nenhuma mensagem, sem nota, sem aviso. Mas... hoje é domingo, então não vou mais receber telegramas. Talvez amanhã chegasse uma mensagem. Não adianta entrar em pânico ou agir de maneira impensada. Você está preocupado, está decepcionado, mas aguenta um pouco, Scully. Amanhã o Pete aparece com um telegrama e todos nós vamos rir feito doidos de tudo isso.

O sol se pôs antes mesmo das quatro da tarde. Scully estava atrás do celeiro, estranhamente plácido, uma placidez fria, observando a grande pilha de lixo que havia levado para lá no primeiro dia. A chuva havia caído sobre as coisas de Binchy até transformá-las numa pilha de lixo, uma mancha irregular a seus pés. Na primavera, decidiu, ele iria cavar aquele pedaço de terra e plantar alho-poró e repolho, fazer alguma coisa ali. Ah, sem dúvida haveria muito mais coisas para fazer. Ele só precisava esperar aquela noite passar e o resto de sua vida voltaria ao normal.

A luz da janela de sua cozinha desenhava listas sobre o campo. O nariz de Scully escorria, seu peito doía. Dizia a si mesmo que era só o frio, somente o frio. Uma vaca choramingou lá embaixo do morro, em algum curral enlameado, e Scully ficou observando – maravilhado, na verdade – a sua respiração que subia, branca e livre, no ar calmo da noite.

Naquela noite, Scully ficou acordado, numa espécie de vigília. Era duplamente solitário ficar sentado ali no casebre sabendo que Billie dormia no andar de cima, longe dele, envolta em algum sonho que prendia sua atenção. Pobrezinha. Como será que ela devia estar se sentindo?

Tirou todas as roupas dela da mala e as dobrou com cuidado. A cômoda em miniatura que ela trouxe carregava o cheiro do Báltico, da cera de suas tias, de uma vida calma. No andar de baixo, examinou as coisas dela, o seu livro de colorir do Peter Pan, os lápis com seu nome, os livros de bolso do Roald Dahl. Pegou suas pequenas botinhas R.M. Williams e as lustrou com um pouco de cera. Na cozinha, o som da escova de encerar tinha o ritmo desconfortável do tédio de uma fazenda. Sobre a mesa, ele abriu a pasta de documentos. Certidão de Nascimento, 8 de julho de 1980, Fremantle Hospital. Sim, de madrugada. Naquela manhã, ele tinha ido para casa com o som dos motores a diesel, de barcos que velejavam fora de estação, tamborilando no porto. A carteira de vacinação amarela. Históricos escolares, um em francês, o outro em grego.

Um único certificado de natação. Três fotos de passaporte sobressalentes: o sorriso atrevido, os cachos insanos de Scully. Foto tirada na farmácia da Market Street. Uma foto com marca de dobra, em que ela estava em pé na boca do túnel dos caçadores de baleia em Bathers Beach, com uma outra menina cujo nome ele não conseguia lembrar.

Scully subiu a escada para vê-la dormir. Agora estava mais quente ali, bem embaixo do telhado. Já era tarde. Sentia os olhos ardendo, mas não havia como dormir. Sem chance. Não até tudo aquilo acabar, até ele saber que Jennifer estava bem. Com delicadeza, deitou-se ao lado de Billie e a abraçou por fora do edredom, sentiu seus cabelos e sua respiração contra o rosto. Na faixa de luar que crescia na parede do outro lado, ele viu as falhas da caiagem apressada que fez. O desenrolar da noite, comprido e implacável, prosseguiu.

Logo antes de amanhecer, sentindo o ar cortante, afiado feito navalha, encheu baldes com carvão no celeiro, à luz da lanterna. O lugar estava em silêncio, a lama, congelada. Na porta de casa, parou um momento para olhar para baixo, para o castelo, mas não viu luz alguma. As estrelas estavam se apagando, a lua havia sumido. Entrou e avivou o fogo. Ficou alguns instantes pensando no bebê, pensando se aquela casa seria quente e seca o bastante. E aí caiu em si. Deus do Céu, onde ela estaria?

O dia surgia lentamente, com a luz parcimoniosa do norte, e Billie continuava a dormir. Scully decidiu fazer uma lista de todas as possibilidades numa folha de papel, mas tudo que ele conseguiu escrever foi o nome dela três vezes, como se fosse um mantra meloso. Releu toda a correspondência, olhou cada um dos telegramas encardidos. Nada. Havia se passado só um mês – o que podia acontecer em um mês, ou em uma hora no aeroporto de Heathrow?

Mais para o fim da manhã, colocou o pernil de carneiro no forno. O cheiro invadiu a casa, mas Billie continuava a dormir. O assado ficou esfriando em cima do banco, o caldo coagulando embaixo dele. Scully comeu uma batata já fria, bebeu uma caneca de Earl Grey.

O furgão da correspondência veio patinando pela estrada em algum momento depois do meio-dia. Ouviu o motor zumbindo pelo vale e saiu, quase caindo de tanta pressa, mas o furgão não foi na direção de sua casa. Nada de correspondência. Nenhum telegrama. Ali, na lama degelada, Scully vomitou a caneca de chá e a batata do assado e, quando se endireitou, limpando o vômito ácido de seu queixo, olhou de volta para a casa, com sua chaminé cuspindo fumaça, e viu Billie de pé na porta aberta, toda desarrumada pelo sono.

– Olá, Bela Adormecida – disse ele, alegremente, arrastando as solas das galochas, tentando cobrir o vômito na lama.

Billie estremeceu, as pernas muito juntas.

– Precisa fazer xixi?

Ela fez que sim, um movimento solene.

– Eu te mostro o banheiro. Fica ali no celeiro.

Lançou ao pai um olhar de dúvida mas deixou que ele a carregasse pela lama sobre a pontezinha de tábuas até o celeiro, onde, nos fundos, no canto, estava a velha cabine telefônica. Ela olhou para o pôster que dizia JOH VAI EMBORA!

– Legal, né?

Colocou-a de pé no chão de palha apodrecida e ela abriu a porta da cabine, desconfiada, e depois se virou, esperando que ele fosse embora.

– Banheiro bacana, não acha? – perguntou ele, saindo do celeiro.

O sol ainda brilha, Scully, pensou ele; mostre que você tem garra, pelo amor de Deus. Deixe de lado a tristeza. Ela não quer que você fique triste por causa dela aqui nesse pântano.

Olhou para baixo, para o vale, e viu os pássaros envolvendo a fortaleza do castelo, as nuvens baixas, imóveis, sobre as montanhas. A luz irrompia em momentos repentinos por todo o campo. As árvores continuavam nuas, pareciam mapas, com os nós formados pelos ninhos bem à vista. Era um dia único.

Ouviu a descarga.

– Que banheiro, hein? – disse quando ela surgiu, piscando com a luz que refletia no chão enlameado.

Ela olhou para os campos desertos, as sebes, as cercas e portões caídos. Durante uma longa pausa, fitou a fortaleza do castelo.

– Nenhum bicho, hein? Foi a primeira coisa que eu percebi. As pessoas deixam os bichos do lado de dentro, por causa do frio. Imagine só uma coisa dessas. De dois em dois dias, você vê os tratores puxando uns trailers grandões que levam bosta de vaca pelos pastos. Uma coisa! Vem, vou fazer alguma coisa para você comer. O que você achou da casa? Acha que fiz um bom trabalho? Eu ainda não pintei.

Billie segurou sua mão e caminhou, os dedos dos pés contraídos, sobre as tábuas. Aquilo o deixava assustado, aquele silêncio. Eram tão próximos, os dois, tão amigos. Nada que fosse muito inocente ou sem importância seria capaz de deixá-la calada daquele jeito.

Perto da lareira, ela bebeu Ovomaltine e comeu pão. Scully aqueceu algumas peças de roupa limpas numa cadeira perto da lareira e colocou água quente na banheira de latão.

– Você pode tomar banho enquanto eu faço a sua cama. Tô vendo que a sua calça Levi's é nova. Presente da vovó?

Billie mastigava e olhava para o carvão.

– Vou estar lá em cima, tá?

Espere, dizia ele a si mesmo. Pense e espere. O telegrama virá. O dia ainda não terminou. No andar de cima, debruçou-se contra a chaminé remendada e morna e recitou o Pai Nosso como se fosse membro do Exército da Salvação, as palavras acumulando feito seus pensamentos no pequeno espaço entre ele e o telhado.

Nenhum telegrama chegou.

Billie adormeceu de novo. Scully cochilava e suava. Ficava andando a esmo pelas escadas, tentando ouvir um som de motor, a chegada de alguma coisa que desse um fim àquela situação assustadora. Mas nada chegava. Durante a madrugada, fez mapas mentais, pensando em Londres, nos amigos que estavam lá, em alguma explicação simples. Deus do céu, por que ele não instalou um telefone?

A noite titubeava, cambaleava de hora em hora, ia do impasse para o vazio em brumas, com o mundo silencioso ao longe.

Na manhã seguinte, Scully foi com Billie de carro até Roscrea. Scully tagarelava sem muito ânimo, feito um pai no primeiro dia das férias. Mas ele percebia que não colava, porque Billie continuava a observar, sem dizer palavra, a paisagem tão desoladora quanto o céu chuvoso. Nada. Não receberam nenhuma linha. Bom, chega de esperar. Ele precisava fazer alguma coisa antes que aquilo acabasse com ele.

Na agência dos correios, não conseguiu a informação que queria. Pete não estava lá, estava entregando cartas. E nenhum telegrama. Trocou algumas notas por um punhado de moedas e foi para uma cabine telefônica, na rua principal.

– Eu só preciso saber se ela estava no voo QF8 vindo de Perth e passando por Singapura, há três dias – disse ele, da maneira mais clara que conseguia, para a voz que o atendeu em Londres. – Esta é a quinta... Não, não tem problema nenhum, não mesmo.

A cabine estava embaçada com a respiração deles.

– Eu só queria ter certeza, sabe? Dezenove mil quilômetros é bem longe. Eu sei que os horários podem acabar mudando... Sim, eu entendo.

Billie passou para ele mais algumas moedas, agachada na cabine.

– Ah, maravilha. Então ela estava no voo... e desembarcou em Heathrow. Ótimo. Você sabe me informar se ela fez alguma conexão a partir de lá?

Um caminhão que vinha do matadouro subiu com dificuldade o morro, fazendo estremecer o vidro da cabine ao lado do seu rosto. No vidro, alguém pichou MAURA CHUPA PINTO DE PRETO com caneta hidrográfica. Sem prestar atenção no que fazia, Scully começou a raspar a pichação com a beirada de uma moeda de 20 *pence*. Notou a beleza do desenho na moeda. Um cavalo, parecendo um estudo de Leonardo da Vinci. Só mesmo os irlandeses. A voz em Londres ficou irritada.

– Sim, mas... eu sei, mas eu sou o marido dela, entendeu? Sim, mas sejamos sensatos... Não, eu não acho que você precisa... Olha, eu só estou pedindo pra você... ah, vai se foder!

Bateu o telefone e o aparelho devolveu várias moedas. Billie fungou, o rosto sem expressão.

– Perdão pela boca suja. Desculpa.

Scully olhou para o fim da rua cinzenta e estreita e voltou a raspar o vidro. Então ela chegou em Heathrow e mandou a menina vir sozinha. Ou ela está em Londres ou... ou foi para algum outro lugar. Mas por quê? Ah, não importa *por que*, Scully, onde ela está é que é o mais importante agora. Pense, seu imbecil. Comece pelo mais improvável e vá descartando. Quais são as alternativas? O contrato com a casa não ter sido fechado? Algum problema no mercado de ações, algum problema com os documentos? Talvez ela tenha resolvido voltar para resolver o assunto, para que você não precise se preocupar.

Ligou para a casa em Fremantle. Era noite na Austrália. Verão. Ouviu o chiado da mensagem automática: telefone desconectado. Discou automaticamente o número da casa de sua mãe, mas desligou antes mesmo que pudesse tocar. Não.

Londres. Fazia todo o sentido. Ela deveria estar na casa de Alan e Annie. Deve ter tido uma hemorragia. Meu Deus, ela teve um problema com o bebê e ficou presa lá... mas Alan e Annie eram uns santos. Cuidariam dela. Sim, ela sentiu dor no aeroporto e pegou um táxi até Crouch End.

Ligou para eles, os dedos atrapalhando-se na porcaria do disco do telefone.

– Alan?

– Não, não é o Alan. Ele saiu com a Ann.

– Quem está falando?

– Bom, eu é que pergunto.

Quem era aquele sujeito metido que falava com sotaque de Oxbridge?

– Quando é que eles voltam?
– *Quem* está falando?
– Scully. Um amigo.
– Ah, o australiano.
– Olha, quando é que eles voltam?
– Não sei.

Scully desligou. Era terça-feira, caramba. E os dois trabalhavam em casa – nunca saíam para lugar nenhum na terça-feira. Ligou mais uma vez.

– Escuta, sou eu de novo. Sabe se eles tiveram hóspedes neste fim de semana?

O rapaz do outro lado da linha fez uma pausa e disse:

– Olha, não sei se estou gostando do tom dessa conversa.

– Puta merda. Filho, presta atenção. Eu só quero saber se uma mulher chamada Jennifer –

O rapaz desligou. Vá se foder! Para quem mais ele poderia ligar? Tinham amigos espalhados por toda a Europa, mas em Londres eles tinham colocado os ovos numa cesta só, por assim dizer. Não havia ninguém que os conhecesse tão bem quanto Alan e Annie. A casa deles estava sempre cheia de vagabundos, pessoas sem ter para onde ir. Em Londres, a casa deles era o *único* lugar para onde ela iria. O que ele poderia fazer? Ligar para a embaixada? Todo mundo que ele conhecia em Londres provavelmente era do IRA. Fora de questão.

Esperou. Raspou o vidro. Ligou para Fremantle mais uma vez. Nada. Tirou a pequena agenda de endereços do bolso e ligou para o número que Pete deu a ele. Nada. A tinta raspada caiu no cabelo de Billie. Começou a arrastar os pés, inquieto, sem sair do lugar. Fechou o punho e o pressionou contra o vidro. Ela estava perdendo o bebê e lá estava ele, numa droga de cidadezinha irlandesa que vivia de abater bichos, sem poder fazer nada.

Ligou para a casa de Alan mais uma vez.

– Scully?

– Alan! Graças a Deus!

Alan parecia alarmado, até mesmo um pouco ríspido. Talvez ele tivesse ouvido poucas e boas do jovem Jeremy Irons que atendeu o telefone.

– Como é que vai a Irlanda?

– Irlanda?

– A gente está morrendo de curiosidade para ir até aí e visitar tudo. Talvez a gente possa fingir que é da Austrália também. Assim melhora o nosso *status*!

– Alan, olha, a Jennifer já apareceu por aí?

– A Jennifer? Elas já voltaram da Austrália?

Scully ficou com as ideias embaralhadas de novo. Não conseguia se desfazer da confusão. Mas a voz de Alan estava estranha.

– Ela é muito bem-vinda, claro. As duas. Que legal a coisa da casa, hein?

– Como... como é que você sabia da casa?

– Ela me mandou um cartão-postal contando. Está tudo bem, Scully?

– Sim. Sim, está tudo bem.

Conte para ele, pensou. Conte para ele.

– Então você acha que elas vão aparecer por aqui? A gente já pode ir preparando a cama.

– Você não ia esconder nada de mim, não é, Alan? Afinal... ela também é sua amiga.

– O que houve, Scully?

Por que você não consegue contar para ele? Que espécie de desconfiança orgulhosa e idiota é essa que...

— Scully, está tudo bem?

Scully ouvia o sibilar do Mar da Irlanda pela linha.

— Pensei que talvez fosse por causa do bebê — murmurou Scully.

— Que bebê? Ninguém nos disse nada sobre bebê nenhum. Annie! Annie, pega a extensão da mesa...

Scully desligou. Não conseguia mais prosseguir com aquilo. Seu cérebro era um nó. Eles eram as únicas pessoas no mundo em que ele confiava. Ela não estava em Londres. Caramba, ela não estava em Londres.

Moedas caíram e tintilaram no chão. Billie levantou o olhar para ele, um olhar que ocultava coisas. Ela sabia. Ele percebia, mas o que ele podia fazer? Bater nela até ela falar?

— Escuta, querida — disse ele para Billie, agachando até ficar perto dela, encaixando-se feito uma rolha de cortiça no fundo da cabine. Agarrou suas mãos e olhou dentro de seus olhos, implorando, olhando para seu rosto inescrutável. — Você precisa ajudar o papai. Por favor, por favor, você precisa me ajudar. Se você não consegue falar eu entendo, mas não... não fica sem falar porque está com raiva, não fica sem falar só para se vingar de mim. Eu também estou preocupado. Estou tão preocupado... Eu... Me conta, a mamãe estava doente ou algo assim no avião, no aeroporto? Ela estava esquisita, diferente? Ela te disse alguma coisa? Quando ela ia chegar, para onde ia? Ela te disse para me dizer alguma coisa?

Billie franziu a testa. Fechou os olhos com força. Scully tocou suavemente suas pálpebras com os dedos. Tão cansada. Tão frágil e traumatizada. Aquilo era terrível, terrível demais.

Ele queria fazer outras perguntas, coisas ainda piores. Havia mais alguém no avião, no aeroporto? Havia outra pessoa com elas nas últimas semanas que passaram na Austrália? Mas existem coisas que assim que são ditas não podem mais ser controladas. Ele tinha medo de falar mais, achava que se falasse mais poderia fazer cair sobre sua cabeça uma calamidade ainda pior. Assim que paramos de pensar nas possibilidades inocentes, o veneno toma conta de tudo, assim como já estava tomando conta dele, o desagradável espectro de terríveis possibilidades que estavam possuindo sua mente feito o frio do vidro ao seu redor. O bom e velho Scully que, de acordo com Jennifer, não tinha imaginação para pensar no pior. Foi algo que ela disse certa vez, como se a neurose fosse uma forma de arte. Algo que ela disse sem malícia, sem amargor, e que ele aceitou com indiferença.

Scully sentia que voltava à superfície, voltava às alternativas prováveis. Será que ela só amarelou? Tudo bem, ela cometeu um erro, não era tarde demais para mudar de ideia a respeito da Irlanda. Talvez ter visto a velha casa deles em Fremantle depois de dois anos tenha feito com que todos os planos dela caíssem por terra. Porque, caramba, no fim das contas foi um capricho, um capricho todo dela. Ela estava com vergonha, só isso. Podia ser algo simples assim. Mas por que desse jeito? Por que o silêncio? Ela não tinha ficado estranha antes, quando estava grávida de Billie. Talvez estivesse mais tímida do que de costume. Podia ser isso. Mas as mulheres não ficavam loucas de repente quando estavam grávidas. Talvez ela só estivesse dando tempo ao tempo, tentando arrumar coragem para dizer a ele que não queria continuar na Irlanda. Tudo isso tinha solução, eles podiam dar um jeito. Só que não parecia fazer sentido para ele, nada disso. Ele estava de mãos atadas, sem poder fazer nada. Que desgraça. O que será que houve? Será que aquele era o jeito dela de dizer algo a respeito do casamento, seu jeito de expressar alguma insatisfação? Ela certamente não seria tão cruel. E então ele pensou naquelas noites terríveis em Paris, a raiva que ela sentia quando era contrariada. Sentiu as entranhas se revirarem. Talvez ela tivesse alguma surpresa na manga. Não. A correspondência de hoje diria a verdade. Por volta de uma da tarde, Pete-Carteiro iria até sua casa. Ainda havia tempo para um telegrama chegar. Faça a coisa certa. Espere. Pense em Billie.

Mas e se ela não estava em Londres e ele não recebesse mais nenhum telegrama? Sentia o vidro frio contra o rosto. Um comboio de viajantes maltrapilhos passou lentamente por eles, com cavalos e burros atrás. Seguiu-os com o olhar até eles subirem o morro.

— Vamos numa agência de viagens, Billie. A gente pega umas revistas legais pra você recortar.

Abriu a porta da cabine com violência, finalmente livre do ar abafado, e sentiu a coragem ressurgir dentro de si. Sim, ele precisava fazer alguma coisa.

A agência de viagens, perto do rio, era bem modesta. Atendia basicamente às necessidades dos habitantes locais de viajar para Londres, Lourdes ou Roma, ou então fazia pacotes para a Costa del Sol. Scully entrou exaltado, sorridente, tentando ser encantador, mas a funcionária, uma mulher pequena com bochechas ardentes e rosadas, ficou nervosa mesmo assim.

— Só estou procurando os voos de escala, entende? Voos de conexão com saída de Londres.

— Há... e para quando seria, meu senhor? – perguntou a mulher, que deu um sorriso aliviado quando outra pessoa entrou na loja.

Scully estava vermelho, inquieto, seu olho revirava de um jeito alarmante em sua cabeça de cabelo emaranhado.

— Hum... hoje, ontem, mais ou menos essa época do ano – murmurou. – Olha, por que você não atende essa moça e me dá o livro das linhas áreas? Eu mesmo procuro.

Billie estava sentada numa cadeira de bambu, fitando os próprios pés. A agente de viagens olhou para Scully desconfiada e passou para ele o livro grosso com os horários de voos, transferindo sua atenção para a mulher alta, de tailleur de tweed e chapéu de feltro, com um forte sotaque inglês.

Scully voltou a ficar sentado junto de Billie e revirou o livro. Encontrou o dia anterior e seu coração quase parou de tanta informação que havia na página. Pensou no voo de Billie, na chegada no aeroporto Shannon. Certo, vamos pensar com mais ou menos meia hora de diferença. Digamos... um voo que saísse às nove e meia de Londres. O voo da Qantas chegava às seis da manhã. Então... Será que ela mesma colocou Billie no voo que ia para a Irlanda? Ele simplesmente precisava acreditar que aquilo era o que uma mãe faria, qualquer que fosse seu estado de nervos. Então ela ainda ficou em Heathrow até... ah, aqui está, o Aer Lingus 46... até 9h35. Bom, então para onde ela foi a partir daí? Talvez ela tenha chamado um táxi e ido para Londres, mas e se não foi isso?

Scully achou a lista de voos que saíram de Londres perto de 9h35.

Karachi, 9h40.

Kuala Lumpur, não.

Moscou... em dezembro, no inverno?
Miami.
Nova York.
Roma.
Paris. Talvez, sim, talvez. Mas por que ela voltaria ao lugar de seu fracasso?
Barcelona.
Atenas, 10h25. Sim. E era um avião da Qantas, também. Ela era paranóica com a segurança dos aviões. Sim. Grécia fazia sentido. Ela conhecia o lugar, adorava. A ilha seria uma espécie de refúgio. Um lugar onde ela poderia esfriar a cabeça. Ele sabia que, se não fosse pela gravidez, ela teria ficado na Grécia em definitivo. Ele se sentia mais ou menos assim também. Se as coisas dessem errado, em que lugar da Europa *ele* se esconderia? Na Grécia. Sim. Sim.

Scully olhou mais uma vez as informações do voo para Paris. Era da British Airways – ela odiava a empresa e não comprava passagem com eles e nem com nenhuma empresa americana. Humm, agora eles viviam viajando pelo mundo, não? Não, só havia voo da Qantas para Singapura, Tailândia ou para o aeroporto KLM na Austrália. Então só podia ser o voo para Atenas. Como era fácil sacar o mágico e assustador cartão de crédito e sair por aí, indo de um lugar para outro. Contanto que o cartão ainda tivesse crédito e a mágica não se dissipasse. Sentiu a pontada do veneno mais uma vez em seu peito. Será que ela não contou para ninguém? Nem mesmo para Alan e Annie? Ela não sabia que Scully iria ligar para eles primeiro? Precisava acreditar que eles não sabiam de nada. Sem deixar nenhuma mensagem... Parecia loucura, mas será que não deixar mensagem era por si só um sinal? Caramba, ele precisava dormir.

Mas será que ela não sabia que ele iria acabar descobrindo, que se não era Londres então teria de ser a Grécia? Ele sabia como a mente dela funcionava. Era uma coisa secreta, uma coisa entre eles, assim como o bebê. Deus do céu, tudo aquilo era uma mensagem. Ela precisava conversar, encontrar com ele, mas em algum lugar seguro, um lugar bom, conhecido. Como aquela ilha, onde tudo tinha sido ótimo para eles.

Por alguns instantes parecia que a névoa da mágoa e do cansaço se dissipava. Traçou um mapa mental, um plano. Fez um pouco de ginástica aritmética com a cabeça e tirou da carteira o cartão American Express. Até mesmo agora ele o segurava como um homem de classe inferior, como se o negócio fosse explodir em suas mãos a qualquer segundo. Pensou mais uma vez nas quantias. Sim, ele ainda tinha um pouco de crédito, talvez metade do cartão. Era o suficiente, de qualquer forma. Prendeu a respiração e colocou o cartão com cuidado, de maneira quase reverente, sobre o balcão. Foi um alívio, como se alguém de repente tivesse aberto uma janela. Era a sensação de estar fazendo alguma coisa, de estar tomando decisões, de agir. Sim, era um começo.

Scully conseguiu achar Peter Keneally na estrada que saía de Roscrea. Tinha acabado de chover e a água fazia lençóis cor de bronze perto da estrada. Viu o pequeno furgão verde atrás de alguns freixos desfolhados e parou o carro o mais distante possível do acostamento enlameado, e então viu o furgão vir de marcha a ré na estrada.

– É um amigo meu – disse Scully, trêmulo de tanta determinação. – Olha só, ele nunca olha o retrovisor. Qualquer dia ainda batem no carro dele.

O carteiro estacionou e virou a cabeça. Arregalou os olhos de surpresa.

– Minha nossa, olha quem está aqui! O Irlandês do Deserto em pessoa! – disse Pete enquanto Scully parava ao seu lado.

As bochechas de Pete estavam vermelhas, o uniforme estava torto e seu chapéu de carteiro estava jogado no assento do passageiro. Em seu colo, uma maçaroca de envelopes.

– Bom dia, Pete.

– Anda homem, me conte como foi tudo. Aaah, meu Jesus, olha só quem está aí do seu lado! Quem será essa mocinha? Bom dia! Ela é uma graça, Scully.

– Billie, este é o Peter.

Billie olhou para baixo, séria.

– Aaah, ela é tímida! Olha só esse bronzeado, parece até que você veio da África.

Scully percebeu que ela observava as orelhas de Peter. Eram enormes, pareciam conchas – ele já havia se acostumado com elas.

– Vamos ficar uns dias fora, Pete. Será que você pode cuidar da minha casa? Vou deixar a chave dentro da cabine, no celeiro.

O sorriso de Pete foi diminuindo até desaparecer.

– Está tudo bem?

– Tenho que resolver um problema.

Os lábios de Pete pareciam se movimentar, sem completar as palavras. Dava para ver que ele estava tentando, de maneira muito educada, não se intrometer. E Scully pensou: espero que ele não esteja pensando que eu estou dando no pé, indo embora sem pagar pelo serviço dele.

– Só uns dias, Pete. Olha, me dá o seu telefone de novo, só por garantia.

Confuso, Pete recitou o número. Scully escreveu na alça da mochila de Billie, mais como um sinal de confiança para Pete que qualquer outra coisa.

– Tem correspondência pra mim? Algum telegrama? – perguntou, sentindo uma última gota de esperança.

– Não, nada.

Scully fechou os olhos durante alguns segundos.

– Você está precisando de ajuda? – perguntou o carteiro, agora umedecendo os lábios ressecados, ansioso.

– Não, está tudo bem, amigo.

– Você parece estar péssimo.

– Te vejo daqui uns dias, tá bem?

Scully deu marcha a ré, o carro fez uma guinada e foi embora.

No casebre que esfriava aos poucos, Scully fez sanduíches com a carne do cordeiro e sentou com Billie para comer, mecanicamente, por obrigação, da mesma maneira que tomava café da manhã muito cedo em uma outra vida, junto com os outros pescadores, horas antes de o dia raiar, mastigando de maneira abstrata, sem prazer. Serviu leite com a jarra de louça, em dois copos. Pegou no consolo da lareira a foto que Dominique havia tirado e a recortou para que coubesse na carteira. O som da tesoura era frio, cirúrgico. Três rostos e um epitáfio bretão encoberto.

Colocou os documentos dos dois sobre a mesa, verificou os vistos, examinou os passaportes recheados de informações. Mapa. Canivete suíço. Aspirina. Dinheiro. Na mala xadrez de

Billie, colocou uma muda de roupas para cada um. Guardou os documentos na mochila fluorescente, junto com o walkman, as fitas do Midnight Oil de Billie, seu gibi e os lápis e livros de colorir. Ela pegou o Darth Vader e o colocou sobre o consolo da lareira.

– Tudo bem com você, querida?

Ela sentou e bebeu o leite, que deixou um bigodinho branco sobre o seu lábio superior. Billie respondeu encolhendo os ombros.

Scully encontrou uma escova no parapeito da janela e gentilmente ajeitou os cabelos da filha. Eram tão parecidos com os dele. Em alguns anos, seriam exatamente como os dele, completamente sem esperança, uma maçaroca na qual os dedos ficam presos, e aí você desiste e deixa pra lá.

– Eu gosto desta casa – murmurou ele, colocando na mala alguns produtos de higiene pessoal. – Esta casa vai ficar linda, Bill. Prometo. Olha, eu lustrei as suas botas. Você vai precisar de um cavalo para combinar com as suas botas. Uma *Irish hunter*. Sim!

Ficou de pé, sentindo o silêncio da casa, o jeito como ela olhava para ele.

Um carro subia com dificuldade o morro, usando a primeira marcha. Scully ficou esperando até ele passar, mas o carro parou e ele reconheceu o som.

– Scully – disse Peter, aparecendo na porta.

– Oi, Pete.

– Então você já vai indo.

– Sim, estou indo para a estação de trem.

– Vai pra Dublin?

– É.

– Deixa que eu te levo.

Pete torcia as mãos, apoiando-se num pé, depois no outro, evitando fitar Scully nos olhos.

– Não precisa se preocupar, Pete. Vamos pegar um avião para Atenas de manhã.

– Para a Grécia? Se você deixar esse furgão na estação de trem, aqueles ciganos desgraçados vão desmontar ele inteirinho antes mesmo de anoitecer. Deixa que eu te levo.

Scully ficou ali, com a mão no cabelo de Billie, observando o carteiro matutar.

– Tá, tudo bem. Obrigado.

– Atenas, hein? A gente não vai beber antes?

– Só fico lá dois dias, Pete. Não precisa ficar tão preocupado.

– Ah, não é preocupação, é que está friozinho lá fora.

Scully sorriu e pegou a garrafa de Bushmills do apoio da lareira.

– Toma. *Slainte.*

– *Slainte.*

E aí Scully pegou a garrafa de volta e tomou um grande gole, sentindo o uísque cair de um jeito cruel sobre seu estômago agitado.

– Você tem razão – disse ele, com uma risada vazia. – Está frio lá fora.

Depois que percorreram um pedaço da estradinha, no pequeno furgão verde, Pete diminuiu a velocidade e parou perto da triste árvore que havia no meio da estrada.

– Você tem um lenço aí para me emprestar, Scully? – disse ele, abrindo a porta e batendo os pés no asfalto brilhante.

Scully pegou seu lenço horrível, um trapo, imaginando que o carteiro estivesse se preparando para se inclinar e vomitar no mato cheio de lama. Mas Pete foi com passos largos até a arvorezinha encarquilhada e amarrou o lenço em um galho. Fez o sinal-da-cruz duas vezes e voltou para o furgão, sério, sisudo.

– Não fala nada, Scully. Não fala nada.

O trem fez uma parada na estação em Roscrea, diminuindo a velocidade dentro do profundo vão de granito e parando bem na frente dos três. Pete abriu a porta de um dos vagões e ajudou Billie a subir o degrau, tirando o boné e fazendo um gesto cômico, como se fosse um porteiro.

– Não vá fazer nenhuma besteira, hein, Scully.

– Vou tentar.

– Volte antes do Natal.

– Nem brinca. São só dois dias, Pete.

– Te digo que não dá para entender as mulheres. Nem Deus consegue.

E nem os homens, pensou Scully, que não conseguia pensar em nada digno ou honesto para dizer a ele, exceto contar tudo, começar a chorar ali mesmo na plataforma, despejar sobre ele todos os seus medos. Ele era seu amigo, não era? Até mesmo cuidava dele, caramba. Ele merecia saber, mas um impulso ferrenho dizia que Scully devia calar a boca e aguentar o tranco, parar de se sentir triste e começar a agir. Pessoas fechavam as portas dos vagões. Scully hesitou um pouco, subiu no trem.

– Cuide da sua menina, Scully.

– Cuide de minha casa.

E o trem partiu.

Dois

I saw the danger,
Yet I walked along the enchanted way
And I said let grief be a falling leaf
At the dawning of the day...[7]

"Raglan Road"

---

[7] Percebi o perigo/Mas continuei pela estrada encantada/E decidi que a dor era só uma folha que caía/Ao raiar do dia... [N.T.]

15

Arthur Lipp abre as portas duplas e sai para a ventania da varanda, sentindo a cabeça explodir de dor. Seu roupão de flanela balança no ar. Seus cabelos esparsos estão despenteados e seus olhos se enchem de água imediatamente por causa do vento intenso. Ele fica surpreso por repentinamente odiar o começo do inverno, depois de trinta anos. Sem dúvida os turistas já se foram, com suas camisetas com frases espirituosas e seus bronzeados; e os preços devem ter voltado ao normal nas tavernas. As primeiras chuvas lavam a poeira das paredes dos becos e a bosta dos burros dos degraus, e a península surge, rósea e clara, cruzando o golfo. O ar está adocicado devido à mudança. Ele deveria estar em êxtase como um típico inglês que vê neve pela primeira vez – o inglês que ele foi em certa época.

Mas ele precisa admitir que a perspectiva de futuro é horrível. Pela primeira vez na vida está odiando a longa e aconchegante calmaria do inverno e, justamente agora, no ano em que deseja escapar dela, pegar um avião para Norwich e visitar sua mãe, ou ir até Chamonix e visitar seus amigos, ou ainda visitar os Bluster em Cardiff... até mesmo ir para o maldito deserto australiano, onde todo mundo fala sem abrir a boca direito, e ele simplesmente não tem nem sombra de chance. Os problemas financeiros, dos quais ele achou que havia escapado, caíram sobre ele. Havia tomado decisões ruins na bolsa de valores. Uma série de jogadas mal feitas. E também teve a ideia idiota e humilhante de sair gastando tubos de dinheiro com aquela universitária dinamarquesa, no outono. E então, de repente, ele não tinha dinheiro nem para passar duas semanas confortáveis no hotel Grande Bretagne, em Atenas! Precisava ser franco: estava em sérias dificuldades. Pelo menos durante alguns meses ficaria na mesma situação que o pobre Alex, e só de pensar nisso ele gemeu de raiva e limpou as lágrimas com as mãos.

Os barcos balançam e se inclinam no porto, entre os molhes desertos e as grandes casas dos maiores bucaneiros da história. Ele dá as costas para tudo aquilo e entra. Fecha as portas e precisa encarar o som tedioso e intolerável do relógio sobre a mesa. Ao lado do relógio está um pequeno desenho da ilha feito com giz de cera, com uma dedicatória em garranchos: *Para o Sr. Arthur, da Billie S.*

Lipp coloca a mão sobre a mesa de pau-rosa e vê o calor de seu corpo embaçar a superfície de verniz. Bom, pensa ele, escaparam bem a tempo. Esta ilha vai afundar! Tem algo de podre nela, algo que nós todos estamos perpetrando, dia após dia.

Somente com o relógio e sua ressaca a lhe fazer companhia, ele passa aquela hora – antes de tomar sua primeira bebida do dia – pensando neles, naqueles estranhos australianos. A mulher com belas pernas e o desejo incontrolável de ser notada. A menina com cabelo de esponja e sotaque insano. E o caos ambulante que era aquele homem grande e cordial, que as seguia feito um cão de guarda feioso, leal e indestrutível em seu otimismo, em sua determinação antípoda de ver o melhor em tudo. Que família! Os típicos inocentes em país estrangeiro. E ele fica tentando descobrir se já havia conhecido um homem tão estranho quanto Scully. Nos últimos trinta anos, os homens da idade de Scully que ele conheceu sempre eram jovens raivosos, mas Scully era tão calmo a ponto de parecer preguiçoso. No entanto, Arthur já o vira trabalhar. Trabalhou feito escravo para Fotis, o fabricante de tijolos. Scully era tão confiante e otimista, um homem anormal em sua boa natureza, a ponto de irritar. Aparentemente, o que ele mais gostava de fazer era ficar mergulhando feito uma foca peluda nas praias da ilha. E quando o desprezo que Arthur sentia por ele já estava ultrapassando os limites, ele aparecia com um polvo ou alguns peixes para fazer uma sopa, como se quisesse envergonhá-lo por pensar assim. "Exército da Salvação" explica tudo.

Scully e a filha, como dois macacos num galho, sorrindo o tempo todo, entreolhando-se, um de cada lado da mesa na taverna, feito retardados. Eram como unha e carne, os dois. Falavam uma linguagem só deles. Ele o invejava por isso, invejava essa intimidade, essa companhia. E ela era uma menina inteligente. Colhia figos para o pai. Perguntava-lhe a respeito de Victor Hugo e o deixava falar durante horas.

Uma família de primatas. Honestamente não poderia dizer que não sentia a menor falta deles.

A visão daquelas pernas lascivas e bronzeadas. O sorriso fácil do camarada. O modo educado com que ele não abaixava a cabeça para pessoas superiores a ele. Enfim, o ar de novidade que aquela família trazia.

Bem, fique em casa, na sua grande ilha!, pensa ele. E faça um favor a si mesmo: nunca saia de lá. Nunca envelheça. Nunca vá atrás das nádegas rígidas das escandinavas. Não tente aguentar o inverno, por Deus. E nunca deixe a dentadura num copo de Newcastle Brown Ale à noite, a não ser que você queira se tornar uma triste farsa como certa pessoa que conhecemos... Alguém que todo mundo conhece mas com quem ninguém de fato se importa.

De modo solene, e com um grande e terrível sorriso a rasgar-lhe o rosto, ele desenrosca a tampa da garrafa de Stolichnaya e serve dois dedos de café da manhã, sem maiores dramas.

16

Quase de repente, sem mudar de direção, o avião saiu aos poucos da nuvem e entrou novamente no mundo. Scully, que não havia dormido, nem parado de pensar um só minuto, pôde ver imediatamente, atrás da cabeça de sua filha que dormia, as pedras disformes, a face inerte das montanhas do país lá embaixo. Já era tarde e o sol fazia as sombras se arrastarem pela terra. Há poucas semanas ele havia saído da Grécia, triste a ponto de se sentir como se estivesse abandonando novamente a Austrália, mas agora, ao ver o país, ele não sentia nada, nem mesmo ansiedade.

As comissárias andavam pelos corredores com sorrisos sombrios. Billie acordou e viu o oceano que avultava embaixo deles enquanto o avião se inclinava. Olhou para ele com uma expressão que ele não conseguiu decifrar.

– A Grécia de novo – disse ele.

Ela pôs as mãos no colo e olhou para baixo, para o mar revolto. Ele pôs os dedos entre seus cabelos e ela delicadamente se afastou.

No meio do trânsito infernal, Scully percebeu que eles perderiam o último aerobarco para as ilhas. A luz do dia já se dissipava e o táxi mergulhava cada vez mais no caos, então ele se resignou à ideia de passar a noite em Pireu. Podia sentir no ar o cheiro diferente que o inverno havia trazido para Atenas. A *nephos* fedorenta foi em grande parte eliminada pelos ventos marítimos e o lugar agora só tinha a sujeira comum a qualquer outra cidade. O onipresente concreto cinzento havia sido refrescado pela chuva. Atenas parecia desanimada, humilhada pelo começo do inverno.

Perto do porto no canal de Zea, desceram do táxi e caminharam sob a luz dos postes até um pequeno hotel que ele conhecia. O vento soprava o cabelo deles nos olhos, mas era uma caminhada fácil morro acima.

– É só esta noite – disse ele. – O primeiro barco sai cedo. Está com fome?

Billie fez que sim.

Atrás deles, os mastros no porto se agitaram ao vento e a chuva avançou, fazendo com que Scully e Billie tivessem que correr até a porta do hotel.

– **Podemos dormir juntos,** o que você acha? – disse Scully, abrindo a cortina para olhar a rua.

Billie sentou na cama de casal e olhou para as notas de dracma abertas em forma de leque ao seu lado, sobre a colcha.

– Aí nós não ficamos nos sentindo tão sozinhos, né?

Ela começou a chorar em silêncio e Scully sentou ao seu lado. Abraçou-a suavemente e sentiu aquela primeira onda de ódio voltar como se fosse azia. Como você pôde fazer uma coisa dessas, Jennifer? O que aconteceu com você para fazer isso com a gente? Percebeu que pressionava os dentes com tanta força a ponto de sentir a mandíbula vibrar, mas o sentimento passou. Olhou em volta, o quarto pequeno, frio e vazio.

– Você pode me contar, querida.

A chuva respingava contra as janelas compridas, sem venezianas, e Billie não disse nada.

No dia seguinte o sol apareceu e o mar além do cais estava agitado, mas absurdamente iluminado e azul. O céu estava claro e o ar estava fresco quando entraram no aerobarco desocupado perto das docas. Alguns turistas fora de estação já tinham tomado alguns assentos do estranho interior aeronáutico, mas a maioria das pessoas ali eram habitantes da ilha indo para casa com suas compras. As caixas e sacolas que traziam estavam empilhadas nos corredores. Um homem tomava conta de um aparelho de som e uma mulher, uma habitante da ilha que ele não reconhecia, estava com um pastor alemão dentro de uma caixa de pinho.

Sentaram mais para trás e o aerobarco se afastou do porto, passando pelos iates de veraneio abandonados, fazendo a curva em mar aberto, depois dos molhes, e erguendo-se sobre a água como se fosse um inseto movido a diesel. Quando o aerobarco avançou sobre o Golfo Sarônico, Scully levou Billie até o deque traseiro, em busca de ar fresco. Viu o morro Lykavitos e a Acrópole bem visíveis contra o céu. Viu a cicatriz fluorescente deixada pelo rastro do aerobarco. Enfiou os dedos na alça da mochila de Billie. Grécia. Só a cor da água, o firme e simplório contorno das pedras e o céu já traziam memórias. Da cabine veio o uivo solene do pastor alemão e Scully forçou-se a rir.

Depois de meia hora, passaram pelos morros indistintos de Aegina e foram em direção a Poros. O cão uivava feito uma sirene. O sol iluminava o deque.

Em Poros, estrangeiros bêbados e atenienses ricos aproveitavam ao máximo o sol no terraço do hotel Seven Brothers, e vê-los fez com que Scully pensasse de maneira clara sobre Jennifer pela primeira vez naquele dia. Ele não havia planejado nada além de simplesmente aparecer. Não sabia o que iria dizer, como iria proceder. Agora ele a imaginava tomando café da manhã no Lyko ou no Pigadi, enrolando as calças cáqui para bronzear as pernas. Ou talvez as calças não coubessem mais nela. Uma saia. Sim.

Alguns turistas desembarcaram em Poros e um americano que Scully conhecia de Hydra entrou no aerobarco. Scully ficou aliviado quando o homem, um tipo festeiro cuja mãe rica morava em Boston, se sentou mais para a frente e imediatamente adormeceu. Pelo jeito a noite dele havia sido movimentada.

O aerobarco avançou novamente contra o mar, deixando para trás as orlas em tons pastéis, as bandeiras e as cansadas mulas de carga da zona portuária. Scully verificou o conteúdo da pequena mala xadrez a seus pés. A mala de um otimista. Uma mala para dois dias de viagem. Uma mala de Scully. E, lá no fundo, rolando em meio aos fiapos e às embalagens de chiclete, havia três velas brancas.

Scully sentiu a primeira mudança perceptível nos grandes motores do aerobarco e soube que estavam se aproximando de Hydra. Estava virado para a popa e não podia ver, mas sentiu a sombra do avião caindo sobre a água. Levou Billie para dentro, ajeitou a mochila em seus ombros, arrumou um pouco suas roupas e lhe deu um beijo.

– Chegamos, Bill – murmurou ele. – Vamos com calma. Sentir a situação. A gente pega um quarto de hotel e vai com calma.

Os outros passageiros se agitaram e o pastor alemão começou a vomitar. Um fedor horrível empesteou o ar. Lenços saíram dos bolsos. O cachorro parecia um velho pigarreando.

Quando o aerobarco atracou e a porta abriu, todos correram para a saída, abrindo caminho em busca de ar puro, e a pequena multidão de espectadores que havia no cais dividiu-se ao meio, alarmada, quando os passageiros correram para fora.

Scully saiu com passos largos, segurando a mão de Billie. Ficou sobre as lajotas lisas do cais, vendo a orla e sua atmosfera invernal – as janelas fechadas, as mesmas paredes descuidadas em tons pastéis, as varandas vazias e as mulas paradas. As águas no porto estavam calmas e não havia quase ninguém nos molhes, a não ser alguns poucos homens consertando redes de pesca, e nem sinal dos iates e cruzeiros. Atrás do porto, a ilha erguia-se contra o céu, as casas entulhadas no espaço entre os picos rochosos, cujas escarpas exibiam pedaços verdes de vegetação que ele nunca havia visto antes. À distância, os telhados venezianos de terracota tremulavam suavemente devido ao calor do sol. E dos morros ecoou o som das sinetas das cabras. Algumas tavernas estavam abertas na praia, mas ele se sentia agradecido por ainda ser cedo demais para aqueles que tomavam café da manhã tarde. Achou a ruazinha depois da padaria, aquela em que o cheiro de pão no forno e de sementes de cominho era irresistível. Havia uma fileira de mulas do lado de fora do Pan's Bar, e homens fazendo uma parede de blocos de concreto no canto, rindo, com cigarros e bafo de ouzo na boca. Scully sentiu um aperto no coração quando viu as ruazinhas e becos, as flores, a pequena praça com seus limoeiros e seus troncos pintados de branco, os gatos que reviravam o lixo do lado de fora da farmácia, onde ainda estava o velho Vangelis, levando as mãos à boca enquanto tossia. Aqui e ali, uma ou outra mulher varria os degraus de casa ou lavava a fachada, mas havia poucas pessoas nas ruas e nenhum turista.

Subiram a escada comprida que levava ao hotelzinho no qual ele pretendia se hospedar. Um lugar discreto, mais distante da praia. Ficou pensando se já tinham sido vistos, se Jennifer estava olhando de alguma janela ou de alguma parte ensolarada quando o barco chegou. O que ela estaria pensando? Será que ela mandaria um recado? Simplesmente apareceria? Entraria em pânico? Ela poderia estar fazendo as malas neste exato momento. Parou no meio do caminho para o hotel, num pequeno terraço do qual podia avistar um pedaço do mar, e sentiu a brisa da montanha em seus tornozelos. Na casa acima do terraço, uma mulher cantava com voz grave e profunda. Ele conhecia a música, mas nunca conseguiu decifrar tão bem as palavras em grego para entender sua letra. Billie ficou ali, passiva, ao seu lado, arrastando os pés sobre as lajotas lisas de granito, cujos centros estavam fundos de tão gastos. Scully cantarolou algumas partes da música e percebeu ali, à luz do sol, que estava tremendo.

Bateu na porta pesada do quintal e ficou aguardando na ruazinha estreita. Uma mulher pequena e morena, com seios fartos por baixo de seu avental branco, abriu a porta. Ficou olhando para os dois com uma vassoura na mão.

— *Kyrios* Scully?

Scully gaguejou, nervoso por alguém que ele não reconhecia saber o seu nome. Será que Jennifer a conhecia?

— Há... *neh, Kyria, kalimera*... olá.

A mulher passou a mão pelos cachinhos loiros de Billie e conduziu os dois até o pátio, onde a luz do sol penetrava pelas vinhas nuas, iluminando seu busto pesado e os degraus de pedra.

— Hum... *Kyria*, você teria um quarto... *domatio*?

— *Neh, neh, poli!*

Ela os conduziu escada acima, onde gatos estavam deitados, indolentes, sob o sol, e nem se mexiam quando as pessoas passavam a perna por cima deles. No fim da escada, ela abriu a porta de um quarto grande com diversas camas e portas largas, que davam para uma varanda.

— *Kala* — gaguejou Scully. — *Kala, poli*. Vamos ficar com ele. *Efkharisto*.

— Lugar muito bom, o senhor volta.

— Sim, sim.

— Barato para você.

— Duas mil dracmas está bom?

A mulher torceu os lábios com ar de dúvida, mas encolheu os ombros aceitando.

— *Endakse*.

— Certo. Ótimo.

A mulher trouxe toalhas e sabonete para os dois, abriu as portas e saiu do quarto, radiante. Scully tirou a mochila dos ombros de Billie e foi até a varanda. O porto em formato de anzol estava bem ali embaixo. Olhou para o golfo e além, para a massa de várias matizes do Peloponeso, onde a fumaça distante dos fabricantes de carvão manchava o ar sobre a península. Ficou imaginando onde ela poderia estar. A não ser que tivesse planejado algo já na Austrália, ela provavelmente não devia ter uma casa ainda. Talvez estivesse em um hotel na praia, ou morando em algum quarto, na casa de algum dos estrangeiros. Tentou raciocinar. Para onde *ele* iria se tivesse que fugir depois de ter algum tipo de ataque de pânico? Deus do céu, era horrível pensar que ela teve um colapso nervoso em algum quarto a vinte mil quilômetros de casa... O que mais poderia fazê-la agir daquela maneira? Certamente não deveria ser para provar alguma coisa. Não é possível agir assim com as pessoas que se ama em sã consciência.

Scully sentiu suas próprias unhas enfiadas nas palmas das mãos e tentou relaxar. Não era hora de dar uma de machão. Não era hora de reclamar, de despejar sobre ela uma torrente de recriminações. Ele devia se preparar para ouvi-la, disse a si mesmo; não dê um tiro no próprio pé!

Sentiu a mão de Billie na parte de trás de sua perna. Os cadarços de um de seus sapatos estavam desamarrados, então ele ajoelhou, amarrou e olhou bem para o rosto ansioso da filha.

– A gente vai descer e dar uma olhada agora, tá bem? O lugar é pequeno, então talvez a gente encontre ela antes mesmo do almoço. E aí ela explica por que fez isso. Tudo vai fazer sentido. Acho que a gente vai entender. Só preciso que você seja corajosa e deixe que a gente resolva tudo. Deixe ela falar o que quiser falar, tá bem? Às vezes, quando as pessoas vão ter um bebê, elas ficam muito nervosas. Ficam ariscas, sabe, feito um cavalo. Você tem certeza que não quer me contar nada antes?

Os olhos de Billie começaram a ficar cheios d'água e ela balançou a cabeça, dizendo que não.

– Está certo. Eu vou consertar tudo, você vai ver.

Descendo os degraus desiguais que levavam até o porto, sentindo arrepios e o estômago enjoado, Scully andava com passos pesados, atravessando os raios de luz que surgiam entre os blocos brancos e lisos das casas, conseguindo sentir só de leve o parco calor do sol. Se sentia mais leve sem todas aquelas roupas de clima frio que esteve usando e, por causa disso, apesar de toda a estranheza da situação, se sentia mais normal. Calça jeans, tênis, jaqueta de algodão: o típico uniforme de Scully.

Na orla, com seus toldos dobrados para deixar entrar o sol de inverno, havia, aqui e ali, algumas mesas do lado de fora das tavernas. Pescadores, velhos marinheiros e alguns criadores de mula com dentes de ouro estavam sentados nos *kafenions* – os *pubs* gregos – jogando *tavla* e batendo papo. As tendas de venda de ouro e as lojas que vendiam bugigangas e cartões-postais para turistas estavam fechadas e nenhum altofalante tocava *Zorba* na praia. O banco estava aberto, mas vazio, e as portas do armazém que também vendia bebida, de frente para a água, estavam escancaradas. O Up'n'High estava fechado, o Pirate Bar parecia abandonado sem as *socialites* típicas do verão. O lugar parecia mais limpo, mais feliz por ser inverno.

Evitou a orla e rumou para o Three Brothers. Nas ruazinhas, os habitantes da ilha o cumprimentavam sem jeito, como se tentassem identificá-lo, ou até mesmo, pensou ele, como se tentassem não identificá-lo, como se ele fosse a última pessoa que quisessem ver naquela manhã. Sentia que viravam o rosto e olhavam para trás, cada um deles, depois que passavam. Como haviam morado ali, os três eram bastante famosos, mesmo entre os *xeni*. Ninguém era capaz de esquecer Billie e o choque visual de seus cachos loiros. Ela sempre foi a pequena e vivaz embaixadora que facilitava a integração dos dois onde quer que fossem, e ali, em Hydra, ela também dava a eles um ar de respeitabilidade, a ilusão de segurança, de uma família sólida.

Scully sentiu cheiro de pinho e óleo de linhaça quando passou por uma oficina, onde a serra manual cessou de repente. Estava escuro lá dentro, atrás das portas duplas, e a luz do sol não permitia que ele enxergasse o interior da loja, mas ele cumprimentou quem quer que estivesse lá dentro, sem receber resposta. É como se eles pressentissem algum desastre, alguma má sorte, pensou. Estou imaginando coisas ou estão todos meio nervosos? Tinham visto Jennifer chegar e depois me viram chegar, somaram dois mais dois e agora pressentem problemas.

Na praça do mercado, o açougueiro, cigarro na boca, cortava uma carcaça de bode. Scully não falou nada quando passou por ele.

Na ruazinha em frente ao Three Brothers havia algumas mesas sob o sol, as toalhas de plástico pulsando de leve com a brisa. Lá dentro, alguns idosos habitantes da ilha, com grandes bigodes curados pelo fumo e trajando coletes, cumprimentaram-no por obrigação. Num canto estava Max Whelp, com os olhos baixos feito a cinza pendurada em seu cigarro.

– Max – disse Scully, sem se sentar.

Billie ficou ali, em pé, enquanto os velhos faziam caretas cômicas para ela.

– Scully? Seu tonto, por que você voltou pra cá?

– Cadê todo mundo?

– Você diz aqueles salafrários?

– Pode ser.

– Que se fodam!

– Tem uma criança aqui.
– Que se fodam duplamente! Me proibiram de entrar lá. Aquele maldito Alex!
– Você está péssimo!
– Bom, isso é estranho, porque eu me sinto melhor a cada dia. Vim pra cá em 1963, Scully, e me sinto melhor a cada dia.
– Arrã. Sei.
Max ficou mais ou menos de pé e olhou Scully de cima a baixo.
– Você não voltou pra Austrália?
– Te proibiram de entrar onde, Max?
– No Lyko. Aquele bando de filhos da mãe presunçosos. Ei, que menina bonita!
– É minha filha de sete anos, Max.
– Com cara de perdida no mundo. Feito a mãe.
– Você a viu, então.
Max Whelp apagou o toco do cigarro, olhou bem para Scully e riu. Scully puxou Billie para fora dali e voltou a caminhar na direção do mar.
– Quando eu era criança, lá na fazenda, minha mãe dizia que eu devia tomar cuidado com gente que não valia nada – disse Scully para Billie –, eu achava que ela era muito dura com as pessoas, por ser casada com um fazendeiro e tudo o mais, mas descobri que ela estava certa quando eu vim pra cá. O Max é uma pessoa que não vale nada. Nunca chegue perto dele.
Billie segurava sua mão e sentiu o solavanco de seu pai fazendo-a andar mais rápido para acompanhar seus passos largos.
Rumo ao Lyko, então. Sim, o Lyko. Ele admitia sem problemas: os estrangeiros do lugar sempre o intimidaram. Na presença deles, ele se sentia totalmente no papel do roceiro, do

trabalhador manual, do sujeito que limpava deque de navio. Às vezes olhava para eles e se sentia um primata. Eram pessoas que conheciam o mundo, vividas, seguras de si, e para alguém que estava aprendendo grego em livros de cursinhos baratos, eles eram difíceis de evitar. Antes de ir para a Grécia, Scully nunca havia conhecido pessoas que tivessem herança guardada, que tivessem recursos para serem independentes. E isto o deixava fascinado e assustado. Era um grupo formado por graduados em Oxford, aristocratas falidos, americanos boêmios, artistas e celebridades de segunda categoria já esquecidas, cujas perspectivas, de algum modo, haviam sumido. Havia um mercenário que veio de Adelaide, um sujeito de quem ele gostava bastante, até, e um ex-padre de Montana, destituído do sacerdócio por algum motivo, que de vez em quando descia de seu ninho, no alto de um morro. Mas as pessoas que o deixavam perturbado eram aquelas que ele via todos os dias, sem exceção, que iam cambaleantes até a orla, dia após dia, e ficavam ali até a madrugada, bebendo, fazendo comentários maldosos, lembrando-se dos bons e velhos tempos. Viviam para a chegada do verão, que trazia a juventude; era a época em que podiam se misturar às novas pessoas, em que podiam reclamar da vida de um jeito divertido, podiam apaixonar-se, fazer poses, renovar o velho estoque de fofocas. Eram pessoas inteligentes, divertidas, altivas, em sua maioria talentosas, e quase que totalmente vagabundas. Para Scully, pareciam personagens de livros. Aprendeu a não ficar irritado na presença deles.

Jennifer achava que eram pessoas adoráveis. Adorava as histórias que contavam, tinha inveja das palavras dos poetas, das mãos dos escultores, quer trabalhassem ou não, da independência dos que herdaram dinheiro. Gostava de nadar com alguns deles à tarde, ou jantar com eles algumas vezes na semana, e Scully ia junto, mais para ter o que fazer do que outra coisa. Com Scully, no íntimo, Jennifer fazia piadas sarcásticas a respeito dos estrangeiros. Os dois sempre reviravam os olhos quando os outros falavam de Rory, o sicofanta, o garanhão canadense que escrevia romances nas poucas horas do dia em que passava acordado, ou das duas bichas simpáticas que vieram da Espanha e que subiram com um piano Steinway os mil degraus que levavam até sua casa só com a ajuda de dois velhos e uma carroça puxada por um burro. Scully sabia por que ela gostava daquelas pessoas. Elas não eram moços e moças que haviam obedecido às ordens dos pais, frequentado alguma faculdade certinha, namorado pessoas sensatas, fechado as portas para qualquer possibilidade de espontaneidade e que acabaram como burocratas em empregos que as matavam de tédio. Pessoas cujo único ato de rebeldia, já aos trinta anos, tinha sido se casar com alguém de um nível inferior ao seu. Jennifer admirava Alvin, o negociante de ouro, que precisava de uma garrafa de vodka por dia só para assinar o próprio nome. Alvin, dizia ela, tinha classe. Ele se recusava a se sentir intimidado pelo senso comum, pelas pessoas mesquinhas, ordinárias, sensatas. Ela gostava de Lotte, a princesa alemã que vivia na penúria, alugava os quartos de sua casa no verão e dormia com cada um de seus hóspedes, fossem homens ou mulheres, e cobrava pelo serviço extra. E havia também Alex, um vagabundo que não valia nada, e que sempre contava para os amigos sobre sua amizade com Francis Bacon, sua colaboração com Leonard Cohen, o caso que teve com Charmian Clift. Alex era um verme, mas Jennifer achava o máximo o seu talento para a pintura, apesar de que, desde o começo da década de 70, o único tubo que ele apertava era o de pasta de dente.

Scully se sentia inadequado perto de todos eles, nas festas nos terraços sobre o porto, nos piqueniques que faziam, indo de caíques até Dokos ou Palamidas, até a outra ponta da ilha – mas ele aprendeu a sobreviver ali e percebia que tudo aquilo agradava Jennifer. Ele não precisava de muita coisa para se sentir feliz. Ali também havia mar, afinal. Mergulhava para caçar polvo e fazia caminhadas pelas escarpas com Billie. Ali ele tinha espaço, tinha a luz do sol e podia trabalhar para Fotis, que fazia tijolos, de modo a manter a dispensa cheia de comida e não perder o jeito com as mãos. Talvez ela tivesse razão. Talvez fosse fácil demais deixá-lo satisfeito.

No quebra-mar, no fim do porto, um velho amaciava um polvo, jogando-o no chão repetidas vezes. O navio que trazia água atracou, prestes a despejar sua carga no reservatório da cidadezinha. Scully caminhou pelo cais comprido, onde as pequenas mesas do Lyko ficavam sob o sol, perto da água, as toalhas de plástico agitadas pelo vento suave. Scully hesitou por um instante, respirou fundo. Será que estava imaginando aquela repentina queda no volume das conversas ali no terraço? Continuou a andar, puxando Billie, e entrou no restaurante, ficando em meio à fumaça de feta frito, cigarro, café e pão fresco. As mesas, e toda mobília do lugar, eram simples e estavam todas ocupadas. Viu os rostos. Num lugar tão pequeno como aquela ilha, os estrangeiros eram uma gangue, uma nação feita deles mesmos, e o bate-papo ficou menos audível quando Scully apareceu na frente do bar.

– Meu Deus!

Era a voz de Arthur Lipp, que fez um grande giro na banqueta em que estava sentado e apagou seu charuto Havana. Scully sentiu o mar de rostos que se levantaram para olhar para ele.

– Bom dia, Arthur.

Houve uma longa pausa, silenciosa, embaraçosa. A velha Lotte empurrou um gato branco para que descesse de sua mesa e seu rosto ficou generosamente enrubescido. Bertie e o Rory-Palhaço deram um meio-sorriso e Alvin ergueu a mão trêmula, cumprimentando-o.

– Você está péssimo, meu caro! Com cara de condenado! – disse Arthur.

Scully deu de ombros. Arthur ficou rolando o charuto apagado entre o polegar e o indicador, desconcertado. Um homem que Scully não conhecia levantou e saiu. Na porta, ele pareceu hesitar um instante e olhar para trás. Arthur contraiu os lábios, em reprimenda. O homem foi embora.

– Eu estou tão horrível assim, Arthur?

– Por quê? Quão horrível você deseja ser? Será que você finalmente descobriu as suas ambições?

Scully levantou Billie e a colocou sobre uma banqueta. Sentou com o peito encostado no balcão.

– Sério, você parece uma pessoa abandonada.

– Abandonada – repetiu Scully.

Scully nunca conseguiu saber exatamente o que é que Arthur fazia da vida. Ele sabia que o safado morava naquela ilha há trinta anos, que era um judeu de Londres que bebia *screwdrivers* no café da manhã, que sempre tinha algum projeto misterioso na manga, que recebia telefonemas de Londres e Nova York, mas que nunca de fato dizia com o que é que ele trabalhava. Aos sessenta e poucos anos de idade, ele era um sujeito brusco, inconveniente, robusto, tumultuoso, evasivo e um tanto arrogante. Um homem estranho e solitário, com um quê de suave autoritarismo. Scully passou a gostar dele, mesmo relutante. Era uma figurinha carimbada, o rei não-declarado dos estrangeiros da ilha. Aparentemente, em todos os verões, o bode velho se apaixonava por alguma sedutora jovem de miniblusa que estivesse mochilando pela Grécia. Aí a moça acabava com o seu dinheiro e depois dava no pé. Era uma criatura de hábitos arraigados. Mas, fora isso, ele era inescrutável.

– Abandonado, perdido – repetiu Arthur. – Bastante.

– Onde ela está?

– Ela? Ela?

Scully sorriu, sentiu Billie chegando mais perto de si.

– Não tem "ela" nenhuma – respondeu Arthur. – A vadiazinha voltou pra Copenhagen no último dia do verão. E deixou a porcaria do diafragma dela no armário do banheiro.

– Não é dela que eu estou falando, Arthur. E você sabe.

Nas mesas, todos voltaram a conversar em voz baixa. Na cozinha, Sofia xingava e batia panelas. Arthur olhou para ele e depois para Billie. Uma pequena camada de suor surgiu em sua testa larga.

– Anda, Arthur, deixa de enrolação.

– Ah, meu Deus.

– Eu descrevo ela pra você, então. Alta, cabelos compridos e pretos, um bronzeado de matar, pernas longas, como você me disse certa vez em que estava bêbado. Australiana, pragmática, gentil, inteligente e casada.

– Não sei de nada.

Billie olhou para seus próprios joelhos. Estava com as mãos fechadas em punho, logo acima deles, sobre a calça jeans.

Scully olhou para ela, viu que Arthur também deu uma olhada rápida para ela, desconcertado, e voltou os olhos para o porto, pelo vidro sujo da janela.

– Sinto muito, meu caro.

– Pelo quê?

– Que esteja havendo algum problema.

– Você já está supondo que vai ter problemas, Arthur?

– Só estou tentando ser gentil, seu ignorante. Comporte-se.

– Então você está querendo dizer que...

– Não estou querendo dizer nada, Scully. Eu gostava de vocês dois, só isso. Apareça lá em casa mais tarde, a gente toma alguma coisa. Quanto tempo você vai ficar aqui?

– Todo mundo está com cara de traumatizado – disse Scully, em voz alta.

– Bom, nós nos despedimos de você com lágrimas nos olhos há poucas semanas, não foi? Achamos que você estivesse na Austrália.

– E a Jennifer?

– Deus do céu.

– Mais fácil você me contar logo – disse Scully.

– Te contar? Te contar?

Arthur contraiu a testa e ficou olhando feio para ele, com ar irritado, questionador. Bateu com a mão no balcão.

– Será que alguém quer *contar* pra ele? Gente, por favor, o Scully quer que contem pra ele!

Mas só algumas pessoas levantaram o rosto. Uma pessoa sorriu de um jeito afetado, outra encolheu os ombros.

– O que quer que você queira saber, ninguém vai te contar hoje, Scully.

– Não imaginei que você ia ser tão babaca.

– Talvez seja por causa dos seus maus modos de primata – disse Arthur, acendendo o charuto. – Compre alguma coisa para a sua filha comer. Ela parece estar morta de cansaço.

– Se você lamenta tanto assim por nós, compra *você* alguma coisa.

– Seja adulto, rapaz!

– Cadê ela?

– A sua mulher? Você quer que eu diga onde a sua mulher está?

– Acho que estamos descobrindo alguma coisa, Billie.

– Ela é a *sua* mulher, rapaz. Será que você a esqueceu em algum lugar? Em alguma cama de hotel por aí?

– Esqueceu em alguma cama! – repetiu Rory, rindo.

Scully levantou da banqueta.

– Rory, melhor você ir embora – disse Arthur. – O nosso amigo tem grandes mãos calejadas e ele pode transformar as suas bolas em *fasolia* se quiser.

– Pode ter certeza que sim – disse Scully, os dentes cerrados.

Rory levantou-se e foi embora, e depois, em duplas e trios, todos os outros saíram – menos Ioannis, o tio surdo de Sofia, que continuou a sorrir alegremente por cima do jornal que estava lendo.

– Bom, foi *bastante* agradável – disse Arthur. – Pelo jeito você deixou todo mundo à vontade. Acho que também vou indo. Não tenho mais idade para apanhar.

Scully ficou chocado ao ver o medo no rosto das pessoas, o jeito imediato com que elas julgavam que ele poderia causar-lhes mal. Sentiu-se tolo, incompreendido.

– Por que você não me conta o que está acontecendo, Arthur?

— Por que você não para de me encher o saco e descobre sozinho? Você veio de onde?

— Da Irlanda.

— E você saiu de lá pra fazer uma cena dessas? – perguntou Arthur, fazendo um gesto com a mão do charuto, indicando a taverna vazia. – Para se fazer de bobo?

— Vocês sempre me consideraram bobo.

— É somente por você ser esse típico idiota puritano da classe trabalhadora, Scully. Você fica incomodado de ver as pessoas se divertindo sem pagar por seus pecados.

— A maioria de vocês não consegue nem pagar a própria bebida, quem dirá os pecados.

— Ninguém gosta de ficar perto de um homem inseguro. E eu diria que um homem inseguro não é uma companhia muito interessante.

— Vá se foder, Arthur!

— Alimente sua cria.

Arthur enfiou o Havana de volta na boca, pegou sua edição do *Sunday Times* de uma semana atrás e deixou os dois lá, sob o olhar frio de Sofia, que observava pai e filha de trás do balcão.

17

Pai e filha estavam sentados ao sol no terraço do Lyko, com os pratos de lula, *tzatziki* e salada quase intocados sobre a mesa. Scully pediu a comida para acalmar Sofia, depois de ter espantado seus fregueses com sua presença. E, ademais, eles precisavam comer; mas ele sentia o estômago ácido, fechado, e Billie só beliscou um pedaço de pão, balançando as pernas, sentada na cadeira. A água do mar batia na murada. Do outro lado do pequeno porto, um burro choramingou até ficar rouco.

– O que você acha, Billie? Você acha que eles sabem? Claro que eles sabem. Viu só como olham para a gente? Com um maldito constrangimento.

Os olhos de Billie passaram por ele por um instante, mas aí ela olhou para longe, para além dos molhes, onde um homem num pequeno barco de madeira tentava pescar lulas.

Que diabos essa mulher está fazendo? – pensou ele. Eu estou aqui, eu vim pra cá, e cada um dos desgraçados desta ilha é testemunha do meu sofrimento. Que mais que ela quer? O que foi que eu fiz? O que posso fazer? Pelo menos me dê uma pista. Qualquer coisa.

Pouco depois de uma da tarde, Scully pediu meia jarra de *kokkineli* e um achocolatado para Billie. Tomaram cada um sua bebida, sem falar nada, enquanto curiosos habitantes da ilha passeavam por ali, balançando as cabeças. O vinho *rosé* o acalmou um pouco.

Espere, disse a si mesmo. Acalme-se. Dê tempo a ela. Por enquanto, estar aqui já basta. Espere.

Às duas, Billie afastou a cadeira da mesa, levantou-se e foi ao banheiro. Deus do céu, por que ela não falava com ele? Atirou o copo no forte e voltou a sentar. Comeu um pouco da lula, embebeu um pouco do pão no molho de iogurte e ficou pensando na vida que havia levado ali com Jennifer, tentando achar alguma brecha, alguma indicação do que poderia ter levado àquela situação. Ele havia sido paciente na Grécia. Era fácil ser paciente num lugar que você adorava, mas ele tinha certeza de que sempre agiu bem ali. Não foi como em Paris, onde a própria cidade o deixava completamente exausto. E, mesmo em Paris, ele fez de tudo pelo bem dela. Em Londres foi a mesma coisa. Caramba, na verdade era sempre assim: ele sempre estava disposto a ceder por ela. Ele a amava. No fim das contas era só isso. Na Grécia, era fácil amá-la, fácil aguardar enquanto ela tentava descobrir o que quer que fosse que a faria relaxar, que a faria sentir que estava sendo ela mesma.

Eles não tinham sido felizes ali, os três?

Olha só este lugar! Um mundo sem carros, sem burocracia, que metade do tempo não liga para a data no calendário, com pessoas boas e simples, pessoas satisfeitas em viver e deixar os outros viverem. O velho Fotis, o fabricante de tijolos, era um chefe agradável, e o trabalho o satisfazia, apesar de inconstante. Passavam longos dias na praia, só os três. Caminhavam pelas montanhas, enfrentavam as nuvens de mosquitos no terraço à noite, com os cachos de uva moscatel pairando sobre eles, observando os ratos tentando se intrometer, como se fossem parentes. Cartas para a família na Austrália, refeições demoradas, participações no livro de colorir do Mickey Mouse, leituras de Julio Verne. E a cor dourada em suas peles nuas. Cantavam músicas. Momentos tolos. E o dia em que Billie aprendeu a nadar, como se fosse um milagre. Durante as tardes, ele descia da montanha, onde aquela grande casa se aninhava na lateral do penhasco, e ia para o terraço fresco da casa deles, perto da praia, onde estavam à sua espera algumas garrafas geladas de Amstel, onde Jennifer e Alex encerravam a lição de pintura do dia. Billie voltando da escola a cavalo, em companhia dos meninos da vizinhança. Sim, eles sem dúvida tinham sido felizes. Ou então ele era mais idiota do que imaginava.

Ele até mesmo ficou mais ou menos feliz com as aulas diárias de pintura de Alex, com as quais o velho faturava o suficiente para poder pagar pela bebida. Alex Moore. Não valia nada, como diria a mãe de Scully, mas era uma pessoa agradável. Suas pinturas faziam parte de algumas excelentes coleções americanas, mas tudo que Scully conhecia eram as telas da década de 60 que ele havia visto nas maiores casas da ilha. As telas eram ótimas – até onde alguém que terminou o colegial depois dos vinte e largou a universidade consegue avaliar. Alex torrou toda a grana que tinha e não fazia nada além de mendigar favores, viver às custas dos outros, fazer-se de bobo e reclamar. Era assim desde que o primeiro homem pisou na lua.

Era incômodo ter sempre ali, todos os dias, o velho desgraçado, defumado pelos cigarros, fazendo companhia durante metade das refeições do dia, mas Jennifer achava que estava progredindo. Ela ficou tão animada com a pintura, que Scully simplesmente resolveu aguentar. Aquela casa à beira-mar o deixava mais calmo. Ela ia para a cama à noite com o cheiro doce de ouzo no hálito. Nos lençóis, a luz cremosa do luar. E eles faziam amor como antigamente.

Ao revirar o passado, Scully não percebia nada que servisse de indício de algo ruim. Sim, ele às vezes discutia com Arthur ou com algum amigo de verão dos estrangeiros, e ficava de mau humor quando o *meltemi* soprava com força em agosto, mas nessa época todo mundo ficava de mau humor: o vento soprava poeira nos olhos, o mar ficava perigoso demais para nadar e o calor fazia o suor evaporar quase imediatamente.

Billie voltou do banheiro. Ela tinha lavado o rosto: seu suéter de algodão estava manchado de água. Movimentava os pés dentro dos tênis em pequenos círculos sobre as lajotas lisas.

Scully continuou sentado, sentindo o gosto adstringente do vinho em sua boca, tentando pensar. Ele odiava beber vinho de dia. Porque era exatamente isso que o vinho fazia, te impedia de pensar.

Foi aí que Arthur apareceu, retornando pelo cais, a respiração chiada, as calças de algodão suadas, com manchas de sopa.

– A Sofia tá querendo fechar, Scully.

– Humm?

– Já é de tarde. Ela quer descansar. E você fica aí parado feito leite talhando.

– Eu estava alimentando minha filha.

Arthur sentou com eles.

– Mas que diabos aconteceu com você?

Scully sorriu e passou os dedos num pouco de *kokkineli* que havia derramado sobre a mesa de pinho.

— Foi o que eu vim tentar descobrir, Arthur.

— Pega o aerobarco e vai embora. Aí você se poupa de uma cena horrível!

— Por que você acha que o Rory saiu com tanta pressa hoje de manhã?

— Porque ele é uma pessoa vaidosa. Ficou morrendo de medo que você fosse macular aquilo que ele considera seu maior tesouro.

— "Macular", veja você.

— Tem um aerobarco saindo da ilha às seis.

— Mas eu nunca teria desconfiado do Rory.

— O Rory é um bosta.

— Você tem razão. Não mudou nada. Ela não está na casa da Lotte, está?

Arthur fechou os olhos.

— Ah, você não vai me dizer, então.

— Ah, pelo amor de Deus, não tem nada que eu possa te dizer a não ser para você sair dessa ilha, pelo bem de todos.

Scully sentia a cabeça latejar. Alguma sombra persistia lá no fundo de sua mente, algo que tentava chamar sua atenção, mas sem resultado. Continuava a ver o rosto amarelado de Alex, o cacho de cabelo comprido diante do rosto curado pelo fumo.

— Me diga uma coisa, por onde anda o Alex? Não é do feitio dele *macular* uma reunião de amigos com sua ausência.

Arthur contraiu as mandíbulas e seus dentes se chocaram atrás de seu bigode, fazendo um barulho audível o suficiente para dar um susto em Billie. Ah, finalmente ele havia tocado num nervo exposto, para dizer o mínimo.

— No momento ele não anda muito a fim de companhia.

— Você está brincando? O mundo enlouqueceu de vez, então?!
— Está lá em cima, na montanha.
— Ah, agora você já está inventando, Arthur.
— Cala a boca, Scully!
— Mas é longe demais da taverna, não acha?
— Por isso mesmo.
— Ele parou de beber?
— Bom, isso o tempo dirá. Ele tá tomando conta daquela casa que você e o Fotis construíram pro amigo ateniense da Bertie.
— Lá em Episkopi.
— Não vá até lá.

Arthur colocou uma mão sobre a cabeça de Billie, com um olhar de genuína pena. A pele dele era lisa, muito bronzeada; com o seu bigode caído, ele parecia um grande leão-marinho brilhando ao sol.

— Como assim, Arthur? Por que não devo ir até lá?
— Porque não deve! Será que os irlandeses já te emburreceram?
— Ele está sozinho?
— A Sofia quer fechar.

Scully pôs o dinheiro na mesa com um tapa e ficou de pé. Billie levantou também, mecanicamente, ficando ao lado dele.

— Vá pra casa, camarada.

Os lábios de Scully moveram-se, repetindo as palavras em silêncio. Para casa. Atualmente, ele não saberia dizer onde era sua casa.

— Há quanto tempo você mora aqui, Arthur?

– Há trinta anos. Você sabe.
– Você não acha às vezes que ficou tempo demais?
– Isso o tempo dirá.
– Isso *você* dirá com o tempo.
– Eu faço o que tiver que ser feito. É no que sou melhor.
– Mas nem todo mundo é assim, Arthur. A minha mulher, por exemplo. Ela não era do tipo que se vira. *Eu*, pelo menos, não sei nada sobre isso. Mas todos os outros desgraçados parecem estar guardando segredo.
– Você está bêbado.
– Não, não estou. Mas estou meio instável. Vamos, Billie.
– Para onde você vai?
– Ah, talvez voltar pro hotel. Fazer a sesta e tal.
– O aerobarco sai às seis.
– E eu não vou estar nele.
– Pelo amor de Deus, não suba lá!

Scully conduziu Billie por uma ruela que era praticamente a Rua da Bosta de Burro, atravessando o labirinto de casas, escadas e becos verticalmente construídos sobre o morro. Pareciam dentes na mandíbula da montanha, aquelas casas. Suas paredes caiadas e portas em cores vibrantes ocultavam quintais suntuosos e adegas escuras, cujas venezianas de um azul brilhante ficavam abertas nas tardes indolentes. Num pequeno terraço, diante de uma taverna sem nome na fachada, eles se depararam com um cão acorrentado, o que fez com que Billie saísse de seu transe ritmado pela caminhada.

Ela foi na direção do cão, que estava embaixo de uma figueira desfolhada. O cão a observou por alguns instantes, orelhas eretas, mas voltou a sentar quando ela se aproximou. Era o pobre cachorro que passou mal no aerobarco. Scully reconheceu o pastor alemão e sua dona, que apareceu varrendo o terraço, o rosto inexpressivo.

– *Kalimera!* – cumprimentou Scully.

A mulher parou, inclinou a cabeça na direção dele e continuou a varrer. A taverna estava fechada. Os gerânios da taverna no terraço, nus, plantados em latas de azeite.

Billie acariciou o focinho do cachorro e os dois continuaram a subir o morro, indo em direção à rua dos Poços e às grandes casas remanescentes do século anterior, da época dos piratas. Em Kala Pigadia, o chão voltou a ficar plano e ele pôde ver o porto e seus telhados terracotas lá embaixo. Passaram por um muro de cascalho e lá de trás ouviram o som de galinhas chocando ovos. Depois passaram por um cavalo preso pelo arreio, que comia de uma lata de lixo revirada junto com três gatos escrofulosos. As venezianas das casas estavam fechadas e eles não viram ninguém enquanto subiam a montanha, passando por mansões decrépitas que já tinham começado a cair, pedaço por pedaço, na comprida ravina rochosa que serpenteava para baixo, na direção da vila e do atracadouro de Kamini. O ar ali era mais fresco e o Golfo Sarônico, lá embaixo, parecia uma pequena faixa de mar. Ouviram crianças cantando atrás do muro da escola que Billie frequentava. Billie pressionou a mão contra o parapeito de cascalho e ficou ouvindo. Ele só tinha como imaginar o que ela estava pensando. Deixou-a ficar ali o quanto quisesse. E não disse nada. O que ele poderia dizer? Logo chegaram ao lar dos idosos, com seu farfalhante eucalipto do lado de fora do portão, e depois os muros transformaram-se em muros de fazenda, de cemitérios, e toda a área acima e abaixo da estrada de pedras lisas era agora uma plantação de árvores frutíferas. Os degraus começavam a ficar mais largos.

Scully ia para onde seus pés o levassem. Ali, os campos íngremes e divididos pelas ribanceiras das montanhas, eram verdes e cheios de flores silvestres. Havia currais de ovelhas feitos de pedra, com portões enredados por vinhas, como se fossem ilustrações numa Bíblia para crianças. Os casebres dos pastores ficavam escondidos dentro de grutas. Uma brisa refrescou o suor na testa de ambos, e Scully e Billie seguiram pela estradinha, passando por uma garganta escarpada, onde a brisa se transformou num vento que lhes fustigou o rosto, afunilado pelos penhascos desgastados e ribanceiras sem vegetação, impulsionado pela ravina e pelas rochas até descer sobre o pequeno vilarejo de Vlikos, onde estavam, mais ou menos, uma dezena de casas caiadas, à beira do penhasco que se debruçava sobre a água. Scully sentia o vento contra o rosto enquanto caminhava atrás de Billie, passando pela conhecida ponte de pedra em ruínas e chegando ao fim do desfiladeiro rochoso, onde havia um burro amarrado a um pinho solitário e barcos com o casco virado para cima, como se fossem tartarugas numa praia.

As emoções o pegaram de surpresa feito um vento repentino. Ficou aliviado ao ver as janelas fechadas na hora da sesta, pois assim poderia passar pelo caminho de terra entre as casas de seus antigos vizinhos sem ser visto. Mas parou um instante perto de uma casa com venezianas em tom verde-escuro, sabendo que Billie também iria parar ali.

O quintal rocho estendia-se até o penhasco sobre a água: era um labirinto de damasqueiras, amendoeiras, ameixeiras. Os figos estavam maduros, assim como as uvas e azeitonas. Quatro eucaliptos nativos da Austrália esparramavam-se ironicamente na ravina ao lado da casa, onde eles, certa vez, jogaram do terraço grãos moídos de café e sementes de oliveira. Noites quentes e úmidas, quando a música *bouzoki* pairava sobre a água, vinda dos barcos de pesca, e a enorme massa lilás do Peloponeso continuava a brilhar depois do entardecer com as fogueiras de carvão. Assim que anoitecia, ele saía da água, as luzes acesas refletindo em seu arpão, trazendo um saco cheio de polvos ou *rofos*, garoupas com as guelras ainda se abrindo. No ar, o aroma de peixe assado em grelhas e o som dos risos vindos das outras casas.

Só Scully ia pela ravina, escolhendo o melhor caminho. Billie ficou na estrada, mordendo o lábio, observando-o enquanto ele subia pelo chão ressecado e crepitante ao lado da velha casa, até chegar às venezianas verdes, até chegar à janela. Ele foi chegando por baixo da treliça de vinhas, nua, sentindo o sangue pulsando loucamente em seu pescoço. Reviu o terraço de granito, a sensação cúbica de toda a casa, a sombra gêmea que ela projetava. Um conspiratório *shhh*, chiado do mar, arrebentando sobre as pedras, como se guardasse segredos; o som de pedrinhas resvalando morro abaixo. Eles não tinham sido felizes ali? Depois de dormir em inúmeros quartos alugados, apartamentos emprestados e pensões horríveis, aquele não tinha sido o lugar dos sonhos para eles? Tão parecido com a casa que tinham, e ainda assim era algo novo, diferente, mais fresco.

Mas a expressão no rosto daqueles desgraçados inúteis no Lyko, naquela manhã – olhos voltados para baixo, os risinhos abafados, o ar de embaraço quando saíram para a rua. O horror no rosto de Arthur ao ouvir o nome de Alex Moore. Tudo aquilo fazia pensar: será que ele esteve cego esse tempo todo, que foi incapaz de enxergar a verdade? Será que não estava percebendo alguma coisa? Será que ela era infeliz, estava entediada? Ou algo ainda pior?

Espiou pela veneziana meio aberta de sua antiga casa e viu um homem e uma mulher dormindo lá dentro. Um casal de meia-idade. Os braços estendidos, como se fossem algas presas às pedras. Desconhecidos. Em sua cama. Estranho, mas vê-los fez com que ele se lembrasse de uma coisa. Aquela coisa. Aquela ocasião vergonhosa. Ficou olhando para os lençóis retorcidos, os sapatos revirados, e pensou no dia em que desceu a montanha, vindo do trabalho, e encontrou a casa vazia. A sensação esquisita que teve. Billie estava brincando com os filhos de Elektra, a vizinha. Seu sotaque fortíssimo ecoava pela estradinha de terra. O cavalete e um pouco de tinta na tela. Os malditos tocos de cigarro de Alex pelo terraço todo. E a cama totalmente desfeita, como se um cachorro tivesse dormido ali. Só depois de muito, muito tempo foi que a terrível sensação tomou conta dele, aquele veneno que ele desconhecia e que o atingiu de súbito enquanto ele calmamente arrumava os lençóis, fazendo-o revirá-los feito um louco, tentando achar algum sinal, alguma repulsiva mancha úmida que não estava lá. Nada. E estranhamente ele não se sentia aliviado por não achar nada. A fúria cega e incipiente do ciúme. Deus do céu, que patético. Existe algo mais digno de pena do que um homem desesperado revirando a própria cama em busca do esperma de outro homem? Ela entrou no quarto e o apanhou exatamente assim. Ainda molhada de água do mar, alegre, radiante, e ele queria morrer de vergonha. É só saudade da Austrália, disse ele. Não se preocupe. E chorou nos braços dela. Ela o empurrou para a cama, com a pele salgada e úmida, violenta, cheia de desejo, e ele não pensou mais no assunto.

Até hoje. Até agora. Olhando para aqueles desconhecidos. Assim que abrimos a porta, não é tão fácil fechá-la. Deixamos a mente correr livremente e precisamos ir aonde ela nos leva. O que ele achava que ia acontecer vindo para a ilha? Uma missão de resgate? Um encontro? Um ajuste de contas, sem brigas? Sem dúvida não imaginava que ia ficar de pé do lado de fora de sua velha casa, pensando no tipo de coisa que estava pensando agora. Naquele velho desgraçado e curtido pela nicotina com sua mulher! Nas tardes que passaram juntos, nas garrafas de vinho que partilharam, nas grutas ocultas que talvez tenham encontrado pela ilha, em todas as coisas idiotas que agora ele se permitia pensar, nas quais pensava com uma espécie de frio prazer. Agora pensava no bebê, no "reconfortante" e "maravilhoso" fato de que talvez não fosse dele!, que Jennifer havia usado a Irlanda só como uma armadilha para que pudesse voltar para casa, largar tudo, voltar para o seu grande amante! Como ele foi imbecil! Como foi cego, idiota! Mas que paspalho ele era, sempre compreensivo!

Virou de repente, subindo a ravina e voltando para a estrada onde Billie estava parada, como se estivesse hipnotizada.

– Outra pessoa mora aí agora – disse ele, percebendo o tremor em sua própria voz.

Pegou a mão dela por alguns instantes e sentiu uma espécie de abertura, uma pressão de carinho. Ela o puxou na direção do porto e ele se deixou levar por alguns passos. Mas depois parou.

– Episkopi é pra lá – disse.

Billie soltou sua mão com um movimento brusco. Ele esticou o braço para agarrá-la mas ela se deixou cair na terra, com a cabeça entre os joelhos. Ela sabia, então. Deus do céu, sua filha sabia. Ficou sabendo no aeroporto.

– Vem – disse ele, a voz rouca. – Eu te levo nas costas.

Ficou ali, em pé, sentindo o vento passando por eles. Ao redor, o ruído de grilos. Ouviu que ela se levantava e batia nas roupas para tirar a poeira e, quando abriu os olhos, viu que ela já estava caminhando em direção a Episkopi.

Em Palamidas, a pequena baía com manchas de óleo, debaixo da montanha da ilha, Scully colocou Billie nas costas e começou a subir lentamente pela trilha que serpenteava por entre oliveiras retorcidas, sentindo a respiração da menina em seu pescoço, o corpo dela relaxando contra o seu à medida que adormecia. Sentiu a pele macia de seus tornozelos com as mãos calejadas. Não conseguia imaginar como alguém conseguiria abandonar aquilo. O que era mais importante que uma criança? O que mais alguém poderia querer?

Ele não sabia o que o aguardava em Episkopi, como agiria. Por que era mais fácil imaginar que ela havia enlouquecido? Afinal de contas, a mãe dela teve alguns "episódios". Quando ela tinha sessenta anos, encontraram-na correndo nua pelas ruas de Perth. A loucura desculpava a si mesma, era a absolvição de todos. Que porcaria era pensar desse jeito. Que jeito covarde de pensar.

Suando, ofegante, Scully chegou às árvores de pinho e aos últimos trechos angulosos da trilha que subia até o pico. Que engraçado era pensar que ela e Alex estavam morando exatamente na casa que ele estava construindo enquanto os dois trepavam no terraço. Que ironia. É uma atitude tão civilizada, essa de ver pelo lado irônico. Ele era praticamente o mestre do autocontrole. Veja pelo lado irônico da coisa, Scully. Não entre agindo feito um brutamontes. Pense na menina, pelo amor de Deus.

No topo do declive, numa pequena clareira, havia uma capela branca, tão branca quanto uma estrela sobre o mar. Havia esterco do lado de fora e ele parou um momento, farejou o ar. Sentia o estômago estranhamente tenso. Cocô de cavalo, que cheiro mágico. Ficou ali um tempo, olhando para o cocô e para a capela, recuperando o fôlego depois da longa subida. Foi com passos duros até a porta, colocou a mão nela, empurrando-a cuidadosamente. Atrás dele, um grupo de codornas que ele não havia visto levantou voo, o que lhe deu um leve susto.

Uma brisa trouxe para fora da escuridão do lugar um cheiro de mofo. Scully entrou. Ali dentro era fresco. As janelas estreitas mais à frente deixavam entrar feixes de luz e, contra o frontão, havia um santuário simples e um altar. Um ícone com o rosto triste de Cristo, em ouro e vermelho, parecia mover-se à luz das três velas que ali queimavam em silêncio. Scully sentiu a boca seca, os braços doloridos. Sentiu uma terrível necessidade de cair de joelhos no chão de concreto, mas a criança em suas costas o impediu. Contraiu os lábios para falar algo, mas o silêncio na capela era opressivo. Então ele se voltou para a porta e viu, delineada pela luz, uma mulher. Levou um susto e soltou um pequeno gemido. Ela usava um vestido preto e um xale.

– *Yassou, Kyria* – disse ele, cumprimentando-a.

Os olhos dela eram pretos e ela calçava sapatos grandes, de homem. Segurava uma vassourinha de mão e inclinou a cabeça na direção dele, cumprimentando-o, e ficou de lado para deixá-lo passar.

– *Efkharisto*. Obrigado – sussurrou ele.

Ela apontou a vassourinha para o outro lado da cumeeira plana, onde a estrada continuava, cruzando a ilha e levando até Episkopi.

Ela também sabe, pensou. O vento agitava seu xale e ela continuava ali, imóvel. Continuava apontando para a estrada, o rosto sem nenhuma expressão. Enquanto saía pela porta, passando por ela, viu um cuspe atingir o chão de cascalho diante de si, e ouviu-a cuspir mais uma vez às suas costas. Virou-se e viu que ela calmamente fazia o sinal da cruz sobre seu tórax achatado.

Começou a subir a estrada, irritado demais para parar e beber água da cisterna que ficava ao lado da trilha. A criança pesada em suas costas. Ao seu redor, os pinheiros pareciam um coro sussurrante, absorvendo o ar. Continuou, agora determinado a acabar logo com aquilo e pegar o aerobarco às seis, como Arthur havia sugerido. Talvez até chegasse a tempo. Diria o que quer que ainda tivesse para dizer na hora e depois daria no pé, voltaria para a sua vida em ruínas.

Depois de escalar a escarpa final da ravina, ele chegou ao conglomerado irregular de cabanas, acomodações para caçadores e casas que era Episkopi. Algumas mulas estavam amarradas do lado de fora do alojamento dos carteiros, os roncos de pessoas adormecidas ecoando lá dentro. Scully sentiu uma baba escorrendo pelo pescoço. Ajustou a menina mais para cima em suas costas e caminhou até a grande casa recém-caiada que ficava no penhasco, onde a ilha se debruçava sobre o mar aberto do outro lado.

Era uma casa grande simples, que parecia ter fincado raízes no solo do cume anguloso da montanha. A figueira solitária ainda diante da casa, projetando uma sombra a seus pés. As venezianas cinzentas estavam abertas. Quando Scully se aproximou, ouviu o som de alguém tocando uma flauta irlandesa, sem muita determinação. Seus pés doíam, ele estava suado, com sede, e toda a fúria que sentia havia sumido. Olhou para a casa que havia construído, cujos tijolos havia carregado, e não conseguia sentir nada além de tristeza.

– Alex?

A flauta irlandesa hesitou um pouco e parou. Uma voz falando baixo. Ou vozes.

– Você está aí, Alex?

Sons rascantes, uma cadeira afastada com força sobre um chão de pedra. Scully deixou Billie escorregar de suas costas e a depositou, mole de sono, ao seu lado. Enxugou o suor dos olhos e das mãos e ficou de prontidão perto da porta. A ironia já era uma coisa do passado. A violência ainda mais.

Em seu cardigã amarrotado, usando óculos de lentes bifocais, Alex Moore, ao abrir a pesada porta, tinha o ar de alguém evidentemente culpado. Colocou a mão na boca, deu um passo para trás, olhou para trás um instante e depois voltou a olhar para eles.

– Ah, minha nossa. Billie!

– Oi, Alex – disse Scully.

– Scully!

– Nos convide para entrar, Alex.

18

Alex ficou ali na porta por um instante, sem saber o que fazer, coçando a cabeça, e Scully achou que talvez devesse dar logo um soco nele, no fim das contas, só para já ir esquentando a situação, mas o velho de repente entrou na casa, e Scully pegou a mão de Billie e o seguiu.

O interior da casa estava um verdadeiro pandemônio. Havia garrafas no chão, diversos pires lotados de tocos de cigarro, casca de queijo, sementes de azeitona. Velhas páginas do *Observer* cobriam cada superfície. O lugar fedia a resina, a fumaça e a comida estragada. Sobre a grande mesa de pinho estava um bloco de papel cor de creme, um balde cheio de tubos de tinta, um pote com lápis e pontas de caneta-tinteiro e uma pequena tela crua esticada num tensor – todos os objetos imaculadamente intocados.

– Você ficou sabendo, então – disse Alex, abrindo as portas que levavam ao terraço.

Scully foi atrás dele até o terraço, onde o ar era fresco.

– Não, desgraçado nenhum me contou nada.

– Bom, você deve estar sabendo de alguma coisa.

– Talvez eu tenha as minhas suspeitas.

– Bom, então agora já sabe. Cá estou eu.

Scully olhou para as costas encurvadas, percebeu o ar de derrota do homenzinho e deixou os olhos percorrerem mais uma vez a casa. É um sinal, pensou. Um sinal de que ela ficou louca. O filho da mãe está se aproveitando de Jennifer enquanto ela não está bem da cabeça. Ninguém iria querer viver desse jeito, a não ser que tivesse enlouquecido de vez. Aquilo não era viver o estilo boêmio – era viver no lixo.

– Mas não durou muito tempo – murmurou Alex. – Eu estou um caco. Sempre começa bem, não é? A gente decide mudar tudo, tentar algo novo.

– Então ela foi embora?

– Humm?

– Ah, qual é, Alex. Deixa de palhaçada.

– Bom, você é o primeiro que veio tripudiar de mim. Se os outros conseguissem subir até aqui, é o que eles fariam, também.

– Você acha que eu me dei o trabalho de vir até aqui para quê? Pra sentir o cheiro das suas meias sujas e ver a vista do seu terraço? Eu quero a minha mulher.

– A *sua* mulher?

O pomo-de-adão de Alex estremeceu.

– Billie, vai lá pra dentro.

– Scully, eu...

– Eu só quero levá-la pra casa, ver se alguém pode ajudá-la, Alex. Não se preocupe, eu não vou *fazer* nada.

– Ah, a Jennifer.

Alex recostou-se na parede fria e olhou para baixo, para a escarpa enegrecida que levava até o mar. Billie continuou de pé perto da porta, imóvel, o rosto inexpressivo. Um gato passou esfregando-se em seus pés e pulou no parapeito, ficando diante de Alex, expectante.

– Onde ela está, Alex?

Alex sorriu e olhou para ele, os olhos úmidos.

– Você está procurando por ela aqui, comigo? Meu caro, você está passando bem?

– Eu mesmo subo, então. Billie, fica aqui.

Aposento após aposento, todos sórdidos e imundos, Scully revirou o lugar, o nojo e o medo aumentando à medida que abria armários e olhava embaixo das camas. O quarto principal do andar de cima também exibia sua parcela de garrafas, migalhas e tocos de cigarro, e a cama de dossel padecia da feiúra de lençóis e cobertores cinzentos, que ele cutucou e revirou, temeroso, na penumbra. Sentou-se na cama por um instante, olhando para o monte de frascos de remédios na mesa de cabeceira, e finalmente percebeu que ela não estava ali, que ela provavelmente nunca tinha estado. Se ele tivesse visto e confirmado suas piores suspeitas, pelo menos sentiria algum alívio. E era isso mesmo: ele percebeu o quanto era muito mais cruel continuar a não saber de absolutamente nada.

Quando voltou para o terraço, Billie estava sentada, recostada na parede da casa, e Alex com a cabeça apoiada entre as mãos. Uma brisa subiu, vinda do mar, trazendo o cheiro de plantas queimadas. Ele reconhecia aquele cheiro de seu próprio continente. O sol da tarde brilhava sobre a água e uma névoa amarelada surgia no horizonte, bloqueando a distância.

– Me desculpe, Alex.

O velho enxugou os olhos na manga do cardigã e sorriu de um jeito triste.

– Sabe, na verdade eu até me sinto lisonjeado. Há uns dez anos ninguém faz uma cena dessas comigo.

Scully abriu e fechou as mãos.

– É de uma feia ironia, essa cena, mesmo sem uma criança presente – murmurou Alex, a cabeça baixa, com ar humilde. – Porque, sabe, Scully... na verdade isso é engraçado pra caramba.

Alex colocou a mão quase transparente sobre o parapeito. Suas unhas estavam amareladas e ele exibiu seu sorriso sáureo, um sorriso de lambe-botas.

– Porque eu... eu nem consigo mais fazer essas coisas. Não posso mais. Por causa da porra da minha impotência. Rá, veja só a ironia da frase.

– Alex...

– Por que você não fica pro jantar? – perguntou o velho, juntando as mãos debilmente.

Scully começou a rir.

– Meu Deus!

Alex também ficou rindo com ele durante um bom tempo, mas logo suas gargalhadas transformaram-se em choro, em soluços que o dobravam ao meio. Scully ficou parado ali alguns instantes, vendo o pobre diabo chorar, até finalmente ir até ele e colocar uma mão em suas costas.

– Está tudo bem, camarada.

Alex ficou ereto e agarrou a mão dele.

Scully sentiu a cabeça do homem contra o seu peito, sua respiração quente. Voltou-se para Billie, que já tinha desviado o olhar da cena. E a tarde morreu, o aerobarco das seis veio e foi embora e a noite rapidamente tomou conta de tudo.

Depois de acender a lareira com gravetos de oliveira e pedaços de amendoeira, Scully revistou os armários da sórdida cozinha de Alex e encontrou iogurte de leite de ovelha, alho, um pepino e alguns enlatados. Ficou preparando a comida enquanto Alex tocava a flauta irlandesa para Billie. Sobre a mesa, uma garrafa de vinho *rosé* de Patras e um litro de vinho tinto de Creta. Billie acariciava o gato e de vez em quando sorria debilmente ao ouvir a interpretação duvidosa que Alex fazia de "The Wild Colonial Boy". Com todas as luzes acesas e um pouco de macarrão velho cozinhando no fogão, Scully organizou um pouco o lugar.

– Você está me mimando – disse Alex.

– Fazer o quê – disse Scully, sem conseguir reprimir um sorriso. – Mas você está acostumado, não está? Admita, Alex, você foi mimado a vida inteira.

O velho assentiu, só fechando as pálpebras, com ar majestoso. E então perguntou:

– Ela está sumida há quanto tempo?

– Dois dias. Fui para o aeroporto pegá-las e só Billie saiu do avião. E não falou absolutamente nada desde então.

– E a polícia?

– Talvez eu ligue pra polícia depois de tentar todas as outras alternativas.

– Deus do céu, cada um de nós com sua batalha particular – disse Alex, servindo-se de outra taça de *rosé* e bebendo tudo de uma vez só.

– As coisas vão mal pra você também, então – comentou Scully, olhando para sua própria taça, vazia.

– Eu vim pra cá para trabalhar. Foi o Arthur que sugeriu. Ele acha que está tentando salvar a minha vida, o meu talento.

– E não está funcionando, pelo jeito.

– Não. Eu sou um caso perdido, meu amigo. Sabia que, antigamente, aqui nesta ilha, eles levavam os velhos para o penhasco dentro de cestos? Quando os velhos se tornavam um fardo. Era uma época mais cruel. E jogavam eles lá de cima. Dá um novo sentido para os cestos de palha, não acha?

Scully ficou olhando enquanto ele esvaziava mais uma taça e finalmente decidiu servir-se ele mesmo.

– Eu era pintor, Scully, e também era um mulherengo que só pensava em trepar, um patife – desculpe o linguajar, meu caro. E hoje em dia tenho sorte se puder ser classificado só como patife.

– Ah, acho que você conseguiria ser classificado, sim – disse Scully, vendo o pobre-diabo beber vinho mais uma vez.

– Você acha? – perguntou Alex, em tom mais alegre.

Scully trouxe o *tzatziki* para a mesa com algumas azeitonas murchas, três ovos cozidos e um pouco de fettucine ao alho e óleo de *kalamata*.

– Hoje o jantar está meio pobre – disse, sentando-se. – Billie, vem comer alguma coisa, querida.

Os três ficaram sentados à mesa, com o fogo crepitando calmamente atrás deles. Lá fora, o vento soprava em silêncio. Scully ficou observando que Alex tentava mastigar, como se seus dentes estivessem doendo. Bebeu mais vinho *rosé*. Tinha o ar de uma criança gananciosa.

– Não desperdice a sua vida, Scully. E nem a vida dela – disse Alex, fazendo um movimento de cabeça na direção de Billie.

– Não tenho a intenção de fazer isso.

– É uma boa moça, a Jennifer.

— É. Eu sempre achei que fosse.
— Mas não tem senso artístico nenhum.
— Hein?
— Bom, pelo menos não além da sensibilidade de desertar das alegrias da vida doméstica.

Scully serviu-se do resto do vinho *rosé* para aplacar seu desgosto.

— Ela quer ser uma pessoa criativa, artística — murmurou Scully.
— Mas não é algo que se quer. É algo que se tem. É uma maldição. Uma maldição da qual ela não padece.
— Você não nos disse nada disso quando te contratamos para as lições de pintura. Só ficava lá sentado no terraço com os cavaletes e tudo.
— Meu caro, eu precisava do dinheiro e não era nenhum sacrifício. E além disso ela tem umas pernas maravilhosas.
— Você é *mesmo* um maldito patife — disse Scully, esforçando-se para manter um tom amigável.
— Bom, nem tudo está perdido, então.

Billie parou de beliscar a comida e desceu da cadeira, voltando suas atenções para o gato. Scully achou melhor acabar de comer e ir embora.

— Acho que a Jennifer sente falta de alguma coisa, alguma coisa que ela deseja recuperar, só isso — disse Alex, com molho gorduroso no queixo. — Ela é uma esnobe, uma diletante. Ela quer reconhecimento. Quer ser mais *interessante*.
— Sim.
— E tem umas pernas maravilhosas.
— Ela está na ilha?

– Já estou aqui há várias semanas sem ver ninguém além da velha Atenas, lá da capela, que cuida de mim. Não tenho ideia.

– Mas você não tem alguma ideia de onde ela possa estar? Ninguém que você acha que talvez... esteja com ela?

– Você diz algum dos estrangeiros? Não.

– O Rory?

– Deus do céu! Não, de jeito nenhum! Dê algum voto de confiança pra moça. O Rory é um verme bajulador.

– Pois eu acho que ele tenta te imitar.

– Imita mal, então.

– Ninguém, mesmo?

– Um dos caras da ilha? Não. Eles não iam conseguir guardar segredo nem por um segundo, embora muitos deles tivessem esperanças pro lado dela, ouso dizer. Será que não foi um caso de verão mais marcante, algo assim?

– Não tinha pensado nessa possibilidade – disse Scully. – Um turista, você diz?

Alex deu de ombros. Scully pensou a respeito. Isso significava que ela talvez não tivesse necessariamente voltado para a ilha. Mas e o bebê? Ah, por que tinha de haver um bebê na história? Mas ele ainda não sabia de nada. Talvez não houvesse caso nenhum, homem nenhum. Ela podia estar na Irlanda agora, pensando que Billie tivesse passado algum recado para ele. Deus, a impressão que tinha era que sua cabeça ia explodir.

– Desculpe pelo dinheiro das aulas – disse Alex, sem muita convicção.

– Ela vai te matar quando descobrir.

— Pensei que ela fosse ficar lisonjeada. Transmita a ela o meu comentário sobre as pernas.

— Alex, ela está falando sério quando diz que quer isso. Não acho que seja só uma fase passageira. Ela quer mesmo ser alguma coisa de valor.

— Você é bonzinho demais com as pessoas, meu caro. Sempre pensa o melhor delas. Ela só quer aparecer, só isso.

— Foi o que aconteceu com você, Alex?

— Eu? Ah, não, pelo contrário. Eu me tornei interessante demais. Para mim mesmo, para os outros. Virei uma atração de circo. Fiquei tempo demais nessa ilha.

— E por que não vai embora, então? Por que não sai da ilha?

O velho riu.

— Talvez eu saia numa cesta. Não sei mais como viver no mundo. Trinta anos é tempo demais.

Alex suspirou, abriu a garrafa de vinho tinto de Creta e se serviu de uma taça, novamente deixando a taça de Scully vazia.

Scully pegou a garrafa e se serviu de uma taça generosa. O gosto do vinho era tão intenso quanto sua cor.

— Imagino que quando você descer lá na cidade vai contar para eles que de nada adiantou o meu isolamento. Já dá até para imaginar a sua cara de trabalhador braçal com aquele ar de quem está rindo da desgraça alheia.

— Toma, come uma azeitona, Alex.

O velho pressionou os dedos contra os olhos e suspirou.

— Desculpe, Scully. Eu sou mesmo um lixo.

— Acho que um termo mais educado seria "patife".

Alex riu, os olhos se enchendo d'água mais uma vez.

— Você não está conseguindo pintar, então?

— A sua mulher e eu temos isso em comum, agora. Mas e então? O que você vai fazer, agora que você é um marido abandonado?

Scully terminou de beber o vinho, serviu-se de outra taça e olhou para suas mãos calejadas.

— Não sei.

— Não vá atrás de mulher. Não é digno.

— Não ligo pra essa coisa de dignidade. Eu vou atrás. De qualquer maneira, preciso pensar um pouco mais no assunto. E você?

— Ah, eu vou me dar o golpe de misericórdia. Saúde!

Alex sorveu o vinho de uma só vez e fechou os olhos, saboreando.

— Preciso ir — disse Scully.

— Sim, você tem que pensar na sua filha. E você bem que podia ficar por aqui — disse Arthur, esperançoso.

— Obrigado, mas acho que a gente vai indo.

— Espera. Tenho uma coisa pra te dar.

Alex subiu rápido as escadas e, enquanto esperava, Scully ficou ajeitando o pulôver de Billie e refazendo o laço de seus cadarços. A menina estava com manchas azuladas debaixo dos olhos e reagia de modo irritado ao seu toque.

— Aqui está — disse Alex, retornando.

Scully ficou de pé e ajudou Alex a manejar uma velha pasta portfólio, que ele abriu sobre a mesa, por cima da comida e da louça suja. De lá o velho tirou uma folha amarelada de papel, que Scully aceitou em silêncio. Era uma ilustração à caneta e tinta de uma cena de rua em Paris, ricamente detalhada, muito bonita.

— É a Rue de Seine — disse Alex. — Em 1960.

– Eu tinha três anos de idade em 1960.

– Só me prometa que não vai mostrar pra ninguém na ilha. Cansei de ser objeto de chacota daquelas víboras. O Bacon gostava deste aí.

Scully sentia-se tonto por causa do vinho e do cansaço. Era uma peça de arte excelente, até mesmo ele podia perceber.

– Obrigado, Alex.

– Deixa eu enrolar pra você. Diga para a sua moça que eu disse oi, quando ela aparecer. E fala pra ela voltar a ser funcionária do governo. Como forma de parasitismo, é bem mais eficiente. Por falar nisso, você por acaso não teria uns dracmas sobrando aí?

Scully enfiou a mão no bolso, rindo.

A noite estava clara, nítida. Mas não se via a lua e a trilha de cascalho serpenteava à sua frente, indistinta. A ilha estava silenciosa. Scully carregava a filha, percorrendo a escarpa e descendo por entre os pinheiros, à sombra das montanhas. Já era tarde quando chegou à estradinha larga e plana sobre Kamini. Passou pelo cemitério, com todas as suas capelas e velas acesas. Parou perto do muro, sentindo Billie adormecida contra o pescoço suado, e ficou olhando para as luzes que tremeluziam sobre os túmulos, onde gatos se esgueiravam, maiores devido às sombras, irritados com o barulho das flores de plástico. Sentiu o suor esfriar sobre a pele e, enquanto observava aquele pequeno lago de velas acesas, sentiu medo, sem saber por quê. Foi em frente, quase correndo, até começar o declive que levava ao porto do lugar que ele havia amado, em outra época.

Finalmente chegou, sonolento, ao hotel. A porta do quintal ainda estava aberta. Levou Billie para cima. Atrapalhou-se com a chave na fechadura enquanto ela escorregava de suas costas para o chão e depois a colocou na cama. Despiu a filha e a cobriu com o cobertor. A luz das estrelas passava suavemente por entre as portas da varanda e o porto em formato de anzol tremeluzia lá embaixo. Ele precisava dormir, precisava pensar, mas não conseguia impedir que a visão da água o fizesse lembrar-se de outras noites. Então deixou Billie dormindo, cruzou o pátio e saiu pelo portão.

19

Alex Moore retorna da cabana dos cocheiros de burros arrastando os pés, sentindo a garrafa fria de ouzo ilegal pressionada contra o peito. As estrelas aparecem por entre os pinheiros suspirantes, uma visão irritante, digna de pintura. A terra à sua frente é desnivelada. Tão mundana...

A grande casa branca boceja adiante, vazia, virginal – sim, é preciso admitir, virginal em todos os sentidos imagináveis – e ele sobe, encurvado, com suas calças largas, os degraus que levam à porta pesada, ao silêncio que o espera.

No terraço, ele se serve de dois dedos de ouzo e nem mesmo completa com água. Mas que droga. Ah, as coisas que ele fazia com dois bons dedos em seu tempo! Ele ri alto e ouve a sua própria risada horrível de velha. Um brinde a você, Scully. Um brinde em sua homenagem, seu mártir desgraçado.

Alex sente a textura de papel das palmas das mãos quando as esfrega. Lá longe, um pedaço tardio de lua cruza a água de um jeito ostentoso e risível para qualquer pessoa que se preze. Toda a paisagem de sonhos do mar Egeu é engolida pela escuridão. Ele acende um cigarro e observa o brilho afetado do mar contra a noite. Olha só essa lua. Deus caçoando do bom gosto. Uma derradeira e mesquinha ofensa.

Ele se pega pensando naquelas pernas divinas, cor de caramelo, esticadas diante dele no terraço em Vlikos. Se ele pudesse, será que teria feito alguma coisa? Ela sempre foi uma pessoa tão entusiasmada. E a ambição não realizada é algo muito atraente. Afinal, não era isso que elas buscavam em mim durante todos aqueles anos? O meu heroico fracasso erógeno? A glória da minha vida terrivelmente fodida? Sei bem como é isso.

Alex tenta pensar em quem pode ter dormido com ela, mas ninguém vem à mente. Ele empurra a taça, fazendo-a cair do parapeito, e bebe direto da garrafa. Ela teria sido um prêmio e tanto. Pobre e humilde Scully. Ela era uma bomba prestes a explodir na mão dele. E um rapaz tão bom, que cozinhava e limpava e comprava bebida para um homem à beira da morte. Havia algo de terrivelmente provinciano naquele tipo de bondade. A paciência de Jó e o rosto de Ciclope. A estranha ausência de orgulho. Será que ele não sabe que as mulheres preferem os monstros?

Alex se levanta, cambaleante. Abre o zíper da calça, tira para fora o pobre pênis inerte, seu velho amigo John Thomas, o fiel Ioannis Tomassis, e o deixa sob a luz da lua. Um homem de verdade levaria aquela coisa para uma clareira e daria um tiro, como se fosse um cavalo manco. Ele derrama ouzo sobre o pobre e surrado membro e o sente arder. Como se ele tivesse motivo para reclamar. Uma pedra no estômago, pesada e pontiaguda: é assim que ele sente a inveja que nutre por aquele pobre idiota, Scully. O ódio. Uma pedra de ódio dentro dele, ódio pelas coisas que ele tem, apesar de tudo. Os últimos herdarão a terra. Os inocentes, os mansos, os bonzinhos. E é isso que ele não suporta mais.

Alex joga a cabeça para trás e deixa o ouzo escorrer pelo pescoço. Uma bebida sempre excelente, até o amargo fim. *Voilà!*

20

Os becos estavam vazios. Toda a cidade cheirava a gerânios mortos e a giz de cal quando Sculy desceu pelo labirinto de degraus que levava até o porto. Ao longo da orla, as luzes ainda estavam acesas, mas a última taverna aberta já começava a fechar as portas. Pediu ouzo para um homem sonolento e seu filho vesgo, que varria o lugar e empilhava cadeiras contra uma parede. Scully sentou num lugar meio à sombra e bebeu, ouvindo as ondas batendo no quebra-mar. Caíques e barcos menores balançavam de leve nos ancoradouros. Gatos caçavam, caminhando sobre as lajotas lisas. As costas de Scully doíam por ter carregado Billie e seus pés também estavam doloridos, mas por dentro ele agora sentia um estranho torpor, um vazio. Comprou outro ouzo, que bebeu rápido, para não ter de deixar os homens acordados por mais tempo. Meio bêbado, despediu-se deles e foi caminhar pela praia. Na água, pequenas tainhas brilhavam, refletindo a luz.

Ele estava morto por dentro agora, mas isso não evitava as recordações. Noites silenciosas como aquela, no vilarejo de Vlikos. Noites abafadas, com o calor ainda irradiando das pedras da ilha, a casa intoxicada da fumaça dos espirais de inseticida contra mosquitos, as cortinas inertes, paralelas às paredes, o pequeno conglomerado de casas na escuridão. O único som era o tilintar dos sinos das cabras na montanha. Naquelas noites, aproveitando a escuridão, os dois deixavam Billie dormindo e desciam, rindo, nus, até a praia de seixos. A água era fresca e escura. Nadavam entre os barcos atracados, deixando um rastro fosforescente que se agarrava a seus corpos como fios com pequenas pérolas. O velho Sotiris, molhando os pés no mar em frente à taverna, fumando o último cigarro ao fim de um longo dia de trabalho, sem enxergá-los na escuridão. Em algumas noites, ele tocava seu maltratado violão e cantava melancolicamente, sem notar a presença deles.

Em setembro, na noite em que ela retornou de Pireu com a confirmação da gravidez, eles fizeram amor ali, numa rocha lisa e plana, as costas dele pressionadas contra a pedra, e a água vagava por entre as pernas escorregadias dela, presas ao redor dele, os seios molhados brilhando perto de seu rosto. Ele segurava suas nádegas enquanto ela se erguia sobre ele. Do penhasco lá em cima, ouviam o alarido das mulas que desciam pela trilha. Ela o pressionava com força contra a pedra e para dentro de si, a palma da mão sobre o rosto dele, até gritar feito um pássaro – um som surpreso, melancólico, que se propagou sobre a superfície da água e penetrou a pele de Scully feito uma queimadura. Scully nunca foi tão feliz. Tinha a vida que queria, as pessoas que amava.

Passou pelos velhos canhões na cabeceira do porto e olhou para baixo, para a parte superior da gruta de pedra. O mar estava até calmo, mas diferente. Desceu pelas pedras lisas e encontrou a plataforma dos nadadores que os primeiros habitantes da cidade haviam construído para os turistas. Ficou sentado ali um pouco, olhando para a luz fraca refletida na água. Sentia o enjoo provocado pelo cansaço daquele dia, o choque, a preocupação, o medo, a decepção. Sentia o cabelo empoeirado, areia dentro dos sapatos. Não havia ninguém por perto – que se dane, nadar era melhor que tomar banho, e ele precisava de alguma coisa, de sentir algo bom depois daquele dia horrível.

Tirou as roupas e se jogou na água, um mergulho desajeitado que fez sua barriga arder e seus testículos vibrarem feito sinos – e aí levou dez segundos ou mais para perceber o quanto a água estava fria, para se dar conta, de repente, do quanto havia bebido. Uma luz submarina, um brilho fosforescente, pairava no teto da gruta e iluminava as rochas submersas com um azul frio e fantasmagórico que pulsava e latejava, igual a uma piscina de hotel cinco estrelas, um azul que aos poucos se afastava dele quanto mais ele olhava.

– Ugh! – O choque que sentiu era audível. Começou a dar braçadas desesperadas, braçadas apressadas de um nadador de represa, de alguém acostumado só a nadar em córregos, de um ingênuo turista britânico que visita a Austrália, de um idiota bêbado e negligente. Dava socos na água, e a água queimava seus olhos; quando descansou para verificar seu progresso e se acalmar, viu que não havia saído do lugar, que a gruta estava indo para a direita. Tentou ir mais uma vez em sua direção, com braçadas determinadas e fortes, dando chutes precisos na água, evitando respirar na segunda virada, esticando-se, deixando as mãos em concha quando empurrava a água, até que viu luzes explodindo em seu campo de visão e sentiu o gosto do ouzo nos seios nasais. Não tinha mais fôlego. Não conseguia. Deus do céu, ele não conseguia chegar lá. A gruta se afastou ainda mais. Deu início a um nado de peito desesperado, cansado, e viu a gruta desaparecer totalmente, engolida pela falésia negra e uniforme, que se erguia feito a face de Deus. Scully parou de nadar. Ficou ali, parado, respirando rápido. Virou de costas e ficou boiando. A escuridão era absurda. Sentia os testículos pesados feito chumbadas de pesca.

Caramba, Scully, pensou ele, você realmente fechou o dia com chave de ouro. Quanta classe. Se fez passar de palhaço de mil maneiras, e agora isso. Viveu de um jeito estúpido e agora ia morrer jovem.

Sentiu o primeiro repuxão da cáimbra nos dedos do pé, subindo pelas panturrilhas.

Scully, você é um perdedor!

O vasto céu negro erguia-se acima dele.

Um fraco, é o que você é. Um paspalho. Claro que ela te deixou – você não tem *nada* a oferecer.

Redemoinhos gelados faziam espirais perto de seus membros. Podia sentir o corpo falhando e começou a tremer. Não havia mais estrelas no céu. Sentia nas orelhas o eco cruel da água que batia em seu corpo. Imaginou que aquele era um momento em que não havia problema uma pessoa sentir pena de si mesma. O choque repentino da onda em sua cabeça o fez estremecer e de repente aquilo era mais do que ele conseguia suportar. Virou de barriga para baixo, irritado, para não ter de presenciar sua última humilhação, e então viu o grande quebra--mar passando por ele a um braço de distância. A luz intermitente do farol de navegação explodiu em seu rosto e uma pequena onda veio, agarrou seu corpo e o atirou, de braços abertos, engasgando, sobre as pedras brilhantes e frias, e lá ele ficou, enjoado e arrependido demais para se sentir grato ou feliz. Segurou-se às pedras e pensou melancolicamente nas roupas que havia deixado do outro lado do porto, na longa caminhada que teria de fazer nu até lá.

21

Scully retornou do abismo de um sono sem sonhos e viu que estava sozinho na cama, as venezianas tremendo ao vento, a cabeça pesada feito uma pedra presa em seu pescoço.
– Billie?
Sentou na cama, ereto.
– Billie?
Viu os arranhões e hematomas na pele enquanto se enfiava nas roupas. Correu para o corredor e desceu para o banheiro comunitário, mas a porta estava aberta; o fedorento aposento vazio. Desceu os degraus de três em três até chegar ao quintal, onde a chuva caía na diagonal e gatos se encolhiam sob os pequenos abrigos dos cantos dos muros, sobre os quais vinhas ressecadas e potes pintados e molhados de chuva chacoalhavam ao vento.
– *Kyria? Kyria?* – chamou ele, a voz falhando.
A pesada porta de carvalho da cozinha abriu-se.
– *Neh?*
A pequena mulher enxugou as mãos no avental e olhou para ele com desdém, semicerrando as pálpebras. Scully ficou ali na

chuva e viu, atrás dela, sentada perto do fogão, com uma tigela de sopa no colo, sua filha, que o fitava com olhos curiosos.

– Ah, que bom, que bom.

Ali mesmo na chuva, em meio às latas de *kalamata* onde estavam plantados os gerânios maltratados e o muro de flores, deu um passo para o lado e começou a vomitar. Vomitou até que a mulher fechasse a porta.

Já era de tarde quando Scully acordou novamente. Tomou um banho demorado de chuveiro, fez as malas e desceu para pegar Billie. A chuva ainda não havia evaporado e o vento castigava o quintal onde a sujeira que ele deixou já havia sumido. Bateu na porta e a mulher o olhou de cima a baixo, e depois deu um passo para o lado, para deixá-lo entrar.

– *Signomi, Kyria. Ema arostos.* Doente. Sinto muito. Há... nós vamos indo. Obrigado por cuidar da minha filha. Quanto te devo? Há... *poso kani?*

Scully colocou algumas cédulas sobre a mesa e a mulher deu de ombros.

– Vamos, Billie.

Billie ficou de pé e foi até ele. Seu cabelo havia acabado de ser escovado e sua boca e bochechas estavam cobertas por algum tipo de erupção cutânea. *Kyria* Dina inclinou-se e beijou os cachos espessos da menina. Billie colocou a mão na dele e eles saíram na chuva, atravessaram o quintal e foram para a ruazinha, onde a água corria batendo no tornozelo, uma torrente que descia da montanha, da cidade alta de Kala Pigadia. Começaram a descer a escada, pulando de degrau em degrau, em silêncio.

A orla estava deserta e lavada pela água da tempestade, que escorregava pelo cais para dentro do porto. Os barcos agitavam-se contra o ancoradouro. O céu sobre o mar era negro, as ondas batiam com força contra os molhes.

No escritório da Flying Dolphin, o funcionário os informou que naquele dia não haveria mais barcas e nem aerobarcos. O porto estava fechado e nenhuma embarcação podia sair. Scully olhou para o mar agitado. Até o Peloponeso parecia só um borrão à distância. Mas ele sabia que as coisas podiam mudar e um barco de Spetsai ou Ermione poderia aparecer se a maré baixasse. Mas o movimento ali seria grande, então a única maneira de ter certeza de que poderiam viajar era esperar o dia passar ali mesmo. Reuniu forças e caminhou, meio zonzo, rumo ao Lyko. Não havia outra opção – era o lugar mais próximo de onde os barcos chegavam e, além disso, não havia mais nenhum estabelecimento aberto. E, afinal de contas, ele precisava ter certeza de que ela não estava ali.

A taverna estava lotada, cheia de fumaça, mas, com exceção da chuva que tamborilava contra as janelas embaçadas e do crepitar do carvão na grelha, ali pairava um grande silêncio. Viu as formas pálidas e ovais dos rostos das pessoas virando-se para olhar para ele e depois de alguns instantes voltarem a ficar ocultas. Scully puxou a mala por entre mesas e cadeiras e conduziu Billie até onde estava Arthur Lipp, que dobrou o jornal e liberou espaço para os dois em sua mesa, ao lado do bar.

– Melhor você sentar.
– Oi, Arthur.
– Você está com uma aparência péssima.
– Eu me sinto péssimo.

— Mas não péssimo o suficiente, imagino. Arthur puxava as pontas do bigode e olhava para ele, desconfiado.

— Nossa, obrigado.

— Você foi lá em Episkopi.

— É, fui.

— Você é teimoso mesmo, hein?

— Qual o problema? Por acaso sou uma criança, para receber ordens? Pensei que a minha mulher estivesse lá, Arthur. Fui lá ver.

— A sua maldita mulher! — exclamou Arthur, jogando o jornal de lado. — Pelo amor de Deus, homem, ela te abandonou! Então por que você não encara a coisa e vai pra casa?

— E por que você não cuida da sua vida, seu merdinha arrogante?

— Porque agora isso tem a ver com a sua vida e com a nossa vida também! — gritou Rory, sentado em uma mesa mais atrás.

Scully levantou.

— Olha só vocês, seus merdas. Ficam sentados aqui dia após dia como se fossem personagens de novela. Que interesse eu poderia ter na vida de vocês?

Arthur Lipp suspirou e disse:

— O fim de Alex Moore.

Scully olhou para Arthur, cujo bronzeado agora estava amarelado, os olhos bem vermelhos.

— Eu não interrompi o trabalho dele, se é disso que você está falando. O pobre coitado não consegue pintar nada.

— Pobre coitado, sem dúvida — disse Arthur, desviando o olhar. — Mas que diabos você disse pra ele?

– Eu jantei com ele. Não, caramba, eu até *fiz* jantar pra ele. Fiquei um tempo lá e voltei. O que você acha que eu ia fazer com ele, espancar o sujeito? Ele já está velho. Pedi desculpas por aparecer do nada, limpei a cozinha dele... Enfim, ele disse que vocês todos podem ir se foder.

– Stavros Kolokouris, o cara das mulas, achou o corpo dele no penhasco, hoje de manhã.

Scully olhou para Billie. Ela não deveria estar ouvindo aquilo, nada daquilo, nem hoje, nem ontem, nem no dia anterior. Não estava certo.

– A polícia foi tentar recuperar o corpo. Sem barcos, eles vão levar algumas horas, pelo menos.

– Ele... ele me deu...

– Querem saber se alguém o atirou lá de cima.

– Ele não deixou nenhum bilhete?

– Por quê? Você escreveu um, foi? – gritou Rory.

– Eu...

– Não diga nada – disse Arthur –, não de um jeito ríspido.

– Quer dizer que a polícia quer falar comigo?

– Bom, eles sabem que você estava lá em cima.

– Merda, valeu por fazer parecer pior do que já é.

– Te viram lá em cima – disse Arthur.

Olhou rápido para Rory, o modo como o encarava, pegou a mala e a mochila de Billie e levou a filha para fora dali, atravessando o mar de rostos que o fitavam e a cortina de fumaça até finalmente chegar ao ar puro do porto. Saiu andando pela orla, pela chuva torrencial, puxando a criança e a mala. Nas casas, a água da chuva jorrava pelas janelas decoradas com esponjas do mar. Chegou à ruazinha que levava até o Three Brothers. Deitado na chuva, miseravelmente, um cachorro grande, preso à coleira, estava tão encharcado que mal parecia um cachorro. Scully e Billie passaram por ele e correram para a porta de onde saía o cheiro de lula frita.

Pescadores, muleiros, velhos e gente que só estava ali para relaxar bebiam café, ouzo e jogavam *tavla*. Scully viu uma mesa perto da parede e foi para lá.

– Ei, *Afstrália*!

Era Kufos, o Surdo, levantando-se de uma cadeira. – *Yassou* – disse Scully, respingando sobre a toalha de plástico. Kufos foi até ele, os dentes de ouro brilhando, o grande peito expandindo.

– Ah, a pequena *Afstrália*! – disse ele, colocando as mãos sobre os ombros de Billie, apertando-lhe a nuca com os polegares.

– *Ti kanis?*

Scully fez um gesto para que ele se sentasse e o velho capitão de caíques arrastou a cadeira com fundo de palha e sentou.

– Não tá feliz hoje, hein?

Billie balançou a cabeça.

– Voltou pra Hidra? Foi rápido – disse ele a Scully.

– Só por hoje – respondeu Scully, encolhendo os ombros.

– Não tem barco saindo para Pireu hoje.

– Ah, tem isso demais! – disse o capitão, fazendo uma mímica de ondas com as mãos.

– É.

Scully sempre gostou de Kufos. Era um velho meio arrogante, orgulhoso, que gostava de falar mal dos turistas e cobrar muito dinheiro deles. Tinha trabalhado como mercador de frutos do mar e sempre contava histórias malucas para Scully a respeito de Sidney, Melvorno, das moças cujos corações havia partido. Hoje em dia, ele transportava os *xeni* de barca pela ilha e pescava um pouco, caçando polvo, mas preferia ficar sentado debaixo das marquises na orla, observando as turistas de biquíni. Era ótimo capitão e na ilha era conhecido como o último homem a desistir quando o mar ficava bravo demais. Scully pediu um ouzo para ele.

— Doente, a menina?

— Só triste.

— *Kyria* na *Afstrália*?

Scully sorriu, um gesto de nem sim, nem não.

— Precisamos ir pra Pireu.

— Mar muito bravo. Hoje *finis*. Não tem barca nem barco saindo.

— É, eu sei. Mas *você* não iria? — perguntou Scully, aproximando-se do homem, cujos bigodes grisalhos eram duros feito vassoura de lavar deque. Kufos pareceu meio indeciso.

— E que tal três mil dracmas, capitão?

Scully escreveu o número na toalha de plástico com a unha e o velho contraiu os lábios.

— Quatro mil? — murmurou Scully.

Kufos coçou o queixo.

— Tá bem. Cinco.

Barulho de pratos na cozinha, homens riam e discutiam ao redor. As bebidas vieram e o garçom, sem que isso fizesse parte do pedido, colocou uma tigela de sopa diante de Billie. Ela olhou para a sopa durante alguns segundos, o vapor subindo até seu rosto, e pegou a colher.

— Cinco mil – disse Scully. – Cinquenta dólares. Nem precisa ser Pireu. Só até Ermione, atravessando o canal.

Kufos bebeu o ouzo e recostou-se. Ficou olhando para Billie enquanto ela tomava a sopa. Ela fez uma pausa e o velho limpou o rosto dela com um guardanapo de papel.

– Boa menina. Gosta do meu barco?

Billie fez que sim. Ela parecia estar mais receptiva. Reagia melhor às coisas. Scully sabia que estava quase conseguindo fechar negócio com o velho. Era hora de ir embora. Ele não sabia para onde, mas sem dúvida era hora de sair daquela ilha. Tinha certeza de que Jennifer não estava lá. Talvez nunca tivesse ido para lá. Ou então, talvez, ela tivesse pegado o aerobarco das seis ontem, quando ele estava em Episkopi. Muitas pessoas poderiam tê-la avisado caso ela não quisesse vê-lo. E agora, com essa coisa do Alex, ele estava em pânico, sentia-se preso numa armadilha. Na melhor das hipóteses, se os policiais agissem de maneira relaxada no caso, iam acabar demorando. E aí as pistas que levassem até ela iriam acabar esfriando. Mas que pistas, que nada. Ele tinha era que sair daquela ilha.

Lá fora, a chuva havia parado. Viu o cachorro ficando de pé para se sacudir. Sacudiu a água do pelo e Billie escorregou de sua cadeira.

– Não vai pra muito longe, querida.

Billie passou pelas mesas lotadas e foi para a porta. Agora Scully percebia: era o mesmo cachorro que estava no aerobarco.

– Ermione não, é demais.

– Só quinze, vinte quilômetros.

– Tem isso demais – disse Kufos, fazendo o gesto de ondas mais uma vez.

– E a praia de Hidra lá do outro lado? Menos de dez quilômetros.

– *Signomi, Kyrios Afstrália*. Meu barco lento demais pra isso. Pega táxi Niko.

– Do Nick "Bolas de Aço"?

— *Neh*. É rápido. Volvo Penta.

Scully recostou-se. Nick "Bolas de Aço" era o sujeito mais machão da ilha. Sua lancha-táxi fazia inveja em todos os homens e rapazes. Cinco metros de comprimento. Motor de 165 cavalos e uma capota de acrílico: parecia um avião de caça Spitfire. Alcançava fácil a velocidade de quarenta nós em mar tranquilo. Joan Collins e Leonard Cohen foram alguns de seus passageiros no verão do ano anterior. Nick "Bolas de Aço" era uma lenda viva.

— *Pou ine?* Cadê ele?

Kufos deu de ombros, percebendo que o dinheiro não era mais dele.

Scully pediu uma garrafa de Metaxa para o velho e o agradeceu. E então se ouviu um grunhido e um grito lá fora, e de repente toda a taverna estava em polvorosa.

22

Scully passou correndo pelas mesas até chegar lá fora. Viu Billie sentada, gritando, o rosto uma máscara de sangue. Os olhos sem expressão, arregalados, redondos feito moedas. Scully pegou-a nos braços. Ela estava rígida. Sussurrou coisas para acalmá-la instantes antes de o terraço ficar repleto de mulheres e homens gritando. Procurou com os dedos os ferimentos em seu rosto e encontrou perfurações em sua bochecha, na testa e no supercílio. Limpou o sangue com um lenço e viu que havia um corte profundo na frente de sua orelha e um buraco em seu couro cabeludo, com um pedaço solto de tecido gorduroso. Tentou acalmá-la, em primeiro lugar, mas era impossível com toda aquela gritaria e pessoas que tentavam pegá-la, ajudá-la. Pegou-a no colo e a colocou apoiada no quadril a tempo de ver o velho Kufos batendo no cachorro até a morte com a garrafa fechada de Metaxa. Correu para o hospital.

Pelas ruas de paralelepípedos, que pareciam riachos de tão escorregadias, Scully deslizava e avançava, deixando um rastro de cor viva nas pedras.

Passou por um corredor mal iluminado, por uma sala vazia e depois por uma sala cheia de pessoas entediadas, recostadas nas paredes. Elas ficaram de pé, assustadas, temerosas, gritando. Atrás dele, o grupo de pessoas rugia, gritava frases em línguas indecifráveis. Ele queria gritar, exigir, mas estava sem fôlego e não conseguia lembrar um número suficiente de palavras em grego.

Duas mulheres de branco abriram caminho pela multidão e arregalaram os olhos. O costumeiro ar de tédio profissional evaporou. O rosto da menina estava tão desfigurado devido ao sangue escuro e coagulado, suas roupas estavam tão sujas e melecadas de sangue, que era até difícil saber o que ela era, quanto mais o que havia acontecido. Agarraram-na, e Billie, por sua vez, agarrou-se a ele. Suas unhas atravessaram as roupas do pai até chegar à pele. Homens gritavam para os funcionários, que arrastaram os dois para outra sala, onde um médico esperava, com um cigarro e um estetoscópio.

O médico fez um gesto gentil, quase jovial, pedindo que entrassem, enquanto as enfermeiras tentavam vencer a força com que Billie se agarrava ao peito do pai. Perto de uma grande pia de aço inoxidável, seguraram seus braços e sua cabeça e limparam seu rosto. Uma expressão de loucura em seus olhos. Um olhar bovino, de gado pronto para o abate. Os gritos que ela dava pareciam ser capazes de quebrar as vidraças. Médicos e enfermeiros faziam caretas por causa do barulho. E então perderam qualquer compostura que tentavam ainda manter quando ela cravou os dentes naqueles braços morenos e peludos que a seguravam com força.

– *Ochi, ochi*!

O médico gritou quando Billie mordeu seu pulso, com força, rugindo. Soltaram-na no mesmo instante e Billie jogou-se contra o peito do pai.

– Chega! Chega! Ela está histérica, está louca de medo, pelo amor de Deus!

– Scully? – chamou alguém atrás dele.

Ele virou e viu Arthur em companhia de Kufos, que tinha sangue e pedaços de cérebro na túnica.

– Diz pra eles me darem o remédio e eu mesma cuido dela! Ela está morrendo de medo!

– Mas o que você vai fazer? Costurá-la sozinho? – exclamou Arthur.

– Diz pra eles, anda!

– Mas e se ela ficar com cicatrizes?

– Deus do céu, me ajude!

Gritos e mais gritos. Um circo. Um pesadelo. Uma pantomima em câmera lenta. Scully sentia os próprios músculos retesados, como se fossem cabos de aço. Sentia os ossos da coluna estalando de medo e raiva. Estava se afogando em meio a todo aquele barulho, debatendo-se inutilmente com palavras numa língua desconhecida. Tentou acalmar Billie, quase como uma súplica, enquanto Arthur e Kufos discutiam com os enfermeiros, que balançavam a cabeça e diziam não com as mãos, revoltados. E iam e voltavam, as palavras, as caras feias, os pedidos, os gestos enfáticos de bater com os punhos na mesa, e então, quando Scully percebeu que não conseguia mais respirar, virou-se com Billie nos braços e saiu correndo dali, com a multidão assustada abrindo-lhe caminho. Percorreu o longo corredor asséptico, as salas de espera com retratos de pessoas altivas nas paredes e saiu para os degraus recém-lavados pela chuva. Ficou ali, sob o céu aberto, e gritou até sentir as mãos dela em seu pescoço, sua voz em seu ouvido.

– Para! Para! Tá doendo!

23

Arthur trouxe outra tigela de água quente. Scully cerrou os dentes de tanta agonia e cortou um pedaço da maçaroca de cabelos com a tesourinha de unha. Billie fechou os olhos e sorveu o ar de dor quando a ponta do dedo dele pressionou para baixo o pedacinho do couro cabeludo. Pegou a lâmina descartável. Arthur desviou o olhar. Scully sentiu as próprias nádegas contraírem quando aplicou a lâmina à ferida e tirou o pedaço de pele. Viu lágrimas escorrendo dos olhos da filha, que os mantinha bem fechados; continuou desbastando até a ferida ficar limpa, sangrando novamente. O couro cabeludo havia levantado o suficiente para deixá-lo meio enjoado.

— Você não tem como costurar isso, Scully.

— Me dá aquelas fitinhas adesivas estéreis ali, por favor? A gente pressiona a pele e junta.

— O pessoal do hospital quer que você assine um documento.

— Só lave aquelas tesouras novamente, você poderia?

Billie começou a choramingar quando ele colocou antisséptico no último corte.

– Você é uma menina corajosa – murmurou ele, a voz trêmula. – Já tá quase acabando.

– O Kufos veio falar comigo – disse Arthur.

– E? – disse Scully, secando a área do couro cabeludo que estava sem cabelos.

– Disse que você queria falar com o Nikos Keftedes.

– Arthur, me passa os curativos, tá bem? Ela está com dor.

– O mar está turbulento demais – disse Arthur, abrindo com dificuldade uma caixa de curativos esterilizados.

– Vai, pressiona os dois lados da pele com os polegares.

– Ah, meu Deus. Você devia ter...

– Anda, pressiona com os dedos... Isso. Agora eu vou fechar. Tenta ficar quieta, querida.

Billie gritou quando os dedos dos homens pressionaram sua cabeça. Apoiou os pés contra a barriga dos dois, as costas arqueadas, deitada no sofá. Ela suava, as fitas esterilizadas tinham dificuldade de grudar na pele.

– Mais fitas.

Agora a fraca luz que entrava pelas janelas sem venezianas já havia sumido. O vento castigava a vidraça. Scully sentiu o cheiro de tabaco no inglês enquanto tentavam fazer o curativo na criança, que se retorcia e gritava. Ele sussurrava, xingava, odiando os próprios dedos, tão brutos, tão sem jeito.

– Pronto, conseguimos.

– Graças a Deus.

Scully pegou Billie nos braços para acalmar a si mesmo. O rosto dela estava lívido, com ferimentos, inchado. Havia curativos em alguns pontos e a linha do cabelo na testa estava torta.

— Muito obrigado, Arthur. Será que você pode me vender um cobertor?

Arthur parou de mexer na tigela e nos instrumentos.

— Te vender?

Scully encurvou-se, pegou a pequena mala e a mochila da menina em uma das mãos e encaixou Billie no quadril.

— Os policiais já devem estar de volta a essa hora.

— Você não está querendo dizer que foi você quem fez aquilo, está?

— Estou dizendo que quero ir embora.

— Você sabe que eles podem ir atrás de você, certo?

— Talvez.

— Mas que diabos houve com você?

Scully riu, um riso amargo.

— Digamos que estou passando por uma fase bem ruim.

Sentiu a boca mole quando disse isso. O inglês colocou a tigela na mesa, foi para a janela e acendeu um charuto.

— Mas eu preciso saber.

— E por que só você pode ter as respostas que quer?

— Ele era meu amigo.

— Ele me disse que antes jogavam os velhos do penhasco dentro de cestos. Eu não achei nada de mais quando ele disse isso. Acho que eu estava preocupado com outras coisas. Eu sinto muito, Arthur. Tudo isso é horrível.

Arthur dava baforadas em seu charuto, meio trêmulo. Disse:

— Claro que essa historinha foi pura invenção dele. Aquele palhaço vaidoso.

Agora a casa estava gelada, calma. Os móveis reluziam de leve à pouca luz. O tapete persa no chão de mármore parecia ser espesso e grosso o suficiente para se dormir nele. Na parede, de frente para Arthur, na altura do ombro, estava pendurada uma pequena tela para a qual os dois olharam ao mesmo tempo.

– Ele que fez – murmurou Arthur, a voz fraca.

– Eu sei.

A pintura era uma paisagem luminosa, bastante simples. Uma rocha nua, sem cor. Um céu azul claro. E, em cima de um penhasco de granito, sobre a água, uma pequena capela branca.

– Você conhece essa capela? – perguntou Arthur.

– Fica um pouco antes de Molos.

– Sim. A capela de vinho. O capitão de uma embarcação que carregava vinho, vindo de Creta, enfrentou a pior tempestade de sua vida perto dessa ilha. Ele rezou para a Virgem, para que o protegesse, e prometeu que, se vivesse, construiria uma capela em sua homenagem. E foi o que aconteceu. Misturou o cimento com a carga de vinho. Cimento e vinho. E aí surgiu a capela de vinho. A favorita de Alex. Não é difícil entender por quê. Pelo menos essa história é real.

Arthur deixou Scully e Billie sozinhos na sala. Scully olhou para a pintura e pensou nas tardes que havia nadado ali embaixo, naquele mesmo lugar, caçando polvos e *rofos* com o arpão, o sol às suas costas, a água movimentando-se sobre seu corpo feito uma brisa. Naquela água havia sempre uma calmaria negada ao resto do mundo, uma quietude que agora ele achava difícil recordar, ali, morrendo de medo, traumatizado. Embaixo d'água só se sentia a temperatura. Não havia tempo, não havia palavras, não havia gravidade. Era o tipo de coisa que os monges se disciplinavam para alcançar, que os viciados em drogas buscavam, a coisa pela qual se destruíam. Será que era isso que golfinhos e pássaros sentiam? O ponto de imobilidade, o centro de todas as coisas? Que os assassinos sentiam? Os maratonistas? Os artistas? Será que era isso que Jennifer buscava, esse foco absoluto? Sim, ele precisava admitir: era algo que valia a pena buscar.

Arthur voltou com cobertores, analgésicos e comida.

– Daqui a dez minutos, em frente ao Pirate Bar. Ele quer mil e quinhentos de adiantamento.

– Obrigado.

– Eu te ajudo a descer até lá.

– Pensei que o Kufos fosse aparecer.

– Acho que ele está caindo de bêbado.

– Quer dizer que ele não quebrou a garrafa?

– O Metaxa? Não. Hoje ele é um grande herói!

– Pobre cachorro.

– Bom, é uma morte mais rápida do que a tradicional tática de misturar naftalina na carne.

– Deviam matar o dono.

– A dona é a mulher do Kufos. A albanesa.

Scully ficou boquiaberto. Arthur fez um gesto com a mão, como se dissesse para Scully esquecer aquilo.

– Deixa pra lá. Vamos indo, então?

24

Pela orla escura e suas janelas fechadas, na tempestade, Scully caminhava abraçando a filha, que tremia. Viu Arthur seguindo à frente, de cara amarrada, levando a mala que pinoteava e balançava com o vento. O céu estava triste e sem estrelas. Os mastros balançavam em meio aos gritos de suas amarras e os gemidos fantasmagóricos das espias. Scully sentia-se distante daquilo tudo. Estava quase desmaiando de alívio. Seus olhos lacrimejavam com a força do vento, que puxava seu cabelo até fazer doer as raízes.

Debaixo da estátua do herói, sua cabeça iluminada de um jeito absurdo por uma janela de alguma casa, ele viu o contorno de um homem. Arthur foi até ele e Scully ouviu-os sussurrar. Ficou aguardando, sentindo-se leve, despreocupado, desinteressado.

Arthur voltou.

– Esquece, Scully! Ele quer vinte mil.

– Dá pra ele – disse Scully, entregando o monte de dinheiro que tremia ao vento.

– É caro demais. E o mar está muito violento!

– Diz pra ele que a gente vai. Pelo amor de Deus! Anda, dá pra ele, Arthur.

– Você não está pensando direito! – disse o inglês, produzindo vultos com as palmas brancas de suas mãos, fazendo gestos.

– Você está fora de si, Scully! – Vamos indo.

Scully sentia o corpo relaxado, o calor exalando de suas têmporas e de seus pés. Ele sabia que se não fosse com o barco simplesmente pularia do cais e iria embora nadando. Viu os dentes de Nick "Bolas de Aço" num *flash*, o gesto rápido dos dedos contando o dinheiro. O grego os conduziu por entre os barcos de pesca até onde estava sua lancha, estacionada com dificuldade em meio à maré.

– Ela esteve aqui, Arthur? – perguntou Scully, enquanto Nick "Bolas de Aço" abria a capota.

Arthur respondeu de mau humor:

– Olha, eu não consegui uma resposta certeira de ninguém. Rory e os camaradas dele dizem coisas, mas daria para acreditar neles? O que dá para ter certeza é que agora ela não está aqui.

– Tudo bem. Muito obrigado.

– Bom, sem dúvida foi uma visita agradável.

– Lamento não ficar para o funeral.

Arthur grunhiu, deu de ombros e foi embora.

Scully ficou olhando para ele por mais alguns instantes antes de subir na lancha. A grande lancha Volvo deu a partida, o motor roncando de leve. Nick "Bolas de Aço" desamarrou a lancha de popa à proa e o barco saiu deslizando por entre as docas cobertas. Billie levantou a cabeça para ver as luzes da cidade surgindo acima deles, como se fossem luzes de Natal.

Nick "Bolas de Aço" acelerou.

– Vocês, senta! Senta!

Scully voltou para o banco acolchoado e a capota deslizou sobre eles, fechando-se. O motor da lancha Volvo começou a gritar. As luzes da Maritime School passsaram acima deles, borradas. O barco ergueu-se até a superfície. E aí então a água debaixo deles pareceu ficar mais rígida assim que deixaram a parede do porto para trás.

A primeira onda colidiu contra a proa e as luzes de navegação acenderam-se. Água escorria pelas janelas. Nick "Bolas de Aço" tinha uma auréola verde ao seu redor: o brilho das luzes do painel de controle. Com a polícia portuária e os quebra-mares fora de vista, eles avançaram sobre as ondas, colidindo contra as costas das ondas seguintes, gerando um choque que fez com que Billie e Scully fossem lançados contra o chão do convés. Atordoados, os dois foram apalpando o caminho até retornar ao lugar onde estavam, tentando achar uma maneira de se segurarem. A mala escorregava a seus pés. Nick "Bolas de Aço" enfiou uma fita cassete no toca-fitas e eles começaram a ouvir a música dos *bouzoki* na pequena cabine. Scully segurou-se e ficou olhando para o rosto de Billie. A lancha continuava a avançar na escuridão.

O mar batia contra eles de todas as direções. O barco oscilava, rodava, mergulhava, tremia. A hélice do motor gritava ao sair da água e depois mergulhava de novo. A capota de fibra de vidro tremia – Scully conseguia sentir o impacto nos dentes. Ele já estava sob o efeito do torpor típico de alguém que faz o trabalho braçal num barco, aquela sensação de vazio que foi o que o ajudou a não ficar louco, tantos anos atrás. Naquela época, quando as coisas ficavam horríveis demais, ele simplesmente se fechava para o mundo, ligava o piloto automático. O convés oscilava, dava guinadas; a água arrebentava em camadas geladas sobre a cabine do piloto; iscas fedorentas saíam das calhas de escoagem. Num estado onírico: era assim que ele se sentia quando o Ivan Dimic, aquele animal, controlava o barco, as cordas enrodilhadas tentando libertar-se e sair deslizando para o outro lado do convés. As panelas fedorentas colidindo contra o reservatório cheio de lagostas, tubarões e polvos que se contorciam. Sim, Ivan Dimic, o último da frota a sair, o primeiro a retornar. Ele pescava o dia inteiro, a toda velocidade, de ressaca, irascível. Lá em cima da ponte de comando, gritando para a cabeça encurvada e respingante de Scully. A voz dele era como as vozes infernais que os loucos ouvem, só que o homem era tão real quanto a tormenta. Comprar primeiro, pagar depois e sempre dar o primeiro golpe antes que o outro filho da puta possa reagir: essa era a filosofia de vida de Ivan. Scully continuava trabalhando para ele por causa do dinheiro, é claro, que era muito naquela época, depois do crescimento na economia, e também porque acreditava que as coisas só poderiam melhorar dali pra frente, que um dia chegaria ao topo. Mas ele não era igual a Ivan e aos outros pescadores que havia conhecido na época. Scully simplesmente não era de briga. E a única maneira de ganhar a simpatia de Ivan era pela força. A vingança do trabalhador braçal. Um acidente, ops! O chefe caído do barco a trinta quilômetros da costa. Essas coisas acontecem. Mas não no caso do jovem Scully. Em todas aquelas manhãs de fevereiro em que avançavam contra os ventos do leste, Scully sempre imaginava que estava em outro lugar. Mas, naquela noite, ele só conseguia afastar-se de si mesmo até certo ponto.

Billie começou a vomitar. Não havia como direcionar o vômito para lugar nenhum; a ele só restava aguentar e ajudá-la, então recebeu em sua jaqueta os pequenos jorros quentes, segurando-a contra si. O vômito deixou o assento escorregadio, encheu a cabine de um fedor amargo. Pobrezinha. Sentia as mãos dela em sua nuca e se odiou por ter sido tão idiota, tão desastrado, por deixar que isso acontecesse com ela, por colocá-la naquela situação insana. O que mais poderia acontecer com ela? Ela era tão forte, tão resistente, mas até que ponto uma criança consegue aguentar? Pensou que talvez devesse ter ficado, mas de que ele serviria se fosse preso pela polícia numa ilha grega? Não havia como saber o que poderia acontecer com toda aquela coisa da morte de Alex, saber como as coisas acabariam. Ele poderia ter ido a uma farmácia, ter pedido que o médico fosse à casa de Arthur, mas os policiais estavam próximos demais, ele não tinha como arriscar. E também vê-la enlouquecida de medo no meio de tanta gente gritando, as enfermeiras lutando para segurá-la, como se ela fosse um animal. Não, ele não podia fazer isso com ela. A ele restava rezar e pedir que ela entendesse, que ela já o conhecesse bem o suficiente para perceber que aquilo não era normal, que ele não faria tudo aquilo a não ser que de fato fosse necessário. Mas não era certo, não devia ser assim, ela não tinha de aguentar tudo aquilo, e o tamanho daquela injustiça cortava seu coração. Grande pai você é, hein, Scully.

Nick "Bolas de Aço" virou-se para eles, a cara fechada.

– Ermione *não bom*! – Praia de Hidra! Praia de Hidra!

O barco ergueu-se sobre o vale das ondas e pairou no ar, gritando, durante tanto tempo que Scully até sentiu o vento carregando-o um pouco para o lado. Quando a lancha atingiu novamente a água, a mala xadrez de Billie abriu de repente e de lá voaram, para todos os lados, calcinhas, lâminas de barbear, papéis. Ele deixou assim e segurou-se.

– Mas não tem nada na praia de Hidra nessa época do ano! Eu te dei duzentos dólares!

– Praia de Hidra! Só dá isso!

O mar escorreu sobre a capota com a proa dentro da água durante alguns instantes. Era claustrofóbico ali, embaixo d'água. Fileiras de bolhas pressionavam-se contra as janelas. O barco estremeceu e irrompeu novamente a superfície, pairando no ar. Já tinham saído há uma hora e Scully sabia que poderiam levar bem mais tempo para descer a costa e chegar até Ermione. Talvez até levasse metade da noite, do jeito que a coisa andava.

Sentia os membros de Billie enrijecidos. O ferimento em sua cabeça tinha recomeçado a sangrar e ela estava fraca demais até para se agarrar a ele. O convés inclinou-se e, a seus pés, meio contorcido e borrado, viu o desenho que Alex fez da Rue de Seine, os prédios sólidos, angulosos, as calçadas cheias de gente, cães, carros. A perspectiva do artista, em alguma janela alta, era tolamente reconfortante. Pegou-se olhando fixamente para o desenho, olhando pelos olhos do artista, para a terra firme lá embaixo.

– Praia de Hidra, Afstrália!

Scully olhou de volta para Nick "Bolas de Aço" e viu que ele estava com medo, com cara de quem estava passando mal, já sem nenhum vestígio da pose de machão. Os lábios brancos com saliva. Scully procurou ver se havia colete salva-vidas (não havia nenhum). E então o clamor dos *bouzoki* cessou e ele conseguiu discernir uma voz masculina gritando pelo rádio, entre os rompantes da estática.

Imagine só um acidente nesta merda aqui, pensou ele. Todas aquelas ilhazinhas de granito. Os penhascos de Dokos.

A lancha continuava, pesada, e se debatia de lado contra a água, que parecia negra contra o vidro.

A essa altura, o corpo de Alex já devia estar no porto de Hidra. Os policiais ao redor. Planos para o funeral. Arthur passando o chapéu e pedindo dinheiro. Enterrado como um infiel, sem dúvida. Não importava por quanto tempo ficassem, para os gregos eles sempre seriam estrangeiros ou infiéis fora da igreja, quer estivessem vivos ou mortos. Fui eu, Alex? Foi por minha causa?

– *Afstrália*?

– Tá bem! Vamos para a praia de Hidra!

– Garoto esperto!

– Nem me diga.

Olhou para baixo, para a Rue de Seine que se dissolvia, viu as mulheres na calçada, os quadris movimentando-se ao caminhar. Desejou estar ali, dentro daquela ilustração, com seu aroma de Chanel, café e bolinhos, ficar dentro da vida que havia ali, em sua composição firme e perfeita, a leveza do toque. Mas o mundo real, o terrível pesadelo ao seu redor o segurava, firme. O mar puxava, agarrava a lancha, sibilava, chicoteava; Billie brilhava de suor, as feições meio verdes. Não havia como escapar para o mundo perfeito da imaginação. A ele só restava rezar, pedir que ela o perdoasse, que levasse o que restava dele, que o matasse, que o salvasse.

25

Escondida bem lá no fundo de alguma história maluca e comprida, a história de Jonas, de Simbá, de Jesus e os pescadores, o tipo de história real demais para ser estranha, onírica demais para ser inventada, Billie se agarrava à jaqueta de Scully e ouvia o mar rugir, via o céu desaparecer na água junto com ela. Desculpe desculpe desculpe desculpe desculpe desculpe desculpe, dizia ele, feito o motor do barco que a carregava, que a levava por entre as ondas do enjoo, da dor, das imagens que a sacudiam. Também ouvia em sua cabeça a música da escola grega ecoando na parede.

Alguma coisa, alguma coisa, parakalo,
Alguma coisa, alguma coisa, parakalo...

Sentia a cabeça cheia, estava esquecendo as palavras em grego. O que é que as palavras da música pediam? Para que tudo ficasse parado? Que tudo voltasse a ser como era antes? Que tudo aquilo parasse?

Billie viu o pobre cachorro molhado. O modo como seu olho se moveu lentamente. O interior grande e rosado de sua boca, o cheiro de carne em seu hálito. E todas aquelas pessoas. Gritando com ela. O ouro nos dentes, o sangue ardendo nos olhos como se fosse xampu. Todas elas empurrando, tentando levá-la embora, torcendo seus braços, as mãos macias e peludas sobre ela. E Scully a segurando. O rosto dele parecendo uma abóbora, grande e inchado de tanto medo. Viu a moça que mordia o jornal, a mão dele em seus cabelos, acariciando-a feito um cachorro, pronunciando palavras suaves demais para serem ditas em alguma língua. Seu grande coração ali, debaixo da camisa, o amor que pulsava em seu pescoço. Ele não a soltava nunca, não deixava que eles a levassem. O charuto gordo, o fedor do charuto do Sr. Arthur. Dedos suaves em seu rosto. Cada choque de dor era a campainha do aviso luminoso do banheiro no avião – plim!, plim!, plim! Um rosto branco na nuvem. Em algum lugar também o som de uma flauta irlandesa. Outra onda de gente, portas de vidro se abrindo feito o mar se abrindo para Moisés, o rosto ferido de Scully do outro lado da praia, entre sinos que tocavam, chilreavam, balançavam. Ele sem nunca soltá-la. Os dedos de ambos entrelaçados, presos feito nós de sangue ou nós Bimini em linhas de pesca, sem escorregar, bem presos, sem ceder um centímetro. Agora o cachorro não tinha ninguém e ela tinha Scully. Ela era a pessoa com sorte.

Alguma coisa, alguma coisa, parakalo,
Efkharisto poli...

Sim. Ela tinha o coração de Scully ali, retumbando contra sua orelha como um sino. Como Deus cantando.

26

Scully sentiu a lancha Volvo dando marcha a ré e percebeu, de repente, que havia adormecido. O mar estava diferente, as ondas compridas, uniformes. A capota foi para trás e o ar entrou com força. Ficou de pé e viu luzes, casas. Um farol, um quebra-mar. A lancha deslizou sibilante para a água sob o cais coberto, diminuindo a velocidade. Scully viu que haviam chegado em Ermione, no fim das contas.

Billie ficou sentada, pálida e atordoada, enquanto ele se debruçava e enfiava as coisas deles na mala. Fechou a mala e colocou a pequena mochila nas costas de Billie.

– Você conhece gente aqui? – perguntou ele para Nick "Bolas de Aço", sem saber se o sujeito havia mudado de ideia ou se havia chegado até o porto por puro acidente.

– *Neh*, algumas – respondeu Nick "Bolas de Aço", estacionando a lancha entre os barcos atracados.

– Me consegue um táxi, então. Um carro. Até Atenas.

Oscilaram contra os protetores pretos e lamacentos do cais e Nick "Bolas de Aço" desligou o motor e saiu do barco para atracar a lancha. Quando Scully ergueu Billie até o cais, o grego já havia sumido.

O vento estava frio e ali havia chovido recentemente, então o ar estava claro, liquefeito. Os dois ficaram ali em pé, entre os barcos que se chocavam. Scully escovou o cabelo da menina, tomando cuidado para não encostar nos ferimentos. Molhou o lenço no mar e fez o possível para deixar as roupas dos dois limpas.

– Tá tudo bem?

– Sim.

Ali, sob as luzes do cais, ela parecia péssima.

Ela fechou os olhos e seus cachinhos pesados se debatiam contra o vento.

– Tá doendo.

Scully tirou do bolso uns comprimidos de paracetamol. Será que ela tinha idade para tomar paracetamol? Achou uma torneira e colocou as mãos em concha para que ela bebesse. Ela estremeceu por causa do gosto dos comprimidos e segurou a concha das mãos calejadas dele. Bebeu feito um cachorro.

Lá no mar, as luzes de Hidra de vez em quando apareciam fracas, distantes.

– *Afstrália!*

Scully virou e viu o rosto do marinheiro sob a luz do isqueiro que ele acendia.

– Táxi!

– Ótimo.

– Para *Nápflion*.

– Mas eu quero ir pra Atenas.

Nick "Bolas de Aço" deu de ombros.

– Tá bom. Não tem problema.

Um Fiat velho estava à sua espera no fim do quebra-mar. Um homenzinho redondo saiu do carro, abotoando uma camisa de flanela, e abriu o porta-malas. Scully balançou a cabeça em sinal de negativa para o porta-malas aberto e entrou no carro.

O carro cheirava a charuto e alho. Era doce e confortável ficar ali depois de estar no barco. O movimento do carro era suave, direto. Ele nunca havia pensado antes em carros como um meio de transporte de luxo. E lá se foram eles pelas ruazinhas sonolentas, o torpor tomando conta dele.

– *Nápflion, neh*?

– *Ochi* – respondeu Scully – *Athini*.

– *Athini*?

O motorista estacionou ao lado de uma taverna mal iluminada e virou para o assento de trás.

– *Neh, Athini* – repetiu Scully.

O motorista acendeu a luz de teto e olhou com atenção para eles. Obviamente não estava gostando do que via. Havia sangue na jaqueta jeans de Scully. Ele estava com a barba por fazer, parecendo um criminoso. O rosto de Billie estava inchado e os primeiros hematomas surgiam. A linha de seu cabelo na testa estava torta e pedacinhos de curativo adesivo se desprendiam de sua pele. Ela estava fedendo. Parecia, na pior das hipóteses, uma criança sequestrada. Na melhor das hipóteses, uma criança negligenciada pelo pai.

– Cachorro – disse Scully, mostrando a ele os ferimentos, fazendo um gesto com a mão, imitando as mandíbulas de um cachorro. – Cachorro mordeu a cabeça dela, está vendo?

– Em Hidra?

– *Ochi*, Spetsai. Aconteceu em Spetsai. A gente acaba de vir de lá.

Scully tirou do bolso vinte mil dracmas e esticou o braço por entre o assento.

– *Athini, endakse?*

O homem torceu a boca e suspirou. Scully sorriu, exausto, e tirou do bolso seus passaportes, mostrando as fotos para o motorista.

– *Papa?* – perguntou o motorista para Billie, apontando para Scully.

– *Neh* – respondeu Billie, fazendo que sim, um movimento cansado.

– *Yostulena?*

– Billie Ann Scully.

Ele sorriu para ela e devolveu os passaportes. Mas foi ainda com cara de preocupação que ele recebeu o dinheiro e desligou a luz do teto. Foi só quando estavam bem no meio das montanhas que Scully sentiu o sono chegar, feito uma brisa sobre a água.

Sobre o mar suave e pálido, com o sol nascendo atrás dele, Scully assiste a corda no guincho atrás de si e vê a rede irromper a superfície da água, arrastada pelos tentáculos. A rede cheia colide contra o suporte da amurada – trazendo o cheiro de sal, iscas podres e algas –, parece viva com o som de cigarra das lagostas. O barco segue em frente, um cardume insano de grandes xaréus sai atrás dos restos nas águas claras do recife. Dois golfinhos aparecem na água à frente do barco. O mundo é um lugar bom, o mar está vivo, o céu azul parece infinito.

Billie acordou no carro, envolta pelo ar seco da montanha, e não conseguiu ver nada além da estrada curva. Scully dormia com a cabeça para trás, de boca aberta. Ela ficou olhando para ele, ali no escuro, enquanto o homem no banco da frente cantava baixinho para si mesmo. A noite pairava sobre o seu rosto dolorido. Pensou naquele castelo, na torre ao pé do morro que ela viu da pequena casa de Scully. Os pássaros voavam ao redor do castelo, parecendo uma nuvem. O mundo inteiro parecia imóvel, com exceção dos pássaros. Ficou pensando se era possível amar demais alguém. Se era, então não era justo. Não era justo com as pessoas. No fim das contas, o amor é tudo o que a gente tem. O amor é como o sono, como água limpa. Mesmo que a pessoa ficasse perdida, o amor continuava, porque foi o amor que criou o mundo. Era nisso que ela acreditava. É assim que as coisas são.

Scully acordou no táxi estacionado. Viu o assento do motorista vazio, a ignição sem as chaves, a filha dormindo ao seu lado, seus pertences espalhados na escuridão aos seus pés. Viu um parque pouco iluminado do outro lado da rua e, com um espasmo de susto, registrou a imagem da delegacia de polícia bem ao lado do carro. Polícia. Durante vários segundos, ficou ouvindo o tique do resfriamento do motor. E então pegou suas coisas e sacudiu Billie.

– Vamos, vamos.

A menina acordou rápido e saiu do carro junto com ele. Juntos, atravessaram a rua deserta e penetraram na escuridão do parque. Ali o ar estava fresco, úmido; os pensamentos de Scully voavam. Levou-a até um agrupamento de arbustos com cheiro de tomilho e os dois se agacharam. Atrás deles havia uma estação de ônibus. Leu com dificuldade a placa: *Korinthos*. Corinto. Lá também não havia sinal de vida. Scully agachou-se para pensar melhor. Será que o motorista estava lá na delegacia relatando que tinha no carro duas pessoas de aparência suspeita, dois *xeni* meio esquisitos? Uma menina que parecia ter sido sequestrada e espancada. Um homem com a palavra "criminoso" escrita na testa.

– Scully?

– Shhh!

Scully viu o motorista sair da delegacia com alguma coisa na mão. Um pedaço de papel. Colocou a mão na porta do Fiat e parou. Agachou-se para olhar pela janela de trás, depois ficou ereto e olhou em volta.

– *Kyrios*? – chamou ele, a voz baixa. Moço?

A cidade estava tão silenciosa que a voz dele chegava claramente até eles, um pouco mais alta que um sussurro.

– Scully? – repetiu Billie, puxando sua manga.

Scully continuou a observar o homem atentamente. Pensou no quanto seria complicado esperar até amanhecer, aguardar até o primeiro ônibus ou trem sair da estação.

– Scully? – murmurou a menina, insistindo.

O motorista colocou a folha de papel no bolso e deu uma volta no carro, olhando para os dois lados da rua. Scully pensou nos policiais em Hidra. Talvez tivessem enviado algum aviso para o continente. Será que na delegacia já estavam sabendo? Mas então por que o motorista saiu de lá sozinho? E o que poderia ser aquele papel? Ele só está tentando ganhar tempo. Devem estar lá dentro à espera de mais policiais, ou de um telefonema de Hidra, confirmando. E para onde poderiam ir dois estrangeiros suspeitos que estavam ali fora de temporada, pouco antes do amanhecer, em Corinto, numa hora em que os trens ainda não estão funcionando e as ruas estão desertas?

Billie já tinha atravessado metade do parque antes que Scully caísse em si. Ela caminhava com passos firmes, como se estivesse determinada, ou com raiva, sem olhar para trás. Ele levou um susto e ficou de pé. O motorista deu meia-volta e grunhiu, aliviado. Jogou as mãos para cima e riu. Scully o viu abrindo a porta, conversando, ainda procurando por ele, e foi aí que Scully desistiu, pegou suas coisas e saiu do esconderijo.

Quando o táxi voltou a rodar e o motorista ainda contava para ele que havia se perdido na cidade com os *xeni* adormecidos no bando de trás, e que havia parado na delegacia para pedir informações, Scully já tinha decidido que não iria mais para Atenas. Em Atenas estava o aeroporto, e ir para o aeroporto significava que ele precisaria decidir imediatamente para onde ir. E ele não sabia para onde deveria seguir naquele momento. Há umas dez horas, aproximadamente, ele só estava andando sem rumo. Hidra gradualmente se tornava meros lampejos de lembranças que surgiam com sua enxaqueca. Mas ele sabia que não era bom ir para a Atenas. Precisava descansar, pensar, decidir direito, e não só com a parte de seu cérebro que esquentava quando todo o resto não funcionava mais.

Estava ensaiando mentalmente as palavras em grego para comunicar a notícia ao falante motorista quando percebeu que haviam chegado a uma outra via expressa, que ia para o oeste, e não para o leste. Viu a placa que dizia "Pátras". O motorista ficou surpreso.

– *Patra*!
– Pátras está ótimo – disse Scully. – *Patra endakse*.
– *Patra?*

– Sim. Pode ir em frente.

Um som de buzina passou alto por eles e o motorista agarrou seu terço de contas gregas pendurado no retrovisor. Continuaram a seguir e a árida via expressa desdobrou-se à frente. No ar, o cheiro de monóxido de carbono e resina de pinho. Billie adormeceu de novo e Scully prendeu as mãos entre os joelhos durante todo o percurso de uma hora até a cidade portuária, que finalmente apareceu sob a luz fraca da noite que chegava ao fim.

27

Scully acordou envolto na luz branca da tarde. Ficou deitado, imóvel. Na cama, ao seu lado, com as costas viradas para a parede descascada, Billie desenhava com lápis numa folha de papel da Olympic Airways. Seu rosto estava com feições rígidas, concentradas, bem de acordo com o ar de preocupação intensa que ela tinha desde que nasceu – uma expressão que dava a entender que só mesmo a força de vontade e a teimosia a fizeram se decidir a nascer para habitar naquele mundo iluminado e barulhento. Mas agora a sua testa estava cinzenta e esverdeada devido às contusões. Queria tocar nela, mas não teve coragem. Ficou ouvindo a respiração superficial da filha, o barulho do lápis no papel, e depois de um ou dois minutos ela olhou para ele. Os lábios dela moveram-se, hesitantes. Voltou a se concentrar no papel.

– Desenhando? – murmurou ele.

Ela segurou o desenho para que ele visse. Uma casa. Uma árvore. Um pássaro. O ninho do pássaro era tão grande quanto o sol, sobre os galhos da árvore.

– Irlanda?

– É o céu – disse ela, num sussurro.

Percebeu que ela estava usando a camiseta com a parte de trás para frente. A etiqueta da Ripcurl estava para fora, debaixo do queixo. Ele não havia percebido. Nem na noite anterior e nem durante o dia. Hoje eles iriam na farmácia – seria a primeira coisa que fariam. Hoje não haveria desculpas.

Billie pegou outra folha de papel. O desenho arruinado que Alex havia feito da Rue de Seine.

– Quando um sonho... não é um sonho? – perguntou ela.

Scully deitou de lado, virado para ela. Ficou saboreando o tom rascante da voz dela.

– Quando é real, eu acho.

Ela assentiu, concordando.

– Me desculpa por tudo. Mas eu precisava fazer isso. Sair procurando por ela – disse ele.

Ela fechou o cenho; uma tempestade no firmamento. Voltou a se concentrar no desenho e ele ficou lá, jogado contra o travesseiro.

Depois de uma longa pausa, Scully levantou e encheu a banheira para ela. Teve de pagar mais dez mil dracmas só para não precisar usar o banheiro coletivo no fim do corredor. Estava com pouco dinheiro, mas ficar sem tomar banho era fora de questão, pensou depois de perceber como sua mente estava funcionando desde aquela madrugada. Esvaziou a mala e encontrou lá dentro algumas roupas e cotonetes. Billie o ignorou. A água fluía para dentro da grande banheira esmaltada. Tirou seu pesado relógio de pulso à prova d'água e o levou para ela.

– Toma. Pode usar o relógio na banheira.

Billie esticou o braço e ele prendeu o relógio em seu pulso. Ficava solto em seu pulso, um enorme aro. Talvez o último orifício do fecho o fizesse servir no tornozelo de Billie. Ela ficou girando o mostrador de mergulho. O tiques lentos, graduais, o som de uma outra vida.

Na banheira, ela deixou que ele usasse cotonete em seus ferimentos. Agarrou-se à beira da banheira. Scully sentia o chão frio em seus joelhos. Os cortes franzidos em sua pele pareciam limpos, até mesmo firmes. Talvez ele conseguisse comprar alguma pomada antisséptica ali em Pátras. Precisava deixar as feridas fechadas para diminuir as chances de cicatrizes, mas limpas, sempre limpas. Precisava de mais apetrechos. E quanto ao tétano? Ela tomou a vacina aos cinco anos. Ele mesmo a levou. Lembrou-se de como ela permaneceu absurdamente impassível durante o procedimento. Qual a validade da vacina contra tétano? Dez anos? Cinco? Cinco, sem dúvida cinco. E o cachorro. Ele não conseguia parar de se preocupar com a documentação das vacinas do maldito cachorro. Será que era falsa? Kufos jurou por tudo no mundo que o cachorro não tinha problemas. Arthur confirmou que a documentação era verdadeira. Deus do céu, a ideia de ela ter de tomar várias vacinas antirrábicas. Isso seria o fim para ela. Não, ela estava segura ali.

Segurou a cabeça dela com a mão, como se estivesse dando banho em um bebê. Ela deixou que ele a inclinasse na água, os olhos confiantes. Era impossível para ele não se lembrar de sua própria mãe dando banho nele e segurando sua cabeça da mesma maneira, no dia em que voltou de carona para a cidade, já delirando, o rosto ferido e inchado, o veneno já arroxeado em sua pele. O modo como ela segurava sua cabeça e cuidava dos ferimentos.

Billie ficou ali deitada, de costas, com a água cobrindo as orelhas, os cabelos flutuando na água feito algas marinhas. Ele não sabia por que ela confiava nele. Talvez ela o conhecesse melhor do que ele imaginava. Ou talvez não confiasse nele nem um pouco. Lavou seus cabelos com cuidado e deixou ela ficar na banheira até a água esfriar. Arrumou suas coisas e mergulhou as partes manchadas da roupa de ambos. Esfregou com sabão, enxaguou diversas vezes e depois enrolou as roupas em toalhas para que secassem mais rápido.

– Hoje a gente vai comprar um chapéu para você – disse ele, a voz alegre. – Até o seu cabelo crescer na frente. Um chapéu de capitão grego. Que tal?

Ela ficou deitada na cama, a cabeça jogada para trás, os lábios formando silenciosamente as palavras de uma música que ele não conhecia. Scully pendurou as roupas de ambos na janela aberta e ficou olhando para a filha durante um bom tempo.

O sol já batia firme nas costas de ambos quando subiram os degraus largos que levavam ao *kastro* no ponto mais alto da cidade, Billie trajando seu novo chapéu, que cobria as partes mais feias, e Scully inescrutável atrás dos óculos escuros. Os muros da velha cidade eram pesados, gastos. Reverberavam o som das lambretas dos jovens que percorriam rapidamente as ruazinhas estreitas.

Sentaram e comeram *tsipoures* num pequeno restaurante, com o sol batendo nas pernas, olhando o mar lá embaixo. Nenhum dos dois falou muito. O peixe estava bom e Scully bebeu meia garrafa do mesmo vinho *rosé* que havia bebido com Alex. O terraço da taverna estava quase todo vazio.

Uma mulher sozinha na mesa ao lado sorriu para Billie e fez uma careta. Billie olhou para o prato por alguns instantes, mas depois levantou os olhos novamente e esticou a língua para ela. Scully depositou a taça na mesa.

– O que houve com o seu rosto, minha querida? – perguntou a mulher, em inglês.

Billie puxou o chapéu mais para baixo. Scully olhou para a mulher desconhecida durante alguns instantes e viu um chapéu de palha, óculos espelhados, cabelos pretos, curtos e com franja, e um vestido sem mangas, da cor de melancia. Em sua mesa havia uma garrafa de ouzo, uma jarra de água e um envelope grande.

– Um cachorro me mordeu – disse Billie.

– Ah, meu Deus, coitadinha.

Scully sorriu superficialmente e voltou a comer seu peixe. Sentiu uma pontinha de ressentimento surgir dentro de si.

– Posso ver? – perguntou a mulher.

Billie puxou o chapéu para trás e expôs as partes inchadas, os pontos sem cabelo na cabeça, os hematomas azulados e amarelados.

A mulher fez "tsc" e acendeu um cigarro. A pele da mulher era pálida e Scully pôde ver imediatamente os hematomas na parte superior de seu braço e em seu pulso. Ela sorriu para ele, como se ambos partilhassem o mesmo segredo, como se de alguma maneira tivessem cumplicidade. Scully ficou com vontade de ir embora na mesma hora.

– E que fim levou o cachorro?

– Como assim?

– O que aconteceu com o cachorro, minha querida?

– Mataram ele.

– Ótimo.
– Bateram nele com uma garrafa de conhaque até ele morrer – disse Scully, sem interesse.
– Excelente.
– Tadinho do cachorro – disse Billie.
– Ah, não, o seu pai fez bem.
– Não foi o pai dela que matou – disse Scully.
– Você não é o pai dela?
– Eu não matei o cachorro.

Scully viu seu reflexo, de boca aberta, nos óculos dela. Não era uma visão agradável. Ele estava pálido. Parecia hostil. Culpado. Nervoso. Debaixo de seu reflexo estava a boca da mulher, grande demais, uma mancha de batom em seus dentes, e também o cigarro.

– Come, Billie – disse ele, voltando-se para o prato.

Agora havia barcos saindo do porto, jogando colunas de fumaça na brisa. O Mar Adriático estava cor de cromo.

– Me desculpe – disse a mulher. – Acho que esqueci meus bons modos na igreja hoje de manhã. Eles têm a cabeça de Santo André lá. Fiquei meio perturbada. Foi ele que usou pela primeira vez o símbolo da cruz, um X, simbolizando um beijo, sabia? No fim das cartas. Nossa, quantas vezes eu já fiz isso. E eles o crucificaram numa cruz em forma de X. Fiquei transtornada com isso.

– Bom, o X também indica onde está o tesouro – disse Scully.

– O barco que vai pra Brindisi só vai sair às dez hoje.

– Deve ser difícil esperar, imagino – disse Scully, fazendo um gesto para o garçom e colocando cédulas na mesa. O grego pegou o dinheiro com suas mãos grandes de um jeito meio ríspido e se despediu deles. Billie olhou para trás, para a mulher, mas Scully seguiu em frente como se ela nem mesmo existisse.

Durante uma hora, depois de fazer mímica na farmácia, Scully ficou sentado no comprido quebra-mar do porto observando os barcos indo e vindo: navios de arrasto, caíques, barcas, um ou outro transatlântico, todos com laterais enferrujadas e descascando, deitando no ar a fumaça da queima de diesel, apitando, o convés cheirando a peixe, flores, vinho, fumaça de cigarro. Agrupamentos esparsos de pessoas no cais: mochileiros maltrapilhos e a classe média bem vestida de Pátras, desfilando com suas crianças de olhos negros, balançando as chaves de suas Mercedes. O fedor da salmoura do mar chegou até Billie e Scully enquanto dividiam um saquinho de pistache e faziam uma careta ao sentir as unhas do dedo doloridas por quebrar as cascas. Ficaram ali sentados, cuspindo as cascas no colo, balançando as pernas.

– Em todos os lugares, no mundo inteiro, as pessoas estão viajando – murmurou ele. – Já pensou nisso?

Billie olhou para ele, cautelosa.

– Todos os dias.

Ela assentiu.

– Para ser um viajante de verdade, a pessoa não pode ficar muito preocupada, só relaxar e aproveitar a viagem, entende? O movimento. É por isso que eu não gosto muito de viajar. Eu só quero chegar. Que nem em *Star Trek*. Zap! Pronto! Lá estou eu.

Billie assentiu de novo e sorriu. Mas ele tinha a impressão de que ela sorria só por caridade. Ficou olhando enquanto ela se levantava, fazendo uma chuva de cascas de pistache, e ia até a beira da água, onde gaivotas pairavam feito folhas de papel sobre a corrente de ar gerada pelo quebra-mar. Lá estava ela. Sua vida se resumia àquela criança e também a algumas boas construções que havia feito, a algumas memórias. Ela não bastava? O mar dava cabeçadas contra a murada e ele observava, pensando.

Na escada do hotel, Scully enfiou uma quantidade absurda de moedas no telefone para conseguir uma ligação internacional. Billie ficou sentada nos degraus, a mochila nas costas e a mala xadrez perto dos pés. O telefone de Pete ficou tocando. Sem dúvida ele devia estar no *pub*. As moedas caíram numa cascata e ele as enfiou de volta, dessa vez ligando para Alan e Annie.

– Alô? Uma linha ruidosa, subterrânea.
– Alan?
– Scully!
– Ele mesmo.
– O que está acontecendo? Você me deixou muito assustado naquele dia.
– Me diga de uma vez: você a viu?
– A Jennifer? Onde você está, Scully?
– Posso confiar em você?
– Scully, você está falando *comigo*, pelo amor de Deus.
– Jure por Deus.
– Jurar o quê?
– Que você não viu Jennifer.
– Eu juro. Onde está Billie? Scully, onde Billie está?
– Ela está comigo.
– E onde você está? Deixa eu ir até aí te pegar. Onde?

Scully pressionou a ponta das botas contra a parede. Sem dúvida era tentador. Deixar Alan vir até ele, deixar que amigos viessem até ele. Deixar que alguém aparecesse e colocasse ordem naquela confusão toda. Mas ele não podia esperar tanto tempo. Só de pensar que Jennifer estava em algum lugar... Doente. Confusa. Talvez machucada. Ou então desesperada por causa de alguma correspondência que não foi entregue – esperando em algum lugar óbvio, sem poder entrar em contato com ele. Uma confusão de hipóteses, de pensamentos. Por um instante ele achou que podia esquecer tudo só para saborear aquele momento de paz, como aquela hora que passou no cais sem sentir ansiedade alguma – o som do mar, dos pássaros, a visão de Billie –, mas sentiu a gélida incerteza voltar a roer sua mente, feito uma onda que o arrastava. Ela não estava em Londres. E nem em Hidra. Ele não podia continuar ali daquele jeito.

– Scully! Por favor, me diga onde você está!

– Amigo – disse Scully –, eu estou em tudo quanto é lugar, pode acreditar.

Desligou e pegou as moedas. Billie ficou de pé, resignada.

Três

On Grafton Street in November
We tripped lightly along the ledge
Of a deep ravine where can be seen
The world of passions pledged
The Queen of Hearts still baking tarts
And I not making hay...[8]

"Raglan Road"

---

[8] Em Grafton Street, em novembro/Caminhamos com passos leves pela beirada/De uma profunda ravina de onde se pode ver/O mundo das paixões prometidas/A Rainha de Copas ainda fazendo tortas/E eu sem aproveitar a oportunidade... [N.T.]

28

As luzes fatigadas de Pátras prateavam as águas por um longo caminho atrás deles. No mar denso e escuro da noite, um rastro fosforescente os seguia. O convés da balsa *Adriatic* estava repleto de mochilas, malas, esquis, raquetes de tênis, sacos de dormir e finlandeses bêbados. A brisa era fresca, as ondas compridas, constantes, trazendo mais conforto do que inquietude. Billie estava deitada de costas no banco, a cabeça no colo de Scully, e os dois olhavam as estrelas no céu, que mais pareciam pontinhos brancos num lençol negro. Ela estava pensando naqueles dias que se foram, na época em que o que importava era "um por todos e todos por um". Somente os três, e juntos, como dizia Scully.

Talvez para ele tudo parecesse bom e era por isso que ele não gostava das coisas agora. Ele queria voltar para aquela época mas, quando ela lembrava, ela percebia o quanto ele tentava arduamente ser feliz, principalmente em Paris, onde ninguém gostava deles, onde o sol nunca se punha. Lembrou-se das brigas com ele do lado de fora daquela escola horrível. Aquela escola onde as palavras saíam da boca das pessoas feito barulho de máquina, justamente no começo, quando ela não conhecia nada sobre línguas. Professoras com sorrisos frios, cabelos puxados para trás, como se fossem feitos de elástico. As testas brilhosas. Todos os dias de manhã, estavam à sua espera, e quase todo dia, de manhã, havia uma briga. Ela viu Scully chorar uma vez, ele ficou tão bravo. Os dois naquela ruazinha de pedrinhas redondas, agarrando-se e puxando um ao outro feito lutadores de luta livre. Scully suplicando. Às vezes, quando ela ganhava a briga e não ia para a escola, ia com ele para o trabalho. E via como ele ficava encurvado no topo da escada, raspando o teto, os pedacinhos de tinta que grudavam feito neve em seu cabelo. Os apartamentos eram grandes, cheios de coisas nas quais ela não podia tocar. Ela ficava sentada num canto brincando de carrinho, ou então olhando as figuras dos livros. Naquela época, ela sabia escrever nomes, mas ainda não sabia ler. Foi ele que a ensinou a ler. Nas tardes no café perto da Notre Dame, com os livros sobre Spot, o Cachorro. Coisa de criança pequena. Ler era como nadar. A pessoa não sabia, não sabia mesmo, e aí um dia, como se fosse mágica, ela sabia. Não, ele não estava contente em Paris. Ele a levava para passear pelas ruas, falava para ela dos prédios, de coisas das quais ela esquecia imediatamente, exceto do modo como ele falava. Ele gostava de prédios. Vivia desenhando prédios nos envelopes. Ele sabia desenhar muito bem. Mas não se lembrava muito bem das coisas. Um por todos e todos por um. Não era uma coisa que diziam só de brincadeira; era algo para evitar que um deles chorasse, no geral Billie. Nós três, sempre juntos. Não era uma ideia fantástica, no fundo; só significava que se sentiam muito sós. Na Grécia não foi tão ruim; não dava para se sentir tão solitário com aquela água, com pessoas tão simpáticas. As pessoas da ilha. As crianças machucavam os bichos, mas no fundo eram boa gente. Mas não em Paris. Lá, todos os três só sentiam medo.

Billie ouvia os barulhos do estômago de Scully. Parecia que tinha uma fábrica lá dentro. Pensou em Paris. O apartamento que pegaram emprestado durante todo o tempo em que ficaram lá e que Scully reformou. As noites passadas na casa de Marianne ou Dominique. As dez vezes que viram *Peter Pan* em francês. O modo como os franceses pronunciavam o nome, "*Peter Pong*". Isso sempre a fazia cair na gargalhada. Os caminhões de lixo na rua. As sirenes. Negros varrendo o cocô dos cachorros das calçadas.

– Este barco vai pra Paris? – murmurou ela.

– Brindisi – respondeu ele. – Itália.

Mas Billie tinha visto o modo como ele ficou olhando para o desenho de Alex. Ele sem dúvida estava pensando em Paris. Coitado do Alex. As sobrancelhas dele sempre pareciam estar escorregando pra fora do rosto. Havia uma nuvem na cabeça de Billie – ela só conseguia pensar até certo ponto e aí ela aparecia, interrompendo o pensamento, bloqueando. Bem quando ela pensava... *nela*.

– A vovó Scully diz que você não tá me ensinando sobre Jesus.

– Ah, é?

Pensou na foto dele sobre o consolo da lareira da avó. O rosto antigo dele, antes do olho esquisito.

– Me conta da Austrália – disse ele, um pouco animado. – Como as coisas estão lá, agora? Me fala do Oceano Indíco. Você conseguiu ver a ilha Rottnest? Estava muito quente? Ouviu as pessoas falando? Já esqueceu muita coisa? Me conta da vovó.

Ela sabia a história do olho dele. Sobre como o capitão Ivan Dimic fazia ele matar cada polvo que eles pescavam porque os polvos comiam as lagostas e isso custava dinheiro. Sobre como eles tiravam as vísceras das lagostas e deixavam só as cascas. Ele tinha de matar até os polvos do tamanho de uma unha e odiava aquilo. Scully fingia que matava. Batia no convés e os deixava escorregar ainda vivos pela lateral do barco, mas o capitão via. Um dia, lá na Plataforma Continental, Ivan Dimic desceu da ponte de comando com uma barra de ferro do tamanho do pau de um cavalo. Atingiu Scully no braço. Eles brigaram, uma briga como essas da TV. Tubarões na água. E durante todo esse tempo o gancho estava sendo erguido, puxando uma rede bem lá do fundo. A profundidade do tamanho da Torre Eiffel. O convés subindo e descendo. A corda desenrolando solta, sem ninguém para enrolá-la. Ivan Dimic bateu no rosto dele com a barra de ferro, bem no olho. Quase fez o olho saltar pra fora. Imagine só! E foi bem aí que a rede subiu e atingiu o capitão. Ele estava bem na frente. O gancho de madeira e aço, pesado feito um homem. Derrubou o capitão de uma vez. Scully que teve de trazer o barco. Foi seu último dia de pesca. Isso aconteceu antes de ela nascer. Billie perdeu todas as coisas boas. Olha só esse olho, ele dizia. Tudo isso por um polvo? Então olha só esse rosto, pensou ela, sentindo a pele retesada, encolhida. Tudo isso por um cachorro?

– Billie?

Ele era como o Corcunda, Scully. Não era muito bonito. Às vezes não era muito inteligente. Mas tinha bom coração. Ficou mais perto dele, ouvindo seu coração puro batendo tolamente como um motor de barco e sentiu o sono voltar.

O convés vibrava embaixo deles. As luzes da Grécia diminuíram até ficarem do tamanho de pontinhos e então desapareceram para sempre. Nos sacos de dormir ali perto, o murmurar das pessoas diminuiu até ser tomado pelo silêncio. Scully ficou decepcionado por ela ter adormecido. Trouxe a filha para mais perto de si. Pensou na mulher que ela seria se aquela história toda não a traumatizasse para sempre. Ela seria forte, divertida, segura de si, sarcástica e, sim, inteligente como ninguém. Exatamente como era agora. As pessoas seriam forçadas a notá-la como sempre haviam sido. Agora que ele pensava no assunto, ela talvez fosse tudo que a mãe sonhava ser. Será que era isso, então? Será que isso era motivo suficiente para fazer alguém sumir? Inveja, falta de autoconfiança, certa mesquinhez de espírito? "Você e as pessoas como você", dizia ela, "não entendem, não é? Vocês gostam da vida que levam, da vida como ela é, aceitam tudo o que acontece com uma gratidão quase doentia. É nesse ponto que nós somos diferentes."
Ele tinha de concordar. Ele *não* entendia mesmo.

Agora estava bem frio e Scully começou a tremer. Sem cobertores, não havia como ficar ali fora. Era hora de achar algum canto no andar de baixo. Ajeitou a mochila sobre Billie enquanto ela dormia e depois a ergueu junto com a mala para andar por entre os viajantes. Era difícil andar por ali, mas ele conseguiu chegar até um saguão que exalava aroma de café, onde alemães e italianos conversavam e fumavam, cansados. O lugar era iluminado demais para dormir, então ele saiu em busca de algum canto pelo labirinto de corredores, mas lá embaixo só havia os banheiros e as cabines da primeira classe. Voltou ao saguão e encontrou bancos estofados mais para o fundo, perto da escada, onde entrava um pouco de ar fresco, mas que ainda assim não era tão frio. Estava prestes a deitar Billie no banco quando viu o vestido cor de melancia.

– Ela está sem lugar para dormir?

Scully praguejou em voz baixa, sorriu e balançou a cabeça. Era a mulher do *kastro*. Ela trajava uma jaqueta jeans sobre o vestido leve e segurava uma garrafa de Heineken em uma das mãos.

– Tá frio demais no convés lá em cima – disse ele.

– Eu sabia que você estaria neste barco.

Scully fez um movimento para deitar a criança no banco, mas a mulher colocou a mão em seu braço. Ele contraiu o rosto, sentiu o rosto enrubescer.

– Por favor. Eu tenho uma cabine. Deixa ela dormir lá?

– Eu agradeço, mas...

– Não, sério. Ela está cansada e está tão frio aqui fora. Não é incômodo nenhum.

– Ela consegue dormir em qualquer lugar. É uma menina forte.

A mulher de vestido cor de melancia olhou para Billie e ele seguiu seu olhar. A menina não parecia tão forte naquela noite. Seu rosto estava inchado e marcado no ponto onde sua bochecha ficara pressionada contra a jaqueta dele. Crianças adormecidas sempre provocam compaixão.

– Por favor.

A mulher parecia ansiosa, insistente. Seus olhos estavam tristes, suplicantes. Achou que havia algo de perigoso nela, mas era verdade, a menina estava exausta.

– Tá bem. Obrigado. Vai ser ótimo pra ela.

– Maravilha, maravilha. Por aqui. Deixa eu pegar a sua mala. Vocês não trouxeram muita coisa, pelo jeito.

Scully a seguiu pelo corredor da primeira classe. Na porta, sentiu nela o cheiro de fumaça de cigarro e perfume. Ela abriu a porta e tirou da cama de baixo do beliche sutiãs e calcinhas e um *Herald Tribune* meio amassado.

– Aqui.

Scully hesitou um instante antes de entrar e deitar Billie no beliche. Ela abriu os olhos durante alguns segundos e olhou para ele, sem falar nada; depois, simplesmente sorriu e voltou a dormir. Esticando o braço para pegar um cobertor, a mulher resvalou o quadril nele, e ele novamente contraiu o rosto, reagindo à proximidade do corpo de outra pessoa. Ela cobriu Billie, ajeitou o cobertor e sorriu. O ar lá dentro era fresco, o movimento do barco tranquilo.

– Posso usar o seu banheiro um instante? – sussurrou ele.

– Claro.

Ficou de pé no pequeno cubículo arrumadinho, que cheirava a antisséptico e ferrugem. Urinou e se olhou no espelho. Uma aberração de circo. O que é que ele via ali? Cansaço, decepção, desespero? Seu rosto parecia mais duro do que ele se lembrava, as feições mais rígidas, como aqueles fazendeiros que conheceu na infância, aqueles sem sorte na vida, que nunca sorriam. Homens imutáveis, que já estavam muito além das lamentações, que esperavam o pior, já preparados para aguentar as vicissitudes. Não, ele não gostava dessa aparência.

A porta abriu.

– Você está passando mal?

Scully balançou a cabeça.

– Vamos tomar um café.

Ali no saguão, alguns alemães estavam bêbados e outros dormiam. Um grupo de italianos conversava em voz baixa, abrindo e fechando mapas. Scully sentou-se perto do balcão do bar com um café turco e uma dose de conhaque Metaxa.

– É muita gentileza sua – disse ele para a mulher, sentada na banqueta ao seu lado.

– É bom ser gentil às vezes.

– Para onde você está indo?

– Pra casa. Em Berlim.

– Pelo seu sotaque não sei dizer de onde você é.

– De Liverpool.

– Você deve morar em Berlim há um bom tempo, então?

– Não. Só cinco anos. Estudei para conseguir o sotaque.

– Uma mistura de Ringo Starr com Sargento Schultz.

– Não gostava do meu sotaque antes.

Scully deu de ombros e perguntou:

– Está de férias?

– Ah... Começou como férias.

– E por que resolveu vir por este caminho? Podia ter ido pelo norte da Grécia, pela Áustria.

– Ah, pois é. Mas odeio a Iugoslávia. Prefiro fazer o caminho mais longo.

– A gente se sente abatido feito ovelha indo para o abate, não é?

– Você é australiano, não?

– Sim.

– E mora onde?

Scully encolheu os ombros.

– Na Irlanda, acho.

– Os australianos são meio sentimentais com a Irlanda.

– Não eu.

– E é casado?

– Sim – disse ele, depois de uma pausa desagradável. A aliança brilhava em seu dedo. – Minha mulher... foi antes da gente.

– Sim.

Olhou para a mulher e a viu sorrir. Havia uma cumplicidade naquele sorriso, não era exatamente um sorriso sarcástico.

O homem que servia as bebidas, um grego gordo com uma mancha de nascença no braço que parecia uma queimadura de ácido, avisou que deviam pedir os últimos drinques antes de o bar fechar. Scully pediu mais um conhaque.

– E você?

– Eu já estou bem.

– Caso ela acorde no meio da noite, eu vou estar aqui, em companhia dos alemães que estão passando mal e vomitando. Basta dizer para ela vir pra cá.

– Você também pode dormir com ela. Ainda tem espaço na cama.

– Obrigado, mas acho melhor deixar você em paz. Lá já está bastante apertado com todas as suas coisas. Só vou entrar rapidinho para tirar os sapatos dela.

– Ela é uma boa menina.

– Sim. É, sim.

– O meu nome é Irma.

– Irma.

– É Billie e... Scully. Todo mundo me chama de Scully. Já volto.

– Scully?

– Sim?

– A chave.

Ele pegou a chave e voltou à cabine para ver como Billie estava. Ela dormia com a cabeça para trás, a boca aberta. Scully inclinou-se na cabine mal iluminada e tirou seus sapatos, sentindo o cheiro de amido em seu hálito.

– Dorme com ela.

Era Irma, atrás dele, na porta. Scully conseguia sentir seu cheiro. O motor da embarcação vibrava embaixo deles.

– Eu tenho uma garrafa de Jack Daniels.

– Olha, eu...

– Beba um pouco e durma. Ela vai ficar com medo se acordar e você não estiver aqui. Ela não me conhece.

Scully endireitou as costas. Ela tinha razão. Ele já tinha deixado a menina assustada uma vez e prometeu não fazer isso de novo. Queria ficar sozinho, evitar complicações, evitar conversar, só passar aquela noite tentando pôr ordem nos pensamentos, planejar. Odiava ter de dividir lugar com estranhos, mas era mais seguro assim. Ele só não gostava daquela mulher. Lembrar dos hematomas e do sorriso orgulhoso dela, lá no *kastro*, o fazia sentir um aperto no estômago.

– Tá bem – murmurou ele. – Obrigado.

– Volto daqui a pouco.

– Claro.

Scully ajustou a janelinha da embarcação para entrar um pouco de ar e viu a elipse negra do mar e da noite. Tirou os sapatos e a calça jeans e subiu no beliche, deitando-se ao lado de Billie, puxando o cobertor até o peito. Devia ter pago a taxa extra para conseguir uma cabine, pensou ele; com o dinheiro que estava gastando, não era uma decisão idiota. Vou oferecer algum pagamento a ela. Devia ter pensado. Devia, mas não pensou.

Scully acordou em algum momento, durante a noite, e viu Irma agachada no chão, sob a luz amarelada do banheiro. A mala estava aberta e ela segurava uma vela e a carteira de Scully. Viu o vulto branco da calcinha dela, a língua no canto da boca, o rosto concentrado, a garrafa de uísque pela metade no chão.

– Não me diga... você perdeu suas lentes de contato – insinuou ele.

Ela levou um susto, mas depois sorriu.

– Ah, já perdi muito mais coisas que isto.

– Não tem nada aí que valha a pena roubar.

– Dá pra ver. Você não tem dinheiro, Scully. A não ser que ainda tenha um cartão de crédito.

– Que horas são?

– Duas.

– O que você estava fazendo?

– Estava bebendo. Olhando vocês dois dormindo feito anjinhos.

– Pelo jeito você se diverte com pouca coisa.

– É o que dizem. – Irma segurou a carteira aberta para ele ver.

– É ela, então.

Scully sentiu o braço direito começar a formigar ao mudar de posição.

– Cabelos pretos, bonitos. Rosto bonito. Pernas lindas. Dizem que mulheres de pernas bonitas trepam bem.

Ele contraiu o rosto devido ao comentário.

– Quem diz?

— Não é verdade, então? Bom, tem gente que acredita nessas coisas. Há quanto tempo ela foi embora?

Scully esticou a mão, pedindo a carteira.

— Você foi abandonado, Scully. Dá pra ver. De dar pena, você e sua filha. E ela nem era boa de cama. Deve ser amor, então.

— Me dá a droga da carteira.

— E o que é isso aqui? – perguntou ela, segurando uma vela cheia de fiapos de tecido.

— A carteira, anda.

— Tem três.

— Por favor.

— Tenha mais coragem, Scully. Menos orgulho e mais coragem.

Scully deslizou para fora da cama e Irma sorveu o ar se assustando, quase se esquivando.

— Nós vamos indo. Me passa aquela calça ali.

— Não.

— Olha, eu só quero me vestir. Não vou bater em você e nem delatar o ocorrido pra ninguém.

— Não vá embora.

— Foi muito legal da sua parte nos oferecer um lugar pra dormir, mas não estou acostumado a ter gente estranha vasculhando as minhas coisas.

— Não sou uma estranha.

— Olha, você bebeu demais e...

— Não acorde a menina, deixa ela dormir.

— Ela dorme lá no saguão.

— Vocês têm mais treze horas de viagem, Scully. Desculpa pelas suas coisas. Eu não estava roubando, só estava curiosa. A verdade é que eu preciso de companhia. Fique. Por mim.

— Eu quero dormir.
— Então dorme. Estamos no mesmo barco, certo?
— Não diga.
— Estava falando da nossa situação. Também fui abandonada.
— Eu preciso dormir.
— A gente conversa sobre isso depois. Volta pra cama. Toma a sua carteira.

Scully pegou a carteira e voltou a deitar ao lado de Billie. Ficou olhando enquanto Irma organizava suas coisas dentro da mala e colocava a mala debaixo do beliche. Por um instante, ao empurrar a mala para debaixo da cama com os braços, ela levantou a cabeça e seus olhares se encontraram, o rosto dela tão perto que ele conseguiu sentir o cheiro de Jack Daniels em seu hálito.

— Dorme, Scully.

Ele se ajeitou na cama enquanto ela subia no beliche de cima. Viu o movimento fluido do vestido cor de melancia, marcas de inseto ou queimaduras de cigarro em suas pernas. As unhas dos pés dela estavam pintadas de um azul metálico, os calcanhares estavam sujos. O navio movia-se languidamente, como se também estivesse com sono. Scully sentiu a respiração de Billie de encontro ao pescoço e mergulhou nas profundezas vazias do sono, já sabendo, mesmo enquanto adormecia, que se arrependeria daquilo, que estava cansado demais, fraco demais para mudar de ideia.

29

Quando Scully acordou, as duas estavam jogando Uno sob a luz que entrava pela porta. Ruídos metálicos em algum lugar no subsolo.

— Mas como dorme — disse Irma, sorrindo.
— Você roncou — disse Billie.

Scully ficou deitado, parado. O cabelo de Billie estava escovado e ela vestia uma camiseta limpa. Sua calcinha estava pendurada na maçaneta da porta do banheiro, molhada.

— Bom dia — murmurou ele, sem saber direito o que dizer.
— A Irma é péssima no Uno.
— Ela deve estar te deixando ganhar. Algumas pessoas são assim.
— Não, não está, não. Eu sei quando elas deixam.
— Ela é igual a você, Scully.
— Não, ela tem o jeito dela.
— Quer ir tomar café da manhã?
— Me dá só um tempinho.

Scully ficou ali, dando um tempo para sua ereção matutina, até as duas ficarem concentradas o suficiente no jogo de cartas para que ele pudesse sair da cama e escapulir para o banheiro sem que elas notassem o problema.

– Ah, adoro quando as pessoas acordam animadas de manhã! – disse Irmã, insinuante.

– Uno! – disse Billie.

Irma deu uma piscadela e Billie percebeu como seus lábios eram macios e rosados. Ela gostava de Irma. Irma conseguia tocar o nariz com a ponta da língua, enrolá-la, fazer um monte de caras engraçadas. Durante todo o tempo que Scully ficou dormindo, todo retorcido na cama, Irma e ela ficaram cochichando e rindo. Billie lembrava dela lá da taverna, lembrava do vestido e dos óculos de sol espelhados. Sem os óculos de sol, ela não parecia tão adulta. E agora, pensando melhor, enquanto ouvia Scully tentando urinar na lateral do vaso sanitário no banheiro para não fazer barulho, ela chegava à conclusão de que Irma não era nem um pouco adulta. O modo como ela jogava cartas, sempre querendo vencer. Ela nunca tentava facilitar feito os adultos. Colocava a língua entre os lábios quando pensava, e a risada dela era a risada de uma menina marota. E ela fazia perguntas, tantas perguntas! Por quê, por quê, por quê. Parecia criança. Tantas que Billie nem se importava de responder. Billie percebia que ela era divertida, mas não dava para dizer o que se passava em seu coração.

Billie também fez perguntas, para ver se Irma sabia quais eram os planetas do sistema solar, o nome dos principais dinossauros (só os mais básicos) e quem era Bob Hawke. Ela não fazia a menor ideia, como se nunca tivesse ido para a escola e nem lido nenhum livro. Ela não sabia nada sobre prisões, peixes ou nós de pescaria. E ria de um jeito meio sem graça, como se tivesse sido pega de surpresa.

– Eu não sei muita coisa – disse Irma. – Acho que eu sinto mais as coisas.

Billie ficou pensando sobre o que ela disse.

– Você acha que dá para amar alguém demais? – perguntou Billie.

Sem dizer nada, Irma voltou seu olhar para as cartas com um sorrisinho triste.

Scully puxou a descarga, fechou a tampa do vaso e sentou. Mais seis horas de viagem até chegar a Brindisi. Podia ouvi-las lá fora, tentando abafar o riso. Jennifer jamais se deixaria cair numa enrascada daquelas. Não era uma pessoa de dar ponto sem nó. Jennifer era organizada. E ele era um tolo. Na noite anterior, aquela mulher abriu sua carteira. E hoje de manhã ela já estava vestindo sua filha. Ela está se preparando para te dar o bote, meu amigo, e você está desorientado feito tainha fora d'água. O que ela era, afinal? Uma prostituta em viagem? Uma mulher rica em busca de aventura? Uma alcoólatra maluca? Por Deus, na noite anterior ela tinha mamado metade de uma garrafa de Jack Daniels e hoje de manhã estava rindo. Mas ele não podia negar que ela era mais agradável quando estava sóbria. Sob a luz do dia, ela parece até humana. Mas aquilo o incomodou, ouvir sua filha toda alegre e risonha de repente. Depois de ter ficado quieta e triste durante tanto tempo. A dor da espera. E agora ela tagarelava com uma estranha. Essa tal de Irma. Scully descansou os cotovelos nos joelhos e percebeu que sentia medo dela, sem saber por quê.

No convés, depois do café-da-manhã pré-digerido, enquanto Billie corria para cima e para baixo por entre os alemães de ressaca, Scully deixou Irma falar. A mulher estava morrendo de vontade de partilhar informações nas quais ele não tinha o menor interesse.

– Ele me abandonou em Atenas – disse ela.

– É, às vezes é difícil entender as pessoas – disse Scully, sem se esforçar muito para esconder a irritação. O mar se inclinava sob a luz suave. Ao redor deles, mochileiros cansados e sonolentos tomavam seu Nescafé industrializado. – Nunca dá para conhecer direito as pessoas – acrescentou ele, ao mesmo tempo em que um mochileiro começou a engasgar e vomitar, debruçado no parapeito. Scully deu as costas para o sujeito que vomitava e lançou um olhar triste para os hematomas de Irma. Ela tinha hematomas na parte superior dos braços e no pescoço e parecia não se importar por ele perceber.

– Eu o conheci em Bangcoc. Ele trabalha lá, numa empresa de segurança, não sei direito. Antes era das Forças Especiais do Exército Americano. Era cheio de cicatrizes. É um desses veteranos que ainda são assombrados pelos fantasmas da Ásia. Não é exatamente maluco, mas... bem, ele é texano. Não é bonito, mas é um cara durão, sabe? Eu gostei dele. Isso foi no ano passado. Entrei num bar e lá estava ele. Foi exatamente como nos filmes. A melhor trepada da minha vida. E de graça! A gente ficou junto durante uma semana.

Scully ouvia Irma sem prestar muita atenção, olhando para Billie enquanto ela saltitava no convés da popa. Agora o rosto dela estava ficando escuro por causa dos hematomas. Parecia uma criança com leucemia.

– Então a gente combinou de se encontrar em Amsterdã no mês passado. A gente se divertiu a valer e depois viajou, saiu por aí, sabe? Sob a influência de várias, digamos, "substâncias", como dizem os americanos. Foi uma orgia. Deus, a gente era um casal e tanto. Acabamos indo para Atenas. Ele me deixou no Hotel Intercontinental. Enquanto eu estava no banheiro fazendo cocô. Dá pra acreditar? Fez a mala e foi embora. Pelo menos ele pagou a conta.

– Um cavalheiro – disse Scully, percebendo o horrível tom pedante em sua própria voz.

– Foi lá que eu vi ela.

– Quem?

– Levei um susto quando vi sua carteira. Sério, foi uma surpresa. Não é engraçado como acabamos nos encontrando?

Scully olhou para Irma. Agora ela estava enrubescida, nervosa. Vestia um top bordado e calça jeans. Seus olhos estavam ocultos por trás dos óculos escuros e ela tocava com dedos distraídos a marca roxa em sua garganta.

– Viu quem? De quem você está falando?

– Da mulher na fotografia. A sua esposa.

– Você viu *minha mulher*?

– Sim. No Intercontinental.

Scully passou a mão no cabelo, olhou em volta por um instante.

– A minha mulher?

– Aquela da foto na carteira.

– Você tem certeza?

– Posso ter me enganado.

Scully umedeceu os lábios.

– Ela estava sozinha?

Irma retraiu-se um pouco, agora parecendo meio abalada.

– Eu... Eu não lembro. Talvez ela estivesse com uma mulher.

Scully olhou para ela e teve vontade de cuspir em seu rosto. Ela está inventando tudo isso. Ela se sente sozinha, quer companhia, quer partilhar a fossa.

– Então você e o seu amante militar, totalmente loucos e drogados, deram de cara com elas no elevador. E você lembra disso claramente.

– Foi na recepção, no saguão do hotel. Eu não te vi. Eu teria me lembrado de você se tivesse te visto.

– Eu não estava lá. Nunca me hospedei num Intercontinental em toda a minha vida.

Irma sorriu, um sorriso exasperado.

– E parece que você sente orgulho disso, Scully.

– Talvez eu sinta.

– O herói humilde da classe trabalhadora.

– Como você poderia saber de que classe eu sou?

– Pelo amor de Deus, olhe só as suas mãos. O seu rosto. Você é daqueles que gostam de sair no soco, Scully.

Ele se afastou um pouco dela, suando, com raiva.

– Dá para encher um caminhão com o seu veneno, Irma.

– Até dois, meu caro. Olha só! Parece até diálogo de filme.

Scully deu-lhe as costas e ficou de frente para o mar.

– Você não a viu. Ela nunca esteve lá. E você provavelmente também não esteve. É isso o que você faz? Se aproveita das pessoas? Para conseguir dinheiro?

– Você está com medo, Scully, pensando em todas as possibilidades.

Agora ele sabia que precisava se livrar dela. Aquela mulher era como uma nuvem tóxica, um pesadelo.

– Billie e eu vamos dar uma volta.

– As suas coisas estão na minha cabine.

— E você quer que eu tire elas de lá, é isso?

— Não. Só estou te lembrando. Você não pode me ignorar, Scully.

— Sim, a minha amiga Irma.

Ela suspirou.

— É, eu sei, é o nome de um filme com o Jerry Lewis. Que original, você.

Ele foi até Billie, que estava gritando alegremente dentro de um respirador, e a pegou pela mão. Scully tremia – e sabia que dava para notar. Aquela maldita mulher era puro veneno. Ela tinha sacado tudo sobre ele, feito uma profissional. Sabia como deixá-lo perturbado. E em troca de quê? Dinheiro? Companhia? Uma passagem de volta pra casa? Ela era doente. Jennifer nunca foi para a Grécia, ele sabia que isso era verdade. Bom, pelo menos era o que ele achava. Até onde ele sabia, pelo menos. Meu Deus.

Na proa onde o ar estava mais fresco e os passageiros ficavam ainda mais enjoados, Scully ficou de pé contra o parapeito, tentando decifrar o significado de tudo aquilo, caso fosse verdade o que Irma havia dito. Jennifer num quarto de hotel de luxo com bebidas na geladeira e uma vista maravilhosa da Acrópole, vestida num roupão de toalha, com gente desconhecida. Talvez Pete-Carteiro tivesse razão: nunca dá para conhecer alguém direito, nem mesmo as pessoas que a gente ama. As pessoas sempre têm um lado sombrio, segredos. Talvez fosse só uma viagem rápida com uma amiga, passar uns dias gastando dinheiro, pedindo serviço de quarto. Ela acaba de abandonar toda a sua vida em Fremantle, e isso era uma coisa que dava medo, intimidava, perturbava. Talvez ela só estivesse precisando relaxar para esquecer. Não era isso que os homens faziam o tempo todo? Saíam para se divertir e depois voltavam pra casa, encabulados, a cabeça doendo? Mesmo seu pai, volta e meia ele pegava uma garrafa de Stone's Green Ginger e ia passar a noite em Kluey's Knob. – Preciso espairecer – dizia ele. E aí ele voltava, confessava-se com minha mãe, os dois pegavam a Bíblia, brigavam e faziam as pazes. Era o máximo de desentendimento que acontecia na casa da família Scully: a culpa por ter bebido Stone's Green Ginger e o arrependimento na manhã seguinte.

Tudo bem, então. Digamos que foi mesmo uma escapulida, que ela tenha ido se divertir. Quem seria a outra mulher, então? Sentiu suas certezas novamente caírem por terra. Não fazia nem alguns dias que ele tivera certeza de que começar pela Grécia foi um erro. E alguns dias antes, ele sentia bem lá no fundo que era ali que ela estava. E agora ele não sabia o que pensar.

– Scully?

Billie puxava seu braço e ele volta então para o ar salgado; o mar se projetando e se forjando embaixo dele.

– Sim, querida? Você tá com frio?

– A Irma quer ser minha amiga.

– Ah, é? E como você sabe?

– Ela falou. Ela gosta do nosso cabelo. Do seu e do meu.

– Você contou para ela sobre a mamãe? – Scully sentia um nó na garganta ao pronunciar as palavras. Não conseguia suportar a ideia de que uma estranha tivesse arrancado o segredo de Billie antes dele – ficou nervoso só de pensar nisso.

– Não.

– Nada, mesmo?

Ela balançou a cabeça. Deus, como ele tinha vontade de perguntar de novo, de saber o que aconteceu em Heathrow. Mas não podia pressioná-la mais, não agora.

– Boa menina.

– O que existia antes do mar?

Ele olhou para o Mar Adriático, cujo horizonte cinzento e curvado parecia afastar o céu.

– Nada, meu amor. Não existia nada antes do mar. Por quê?

– Só pensei nisso. A Irma disse que...

– Maldita Irma.

– Ela disse que nada dura pra sempre. Mas eu disse que o mar dura.

– Bem feito pra ela. Vem.

Irma estava com uma Heineken e uma dose de uísque na mesa quando eles a encontraram no saguão, ao meio-dia. O mar estava meio agitado e o saguão estava quase deserto, abafado. A maioria das pessoas estava no convés lá em cima, aproveitando o sol fraco, mas Irma resolveu ficar ali.

– Vocês são uma dupla e tanto – disse Irma.

– Billie, vai lá comprar uma Pepsi pra você. – Scully deu uns dracmas e liras para a menina e ficou olhando enquanto ela ia saltitante até o bar e subia numa banqueta.

– Me conta o que você viu no Intercontinental – disse Scully.

– Primeiro diga "por favor".

– Ah, então você vai se fazer de difícil?

– Você não faz ideia!

– Talvez você devesse dar um tempo na bebida – disse ele, com o máximo de gentileza que conseguia. – Você vai acabar se prejudicando.

– Diga "por favor" – repetiu ela, levando a garrafa aos lábios, sem tirar os olhos dele.

– Por favor.

Ela sorriu, os lábios ainda circundando a garrafa, e ele baixou os olhos, fitando as próprias mãos carnudas.

– Você não está nem aí pra mim não é, Scully?

– Eu te conheço há doze horas. E passei grande parte desse tempo dormindo.

– "Puritano". É a palavra que me vem à mente quando olho pra você.

– Você não seria a primeira a pensar isso de mim. Eu só estou querendo saber da minha mulher. Você disse que a viu.

– Eu disse? Você não acredita em mim mas mesmo assim quer saber mais.

Scully olhou para Billie, que estava usando sinais para se fazer entender pelo atendente do bar, o homem com a mancha de nascença. Tinha uma garrafa de Pepsi à sua frente, no balcão, e o homem sorria, mostrando os dentes quebrados.

– Achei que você pudesse me contar do que se lembra.

– Sabe, eu fico me perguntando.

– O quê?

Irma recostou-se, o rosto altivo, o pescoço esticado, exibindo o decote.

– Se é mesmo grande a vontade que você tem de saber. O que você faria para conseguir a informação?

Scully ficou olhando fixamente para ela. Ela enrubesceu e esvaziou o copo de uísque, fazendo uma careta que se transformou num sorriso. Ele teve vontade de agarrar aquele pescoço com as duas mãos e torcer como se fosse uma toalha.

– Você quer dinheiro, então?
– Eu prefiro uma aventura...

Ele pressionou as pontas das unhas de uma mão contra as unhas da outra.

– Essa outra mulher que estava com ela... como ela era?
– Ainda não fizemos o nosso trato, Scully.
– Que trato? O que você quer, pelo amor de Deus?
– Vem comigo até a cabine.
– Me fala aqui.
– Vamos pra cabine.
– Pra quê? Você pode falar aqui.
– Quero ver se você tem coragem.
– Alguma coisa de ruim deve ter acontecido com você na sua vida.
– E você tem esse ar de quem acaba de pisar num cocô.

É, eu estou na merda, minha cara, pensou ele.

– Vamos lá pra cabine.
– Deus do céu!
– Rápido.

Ele a conduziu pelo corredor, tentando pensar direito, mas ela estava atrás dele, tão próxima que até pisou em seu calcanhar.

– Scully, você...
– Cala a boca. Cadê a chave?

Quando a porta abriu, Scully empurrou Irma para dentro da cabine e ela caiu no chão, rindo. Ele pegou a mala e a mochila e olhou para Irma, jogada no chão, as pernas abertas, o cabelo caído sobre os olhos.

– Você é uma baita de uma decepção – disse ela.

Ele esticou a mão para pegar a calcinha de Billie na porta do banhiero mas ela foi mais rápida.

– Isso aqui fica de lembrança – disse ela, num sussurro.

Scully sentiu involuntariamente um de seus pés ir para trás. A perna. Sentiu que se preparava para chutá-la, do mesmo jeito que chutava os cogumelos venenosos no curral, no inverno, um chute que transformava em um segundo aquela porcaria em nuvem tóxica. E aí viu a expressão de medo, expectativa e triunfo no rosto dela e se sentiu imediatamente enojado. Cambaleou, parando bem a tempo, e quase caiu em cima dela.

– Seu maricas! Você não tem coragem! – disse ela por entre dentes cerrados.

Scully deu meia-volta e saiu da cabine, como se estivesse evitando uma ventania gelada.

– Ela era linda! – gritou Irma. – As duas falavam em francês. Estavam pagando a conta e saindo do hotel, Scully. Ela era tããão linda! Posso ver por que ela fez essa escolha. Eu vi as duas! Eu vi as duas!

Scully saiu de lá às pressas, esbarrando nas paredes do corredor, a voz dela perseguindo-o por todos os lados. Apoiado contra a mangueira de incêndio, numa reentrância enferrujada da parede, ouviu o som chocante de seu próprio coração, retumbando em seus ouvidos, humilhando-o com cada batida.

No saguão, Billie e o homem do bar ergueram os olhos, alarmados, curiosos. Irma gritava, a voz oca, abafada. Scully jogou suas coisas num dos bancos acolchoados e ficou ali, ofegante, de pé. Depois sentou, suando, sua mão cobrindo seu punho fechado, as mãos feito pedras sobre a mesa pegajosa.

30

Os soldados estão de pé, imóveis... *O olho bom do Quasímodo brilha, um brilho insano. Eles aguardam alguns instantes... E, então, um dos homens mais corajosos resolve arriscar...*

No convés, na brisa fresca e agradável, Billie lia sua história em quadrinhos e tapava os ouvidos com os polegares. Mas que ataque de raiva! O Corcunda saltava, praguejava, chorava, tremia e derramava o chumbo quente sobre a turba insana de Paris. Marinheiros correram até o andar de baixo, para ver o que era aquele barulho todo, e Billie continuou a ler. Era até meio engraçado. Mas Scully não estava rindo. A expressão dele dava medo.

No fim, o silêncio voltou, pássaros pousaram no convés. Ela apertava a mão de Scully e tentava não sentir o quanto seu próprio rosto estava enrijecido, parecia pegar fogo. Chumbo quente. Os sinos tocando loucamente. Ela sabia aquela história de cor, como se fosse uma música.

Algum tempo depois que Irma desistiu e calou a boca, depois que os passageiros pararam de olhar feio para Scully, que estava sentado no abrigo dos barcos salva-vidas, ele percebeu Billie ao seu lado, tentando fazer ele sair daquele estado catatônico. Lá longe, sob a escuridão do fim da tarde, a visão das rochas e das luzes – as casas de Brindisi piscando, suas luzes lânguidas, verdes e douradas – fez com que as pessoas vibrassem, debruçadas no parapeito.

Scully pegou as coisas deles e foi abrindo caminho com dificuldade até a escada que saía do convés. Foi uma espera cruel até finalmente ocorrer uma mudança nas vibrações do motor, uma espera tenebrosa, difícil, em que Scully se perguntava onde estaria Irma em meio à multidão que se empurrava. Mas finalmente a maldita porta abriu e Scully e Billie estavam entre as primeiras pessoas a desembarcar. O sol já tinha se posto atrás dos blocos sem graça dos monumentos da cidadezinha. O cais estava cinzento, tomado pelo empurra-empurra e o mau cheiro dos viajantes. Para onde quer que ele olhasse, havia pessoas se movimentando, esperando, observando, muitas delas obviamente sem um destino certo. Sob aquela luz fraca, seus rostos ficavam invisíveis, sinistros. Scully soube imediatamente, enquanto agarrava a mão de Billie e avançava, sem rumo, que não iria ficar naquela cidade. Precisava tomar um banho e dormir, e os dois queriam um lugar tranquilo para descansar. Mas Scully sabia que precisavam continuar viajando. Talvez estivesse muito nervoso ou imaginando uma ameaça que na verdade não existia, mas ele queria pegar o primeiro trem que aparecesse. Em algum lugar, ali atrás dele, estava Irma, e ela já era motivo suficiente para continuar andando.

Nas ruas estavam os mochileiros e vagabundos, improvisando o lugar onde iriam dormir aquela noite, sobre pedaços de papelão, cobertores rasgados e sacos de dormir de náilon com cores berrantes. Entre os prédios, a fumaça dos carros. Lixo fazendo barulho sob os pés. Scully continuava a andar em linha reta, seguindo o fluxo, sentindo Billie debater-se contra as pessoas, logo atrás dele. Todo mundo parecia estar indo na mesma direção, subindo o cais, então ele continuava.

– Que lugar é esse? – perguntou Billie.
– É o inferno – disse Scully.
– Não, o inferno fica debaixo da terra.
– Aqui é a cobertura de luxo do inferno, Bill – murmurou ele. – Ah, olha lá. STAZIONE. É pra onde a gente vai. Rápido, por aqui.
– Cadê a Irma?
– Lá atrás.
– Mas que ataque de raiva ela teve, hein? Fiquei com pena dela.
– Deixa isso pra lá.
– Ela é como o Alex.

Scully sentiu uma pontada de remorso ao pensar em Alex. Talvez já tivessem feito o enterro, os padres barbudos cantando, relutantes, sobre seu corpo, os gatos rondando por entre os túmulos. Há quanto tempo tinham saído de lá? Dois dias? Três?

Esquivou-se dos cambistas e artistas de rua quando chegaram na estação, com Billie agarrada a ele. Scully sibilava por entre os dentes para as pessoas que chegavam perto, como se enxotasse cães. Sentia um entusiasmo insano, uma estranha alegria quando as pessoas davam-lhe passagem, como se achassem que aquele louco iria dar-lhes cabeçadas e mordidas, se fosse preciso. A pele das pessoas era amarelada, os dentes, tortos. Parecia um asilo de lunáticos. Por cima das cabeças, as plaquinhas com tabelas de horários de chegada e partida rolavam e faziam barulho. Scully procurou um trem que fosse para o norte, qualquer um que estivesse de saída, mas só havia o trem para Roma, às sete e meia. Uma espera de uma hora e meia. Não era o ideal, mas ele trocou dinheiro e comprou duas passagens para Roma. No quiosque da banca, comprou um *Herald Tribune* de uma semana atrás. As pessoas passavam por eles, sem rumo, empurrando, avançando, gritando, cuspindo.

– Eu tô com fome – disse Billie.

– Tá bem. Vamos comer espaguete – disse Scully, erguendo-a acima daquela corrente humana. – Deus do céu. Vamos sair daqui.

Billie viu que Scully estava relaxando com a música do tocador de realejo na rua. Toda a loucura tinha sumido. Ele ficava passando um pedaço de pão num pouco de vinho derramado na mesa, sem falar nada. Estava acordado, mas quase que desligado de tudo. Ela sugou um pouco do espaguete. Não era bom como o que ele fazia. De qualquer forma, tudo para ela tinha o gosto da pomada antisséptica. Parecia que fazia muito tempo desde a última vez que ele fez espaguete para ela. Do lado de fora da janela, sob as luzes da rua, o macaco do tocador de realejo se coçou e inclinou a cabeça na direção dela. Os ferimentos em sua cabeça latejando como música.

– Que país é este?
– Itália – respondeu Scully.
– Então eles falam…?
– Italiano.
– Qual é o nome desta cidade?
– Brindisi.
– Tudo aqui é assim?

— Eu só conheço a Itália de passagem. Não. Nós ficamos em Florença uns dias, lembra?

Billie fez que não. Eram lugares demais. Estações, aeroportos, as cabeças achatadas dos motoristas de táxi. Ela lembrava de Hidra, de Paris, da casa de Alan, mas os outros lugares eram como lugares que ela via na televisão, não pareciam de verdade. E aquela casa, aquela casinha que Scully fez, parecia envolta em névoa, borrada, tremeluzindo, feito a nuvem que tomava conta de sua cabeça quando ela pensava no avião. As toalhas quentes que as comissárias traziam. A luz do banheiro se apagando. *Ela* vindo, tão bonita, pelo corredor. O cabelo arrumado para trás, perfeito. O pescoço branco, tão branco...
. . e a nuvem descendo.

— As estátuas daqui tem pintinhos — disse ela.

— Não notei. Limpa o rosto, tem molho no seu queixo.

— Por que aquele macaco não foge?

Ele olhou para o macaco vestido com uma roupa engraçada, sobre a caixa de realejo.

— Talvez ele esteja com medo.

— Ele não parece estar com medo.

— Talvez ele precise da grana — disse Scully, tentando sorrir.

Billie pensou naquelas pessoas no cais, nas ruazinhas estreitas. Pareciam aquelas que ela viu em Paris, no metrô, nos buracos por onde saía ar quente. Deitadas em caixas, em sacos de dormir.

— A gente vai ser mendigo?

— Não, querida.

— A gente não tem mais muito dinheiro, tem?

— Eu tenho um cartão — disse ele, sacando a carteira, a carteira com uma foto que ela não queria ver. Mostrou a ela o pequeno cartão plástico. – Dá pra conseguir dinheiro com ele, entendeu?

– Deviam dar esses cartões pros mendigos. Jesus daria esses cartões pros mendigos, né?

– Acho que sim. Sim. Mas eu preciso pagar o dinheiro depois. Pode ser bem complicado. Tem gente que usa demais esses cartões.

– Não ia servir pra ajudar a Irma.

Com esse comentário, ele só ficou olhando pela janela, não queria mais conversar. Seu pai tinha um bom coração, mas talvez dentro dele não houvesse espaço para Irma.

31

O trem partiu e foi engolido pela escuridão. Billie tentou se ajeitar para ficar mais confortável. Esbarrou no jornal de Scully e ele soltou um suspiro. As pessoas murmuravam. Algumas tinham travesseiros e tapa-olhos. As luzes, as casas e as estradas começaram a ficar para trás. Viajar de trem era até legal. Num trem, dava para ver que a gente estava indo para algum lugar, mesmo numa noite como aquela, a escuridão feito um túnel, você passando rápido por ela, vrum!, chacoalhando, balançando feito uma pedra dentro de um cano, feito a pedra que Billie sentia agora em seu coração, sempre que tentava pensar em algo bom, em alguma coisa de que pudesse se lembrar sem sentir medo de tentar se lembrar. Depois da nuvem. O pescoço branco, ela viu. Tão repentinamente branco como se ela tivesse lavado o bronzeado no banheiro do avião. Linda pele. As veias quando ela senta. A pele azulada de veias. Como se fosse mármore. E agora ela falava, a boca se movendo quase fechada. A pele retesada nas bochechas. O cabelo perfeito. Mas as palavras se perdiam em meio ao barulho que retumbava nos ouvidos de Billie, feito gente urrando num estádio, quando a nuvem toma conta dela, como se fosse uma fumaça, vindo pelo corredor, indo na direção delas, apagando a imagem de estátua da mãe em um silêncio cego.

Scully se escondia atrás do *Herald Tribune* para tentar pensar direito. Mas na verdade ficava analisando as sombras dos outros passageiros, imaginando se Irma estava entre eles. Sem dúvida devia estar ficando louco. Não estava indo para lugar algum, não tinha objetivo – apenas seguia em frente. Aliás, ele até invejava o espetáculo que Irma deu no navio. Chutando, gritando, batendo a cabeça nas paredes. Dar um vexame. Ele até conseguiria. Não, ele estava cansado demais. Não tinha a menor ideia do que estava fazendo. Era engraçado, na verdade. Ele só continuava a seguir. A viajar. Só por viajar. Pensar nisso até o fez sorrir.

O jornal caiu, disforme. A noite seguia zunindo. Podia ser qualquer lugar do mundo. O mero movimento do trem já era reconfortante. Billie dormia feito uma pedra ao seu lado. Viu seu reflexo no vidro, sorrindo estupidamente. Um rosto de menino refletido num balde de aço com leite dentro. O rosto de um menino que gosta de vacas, refletido na superfície oval e lisa do leite – o leite branco, soporífero, feito de sonhos.

Billie ficou um tempo acordada durante a noite, olhando as luzes passando pelo lado de fora. Aquele lugar não tinha importância para ela, não tinha nome, não era nenhum lugar que ela quisesse ver. Pareciam as paredes de um túnel, passando bem rápido. Ficou pensando na vó Scully. Se ela ia querer morar com eles naquela casinha de boneca. Lá só tinha campos e mais campos. Ela imaginava espaços tão grandes de fazer doer os olhos, com grama marrom castigada pelo vento e grandes grupos de ovelhas do tamanho da sombra das nuvens, caminhando na direção dos eucaliptos solitários. Isso ela conseguia imaginar. Ou então o degrau da porta dos fundos da casa em Fremantle, onde as lesmas faziam fila para morrer, perto da torneira. A ilha Rottnest pairando sobre o oceano feito um OVNI, ao longe. Adormeceu de novo, pensando na ilha que flutuava, como se fosse um pedaço da Austrália leve demais para ficar sobre a água.

De manhã, serviram café e pãezinhos e Scully comprou o café da manhã para os dois, mas Billie continuava a dormir, remexendo-se. Agora as cidades transformavam-se em súburbios sob a luz encardida. Era hora de lavar o rosto, tentar evitar as filas. Ficou de pé, cambaleante, e foi para o corredor. Era difícil andar por entre as pernas esticadas das pessoas que dormiam. O vagão inteiro fedia a mau hálito e café barato. Scully estava com a mão na maçaneta da porta do banheiro quando a viu pela divisória de vidro entre os vagões. Na segunda fileira, assento do corredor. Completamente bêbada. A boca aberta e mole, a cabeça para trás, uma perna esticada para fora, no meio do corredor. Manchas de rímel escorrido pelo rosto. Irma.

Ficou ali parado alguns instantes, estupefato. Sim, ela era de espantar, sem dúvida. Era quase possível admirar sua persistência – mas só até pensar nela guardando como lembrança a calcinha de sua filha.

Voltou pelo corredor, tropeçando sobre as montanhas desagradáveis de mochilas e colchões enrolados, pés envoltos em meias-calças, botas de caminhada, chinelos. O trem mudou de velocidade, chacoalhando. Pegou sua bagagem e ergueu Billie para perto do ombro. Era preciso habilidade para se movimentar pelas entranhas daquele trem, atravessando portas e cortinas de fumaça, passando por pastas, bolsas com monogramas, malas de rodinhas.

O banheiro da primeira classe era silencioso, espaçoso. Scully ficou sentado na tampa fechada do vaso com Billie ainda dormindo em seu colo, os passageiros educados da primeira classe pacientemente esperando na fila do lado de fora. Depois de um tempo, o trem diminuiu de velocidade, mas os pensamentos de Scully continuavam a voar. Precisavam sair dali correndo, pensou ele. Correndo.

A estação Roma Termini parecia uma câmara gigante de gritos e ecos, sons metálicos agudos e carrinhos de bagagem que se chocavam. Scully e Billie correram por entre a massa de pessoas e os carregadores de mala e foram em direção à sala de INFORMAZIONE, na ala central. Scully sentia-se fedorento, imundo, amassado. Varreu com os olhos a estranha tela de computador que mostrava mensagens em diversas línguas.

– *Inglese?* – perguntou uma mulher morena e magra no balcão atrás deles.

– *Oui* – respondeu Scully, ofegante. – *Si*, sim, inglês.

Viu os locais de destino na tela à sua frente.

8h10, Berna
8h55, Lyon (Part-Dieu)
7h05, Munique
8h10, Nice
7h20, Viena
7h20, Florença

Olhou para seu relógio. Eram 7h02. Demorava demais esperar o trem para Nice ou Lyon. Irma estava ali perto, em algum lugar. Som de rodinhas gemendo sobre o piso duro. No alto-falante, uma voz de homem recitava coisas em tom monocórdio. No balcão, dois mochileiros discutiam, amarelos de tanto cansaço. Precisava ser o primeiro trem que ia para o norte. Scully abriu a carteira.

– Duas passagens para Florença, um adulto e uma criança, classe econômica, por favor. Não, pode ser primeira classe.

Colocou o cartão American Express e a atendente sorriu, satisfeita.

– Pelo jeito o senhor está com pressa.
– Sim, muita pressa. Qual linha... há… qual *binari Firenze*?
– Trem EC30. O senhor vai ver o trem sem problemas.
– Obrigado. *Grazie*.
– *Prego*. Senhor? Senhor?
– Sim?
– O senhor precisa escrever o seu nome. Assinar. E o senhor esqueceu o seu cartão.
– Ah, sim, que pressa! Que férias mais loucas!

Billie revirou os olhos. Ele reprimiu um riso histérico. Devia mesmo estar perdendo a cabeça.

Quando a paisagem ficou mais suave, transformando-se em vilas, campos enlameados, árvores secas, Scully e Billie se ajeitaram em sua cabine vazia, o suor ainda sobre a pele. O estofado dos assentos compridos, um de frente para o outro, era fresco e marcado na área onde as pessoas sentavam. O ar que entrava pela janela tinha um cheiro azedo. Ele sentiu uma espécie de alívio meio embriagado quando o trem começou a ir mais rápido. O céu estava baixo, marmóreo, com tons de preto, cinza e branco, pairando sobre os choupos e as torres das igrejinhas. A terra se esticava entre muros de pedra, cemitérios, o serpentear das estradinhas. Ali, naquela paisagem, havia uma suavidade, uma segurança de cartão-postal que o tranquilizava. Como na Irlanda, na Bretanha. Naquela vez em que eles três, junto com Dominique, pegaram o ônibus para as fazendas bretãs. Scully teve a mesma sensação ao ver o lugar. Tudo o que havia para ser feito no mundo havia sido feito ali. Não era uma terra que devorava pessoas. Era uma terra domada, mansa. Na Bretanha ele achava isso triste, a perda do elemento selvagem, mas hoje, ao observar os morros suaves, as florestas simétricas, ele sentiu todo o seu corpo relaxando com gratidão só por ver aquela beleza.

Billie apertou sua mão. Ele se esparramou em seu assento, seu assento de primeira classe, e sorriu.

– Fiquei preocupada com você – disse ela.

Ele pegou a mão dela e levou aos lábios. – Ora, senhorita, muito obrigado.

– Eca! Beijo de menino!

– Rápido, chamem um médico!

E, durante um momento que durou mais do que ele acreditava ser possível, os dois ficaram rindo, pisando sobre o estofado. A sensação de bem-estar continuou mesmo depois que voltaram a ficar em silêncio. Billie pegou sua história em quadrinhos cheia de orelhas. Ele achou seu *Herald Tribune*. E o trem continuou a correr e serpentear pelos morros.

Ao sentir a velocidade do trem diminuir numa subida íngreme, Billie levantou os olhos da historinha do Quasímodo e viu uma coisa fantástica. Sua boca emitiu um som estranho quando olhou pela janela molhada de chuva: viu dois garotos montados a cavalo, galopando ao lado dos trilhos, um pouco mais atrás deles. Eram garotos, não homens adultos. O cabelo deles estava molhado e ficou dançando feito as crinas escuras dos cavalos quando eles ganharam velocidade. As árvores passavam rápido, só um borrão. Os casacos deles se enchiam de ar, o capuz batendo na nuca. Estavam descalços. Billie viu que os cavalos não tinham selas. Encostou no vidro quando eles se aproximaram. Ciganos, sem dúvida deviam ser ciganos. Sorriam, mostrando os dentes brancos. Os músculos nos flancos dos cavalos trabalhavam feito pistões. Era lindo – era tudo muito lindo, e eles a viram.

– Olha! Olha!

Scully sentou-se ereto, saindo de seu devaneio, e ver aquilo o fez esquivar-se, horrorizado. Os olhos vítreos e saltados dos cavalos. As gotas negras de lama que subiam até suas barrigas. Os pés descalços dos meninos. Eles montados, com os joelhos bem altos, os dedos segurando as crinas com perícia. Scully viu a chuva que caía de seus rostos, dos capuzes de seus casacos rústicos, e o modo como olhavam para ele, um olhar sombrio, ciente de tudo. Estavam perigosamente próximos aos trilhos. Fizeram um gesto, chamando-o, cada um deles esticando a mão suja, a palma para cima. Sorrindo. Um sorriso insano.

Scully fechou a persiana.

– Não!

Billie lutou com o fecho até fazer a persiana levantar de novo. Os cavaleiros deram um salto, um salto difícil, sobre um pequeno muro. Pareciam flechas no ar, causando uma erupção de lama do outro lado. Novamente ganharam velocidade, aproximando-se da janela de Billie. Corajosos, esticavam as mãos por cima dos trilhos que passavam voando.

– Deus do céu! – disse Scully.

Billie viu seu pai virar para o outro lado e depois voltar a olhar.

Scully viu sangue nos flancos dos cavalos, onde os galhos das árvores haviam batido. Ficou petrificado; sentia que estava escorregando, caindo. Gelado. Viu a insistência com que esticavam as mãos, o ar ameaçador no olhar deles. Mesmo na curva difícil do topo do morro, eles continuaram a cavalgar, sem medo, chamando, exigindo, implorando – até que ele fechou os olhos para não ver e sentiu o trem ganhar impulso na descida.

Billie acenou quando eles ficaram para trás, seu coração batendo forte, uma sensação maravilhosa. Uma mureta esburacada surgiu, bloqueando a paisagem, e eles sumiram. Ela pressionou a palma da mão contra o vidro frio. Scully continuava recostado, mordiscando os lábios ressecados. Billie se sentia meio zonza. Sua cabeça latejava. Ela tocou nele, mas ele recuou.

– Eram só meninos – disse ela. – Só uns meninos bobos.

Meninos metidos a Peter Pan. Só queriam se exibir. E eles a viram.

32

Bem longe dos rumores de outros lugares, dos desertos vermelhos onde nasce o calor, um vento sopra com força sobre o ponto mais alto da paisagem de picos e falésias, pressionando a vegetação rasteira com fortes rajadas. Ali, o solo está quase todo liso. A terra foi desbastada até chegar à base rochosa, até chegar aos vestígios antigos que teimam em persistir sob a força do vento que vem do continente. Pólen, gafanhotos, moscas e terra vermelha são carregados naquele calor pelas planícies, depressões e marcos passageiros até a boca brilhante do mar. E ao ver as cidades, as torres, os monumentos mutantes e desolados das dunas, o vento morre aos poucos, deparando-se com a brisa fria que vem dos oceanos, abandonando aquilo que trouxe consigo. O mar estremece e fica cheio de veias com a mudança. Nessa pausa suave, ele fica opaco com milhares de coisinhas perdidas e diminutas que rodopiam, contorcem-se, fustigam e afundam, a vários quilômetros de distância de onde saíram. Os peixes erguem-se feito faíscas das profundezas, inquietos com a mudança. Areia, folhas, gravetos, sementes, insetos e até mesmo pássaros exaustos chovem sobre os peixes, que avançam em cardumes e também sozinhos. As barbatanas inclinadas para trás devido à velocidade com que se arremetem e se contorcem, irrompem a superfície da água para engolir a riqueza trazida pelo céu, enchendo suas barrigas com os fragmentos da terra. E, atrás deles, outros surgem, brilhantes e pelágicos, deixando a água rosada com a cor da morte, atraindo os pássaros oriundos da distância invisível, os quais se chocam contra a superfície e perfuram a carne, avançando numa nova nuvem sobre o oceano. Um pouco mais ao longe, um peixe solitário, grande feito um homem, contorce-se no ar, os olhos negros de tanto medo enquanto tenta se desvencilhar de seu predador. Não há escapatória.

33

Em Florença, acharam um hotel perto do Duomo, com pisos de mosaico brilhantes e venezianas que se abriam para a ruazinha estreita. No ar da cidade pairavam a chuva e o som das buzinas dos táxis. Sinos tocavam nas torres e cúpulas. Os canos nas paredes cantavam junto. Lá de baixo vinha o cheiro de café espresso, salame e pão assado.

Scully encheu a banheira e lavou as roupas de ambos com xampu. Esfregou camisas, bateu calças jeans, enxaguou diversas vezes meias encardidas e pendurou tudo nas venezianas e radiadores para secar. Foram cada um para sua cama, nus, e ficaram ouvindo as gotas d'água caindo no chão. Ficaram um tempo só olhando um para o outro, sem dizer nada. A luz caía em listras sobre a roupa de cama. E logo adormeceram, cercados pelas sombras das roupas que secavam.

Já era tarde mas ainda era dia quando acordaram. Billie levantou primeiro. Ela se sentia alegre. Tinha a sensação de que sua cabeça estava maior. Puxou o cobertor, ajeitou-o ao redor de si e ficou sentada, vendo os passaportes dos dois. Olhando os rostos grandes, redondos e felizes nas fotos, todos aqueles carimbos em línguas esquisitas. Na foto, ela era mais nova.

Gostava do sorriso nos rostos antigos deles. Scully levantou. Ficou observando ele escovar os dentes até a pasta de dente ficar rosa. Ele não se olhava no espelho. O traseiro dele tremia e as bolas balançavam de um jeito idiota. Quando Scully estava nu, ele não ligava. Era porque ele não era bonito. Só as pessoas bonitas ligavam.

Lá fora não estava chovendo, mas a cidade estava fria, escura. Comeram macarrão com pão num restaurante *self-service*. Lá dentro a atmosfera era quente, barulhenta. Cadeiras arrastando no chão. Gente gritando e rindo.

Depois, só ficaram caminhando. Em cima de uma ponte, havia um agrupamento que parecia uma pequena cidade: africanos, negros, vendiam camisetas e relógios, estendidos sobre as pedras molhadas. Atravessaram o rio e ficaram passeando pelos belos jardins. Depois subiram num forte que parecia aquele castelo em ruínas na Irlanda. Pelos telhados da cidade, chegavam até eles os ruídos dos pombos, o som dos sinos.

Scully ficou andando com a menina, sentindo-se leve, como se a mais leve brisa fosse suficiente para fazê-lo sair saltitando de alegria. Agora tudo estava calmo entre eles. Apenas apontavam as coisas com o dedo ou com um movimento de cabeça, cada um com seus pensamentos. Scully ficou imaginando onde seria o aeroporto mais próximo e se ainda havia crédito em seu cartão American Express. Sentia-se estranhamente tranquilo. O rio Arno, lamacento, passava por baixo deles. As luzes da Ponte Vecchio acenderam quando o sol se pôs.

Trajando as roupas amassadas pela mala, passavam por italianos que pareciam ter saído de capas de revista. Saltos-

-agulha, meias-calças brilhantes, vincos marcados, casacos tão macios que dava para deitar neles e dormir. Os sapatos eram magníficos; os traseiros firmes, tanto dos homens quanto das mulheres, pareciam obras de arte. Mulheres acariciavam o cabelo de Billie com seus dedos de unhas feitas e Scully olhava para seus lábios brilhantes. *Buon Giorno.*

Billie olhou para ele, iluminado pelas vitrines das lojas. Ele estava com um ar sonhador, mas já tinha voltado à realidade.

– Um por todos – disse ela.

– E todos por um.

Antes de ir dormir, Billie cortou as unhas dos pés com a tesourinha do canivete de Scully. Ele ficou deitado na cama. As roupas estavam quase secas. Tudo o que Billie via em seu campo de visão periférico parecia brilhar. Enquanto ele ficou ali deitado, ela cortou as unhas dos pés dele também, maravilhada com o brilho do mundo.

Em cima da figueira, com Marmi Watson, que morava na casa vizinha, balançando a seu lado, Billie apontou para o fim da rua, para a figura que vinha caminhando, a maleta balançando, pernas que se cruzavam, o cabelo solto. A luz da tarde em seus olhos.

– Olha – murmurou ela, orgulhosa. – Aquela é a minha mãe. Olha só como ela é linda.

– Um por todos! – disseram os três, deitados no chão do apartamento vazio, em Paris. – E todos por um!

Rindo, totalmente bobos, no meio da bagunça, rindo sem parar.

Sob a luz fria da *piazza*, no dia seguinte, a menina não parecia tão bem. Scully não gostava do modo como as feridas agora pareciam inchadas. E pareciam continuar úmidas mesmo muito tempo após Billie tomar banho. Billie se recusava a usar o chapéu mas não reclamava de nenhuma dor. Parecia estar alegre. Ficou observando a filha dar migalhas aos pombos. Estava tentando não chateá-la com a conversa. Mas resolveu pegar uma lista de médicos que falassem inglês no escritório da American Express quando fosse ver o extrato da conta. Ficou pensando se o mofo teria voltado à casinha na Irlanda. O solstício de inverno. Como será que estavam as Slieve Blooms hoje? Sentia-se estranho. Distante de tudo. Ontem e hoje. Sem dor – quase sem sentir nada. Era como passar por um túnel, atravessar um tubo escuro, barulhento e sacolejante até chegar à luz, ainda meio confuso, sem saber se estava inteiro. A incapacidade de acreditar que havia sobrevivido.

Os sinos do Duomo reverberaram no céu, um *bowl* chinês. Olhou para cima, para a cúpula maravilhosa. Olhe aquilo! Não foi só o amor que o fez desistir da arquitetura – foram imagens como aquela, sinais que atravessaram os séculos até chegar a ele, sinais que diziam que ele devia desistir e parar de fingir. O mundo podia muito bem viver sem seus projetos de shopping centers, suas casinhas de teto solar. Se não fosse a dificuldade de alcançar a grandeza, então era a própria natureza que acabava solapando o restante do nosso orgulho. Era só pegar o carro: qualquer passeio até as Olgas, até Ayer's Rock, até uma cidade de terracota feita por cupins, até a planície branca e marmórea de qualquer deserto de sal de meia-tigela já era capaz de curar as ilusões de qualquer um. E Scully não tinha mais como acreditar em ilusões. Afinal, que mais havia dentro dele que poderia ser arrancado à força?

O escritório da American Express, perto do palácio Pitti, cheirava a flores, papel e casacos molhados. Para Scully, lugares assim eram assustadores, cheios de cerimônias. Tanto poder emanava daquelas estruturas de vidro, madeira e carpete. Filas de homens elegantes, confiantes, usando ternos risca-de-giz. O ruído lubrificado do fecho das maletas. A troca corriqueira de moedas e informações. A natureza instantânea das coisas. Como se fosse um templo pagão. Scully segurava com força seu precioso cartão plástico. Billie prendeu o dedo em forma de gancho em uma das passadeiras da calça jeans do pai. Com suavidade, ciente da impressão que causavam, enfiou um pouco mais o chapéu na cabeça de Billie para cobrir a parte pior dos ferimentos. Inibido pelo cheiro de loção pós-barba no ar, pôs a mão no bolso, em busca do talão de cheques Allied Irish e passou a mão nas partes amarrotadas da camisa. Ao seu redor, pessoas conversavam, falando em cinco línguas, comprando seguros, cheques, guias e pacotes de viagem, pegando correspondência, exibindo sua mobilidade.

Sacar o cheque, pensou ele. E rezar para ter fundos. E também conseguir a lista de médicos.

Billie esfregou as botas no carpete. Ele logo iria desistir – sentia que estava perdendo impulso desde ontem. O dinheiro apareceu na sua frente, no balcão, bem no nível de seu nariz, e ela sentiu o lufar das notas contra o rosto quente. Aquela pequena cama no sótão. Um cavalo. Um castelo.

– E um telegrama para o senhor, Sr. Scully.

Billie sentiu o joelho saltar involuntariamente. Soltou o dedo do cós da calça e ficou olhando para o pai enquanto ele abria o envelope com cuidado. O dinheiro ainda ali, no balcão, as pessoas na fila atrás deles já fazendo "tsc tsc", irritadas.

– Billie?

Ela agarrou o dinheiro e o puxou. Ele sorriu. Ela teve vontade de esfregar aquela expressão da cara dele com escova e detergente! Puxou-o para longe do balcão, mais para os fundos, onde velhos discutiam, abrindo mapas, chutando malas.

– Deixa eu ler de novo – disse ele, vagamente, mas ela agarrou o telegrama e o depositou sobre uma mesa baixa, alisando o papel.

SCULLY. ME ENCONTRE NA FONTE DO JARDIM TUILERIES AO MEIO-DIA, NO DIA 23 DE DEZEMBRO. VENHA SOZINHO. VOU EXPLICAR. JENNIFER.

Era até difícil respirar olhando para aquilo. Não apenas a parte sobre ele ir sozinho. Só a ideia parecia uma pedra caindo do céu. A crueldade daquilo. Fez o peito de Billie doer, como se tivesse tomado sopa de cebola quente demais e muito rápido, como se suas tripas estivessem cozinhando.

– Ela não devia fazer uma coisa dessas – sussurrou.

A fonte do jardim Tuileries. Em Paris. A parte que ficava perto da livraria inglesa. O cascalho branco. Onde ela catou castanhas no chão, colocando-as dentro do cachecol, fazendo uma espécie de saco. Paris. Não era justo.

Sua mãe.

As dúvidas pairavam feito sombras na mente de Scully. Os pensamentos voavam sem rumo. Explosões, faíscas, cometas de pensamento. Um aborto espontâneo, um sangramento. Telefonemas e telegramas em vão. Será que ela tinha enviado telegramas para cada escritório da American Express na Europa, tentando encontrá-lo? Será que estava com medo, desesperada, os problemas aumentando, o medo tomando conta? Será que pensava, mesmo só durante um instante, que ele não iria? Que ele já tinha dado como algo perdido. Deus do céu, será que ela estava sentindo dor e pânico como ele, ansiando até durante o sono por uma brecha naquela estática que a sufocava, sem saber de nada? Atrás *deles*? Certamente por pouco não se esbarraram. Ah, como ririam depois de tudo aquilo, da estranheza ridícula da coisa, o fato de terem agido como se não fossem nada demais os grandes e aterrorizantes saltos que deram entre fusos horários, continentes, estações do ano, línguas, espaços. Assim seria fácil esquecer o maldito perigo que vinha do fato de se movimentar, viajar. Ficar sem tocar a terra com os pés.

Seguia o rastro de sua própria mente. Talvez ela tivesse abandonado o amante. Algum encanto que se perdeu. Um engano, um erro humano que ela percebeu de repente. Mas em dez dias? Ou então algo médico, um teste de sangue, um raio-X sobre o qual ela não teve coragem de contar para ele até o momento. Na Irlanda ele estava tão isolado, tão preocupado com coisas urgentes, físicas, com sua patética solidão, por Cristo. Não estava prestando atenção o suficiente nas coisas. Devia ter ligado para ela a cada dois dias, para saber como as coisas estavam andando. Talvez alguma coisa terrível na família dela, alguma coisa que ela escondeu dele durante todos esses anos, tentando poupá-lo. Ou então... algum acontecimento inesperado, alguma nova descoberta, uma mudança, uma experiência mística, como a do apóstolo Paulo na estrada de Damasco, como dizia o pessoal do Exército da Salvação. Até mesmo algo religioso. Ou artístico. Uma luz forte e repentina, alguma sorte grande, um ataque de genialidade ou outra coisa. Quem sabe até mesmo uma explicação simples, algo sentimental, já o convenceria. E, de repente, uma lufada cáustica de ódio. Um outro homem, uma outra vida – ele realmente achava que no fundo não ligava, que conseguiria aguentar tudo. Porque tudo o que ele conseguia enxergar por mais de um segundo nas convulsões de seu cérebro era ela, na sua frente, de botas e casaco, o cachecol feito um animal enrolado em seu pescoço. Ali, na geometria árida das Tuileries. Árvores nuas, nuvens baixas. Só o vapor da respiração entre eles.

Levantou os olhos e viu Billie saindo pelas portas de vidro. Pegou o telegrama e correu para a rua, atrás dela.

– Billie!

Ela andava de um jeito mole, os braços largados na lateral do corpo enquanto caminhava pela calçada, os tornozelos estremecendo com os passos firmes dentro das botas de montaria. A atmosfera da rua estava pesada com o odor de café e charuto.

Ele a alcançou e colocou uma mão em seu ombro. Ela se esquivou com raiva e continuou a andar.

– Billie!

E se ela me quiser?, pensou Billie. Você só tem uma mãe.

– Billie, para! E o médico?

– Eu vou gritar – disse ela, a voz rouca. – Se você tocar em mim, se falar comigo, eu vou gritar e a polícia vai me levar embora. Vão me tirar de você.

Ele ficou parado, aturdido. Os carros e os paralelepípedos brilhavam sob a chuva fina que ele não havia notado. Ela enxugou o rosto na manga úmida da jaqueta e com uma força de vontade visível e marcante, aprumou-se e tirou do bolso o monte de liras que ele havia deixado sobre o balcão.

– Não fale mais nada – sussurrou ela.

E eles não disseram nenhuma palavra ao cruzar as ruas até o hotel, até a estação e até o trem noturno para Paris.

34

Scully, ainda deitado no beliche, apoiou a cabeça na mão para olhar as luzes da Riviera italiana que passavam. Os barcos pareciam estrelas solitárias na escuridão. O trem o balançava para lá e para cá dentro de cavernas barulhentas e deixavam sua pele arrepiada. Não conseguia enxergar as praias, mas nos vazios escuros, nos lugares em que não havia aço ou concreto, sentia que estavam lá. Palmeiras ao longo das estradas, longas distâncias de areia. Ondas arrebentando.

Lembrou-se daquele fim de semana em St. Malo, na Bretanha; a visão do mar depois de tanto tempo preso em Londres e Paris. O vento que soprava do canal fedia. A areia estava marcada pela maré que havia baixado. Era tão litorâneo, tão estranho. Os quatro, trajando botas e casacos, ficaram em silêncio e começaram a correr contra o vento, embaixo dos baluartes medievais da velha cidade. Naquela praia era possível imaginar tanto as Cruzadas e seus guerreiros quanto soldados nazistas. Protegida por um banco de areia formado pela maré, uma fortaleza erguia-se no mar. Não era lá um mar muito bonito, mas sem dúvida o deixava com ainda mais saudade de casa. Nas paredes sobre o canal, dentro das cavidades, havia um verdadeiro labirinto de aquários marinhos, uma descoberta que o deixou encantado. Ouvindo as três ainda caminhando, expressando sua surpresa, as vozes femininas reverberando pelas úmidas paredes subterrâneas, Scully permitiu-se ficar em cada tanque, observando os peixes que não conhecia.

Foi um bom final de semana, um alívio sair de Paris. De todos os amigos parisienses que eles tinham, era com Dominique que Scully conseguia relaxar mais. Não havia nenhuma tensão sexual entre os dois, nenhum profundo vão cultural. Naquele final de semana, ela levou a câmera Leica para todos os lugares. Para o litoral, para o estranho cemitério antigo, para os cafés e a ventania das ruas. No hotel deserto, jogaram sinuca no térreo e beberam chocolate quente e calvados. O som da veneziana sendo fechada. Bolas de sinuca caindo nas caçapas. O vento no canal lá fora. E o mar.

Scully abriu a janela do trem e sentiu o vento repentino e gelado no rosto.

Paris. Dessa vez, ele aproveitaria bem aquele maldito lugar. Dessa vez estava livre, só de passagem. E não era mais tão inexperiente. Não tinha mais de lidar com senhorios mal-humorados. Nada mais de tetos mofados e descascados em apartamentos de gente rica e pedante, nada de olhares de desprezo tipicamente franceses, olhares que ele tivera de aguentar, humilde, pensando no dinheiro. A labuta e a ansiedade trazida pelo trabalho ilegal agora era algo do passado – as noites em que passou acordado, fedendo a terebentina, os punhos cerrados, parecendo tijolos com rachaduras. Dessa vez, ele não precisava adular ninguém. Não precisava se desculpar por seu francês terrível, seu péssimo gosto ao se vestir. Não tinha motivo para não se divertir. Dessa vez, seria implacável.

Fechou a janela e sentiu o torpor agradável no rosto. Naquela noite, ele não sentia medo, só uma enorme expectativa. Qualquer coisa era melhor do que ficar sem saber nada.

Billie retorcia o cobertor perto do peito enquanto o túnel negro da noite avançava sobre sua cabeça. Olha só como ele está. Parece até o Quasímodo lá em cima, perto dos sinos. O brilho sorridente em seu rosto refletido no vidro. Os joelhos flexionados. Feito o corcunda batendo os sinos, ensimesmado, tocando sinos que não pode ouvir. Billie puxou as roupas de cama por cima da cabeça e sentiu o cheiro azedo de seu próprio hálito. O trem avançava, trepidava. Parecia querer sair dos trilhos. Ali, com o lençol entre os dentes e o cobertor feito uma cabana abafada sobre a cabeça, Billie implorou por um anjo, uma tempestade, um incêndio, alguma enorme tragédia no mundo que os salvasse do dia seguinte, que os salvasse do que estava do outro lado da neblina.

No clarão de zircônio da superfície do Oceano Índico – água de recifes, bomboras, água de tubarões –, Scully viu uma fenda. Ficou parado na lateral do navio, que fedia a sangue de peixe e suor. Observando atentamente. Um rastro, uma trilha lisa logo abaixo da superfície – talvez golfinhos. Mas o que nadava tinha membros. Ele agora via o contorno das pernas, dos braços, os cabelos flutuando feito algas. E ela surgiu sob a superfície logo abaixo dele, à sombra clara do barco, nua, brilhante, os seios fartos, a barriga enorme: Jennifer. Boiando, rindo, chamando por ele. Ele não hesitou nem um segundo. Caiu para o outro lado do barco, ainda usando suas botas e o avental pesado, as luvas sedentas sugando a água nos cotovelos, e afundou feito um pote cheio de lastro, descendo num estrondo, deixando um rastro de bolhas, até a base pálida e felpuda do recife, onde Billie o aguardava, sorrindo, o rosto desfigurado pelos tubarões, seu corpo desfazendo-se e a sombra da nadadora na superfície, passando sobre eles como se fosse o anjo da morte.

35

Com o aquecedor no máximo, chiando em vão, sentindo as mãos rígidas sobre o volante, Peter Keneally sai da estradinha gelada e para o carro. A correspondência da República da Irlanda escorrega no assento de trás. Desliga o motor em frente ao casebre de Binchy e sai do furgão com dificuldade. Ali não está tão mais frio assim. Meu Deus, o céu está opaco feito água congelada. A casinha ergue-se sob o firmamento, no morro. Pássaros deslizam pelo céu e descem até as ruínas horríveis do castelo. Uma nuvem surge por trás das montanhas corcundas.

O carteiro destranca a pesada porta verde e fica olhando enquanto ela se abre com um gemido. Já fazia uma semana que ele queria fazer isso, ficar sozinho na casa de Scully. Cheiro de mofo recente. De sabão. Tinta e massa de vidraceiro. As cortinas bonitinhas fechadas, os objetos femininos aqui e ali, sobre prateleiras e parapeitos. Ele acende o fogo na lareira e fica andando, ouvindo o som de suas imensas botas feias nas tábuas e na escada.

A pequena cama, os lençóis e cobertores dobrados, abandonados. Alguns livros. *Madeline*, *The Cat in the Hat*, *Where the Wild Things Are*, *Tintin*. Uma Bíblia grande, com ilustrações.

A tinta fresca nas paredes. Um leve cheiro de fumaça que sai de alguma rachadura da chaminé. E a cama grande toda desfeita, com roupas e produtos de higiene espalhados na pressa. Sobre ela também há livros. *O Mundo Segundo Garp* – por Deus. *Matadouro 5, Monkey Grip*. Jornais, catálogos de ferramentas.

Peter senta na cama e tira a tampa da sua garrafa de John Jameson. O uísque desce feito um punhado de pregos enferrujados. Seu coração bate mais rápido naquela casa. Ela tem aquele frescor estranho das coisas novas. Não parece mais irlandesa. A estante bem-feita perto da cama, as cadeiras lixadas, o tapete de cores vivas no chão. A casa de um homem que sabe algumas coisas, habilidoso com as mãos, atencioso. Um homem cuidadoso, direito, que sabe cozinhar e fazer todas essas coisas de mulher. Um sujeito que tem livros perto da cama, que conta histórias de Paris, do deserto vermelho, de peixes enormes que piscam. Um homem que tem uma filha, ainda por cima. Sim, ele precisa admitir que sente inveja de Scully. Essa capacidade de ir e vir. Até mesmo aquela casinha agora – ele o inveja pelo que via nela.

O carteiro levanta e abre algumas gavetas. Passa os dedos em camisas e canetas, pega uma fotografia de uma moça com cabelos negros feito carvão, o rosto plácido de um fantasma. O céu azul atrás dela. Sua mente se esvazia só de olhar para ela. Coloca a foto de volta na gaveta e senta na cama, fica olhando para as próprias botas.

Conor. Scully o faz lembrar de Conor. O Conor de antigamente. Deve ser por isso que ele gosta do homem sem nenhum motivo aparente, por isso que não se muda para aquela casinha de uma vez, toma posse do lugar como pagamento pelo trabalho que fez. Scully vive a vida de um jeito determinado, feito seu irmão antigamente. Como se fosse uma luta entre a vida e a morte.

O fogo canta na chaminé e o carteiro deita na cama, toma outro gole de Jameson e se pega pensando no Pai Nosso. Só recitando a oração mentalmente, feito um homem com medo, enquanto a correspondência permanece lá embaixo, no carro, indo para lugar algum.

Quatro

Well I loved too much
And by such and such
Is happiness thrown away...[9]

"Raglan Road"

---

[9] Bom, amei demais/ E de tanto em tanto/ É que jogamos a felicidade fora... (N. T.)

36

Sob a luz turva do dia que raiava, com o trem estrepitando languidamente para dentro do túnel de vidro e aço que era a Gare de Lyon, Scully escovou carinhosamente o cabelo da menina e ajeitou suas roupas. Com o lenço de tecido, lustrou suas botinhas marrons antes de recolocar na mala os poucos pertences que tinham. Carregadores e pequenos carrinhos de malas desviavam das pessoas na plataforma. Os pombos erguiam-se no ar, em turnos. Scully podia sentir a expectativa pulsando em suas articulações, no couro cabeludo, nos dentes. Sentia-se invencível naquela manhã, implacável. Era hoje o dia. Na fonte do jardim de Tuileries, ao meio-dia. Prepare-se, Paris!

– Daqui a pouco, depois que a gente achar um hotel, eu te levo para algum lugar. Para o lugar que você quiser – disse ele. – Você escolhe. Qualquer lugar mesmo, tá? Só você dizer.

Billie levantou os olhos, sentindo-se febril devido a tantas súplicas silenciosas, tantas preocupações.

– Qualquer lugar?

Ele vai saber, pensou ela. Ele não precisa perguntar. Ele vai saber para onde eu quero ir.

Billie sentiu o trem parando. Durante um breve momento, o mundo oscilou em seu pêndulo. Tudo ficou parado. Nada se movia dentro ou fora dela. Era como um suspiro. Billie agarrou-se àquele momento, vendo tudo brilhar.

Com o rosto voltado para o céu gelado e o suor da subida congelando em sua pele, Scully inclinou a cabeça para trás e riu. O vento puxava seu cabelo pelas raízes, estufava sua jaqueta excessivamente leve, repuxava a pele de seu rosto. Colocou as mãos nuas sobre a barreira de pedra e olhou para baixo, para a cidade inteira, cujos telhados dourados, verdes e cinzentos pareciam quase frágeis debaixo dele. Sim, Paris ainda era bonita, mas não absurdamente bonita. Lá de cima, a cidade tinha um ar mais familiar – todo o seu brilho ameaçador, todas as maravilhas decorrentes da arrogância e do esnobismo não conseguiam chegar até ali. Ao norte estava o bolo de noiva, o Sacre Coeur. A oeste, o supositório enferrujado que era a Torre Eiffel. Até as voltas monocromáticas do rio Sena pareciam simples entre os pináculos, mansardas, o cais e os agrupamentos de árvores sem copa. Era só mais um lugar no mundo. Uma cidade cujos ruídos do trânsito e cuja fumaça dos carros só chegavam até ele depois de percorrer uma grande distância.

Caminhou ao longo do parapeito, a guia turística latindo as informações atrás dele. O vento fazia seus olhos lacrimejarem, borrando a visão do retângulo esculpido que era o jardim de Tuileries, do outro lado do rio. À pouca distância da torre do sino. Logo abaixo dele. No marco zero.

Billie ficou olhando enquanto ele corria pela plataforma de pedestres, encurvado contra o vento gelado, os pombos voando diante de si. Seus braços estavam abertos: ele era um guerreiro vitorioso, uma pipa, mas o vento quase o erguia como se fosse um tecido, sob os redemoinhos de pedra entalhada, sob as gárgulas e duendes que riam. Ele não ia pular – ela sabia que ele não ia pular –, mas mesmo assim ficou meio suspenso no ar, o rosto castigado pela ventania.

As outras pessoas que iam atrás da guia já estavam de volta ao refúgio das escadas em espiral, de volta à escuridão gradual das paredes de pedra, mas Billie ficou ali com ele para ver o brilho opaco da cidade, maravilhada com o modo como ela se erguia. Todo o subsolo de Paris era um ninho de formigas: túneis de metrô, galerias de esgoto, catacumbas, minas, cemitérios. Ela uma vez havia descido até a cidade feita de ossos, onde crânios e fêmures erguiam-se nas paredes amareladas. Lá embaixo, na praça diante deles, atrás de uma entradinha pequena, estavam as ruínas romanas, parecendo um favo de mel. Os trens passavam por debaixo do rio. Havia túneis de que as pessoas não se lembravam mais. Era incrível que Paris ainda ficasse de pé com tantos túneis. A parte que todo mundo via era só metade da cidade. Sentia a pele arder ao pensar nisso. O Corcunda sabia. Ali em cima, na torre de Notre Dame, ele via como tudo era. E, de vez em quando, com os sinos estremecendo seus ossos, ele via tudo como Deus via – por dentro, por fora, por cima, por baixo –, só durante um instante. No restante do tempo ele voltava a sentir dor, a esperar, assim como Scully, chorando contra o vento.

A guia turística gritou embaixo da arcada, chamando.

Sim, dava para ver tudo dali de cima. Refúgio, refúgio, refúgio. Ela não queria sair dali nunca mais.

O hotel na Ile St. Louis era mais caro do que ele podia pagar, mas Scully achou que valia a pena se fosse só por uma noite. Durante todo aquele tempo que havia ficado em Paris, ele passava pelo hotel e ficava olhando para o seu interior aconchegante e sofisticado, a caminho de algum trabalho de pintura, já sentindo as costas doloridas por antecipação. Hotéis como aquele, com saguões confortáveis e mobília pesada, só faltavam pendurar sua cotação em estrelas na porta de entrada, feito medalhas de ouro. Puxa, você já mereceu isso na vida! E não há dia melhor do que hoje.

No banheiro diminuto, fez a barba com cuidado e o melhor que podia para arrumar as roupas. Catou os fiapos em seu pulôver, jogou um pouco de perfume Old Spice na jaqueta jeans e ajudou Billie a colocar suas novas luvas de inverno e o cachecol comprados numa banca ambulante. Ela estremeceu um pouco sob o seu toque.

— Nervosa?

Ela fez que sim.

— Hoje à noite vamos estar todos juntos. Olha só: duas camas.

— A gente podia ir para casa agora — murmurou ela.

— A gente vai amanhã de manhã. Vamos chegar a tempo para o Natal.

O rosto dela crispou-se, emocionado. Os ferimentos em sua testa estavam roxos, inchados. Esfregou um calcanhar no outro.

— A gente não precisa ir — disse ela.

— Mas eu preciso.

Ela o empurrou.

— Vai você.

— Não posso te deixar sozinha aqui.

— Você já me deixou sozinha antes.

— Ah, Billie...
— Você vai escolher ela! Ela vai te forçar a escolher! Ela disse pra você ir sozinho! Eu sei ler, tá? Você acha que eu sou burra? Eu sei ler.

Ela não queria estar lá. Ela não queria ouvir, mas bem lá no fundo uma voz baixinha dizia: você só tem uma mãe. Só uma. Sentiu as mãos dele em seu rosto quente e soube que acabaria indo.

Saíram da pequena ilha no rio e cruzaram o Sena perto de Pont Marie. No pequeno parque, depois do cais, Billie parou para olhar pela cerca de metal as crianças que gritavam e escorregavam no cascalho, o vapor da respiração delas. Ficou olhando para elas mas não reconheceu ninguém. As avós batiam os pés, impacientes. Uma bola vermelha subiu no ar. Scully a puxava pela mão e ela o seguiu, os joelhos rígidos, pela rua que dava no bairro onde moravam antes.

Scully seguia, guiando o caminho. Passaram pela Rue Charlemagne sem dizer palavra. Não havia tempo para pensar nas pedras de arenito, no pátio, no cheiro de comida sendo preparada, nas notas de piano que os estudantes martelavam no ar da manhã. Entraram no Marais, em seus becos repletos de lambretas e lojas de frutas, *delicatessens*, boutiques e açougueiros *kosher*. O ar estava pesado com tantos odores: papelão, resina, carne, flores, esmalte, vinho, monóxido de carbono. Na peixaria, Scully resistiu à vontade de tocar os peixes. Bacalhau, linguado e camarões estavam dispostos numa árvore de Natal branca, feita de gelo. As ruas apinhadas de gente. Era uma visão que o fazia se sentir alegre.

Billie puxou seu braço.

— Ei, eu preciso fazer xixi.
— Xixi? Você não foi lá no hotel?
— Não.
— Deus do céu!
— Não diz isso. A vovó disse que você esqueceu o verdadeiro significado do Natal.
— Eu vou te colocar numa caixa e te mandar de volta pra vovó se você não...
— Minha bexiga tá explodindo. Você quer discutir com a minha vagina?
— Você quer falar mais baixo, por favor?

Ele olhou para um lado e para o outro da rua e viu um café.

— Vamos.

Ergueu-a no colo, entrou no pequeno recinto cheio de fumaça e achou um banheiro debaixo da escada.

— Ali — murmurou ele, cumprimentando com um gesto de cabeça os clientes debruçados no balcão do bar. — *Messieurs*.

O proprietário, um homem gordo de brinco com cabelo cacheado e oxigenado, ergueu as sobrancelhas.

— *Et pour monsieur?*

Scully levou alguns instantes para entender. Não existia isso de banheiro gratuito. Pediu um *espresso* e ficou sentado observando os homens com cara de acabados, do tipo que tem complexo de *rockstar*. Todos tinham bigode e deviam ter passado a noite inteira na farra. Pareciam exaustos.

Seu café chegou e Billie apareceu, saindo de trás da escada.

— Eu procurei a porta que dizia *Femmes*.
— E aí?

– Mas eram todos *Homos*.
– *Hommes*.
– Não, era *Homos* nas duas portas. Tinha um homem em um dos banheiros.

Scully interrompeu o gesto de levar o café até a boca.
– Ah, é?
– Ele estava dormindo no chão. Acho que tava cansado demais pra subir a calça. E tava com uma flor enfiada no traseiro.

A xícara de café bateu com força no pires.
– Vem.

Scully deixou uns francos na mesa e a puxou para a rua.
– A partir de agora, vamos só usar os banheiros automáticos, tá bem?

Quanto mais se afastava do café, mais idiota se sentia.
– Aqueles onde a gente põe dinheiro? Aquele de moedas?
– Isso, esse mesmo.
– Lá naquele banheiro tinha música tocando, pra ninguém ouvir os peidos. E a privada dá descarga sozinha, sabia? Mas a música é o melhor de tudo.

Ela olhou para ele, sorrindo de repente, e completou:
– Acho que alguém enfiou só de brincadeira.
– O quê?
– A flor.
– Ah, meu Deus.
– Mas a flor também pode ter crescido ali. Se ele não se lavou direito – disse ela, sorrindo de um jeito travesso.

Subiram a Rue de Rivoli gargalhando, cambaleando e chocando-se um contra o outro feito bêbados.

Ali, no jardim de Tuileries, estava frio e calmo. O cascalho branco das alamedas compridas e áridas crepitava sob seus pés. As castanheiras e plátanos não projetavam nenhuma sombra. Saíram da entrada do Louvre e caminharam, nervosos, as pálpebras semicerradas, os olhos atentos. De vez em quando, diante deles aparecia uma castanheira ainda da época de sol, das árvores com folhas. Havia poucas pessoas ali. Babás correndo atrás de crianças que usavam casacos com capuz e luvas. Velhos jogando bocha. Mais perto da Place de la Concorde, a fonte erguia-se no ar feito um mastro de bandeira.

Scully varreu com o olhar os terraços de frente para o Museu Orangerie. Ainda faltavam vinte minutos. Sentia a mandíbula dolorida de tanta tensão. Ao seu lado, Billie raspava a sola das botas no cascalho, o chapéu cobrindo os olhos. Scully tirou cinco francos do bolso e pagou a entrada dos balanços. Ficou olhando a filha durante alguns momentos, vendo-a subir e descer no ar. Aos poucos, sua sensação de triunfo desaparecia. O que ele diria? Como conseguiria se controlar? Não devia assustá-la com a intensidade de seus sentimentos. Sentia-se feito uma bomba prestes a explodir. Não iria fazer inúmeras perguntas, não iria recriminá-la. Nada de chorar, de lamentar. Tente agir de maneira digna pelo menos uma vez na vida!

Scully deu a Billie dezesseis francos para ela dar uma volta no carrossel. As moedas tilintavam em suas mãos úmidas. Billie subiu num cavalo branco com cauda de fogo. Ele sentou ao lado de duas adolescentes que batiam papo e admiravam as botas de caubói uma da outra. As luzes e as cores brilhantes do carrossel criavam um borrão lívido em meio ao clarão opaco do meio-dia. Ali, no banco frio, Scully apoiava-se numa nádega e depois na outra, inquieto, virando-se de vez em quando para olhar as árvores atrás de si. Sentia-se observado. Ou então estava paranoico. Ou sei lá! As meninas que estavam ao seu lado ficaram meio incomodadas e saíram dali.

Cinco para meio-dia. Levantou e ficou andando de um lado para o outro, perto do carrossel. Deu mais dinheiro para o operador da máquina e acenou sem jeito para Billie. Seu cavalo tinha os dentes à mostra, como se quisesse morder o rabo do cavalo que estava à frente. Eram todos iguais, cada cavalo perseguindo ameaçadoramente o próximo. A música alegre e tradicional do carrossel deixava seus nervos à flor da pele.

Droga. Será que ela iria aparecer? Sim, ele havia trazido Billie, apesar das instruções claras no telegrama. Mas que opção ele tinha? Como ela poderia achar ruim tê-la trazido? Ele não sabia de nada. Havia procurado dentro de sua alma, como dizia o pessoal do Exército da Salvação. Havia ido até o fundo de si mesmo e voltado sem compreender nada. Depois de pensar em todas as alternativas, de toda a agonia, ele não sabia por que ela não havia aparecido em Shannon e nem por que resolvera aparecer ali. Fé. Agarrava-se aos últimos fiapos de fé. Em dez dias, Jennifer havia se transformado em um fantasma para ele, em uma ideia, um mistério. Mas sentia o telegrama dela contra o peito. Um sinal. Era tudo o que ele tinha para ir em frente.

Ela sairia da estação Concorde e apareceria pela entrada Jeu de Paume, delineada pela piscina clara da fonte. Era o caminho que costumavam fazer quando vinham de St. Paul, quando vinham comprar livros para Billie na W.H. Smith, do outro lado da rua. Sim, seria este o caminho que ela faria. Não um fantasma. Sua esposa. Ele a conhecia o suficiente para isso.

Naquela noite, ele as levaria a algum lugar sofisticado, tradicional. Com latão, couro, cortinas de renda. Garçons esnobes.

Escargots, carnes e aves nobres – o melhor da culinária francesa. Um bom vinho Bordeaux. Um passeio pelo cais. A volta ao mundo civilizado.

– Não tô me sentindo muito bem – disse Billie, descendo do carrossel.

Meio-dia. Scully sentia o chão esponjoso embaixo de si.

– Senta um pouco. Você ficou tonta.

Billie sentou em meio àquele mundo brilhante que girava. Sentia a pele pulsando, o sangue dentro de si fervendo. Um sino tocava dentro de sua cabeça. Viu esculturas atrás da fonte. Elas dançavam no meio do clarão liquefeito. Sentia o banco tremer feito o chão de um avião. As veias de mármore naquele rosto muito branco. Billie esticando a mão com medo de tocar e, ao mesmo tempo, de não tocar nela. Esticando os dedos para sentir a pele branca antes que ela ficasse rígida. O sorriso firme feito cimento. A pele fria. Bem ali, na sua frente, Billie vê tudo como uma nuvem de silêncio que toma conta do ar dentro do avião. Aos poucos, sua mãe se transforma numa estátua. Em algo imóvel. Algo que não absorve a chuva. Algo com olhos opacos, brancos. Com a boca aberta, sem dizer nada.

Scully viu uma pessoa com um capuz aparecer no terraço e sentiu um arrepio na pele. Esticou o pescoço e a pessoa parou de repente e depois virou, formando um borrão ao longe com o casaco escuro. Viu-a caminhar com passos largos na direção do Orangerie, andando rápido demais para alguém que estava passeando no parque. O vulto branco do rosto, um olhar rápido e, de repente, a pessoa começou a correr.

Scully agarrou o braço de Billie e saiu correndo na direção da escada do terraço. A fonte sibilava. O cascalho afundava e crepitava feito gelo sob seus pés. Sentia Billie girando e tropeçando ao seu lado, suas pernas pequenas demais para manter o equilíbrio naquela velocidade. Ela gritou, desvencilhou-se dele e caiu de quatro, deslizando sobre o cascalho no chão, mas ele não parou. Scully sentiu na espinha o golpe dos degraus do terraço, nas mãos o corrimão gelado queimava. E, assim que chegou ao último degrau, viu os ombros e o capuz do casaco abaixados, passando pela entrada que ia para a rua, para a Place de la Concorde. Então ele foi para a direita, já que sabia que a entrada do metrô ficava ali na esquina e que tinha uma boa chance de chegar lá antes dela. O cascalho escorregava e cedia perigosamente sob seus pés. Chegou à escada e desceu os degraus, pulando de cinco em cinco, mal conseguindo manter o equilíbrio. Fez uma curva, indo em direção à entrada do metrô, onde se deparou com mais escadas e portas de metal, que se escancararam quando passou por elas. Entrou naquela atmosfera com cheiro de urina e eletricidade, o som das portas do trem fechando lá embaixo. Escadas vazias, tocos de cigarro, *billets* amarelos. Ela poderia ter ido para qualquer uma das quatro direções e, além disso, também havia um trem saindo. Sentia o ar arranhando sua pele. Ficou encostado na parede de azulejos, sem fôlego, impotente.

– Você está nos matando! – gritou ele. – Nos matando!

Dois meninos trajando o que parecia ser uma paródia francesa de roupas de surfistas, subiam a escada e se cutucavam, apontando para ele. Portas abriram-se atrás dele, fazendo entrar uma onda repentina de ar fresco que deixou seus olhos ardendo e esmagou seu corpo feito uma sombra contra a parede. Uma sombra: era o que ele era.

Ali, sob a névoa fria e sufocante, Billie gritava, olhando em volta. Ao seu redor, dançavam estátuas, pássaros e sua própria voz aterrorizada. Sentiu o xixi escorrer por suas pernas, quente feito chumbo derretido, queimando-a, queimando-a completamente.

37

Scully carregava a menina pela Rue de Rivoli, enrolada em sua jaqueta jeans, lutando contra o vento que ficava cada vez mais forte. A multidão que fazia compras no Natal evitava contato, abria caminho, percebendo prontamente a expressão de desespero no rosto dos dois. Billie não falava nada. Seu rosto estava inchado devido ao choro e a algo ainda pior. O vento sacudia os toldos dos estandes que vendiam ostras e desdobrava as golas dos vendedores de plantas. Guirlandas e papéis de presente deslizavam dentro do interior embaçado de milhares de carros, parados no trânsito pesado. De frente para as portas de vidro da loja de departamentos BHV, Scully permitiu-se ser revistado, sentindo uma fúria impotente. Os guardas perceberam o cheiro de urina nos jeans de Billie e recuaram, enojados. Scully jogou a jaqueta molhada na rua e recebeu de bom grado a lufada de ar morno que vinha de dentro da loja, quando as portas se abriram diante dele.

Billie tentou levantar a calça jeans nova, mas sentia o chão escapar debaixo de si, a pele queimar. Olhou-se no espelho e viu uma menina chorona, uma bobona, uma mendiga com joelhos ralados, sem calcinha, vermelha feito aqueles incêndios nas florestas da Austrália.

Scully, com diversas calças jeans de elástico no braço, a musiquinha de Natal da loja pairando sobre sua cabeça, mulheres passando por ele com crianças tagarelas, esperava do lado de fora do trocador, esforçando-se para completar algum raciocínio – qualquer um. Calcinha, jaqueta, cartão de crédito. Palavras e coisas titubeavam em sua mente.

– Scully? – veio a voz de Billie, trêmula.

– Tudo bem aí? – perguntou ele.

Ele puxou a cortina um pouco para o lado e viu a menina apoiada contra o espelho embaçado, as calças ainda nos tornozelos.

– Não tá conseguindo levantar a calça?

Ela se virou lentamente, feito um equilibrista numa corda, e ele percebeu seu olhar vidrado.

– Eu... eu tô quente.

Scully ficou de joelhos e tocou a pele nua. Ela estava com febre. Deus, estava queimando de febre. Os ferimentos estavam feios, inchados e abertos por baixo dos curativos úmidos.

– Tá – murmurou ele. – Deixa eu te ajudar. A gente compra uma calcinha pra você na saída.

Tinha quase subido toda a pequena calça jeans quando sentiu uma sombra atrás de si, o arfar de alguém levando um susto. Virou rápido e viu uma mulher com a mão na boca. Viu o rosto dela ficar vermelho e terminou de subir a calça de Billie. Fechou o botão de pressão sem olhar para baixo. Tentou dar de ombros, adotar um ar despreocupado, sorrir de um jeito paternal e amigável, mas a mulher deu meia-volta e se foi. Scully cerrou os dentes e terminou de arrumar a filha de cara amarrada. Pegou Billie nos braços e foi para o caixa.

38

Enfrentam a ventania da Rue de Rivoli juntos, encurvados como uma única árvore. Roupas e sacolas de compras agitam-se loucamente ao vento. Eles deslizam, cruzando a porta lúgubre, cegos, sem sentir dentro de si o calor do amor. Ela sabe para onde estão indo. Ela sabe tudo que é preciso saber sobre eles, do mesmo jeito que os mortos sabem tudo sobre os vivos. O vento deixa seus mamilos e joelhos arrepiados, deixa gelada a ponta de seu nariz, e ela vê sua própria vida fraquejar sob a estranha luz vespertina, tentando decidir quando irão parar, quando "basta" é "basta", perguntando-se por que dói precisar assim de alguém.

39

Um telefone. Era a primeira coisa que tentariam achar. Achar um telefone em algum lugar, naquela ventania. Dominique devia estar em Paris. Ela sem dúvida devia ter um médico de confiança. E poderia traduzir para ele. Deus, Scully, como você deixou isso acontecer?

As ruas estavam congelando, os paralelepípedos começavam a ficar escorregadios. Mendigos se arrastavam para fora da saída dos edifícios e se dirigiam para o abrigo da estação de metrô. Ele sente a mão enluvada de Billie mexendo de leve perto de seu rosto. Sons de buzinas nas ruazinhas estreitas do Marais. Scully conhece um lugar ali, um bom hotel.

Entrou pela porta embaçada do restaurante Le Petit Gavroche onde peixinhos dourados ainda nadavam em um aquário redondo no topo de um barril de cerveja. O homem atrás do balcão o cumprimentou de um jeito evasivo, tentando reconhecê-lo. As pessoas iam e vinham. Scully passou pelo balcão de zinco penetrando na névoa azul da fumaça de cigarro e achou uma mesa perto do telefone público. Sentou Billie, afrouxou um pouco suas roupas e colocou as sacolas de compras perto dos pés dela.

O lugar estava cheio da clientela habitual, em sua maioria trabalhadores braçais no horário de almoço. Escoceses, irlandeses, luxemburgueses. O pessoal que trabalhava em troca de dinheiro vivo. Homens rústicos sem documentação, motoristas de caminhão, estudantes e algumas prostitutas velhas, com grandes sorrisos e cílios postiços, que pareciam corvos mortos. O lugar de Scully. Tinha ouvido muitas histórias ali. A comida não era lá essas coisas, mas a cerveja era barata e sempre havia alguém solitário ou bêbado o suficiente para conversar com você.

Scully pediu dois chocolates quentes e sentou para tentar lembrar o telefone de Dominique. Cancelou o chocolate de Billie e pediu para substituírem por uma limonada. A menina ficou sentada com ar meio sonhador, tentando tirar as luvas. Não, ele não conseguia lembrar o número. Tirou do suporte o catálogo telefônico que estava caindo aos pedaços e o folheou. Sim. O que estava acontecendo com ele? Uma coisa tão simples de lembrar. Deus do céu, sua mente já era.

Ficou de pé, enfiou uns francos no telefone e discou. Do outro lado, o telefone tocava e tocava mas ninguém respondia. As bebidas chegaram. Billie bebeu, sedenta. Ele levantou e telefonou mais uma vez, novamente sem que ninguém respondesse. Que droga! Isso significava que ele precisaria ligar para Marianne. Não havia mais ninguém. Discou o número.

– *Allo, oui?*

A voz grave e familiar. A voz de Marianne tinha o timbre parecido com o de uma diva de cinema dos anos 40. Ele fez uma pausa, hesitante.

– Marianne, aqui é o Scully.

– Scully? – agora o tom melífluo havia desaparecido um pouco. – Meu Deus, Scully, onde está você?

– Por acaso, estou bem perto.
– *Comment?* Scully, o que você disse?
– Marais. Estou no Marais.

Houve uma pausa bastante longa do outro lado, como se Marianne estivesse esticando o braço para desligar alguma coisa – a cafeteira, o computador, o som. Scully viu Billie levando à boca a casquinha que havia se formado ao redor da tampa do pote de mostarda.

– Mas... mas que surpresa – disse Marianne, num sussurro.

– Olha, desculpa ligar assim de repente, mas eu queria saber se eu podia dar um pulinho aí.

– Não, não é possível – murmurou ela. – Você entende, não é? Eu tenho que trabalhar...

– Sim, claro, mas escuta...

Ela desligou. Ele ligou de volta. Ocupado. Deixou-se cair de volta em sua cadeira. Mas que diabos foi isso? Ele sabia que Marianne não ia muito com a sua cara, mas sempre foram muito educados um com o outro. Ela parecia agitada, incomodada. E hostil.

Tomou um gole de café.

– Você não parece estar muito bem – disse Billie.

– Meu Deus, olha só quem fala.

– Não fala assim!

O vulto do casaco tremulando ao vento, descendo a escada. Um casaco com capuz. Um vulto, mas não um fantasma – uma pessoa de carne e osso. Eu apareci e *alguém* me viu. Jennifer ou outra pessoa. Alguém que foi no lugar dela, talvez. Para saber se eu iria mesmo, para ver se eu estava em Paris. Dominique? Não, ela era uma pessoa decente, não faria aquilo.

Ela teria falado com a gente. E ela nunca me pareceu alta daquele jeito, tão ágil. Mas Marianne. Marianne não gosta de mim. Ela não teria problema nenhum em me tratar mal. Na verdade, acho que ela até iria gostar. Será que todo mundo está envolvido nisso? Por que mandar uma mensagem e não aparecer? Será que estavam brincando com ele?

Billie lambeu o suor sobre seu lábio superior.

Todos esses casos nos jornais. O sujeito que sai para comprar cigarros e nunca mais volta. Crianças desaparecidas. Pessoas vivendo no limbo durante anos, sempre esperando o telefone tocar, a porta abrir, um rosto aparecer no meio da multidão na TV. Cada envelope trazendo consigo uma esperança absurda. E todo esse tempo esperando, implorando um *coup de grâce*, o último golpe de misericórdia capaz de pôr fim ao desespero. O alívio macabro de ver os corpos molestados e mutilados de seus entes queridos finalmente descobertos num terreno baldio, finalmente deixando de lado a esperança que os envenenava, finalmente livres.

Será que iria ser assim? Passaria a vida esperando o telefone tocar? Não. Ele faria o que fosse preciso. Ele mesmo descobriria. Não ia ficar sentado, esperando quietinho. Uma ova! Bem lá no fundo da alma, ele sabia que havia cruzado uma linha, ultrapassado uma barreira que não compreendia. Ali, quietinho, num café ruim, uma xícara de chocolate morno sobre a mesa. Não. Estava apavorado, cansado, irritado demais para ficar esperando quietinho.

40

Na Rue Mahler, Scully caminhava contra o vento, sentindo-o penetrar em suas pálpebras e em sua boca, assobiando em seus molares. Caminhava com Billie pelas pedras escorregadias sem levantar direito os pés. Empurrou a opulenta porta cinza com o ombro, entrando na atmosfera gelada e calma do pátio de Marianne.

As luzes estavam acesas no terceiro andar. O coração de Scully batia com força. Sentia o vento frio como metal em sua pele.

– Não vai sobrar nada! – murmurou ele.

Billie estremeceu e ficou quieta.

No saguão de entrada, com seu cheiro de correspondência e cera, apertou o botão do interfone com força a ponto de sentir o próprio osso por baixo da pele adormecida. Suas luvas de vinte e cinco francos estavam duras, úmidas.

– *Oui, allo?*

– Sou eu de novo.

Nada. Só estática. Uma nevasca saindo do alto-falante. Olhou para baixo, para suas botas, ainda sentindo na espinha o frio do lado de fora, viu os olhos febris de Billie, seu rosto pálido.

– Está frio aqui embaixo, Marianne. E eu trouxe a Billie comigo.

Passaram-se longos e terríveis segundos e a porta finalmente abriu. Pegou a mão enluvada de Billie e subiram pelo elevador, em silêncio. Ele conhecia bem aquela pequena caixa vermelha. Lembrou das vezes em que desceu por ela com Jennifer, os dois completamente bêbados, rindo feito crianças.

Quando chegaram ao andar de Marianne, a porta já estava aberta. Seu cabelo farto e avermelhado estava solto e ela usava sapatos pequenos, de cadarço, e um moletom preto. Ela olhou para ele fixamente, com um sorriso firme.

– Scully, você está...

– Péssimo, eu sei.

Ela ofereceu os dois lados do rosto para que ele beijasse, no típico gesto cortês, e pôs a mão na cabeça de Billie com ar solene. E então os três ficaram ali de pé, constrangidos, no corredor.

– Nós somos adestrados, Marianne. Pode deixar a gente entrar.

Ela hesitou um pouco, mas deu meia-volta e entrou. Scully foi atrás dela, atravessando o piso lustroso de madeira e entrando nos domínios de Marianne, seu reino com ar aquecido e empregados. Os dois persas gordos de Marianne correram para se esconder. O apartamento tinha cheiro de cera e tinta a óleo das pinturas abstratas, marrom-avermelhadas, enormes, penduradas nas paredes brancas. Enquanto passavam pela sala, Scully não resistiu e passou a mão no reboco das superfícies. Foi seu primeiro trabalho em Paris, aquele apartamento. Ficou perfeito. Ele trabalhou feito um cavalo e ganhou uma ninharia, o que acabaria sendo o padrão durante toda a sua estada ali. Mas os clientes eram amigos, os novos amigos de Jennifer, e ele queria muito agradar. Porém, às vezes, se perguntava se o preço barato que havia cobrado não acabou gerando problemas. Antes, Marianne era mais simpática com ele – efusiva, até. Mas depois da pintura, ela esfriou. Scully ficou semanas tentando adivinhar o que ele havia feito de errado. A pintura ficou ótima, mas será que ele havia espirrado tinta sem querer? Será que tinha arranhado o chão, urinado no assento do vaso? Não falaram nada – nem mesmo fizeram gracinha com o fato de ele ser um brutamontes sensível, com jeito para as coisas. Sem dúvida foi o preço que ele havia cobrado. Ela não ficou ofendida – Scully sempre deu a entender que sabia que ela e Jean-Louis eram cheios da grana –, mas era como se ela pensasse que ele esperava alguma coisa em troca. Então, a frieza parisiense de Marianne ganhou um verniz de cautela. Ele achava que ela o considerava um otário, um fracassado. Não só um trabalhador braçal: um trabalhador braçal barato. A Europa era de deixar o cabelo em pé!

– Eu aceito um café. A Billie vai de chocolate quente – disse ele, em tom alegre. – Ela está meio doente. Você lembra da Marianne, não lembra, Billie?

Billie fez que sim. Marianne ficou parada, perto das grandes janelas vazadas, a boca contraída num sorriso. Seu corpo parecia feito de diagonais – o nariz, os quadris, os seios, os lábios. Nem um pouco parecida com Jean-Louis, que fazia mais o tipo corpulento, com linhas que lembravam os carros da década de 40. Jean-Louis era mais agradável, mais suave, tanto em forma quanto em temperamento.

Não que Scully tivesse antipatizado com Marianne logo de cara. Ela era inteligente, divertida e parecia ter um interesse genuíno por Jennifer. Até havia lido seus poemas, mostrado para outras pessoas. Trabalhava numa revista chique, conhecia gente famosa. Seus amigos eram profissionais bem pagos de classe média, bonitos, curiosos, muito diferentes das pessoas que ele havia conhecido antes. Para Scully, era uma aventura conhecer aquelas pessoas. Jean-Louis sentia aquele típico fascínio romântico dos europeus por lugares e pessoas selvagens. Defendia o direito da França de testar bombas nucleares no Pacífico e ao mesmo tempo ficava vermelho de raiva ao pensar que alguém fazia sopa com rabo de canguru. Scully gostava de chocar Jean-Louis e seus amigos com histórias caipiras, fazendo chacota de si mesmo, de seu país. Coalas com clamídia, as glórias do sapo-boi. A maravilha que era a grade de alumínio no parachoque dos carros, própria para colisões com cangurus. Durante um tempo, ele se sentia quase um personagem exótico nas festas de Marianne, mas fazer o papel do *Ignoble Savage* acabou perdendo a graça. Com Jean-Louis ele manteve um relacionamento afável, sem nenhuma intimidade. E também manteve um relacionamento diplomático e respeitoso com Marianne, por causa de Jennifer. As festas ficaram chatas. Na maioria das vezes, Scully ficava rondando as estantes, folheando livros de arte, e eles o deixavam em paz. Quando Dominique chegava, ele relaxava um pouco mais e se juntava a eles. E o vinho também era um consolo. Ele não tinha como beber aquele tipo de vinho, morando em um apartamento emprestado.

– Eu ponho a chaleira no fogo, que tal?
– Scully, eu estou ocupada.
– Ocupada até para tomar um café?

Ela suspirou e foi para a cozinha branca. Ele percebeu que ela mancava.

— Machucou a perna?

— Não foi nada. É que eu fico sentada em cima da perna. Vou acabar tendo varizes.

— Eu mesmo quase quebrei a perna hoje.

— Pelo jeito as coisas não vão bem. Você parece que está fora de si, Scully.

— Ah, eu estou.

— Foi você que fez isso com a Billie? — perguntou ela, enchendo a chaleira. As mãos dela estavam trêmulas, desajeitadas.

— Você está falando do rosto dela? Marianne, ela foi mordida por um cachorro. É por isso que eu...

— Em Paris?

— Em... — começou ele, mas parou a tempo. — Não importa onde.

— Ela está parecendo... *un fantôme*. Um fantasma.

Marianne apoiou-se contra a superfície ofuscante do balcão, olhando para Scully, avaliando-o. Billie entrou na cozinha e seguiu os gatos com os olhos.

— Quero fazer xixi — murmurou Billie.

— No fim do corredor — disse Scully. — Você lembra onde é.

Ficou olhando Billie ir até o banheiro.

— Não posso te ajudar, Scully. Você sabe que eu nunca gostei de você. Uma mulher como aquela com... *un balourd* feito você.

— Não vou nem fingir que sei o significado disso.

— Não, você nunca finge. A virtude das pessoas simples.

— Me fala sobre o que aconteceu no parque hoje.

A risada rascante de Marianne era só um som tímido naquela cozinha tão branca e espaçosa.

– Scully, você está ficando louco.

– É. Eu estou cansado, agressivo, desesperado.

– Eu posso ligar pra polícia. Lembre-se que você é um estrangeiro.

– Ah, eu lembro, sim.

Marianne pegou um maço de Gauloises e acendeu um, trêmula. E sorriu.

– Anda, diz qual é a graça, Marianne.

– Ah, Scully, você é que é a graça.

Ela deu uma forte tragada no cigarro e soltou a fumaça na direção dele.

– Pelo jeito você está completamente sozinho.

– Então você sabe.

– Scully, você é a própria imagem de um homem desesperado. Eu nem preciso *saber*.

– Onde ela está?

– Se eu soubesse, você acha que eu iria te dizer? *Mon Dieu!*

A água na chaleira começou a fervilhar.

– Você está se divertindo, não é?

– Ah, sim.

Scully sentiu um arrepio desagradável na pele e uma fúria fria tomar conta de si.

– Eu suspeitava que você fosse uma pessoa maldosa, Marianne, mas eu achava que lá no fundo você talvez fosse humana.

Ela riu.

– Por favor, escuta. Tenta entender – disse ele, sem fôlego. – Me esquece. Esquece a Jennifer, o bebê, tudo isso que está acontecendo comigo. Eu estou com uma criança doente...

– Bebê? – disse Marianne, deixando escapar a palavra de seus lábios brilhantes. – Ela está grávida?

– Então ela não te contou.

Marianne fez um gesto evasivo com a mão do cigarro.

– O corpo é dela, Scully.

– Claro que o corpo é dela. Você acha que por acaso eu preciso de uma lição sobre política sexual? Será que eu preciso pedir permissão pra poder ficar morto de preocupação? Eu não liguei pra polícia, não liguei para nenhum detetive, resolvi ir com calma, obedecer as regras do jogo. Mas eu já estou de saco cheio desse joguinho, você ouviu bem?

Chutou uma banqueta que girou até a parede, se chocando contra ela, e deixando cair todos os utensílios de cozinha que estavam presos em seus ganchos, fazendo um barulho terrível. Viu seus próprios punhos tão fechados a ponto de ficarem brancos; viu Marianne encolher-se. Pensou em Mylie Doolin, nos homens que sempre faziam coisas assim. Ela estava com medo e ele sentiu o poder que tinha. Lembrou-se de Irma, no navio. Ah, sim, ele era capaz de qualquer coisa – não era diferente deles.

– Eu sempre achei que você batia nela, Scully – disse ela, a voz débil, e depois completou, com ar mais desafiador: – O típico trabalhador braçal em meio a pessoas de classe mais alta... casado com uma mulher encantadora que espera uma vida melhor. Você batia muito nela, Scully? Era bruto com ela na cama? Você a maltratava, Scully?

Scully forçou-se a colocar as mãos nos bolsos. A água na chaleira agora estava fervilhando. Scully sentia os tendões de seus braços cada vez mais rígidos ouvindo Marianne falar, vendo-a humilhá-lo, tragando o cigarro.

– Você gosta de bater nos outros, não é, Scully? Me conta o que houve com o seu rosto, essa coisa triste que é o seu olho. Parece um animal, até.

Scully ouviu o barulho da descarga e deu graças a Deus por Billie não ter ouvido nada daquilo. Pelo menos daquilo ele a havia poupado.

– Pra você isso é só uma brincadeira, não é? – disse ele, a voz presa na garganta. – Como se... só fosse isso, o tempo todo. Uma mera diversão. A moça australiana, tão peculiar, de pele clara e roupas desbotadas de sol, cheia de sonhos e esperanças, olhando pra você como se fosse uma rainha ou sei lá o quê. A sua turminha de artistas convencidos e seus sotaques maravilhosos. Você não levava ela a sério. Resolveu fazer amizade com ela só por diversão, pra ver o que acontecia.

– Você era uma pedra, uma âncora no pescoço dela, Scully, e agora você vem me culpar...

– Eu não te culpo por nada, a não ser por não se importar em dizer a verdade a ela. Eu ouvia o que você dizia, Marianne. Na frente dela, você era cheia de elogios, deixava ela toda animada, dizia que ela era genial, mas quando ela virava as costas, você ria. Ela era a outra selvagem. Só que ela não percebia. Nem mesmo depois. Ela estava animada, impressionada demais. Você acabava com ela e ela ainda te agradecia por isso.

Marianne suspirou.

– Por que você veio para a Europa, Scully?

– Por causa dela – disse ele. – As duas vezes.

– Muito comovente – disse ela, em tom de descrença.

Não, pensou ele, é muito patético, isso sim.

Os dois levaram um susto quando o telefone tocou. As mãos de Marianne agarravam firme o balcão da cozinha, as unhas brilhantes. Ela deixou o telefone tocar até a secretária eletrônica atender. Scully reconheceu a voz.

— Por que você não atende? — murmurou ele.

— Estou com visita — respondeu ela, por entre dentes cerrados.

A mensagem deixada era um sussurro apressado, o francês rápido demais para ele entender.

Dominique. Scully esticou o braço para atender mas Marianne deu um chute na tomada e desconectou o aparelho.

— Ela não precisa falar com você.

Scully recuou, deu um passo para trás, os punhos cerrados. Viu uma veia pulsando rápido no pescoço de Marianne. E aí Billie apareceu atrás dele. Abraçou-o por trás, pela cintura, e a temperatura que emanava dela atravessou suas roupas e chegou até ele, através de sua fúria.

— Marianne, eu preciso de um médico. Eu vim aqui porque Billie está com febre. Será que você pode, *por favor*, me dar o telefone de um médico? Alguém que fale inglês, de confiança.

Marianne ficou ali parada durante alguns instantes, os braços cruzados, como se tentasse se acalmar. Scully sentia-se zonzo de ódio. E estava quase desapontado quando ela enfim esticou o braço até o fichário rotatório de mesa e começou a folhear as fichas, com mãos trêmulas.

— Eu falo com ele — murmurou ela. — Vai ser mais rápido pra você.

— Obrigado — disse ele, incapaz de se conter.

41

– O senhor viu os documentos do cachorro?

O médico já estava com a seringa preparada. Billie estava deitada na mesa com o rosto virado para o outro lado. Scully estava ao lado dela com a mão sobre sua nuca quente.

– Sim.

– O senhor sabe ler grego?

– Havia um grego comigo.

– Isto aqui é floxacilina – disse o médico, batendo de leve na seringa, seus óculos prateados refletindo a luz. Ele tinha sotaque americano, mas sua linguagem corporal era europeia. Até fazia o biquinho dos franceses ao falar. – Isto aqui deve resolver, junto com os comprimidos. Quando foi que ela tomou a vacina para tétano?

– Aos cinco anos de idade. Eu tenho o certificado da vacina.

Billie respirou fundo e apertou sua mão. Scully sentiu o suor grudar no cabelo dela.

– Pronto, Billie. Não foi tão ruim, foi? Vem, o papai te ajuda com a calça.

Billie voltou a deitar de costas, lutando contra as lágrimas.

— Ela é valente — disse Scully, para que ela se sentisse melhor.

— Vocês são da África do Sul?

— Não.

Scully beijou a mão dela e deixou que ela ficasse deitada um pouco, enquanto o médico guardava os apetrechos na bandeja.

— Faz cinco dias que isso aconteceu, então?

— Sim. Precisei usar os curativos esterilizados.

— Bom, podia ter sido pior. Ainda bem que o corte maior fica acima da linha do cabelo.

— É.

— Me passa o seu endereço de novo — disse o médico, perto da mesa.

Scully ficou repentinamente desconfiado e deu seu endereço antigo, na Rue St. Paul.

— O senhor enxerga desse olho?

— Na maioria das vezes.

— Como aconteceu? — perguntou o médico, trazendo novos curativos.

Billie contorceu-se quando ele limpou a secreção transparente que saía de seus ferimentos inchados.

— Acidente de trabalho — disse Scully. — Num barco.

— Ah.

Pelo jeito o imbecil do médico não estava acreditando.

— E com o que o senhor trabalha?

— Sou construtor.

— Então o senhor tem uma *carte de séjour*, imagino.

Scully sorriu. O médico lavou as mãos e tirou os óculos. Inclinou a cabeça e disse, com ar grave:

– Que tal vir aqui de novo amanhã?
– Imagino que você esteja com o horário lotado, já que estamos perto do Natal.
– Não, amanhã está ótimo.
– Sem problema – disse Scully, ajudando Billie a descer da mesa.

O médico entregou-lhe a receita. Suas mãos eram macias, com unhas feitas. Scully pegou os documentos todos e só de olhar para a cara do sujeito já entendeu tudo. Não seria uma consulta amanhã. Ele acha que foi você, Scully. Os ferimentos, os joelhos ralados. Acha que você não presta, que não é um bom pai. Mas será que ele estava mesmo errado em pensar aquilo? Será mesmo?

– Há uma farmácia na esquina. Depois de tomar o remédio, vá direto para a cama, hein, menininha? Beba bastante líquido. A enfermeira vai marcar a sua consulta.
– Até amanhã – disse Scully.
– *Au revoir*, Billie.
– *Au revoir* – sussurrou ela, nos braços de Scully, apoiada em seu quadril.

Na recepção, Scully apresentou seu cartão de crédito e a francesa de uniforme engomado e coque grisalho fez um telefonema para verificar se ainda era válido. Scully apoiou Billie contra o ombro e ficou nervoso ao ver a mulher com ar concentrado, olhos contraídos. Ela desligou o telefone, abriu uma gaveta e pegou uma tesoura.

– Este cartão foi cancelado, "Sr. Scully".
– Não, não, ele é válido até novembro do ano que vem.

Ela cortou o cartão ao meio. Os pedaços caíram com um clique sobre a mesa.

– Que diabos você está fazendo?

Scully avançou sobre a mesa, agarrando as duas metades do cartão.

– Comunicaram que o cartão foi roubado – disse ela, afastando-se, segurando a tesoura à sua frente.

– Não pode ser! Só eu posso fazer isso! Vai se ferrar!

– O senhor tem algum documento de identificação aí, não?

– Tenho o meu passaporte. Espera, está aqui...

Scully já tinha quase dado o passaporte para a mulher quando viu o ar de satisfação em seu rosto. Percebeu na mesma hora o quanto estava sendo idiota. Andou para trás, esbarrando numa fileira de pacientes que esperavam, e abriu caminho, dirigindo-se para a saída.

Ao fim daquele triunfante dia em Paris, Scully acendeu três velas deformadas no cinzeiro da mesinha lateral da cama e ficou observando sua filha, que tremia feito um cachorrinho debaixo do cobertor. O cabelo dela estava achatado por causa do banho, a pele parecia de cera sob a luz amarela. Seu tronco ardia de febre, mas as mãos e os pés estavam frios, as unhas azuladas. Ficou apavorado ao vê-la assim.

– Meu Deus. O que foi que eu fiz com você?

Ela abriu os olhos.

– Nada – disse ela. – E não fala o nome de Deus em vão.

O vapor sibilava nas paredes, murmurava no aquecedor. Billie voltou a fechar os olhos e dormiu.

Scully comeu um pedaço de pão com queijo e abriu uma garrafa de vinho tinto barato, com gosto de água suja. Sobre o edredom, à sua frente, um montinho de notas amassadas. Francos, liras e dracmas – o suficiente para alimentá-los durante alguns dias, para comprar comida nas espeluncas que vendiam cuscuz marroquino e nas *friteries*. Ele ainda tinha metade de um *carnet* de bilhetes de metrô, um talão de cheques irlandês e algumas roupas sujas. Fedia a suor, a medo e a frustração. Seu olho ruim revirava loucamente. Em algum momento, o pessoal do hotel acabaria percebendo que seu cartão de crédito era inválido. Estava ferrado.

Pensou em voltar à casa de Marianne, implorar por ajuda. Sem agressividade. Só iria humilhar-se, arrastar-se pelo chão. Ou então simplesmente roubaria a desgraçada. Simplesmente arrombaria a porta e sairia pegando coisas que depois poderia vender nos mercados das pulgas. Mas jamais conseguiria passar pelos seguranças. Além disso, ele nunca roubou nada na vida, sem dúvida iria acabar sendo pego.

Tentaria ligar para o escritório da American Express. Para saber o que houve. Procuraria Dominique. Pelo modo como Marianne agiu, sem querer que ele falasse com ela, talvez Jennifer estivesse na casa de Dominique. Bom, mas ninguém atendia, nem mesmo agora. Talvez Marianne só estivesse tirando sarro da cara dele, prolongando a crueldade com aquele fingimento de tirar o telefone da parede. Eles acabariam achando uma solução. Alguma solução haveria de ter. Não era possível!

Tomou um grande gole de seu vinho de oito francos e fez uma careta. Poderia estar de volta à Irlanda amanhã à noite. O vento triste, a turfa queimando na fogueira, o vale estendendo-se até o horizonte pela janela. Pete-Carteiro aparecendo para tomar um *pint* e conversar um pouco.

Dominique o ajudaria. Bebeu mais vinho. Ela tinha bastante dinheiro, um fundo fiduciário ou algo assim, que permitia que ela se dedicasse à fotografia. E tinha bom coração. "Ela tem coração mole", disse Marianne certa vez, com desdém. Lembrou da exposição de Dominique, na Ile de la Cité. Scully chegou muito atrasado, com manchas de tinta na roupa, e as pessoas se afastavam, dando passagem, pensando que ele era uma espécie de pintor bem diferente dos outros. As fotografias de Dominique eram atmosféricas, com mulheres em quartos nus, iluminados pela luz das janelas. As mulheres tinham um olhar determinado, confiante. Faziam Scully se lembrar de sua mãe. Marianne comentou meio de canto de boca que as imagens eram *suaves demais*, como se isso fosse um sinal de fraqueza, mas Scully gostava delas. E Jennifer achava que eram absolutamente geniais.

E ficou repetindo isso diversas vezes, durante quase todo o ano seguinte. Que os outros eram gênios. Que tinham um dom, que eram fantásticos, estavam à frente de seu tempo, eram especiais. Scully começou a se perguntar por que ela não achava que já bastava as pessoas serem boas naquilo que faziam. Era algo que ia além de ver a qualidade dos outros. Todo esse papo de genialidade deixava evidente seu fracasso, sua mediocridade. E também o fracasso e mediocridade dele. Quando estavam em Paris, ela às vezes ficava olhando fixamente para ele, como se quisesse enxergar algo além do velho Scully de sempre. Aquilo o deixava nervoso, aquele olhar. Não era o olhar tranquilo que ela lhe lançava quando estavam na faculdade, no começo. Era um olhar que o deixava desconcertado. Ele colocava as mãos nos bolsos e erguia as sobrancelhas, implorando silenciosamente, em vão, para ver um cintilar de reconhecimento nos olhos dela. Mas ela simplesmente continuava a fitá-lo, piscando de vez em quando, como se ele fosse uma árvore na janela, algo que a impedia de ver um mundo mais bonito lá atrás.

Ele até falou sobre isso com Dominique, sobre aquele olhar.

– Ela está animada – disse ela. – Só isso.

– Sim – concordou ele.

Talvez fosse só isso mesmo.

Desde o começo, Dominique correspondeu às atenções de Jennifer. Viu as duas ficarem amigas, daquele jeito civilizado e cerimonioso que os franceses e ingleses tinham. Sentia-se bem-vindo no enorme apartamento de Dominique, na Rue Jacob, e via que Dominique se esforçava para não se irritar com Billie, cuja energia animalesca parecia assustá-la. Billie não era a típica criança-enfeite a que aquela gente estava acostumada. Billie, dizia ela, era muito direta.

Scully viu fotos da casa que ela tinha na Ilha de Man, de sua casa flutuante em Amsterdã, de cavalos e de mulheres que ele não conhecia. Era calmo, aquele apartamento. Ele iria lá amanhã de manhã, seria a primeira coisa que faria. Colocou com força a garrafa de vinho barato na mesa e ouviu o barulho de uma cabeceira batendo contra a parede, em algum quarto vizinho. Uma mulher gemia. Terminou de beber o vinho e ficou ouvindo a mulher gritar, faminta, e então Billie abriu os olhos durante alguns segundos, fitando-o com raiva, e depois voltou a dormir.

Billie podia vê-lo, pendurado lá em cima, naquele frio absurdo, balançando, a luz do fogo refletida em seus olhos enormes, preso pelos cabelos na enorme árvore seca. Scully. Ele chorava, implorava, pedia socorro, mas as pessoas lá embaixo, na lama profunda, não moviam um dedo sequer. Só se ouviam os latidos dos cães e ele gritando, implorando, o cabelo repuxando as laterais de seu rosto, os braços agitando-se no ar. Não havia como se desvencilhar daquele último galho, alguém do tamanho dele só poderia mesmo cair, e Billie só rezava, implorava, pedia que um anjo aparecesse. Rezou e rezou até ficar em chamas, feito uma tora no fogo; os cavalos estremeceram, e, de repente, viu uma pessoa lá em cima, uma pessoa pequena, ágil, chorando. Billie via agora que era ela lá em cima, Billie Ann Scully, de pijamas, escalando a árvore e segurando alguma coisa na boca, feito um pirata. Um brilho prateado. E ela viu a pequena mão que ardia segurando a tesoura aberta, como se fosse a boca de um cachorro, e Scully gritava sim sim sim. E o som de seu cabelo sendo cortado, o som de papel rasgando, Billie cortando seu cabelo, soltando-o da árvore. E ele caiu, calmo, em silêncio. Ficou caindo daquele esqueleto de árvore durante um bom tempo, com os olhos abertos, até atingir a lama lá embaixo. E então foi engolido pela lama e desapareceu sob os pés das pessoas desconhecidas. Billie viu a si mesma lá em cima, uma menina de asas, chorando em cima da árvore, encurvada feito um pássaro.

42

Quando dormia, Scully sentia-se igual a um peixe voador, um saltador pelágico mergulhando e subindo à superfície, atravessando diferentes temperaturas, deslizando no ar e na água. Ouvia a grande estática do oceano. Sentia-se inteiro. Livre, leve.

Acordou de repente, o rosto de Billie perto do seu, os olhos dela fitando-o atentamente, o hálito azedo devido ao antibiótico. Ela fez um carinho em seu rosto com a palma da mão, sentindo a barba por fazer. Sua pele estava fresca, os olhos estavam brilhantes. Ouviu o barulho dos carros lá embaixo.

— Estou com fome. E me sinto normal de novo.

Ficou ali deitado, seus músculos trêmulos feito os de um peixe fora d'água, sentindo o peso seco da gravidade, a dura surpresa do mundo que ele já conhecia.

Uma névoa pairava sobre o redemoinho opaco do rio Sena. Pairava sobre as árvores esqueléticas, soprava contra as pedras trabalhadas do cais. O rio corria, repleto de bolhas e redemoinhos, denso com galhos e pedaços de papelão. Era como se o rio o sugasse, como se estivesse à sua espera, correndo opaco pela margem gelada e lamacenta. Aquilo o deixava arrepiado. Segurava a mão de Billie com força excessiva.

– Esse não é o caminho para a casa da Dominique – murmurou ela.

– É, sim. Mais ou menos.

Em cada canto fedendo a mijo, os loucos e mendigos aninhavam-se sobre pedaços de papelão molhados e sacos de dormir manchados. Escondiam-se dos policiais e da chuva debaixo de pontes e monumentos. Seus olhos eram vermelhos e tinham rostos enrugados, fatigados, sujos. Seria um alívio imaginar Jennifer ali, entre eles? Será que a ideia de alguma maneira faria com que a vergonha e a raiva sumissem? Aqueles eram rostos genéricos. Seria possível reconhecer uma pessoa reduzida àquele estado? Talvez ele passasse por ela e só visse uma pobre criatura perdida, cujas feições teriam desaparecido de tanto medo e desespero. Aliás, será que ela o reconheceria? Será que o rosto dele já estava daquele jeito?

Debaixo da Pont Neuf, caminhou por entre aquelas pessoas sussurando o nome dela. Drogados, enfermos e loucos se esquivavam dele. Billie puxava sua mão, mas ele os fitava diretamente nos olhos, ignorando os grunhidos de incômodo que emitiam, até que uma mulher corpulenta, sem um dente da frente, cuspiu em seu rosto. Billie o arrastou para longe dali, para a luz tímida do dia. Fez com que ele sentasse na praça, na ponta da ilha, e limpou o cuspe do rosto dele com seu lenço sujo. Ele riu, um riso pequeno, amargo. Ela odiava ver o quanto ele tremia. Odiava aquilo tudo.

Scully olhou para trás, para a ponte. Alguma coisa na água chamou sua atenção. Alguma coisa, alguém ali, no meio do rio.

Desvencilhou-se da menina e foi até a beirada para observar a correnteza. Meu Deus. Viu membros rechonchudos, rosados, pés pequenininhos, uma cabeça que balançava. Tirou o casaco. Deus do céu, por favor, não!

– Billie, senta! Não sai daí! Entendeu? Não sai daí de jeito nenhum!

Desceu pelo parapeito escorregadio, agarrando-se a plantas e buracos nas pedras. A correnteza estava forte. Procurou um graveto, um pedaço comprido de madeira, mas ali só havia cocô de cachorro e latas de Kronenberg amassadas. Perto da água, encontrou uma argola de amarração e se segurou nela, mal se equilibrando, inclinado sobre o rio, esticando um braço na direção dos pequenos pés rosados que flutuavam em sua direção. Sentia o aço frio da argola em sua mão, e seu rosto doía. Sentia o coração apertado no peito. Viu dez dedinhos perfeitos. As dobras no corpo do bebê. As covinhas nos joelhos. Preparou-se, percebendo o momento ideal, e com um único movimento esticou o braço – mas não conseguiu agarrar. Deus do céu! Seus dedos puxavam a água em vão. E então ele viu com clareza o bebê, que flutuava alegremente ao passar por ele – a boquinha vermelha, as bochechas gordinhas, os cílios de plástico nas pálpebras que piscaram quando oscilou na água, as mãos em concha guiando o caminho pela curva no fim da ilha.

– Eu realmente não sou muito fã de bonecas – exclamou Billie, perigosamente perto da beira do rio. – Mas obrigada por tentar.

Scully continuou ali, ofegante, o suor já frio sobre sua pele. Ele odiava aquela cidade.

A Rue Jacob estava coberta por neve derretida e suja. Scully passou com dificuldade pela porta do pátio e penetrou no mundo sereno do jardim de Dominique. Ciprestes, espreguiçadeiras. Fileiras de janelas compridas e elegantes, varandas dignas de Romeu e Julieta. No vestíbulo, ele tocou o interfone mas ninguém atendeu. Ainda era cedo. Tocou de novo, esperou um pouco. Nada. E então apertou o botão sem tirar o dedo durante uns trinta segundos, sentindo suas esperanças se esvaírem. Ela também não tinha atendido o telefone ontem, o dia inteiro. E nem de noite. Mas ela ligou para Marianne. Onde ela estava? Onde quer que estivesse, Marianne deve ter ligado para ela. E sabe-se lá o que falou para ela.

Na caixinha de correio de Dominique, havia contas e uma edição da revista *Photo-Life*, dentro de um envelope plástico. Olhou para Billie, que desviou o olhar. O nariz dela estava rosado, o chapéu estava torto. Olhou os carimbos nos envelopes. Ontem, anteontem. Ela não estava em Paris.

Apertou o botão do apartamento vizinho.

– *Allo. Oui?*

– Há... – gaguejou ele. – *Excuse moi, Madame, je... chercher Mlle Latour.*

Na longa pausa que se seguiu, Scully sentiu que a mulher percebeu seu sotaque, o fato de ser estrangeiro, e então percebeu que talvez não seria bem atendido.

– *Qui? Qui est là?*

– *Je m'appelle Fred Scully, un ami. Je suis Australien.*

– *Australie?*

E aí a mulher falou rápido, rápido demais para que ele pudesse entender, e a única coisa que ele pescou foi *le train*. E ela desligou, ríspida, e ele não conseguiu mais nenhuma informação. Tocou de novo o interfone até ficar com a ponta do dedo dolorida. O trem? Certamente ela não estava falando do metrô. Para onde ela iria de trem? Mas que importância tinha? Ela não estava ali. Ele não tinha como pedir ajuda. Mas ainda precisava de dinheiro. Não podia voltar à casa de Marianne. Talvez devesse falar com Jean-Louis, mas ele devia estar no trabalho àquela hora. E, além disso, sabe-se lá o que Marianne falou para ele. Sem chance. Numa cidade inteira, num lugar onde havia morado durante quase um ano, ele não conhecia ninguém que pudesse ajudá-lo. Nem uma viva alma. Era difícil de acreditar. Estava sendo solenemente ignorado.

Só restava entrar em contato com a American Express. Ou a embaixada. Maravilha!

Na rua, um turista japonês que estava sozinho acenou para ele, pedindo que tirasse sua foto em frente a uma estátua, mas Scully fez que não e puxou Billie na direção da estação de metrô mais próxima.

No subsolo, a cidade fervilhava, apressada, numa correria desconexa, cheia de luvas, gorros, casacos, cachecóis e o odor abafado de lã úmida e quente. Os túneis estavam agradáveis, limpos. Ecoavam gritos e sons de passos. O som de um saxofone triste em algum lugar. As bancas de flores, com suas cores berrantes em meio ao vaivém monocromático, apareciam de repente nos cruzamentos onde as massas de corpos se cruzavam, feito os entroncamentos do rio pardacento lá em cima.

Scully esticava a perna e passava por cima de homens que seguravam avisos de papelão, mulheres que seguravam bebês envoltos em cobertas e canecas com moedas. Num canto perto da banca de jornal, os *Flics* pararam um árabe e pediram seus documentos. Scully guiou Billie pela plataforma enquanto o trem se aproximava, vindo da escuridão e trazendo uma lufada de vento seco, abafado.

O vagão avançava no escuro e uma menina cigana passava pela multidão com uma pequena bolsa de couro aberta, sua voz chilreando alegremente pelo corredor. Quando ela chegou perto de Scully, ele fechou os olhos e sorriu de leve. Ela foi na direção de Billie, que olhou desconfiada para ela e depois para a bolsa. A menina cigana ajoelhou-se com graça, os olhos negros virados para cima, e Billie esticou a mão e tocou seu cabelo. Scully fez que não com a cabeça, ainda sorrindo. O trem freou com força e depois seguiu zunindo para a estação seguinte, e a menina ficou de pé, deu de ombros, lançou um belo sorriso na direção deles e foi para a porta.

– Eu gostei dela – disse Billie quando eles saíram, às pressas.

Scully assentiu, desatento.

– Ela estava pedindo dinheiro?

– Acho que sim.

– Mas ela não parecia ser pobre.

Sem dúvida não parecia pobre e maltrapilha como nós, pensou ele.

– Eu podia fazer isso – murmurou ela. – Se a gente precisasse. Para a gente conseguir ir pra casa.

Andavam perto um do outro, esbarrando-se, as pernas muito juntas, os cachos dos cabelos crespos de ambos balançando o suficiente para chamar a atenção de outros passageiros que ao verem aquilo entreolhavam-se e sorriam.

Um trem, pensou Scully. Dominique pegou um trem. Ela tinha uma casa na Ilha de Man e uma casa flutuante em Amsterdã. Ninguém ia de trem para a Ilha de Man. Bom, boa sorte para ela!

Nas redondezas da Ópera, o ar estava calmo e a luz fraca do sol brilhava sobre os adornos de latão das portas e sobre os painéis dos ônibus que faziam a curva; iluminava a respiração que saía da boca das pessoas que faziam compras; refletia nas xícaras de café, nos saltos das botas, nos brincos; causava um glorioso brilho de fogo nas estátuas douradas sobre o prédio da Ópera e dava uma nova beleza às ruas lotadas de gente, ladeadas por bancas de ostras e bizarras carcaças decorativas de porcos e aves depenadas. Scully embrenhava-se pelo meio da multidão, passando por adegas, restaurantes, agências de viagem. Segurava Billie no colo, apoiada em seu quadril, e finalmente encontrou o prédio.

Na entrada do escritório da American Express, sentiu o calor do ar condicionado e também cheiro de couro, dinheiro, perfume. Os guardas armados revistaram-no educadamente e fizeram um carinho em Billie, num gesto de jovial espírito natalino. O rosto sorridente de Karl Malden em um pôster na parede olhava para eles. Aquele nariz de batata fazia com que Scully o visse como seu semelhante.

Dentro, tudo era civilizado e tranquilo. Vários andares de civilização. Balcões e janelas brilhantes, o brilho polido de corrimões e poltronas. Pessoas de pé nas filas, compenetradas, ou então sentadas com pastas e guarda-chuvas no colo, como se tivessem entrado ali só para se esconder. Americanos em calças xadrez e de algodão. Sapatos de jogar golfe, chapéus no estilo *pork pie*, bonés de times de beisebol. Mulheres de calças de náilon e Nikes imaculados, o cabelo duro de tanto laquê, casacos acolchoados no colo, sobre os joelhos. Braços relaxados, segurando câmeras de vídeo na altura dos quadris.

Ele já tinha ido ali antes, para trocar dinheiro e sacar o aluguel que era enviado de Fremantle todo mês. Sempre ficava imaginando se o milagre deixaria de acontecer, se o dinheiro poderia de alguma maneira evaporar no sistema, se os hieróglifos de seu cartão plástico um dia perderiam seu poder. Invejava aqueles executivos perfumados que andavam pelo departamento de vendas, assinando cheques e declarações com suas canetas Mont Blanc. Eles tinham fé. Tinham certeza de sua cotação, de seu status, de suas reservas, de suas conexões. Conversavam usando o tom de voz claro e melancólico das pessoas superiores, dos que nunca se sentem constrangidos. Nem um traço de tom laudatório em suas vozes quando falavam em inglês, quando faziam algum pedido.

Scully desceu a escada em espiral, evitando olhar-se no espelho, e seguiu cabisbaixo para o balcão de atendimento.

O atendente era gentil. Seu inglês era preciso e ele trajava um terno bem cortado. Scully tentou não pensar na própria aparência. O homem agia com o máximo de profissionalismo, tentando ocultar qualquer laivo de desconfiança ou desdém, mas Scully percebia como ele duvidava de sua história. Ele repetiu tudo, calmamente.

– Antes de mais nada, preciso saber quem foi que comunicou que o meu cartão foi roubado – disse Scully.

– Imagino que o senhor tenha algum documento de identificação, não?

Scully colocou o passaporte sobre o balcão. O ar sisudo do passaporte azul e seu brasão de armas com uma ema e um canguru não era lá muito reconfortante.

– Humm. O atendente folheou o passaporte e digitou algo no teclado. – Existe outro signatário nesta conta, não é?

– Sim, a minha mulher. J. E. Scully. A conta está no meu nome. Não é lá muito moderno, eu sei.

– De acordo com os nossos registros, foi o senhor que comunicou que ele foi roubado.

Scully descansou o peso do corpo em uma perna, depois na outra.

– Bem... Como você pode ver, ele está bem aqui na minha mão.

– Sim, mas em dois pedaços, *monsieur*.

Scully engoliu em seco.

– Sim.

– Bom. Acho que eu tenho como resolver o problema. Humm.

O atendente digitou mais um pouco, olhos concentrados, pálpebras contraídas.

– O senhor vai ficar muito tempo em Paris?

Scully pegou de volta o passaporte, tentando realizar o gesto do modo mais natural possível.

– Não sei. Não, acho que não.

– E o senhor pretende fazer um pagamento no cartão em breve?

– Eu ainda tenho crédito, não?

– Sim, *monsieur*, o senhor ainda tem um crédito de vinte e oito dólares americanos.

– Quê?

Pessoas viraram a cabeça. Billie apertou o corpo contra o dele.

– O sistema diz que o senhor tem vinte e oito...

— Mas o cartão é de quase quatro mil dólares. Eu não gastei tanto assim!

— Mas eu estou vendo os dados bem aqui na minha frente, *monsieur*.

Scully refletiu sobre aquilo. Com o pouco de dinheiro que tinha no bolso, ele nunca conseguiria pagar o hotel, quanto mais sair do país.

— Será que eu posso ver a conta? — perguntou ele, com a voz rouca.

— Eu posso ler os detalhes para o senhor. É mais rápido. Se o senhor preferir...

— Sim, pode ler.

Scully olhou para a marca transparente de suor deixada por sua mão no balcão. Casquinhas de ferida nos nós de seus dedos. Sujeira sob suas unhas. Simplesmente não era possível que ele tivesse estourado o limite do cartão, a não ser que Jennifer tivesse gasto na Austrália. Ou então depois de sair de lá.

— Só me diga os lugares.

O atendente suspirou e começou a recitar, em tom monocórdio:

— Em dezembro: Perth. Perth. Birr. Roscrea. Londres/Heathrow. Dublin. Atenas. Roma. Florença. Paris. Paris. Amsterdã. Amsterdã.

Scully pressionou as unhas contra o balcão e respirou fundo.

— Sim. Mas é claro.

Amsterdã.

— Temos aqui um formulário para comunicar que o cartão foi...

– Será que você pode me dar os detalhes dos gastos em Amsterdã?

– Um restaurante. Trezentos dólares. E uma galeria de arte. Mil duzentos e setenta e cinco dólares.

– Nenhum hotel?

– Em Amsterdã? Não, senhor.

Scully viu o olhar de pena do atendente. Um ar de compaixão.

– Aqui está o formulário, senhor.

– Não. Não precisa.

– *Monsieur?*

Scully deu meia-volta, girando todo o corpo como se estivesse engessado. Não adiantava esperar outro cartão. Ele não valeria nada. Cortariam-no em dois antes mesmo do fim do dia. Amsterdã.

Rostos, braços, guarda-chuvas passavam por ele. Subiu a escada feito um velho, a menina segurando seu cotovelo. Billie o guiou até a saída.

– Olha! – exclamou ela.

Scully ficou ereto e olhou para a entrada, para onde Billie se dirigia. Ali, aceitando ser revistada pelos guardas com prazer, estava Irma. Ele não podia acreditar e, ao mesmo tempo, não ficou nem um pouco surpreso. Ela o viu e seu rosto se iluminou completamente. Algo transformou-se dentro dele de tal forma que ele pode ver claramente, com a lógica de um rato mesquinho, como iria sair de Paris, como iria se livrar da enrascada daquele dia. Começou a rir.

43

Billie sentiu no rosto o doce e grudento batom dos lábios de Irma. Ela cheirava a flores, chocolate, cigarro, e era tão pequena em comparação a Scully. Billie a abraçou, surpresa por ver que seus braços conseguiam dar a volta nela.

– A Europa é mesmo pequena, um ovo – murmurou ela. – E você, Billie, como você está grande!

– Ora, ora, vejam só – disse Scully.

Os três ficaram ali em pé durante alguns instantes. Os olhos de Irma brilhavam. Ela estava usando uma meia-calça preta sob uma minissaia jeans, com botas pontudas. Sobre um casaco de moletom volumoso ela tinha uma jaqueta de couro velha. Suas orelhas estavam cheias de brincos.

– Eu pensei em passear um pouco – disse ela.

– Mas você não tem coisas pra resolver aqui? – perguntou Scully.

– Ah, o compromisso pode esperar.

Scully sorriu. Era uma surpresa entender tudo.

– Claro – disse ele.

Juntaram-se às pessoas na rua e seguiram a correnteza. Billie caminhava entre os dois, segurando-lhes as mãos. A cidade parecia toda brilhante, polida, até lá embaixo, até as ruas grandes que iam para o rio. Uma mulher acompanhada de dois cães passou por eles e Billie se afastou, virando o rosto.

– Já é véspera de Natal! Dá pra acreditar? – disse Irma.

– Não – responderam Scully e Billie, ao mesmo tempo. Ele ficou vermelho.

Passearam durante um bom tempo, até as pernas ficarem cansadas. Irma os levou para um café. Pediu suco de maçã para Billie e um Pernod para eles.

Irma puxou a manga da jaqueta e subiu a manga do moletom.

– Olha.

Havia uma tatuagem de uma faca em seu braço pálido. Flores em volta da faca.

– Doeu? – perguntou Billie.

Irma riu. Tirou um envelopinho plástico do bolso. – É adesivo, sua boba.

Billie colocou o pacote de tatuagens na mesa. Havia uma que era uma âncora. Outra era uma cobra. Outra era a palavra "mãe" e a seguinte era um tubarão.

– Posso colocar? – perguntou Billie para Scully.

Ele deu de ombros. O café estava cheio. Ele agora parecia preocupado de novo, distante.

Ficou olhando Irma lamber o braço da menina. Ela deliberadamente fitou-o nos olhos enquanto lambia. Billie pressionou a tatuagem de tubarão em seu braço, sentindo-se vitoriosa.

– Ah, só pode ser australiana – disse Irma, depois de entornar de uma vez o *pastis*. – Escolheu o tubarão.

Billie ergueu o braço para se ver no espelho comprido que havia atrás deles.

– Que legal!

Scully assentiu.

– É. Bem bacana.

Irma ergueu as sobrancelhas, com ar inocente. Ele pensou em Amsterdã. Irma também tinha estado em Amsterdã recentemente.

– Preciso ir ao banheiro – disse Billie.

– Fica bem ali – disse Scully, apontando para a porta do banheiro debaixo da escada. – Eu vou com você.

– Não, pode deixar que eu vou com ela – ofereceu-se Irma.

– Eu posso ir sozinha! Fico com vergonha! – disse Billie.

– Não esquece de trancar a porta – aconselhou Scully.

– Mas que dupla, vocês.

– E então, qual a história, Irma? – perguntou ele, depois que Billie já estava longe o suficiente para não ouvir a conversa.

– Que história?

Ela bebeu o resto do *pastis* e pediu outro.

– Essa coincidência incrível.

Assim que abriu a boca, começou a ver tudo com mais clareza. Continuou:

– A gente se encontrar no escritório da American Express exatamente no dia em que eu vou ver o assunto do meu cartão roubado. O cartão que alguém comunicou que foi roubado. Desconfio que tenha a ver com o episódio lá no navio, Irma. A sua investigação na minha mala. Você pegou o número do cartão, não foi? O que é que você quer de mim? Eu não tenho casa, não tenho dinheiro e não tenho esposa. Você é o quê? Uma vigarista? Uma prostituta que está viajando?

– Não, não profissionalmente.

– E por acaso existe uma classe amadora de putas?

Irma sorriu. Suas bochechas ficaram vermelhas. Seus dedos estavam ao redor do copo: as unhas estavam desiguais, algumas roídas, outras compridas e brilhantes, com esmalte.

– Você está seguindo a gente desde a Grécia, Irma. É tempo pra caramba.

– Tá bom. Eu segui vocês.

– *E também* fez todo o resto.

– Só isso, só segui.

– O cartão de crédito. Quem cancelou, então?

– Tá bom, fui eu.

– E também mandou a mensagem. Você estava em Florença.

– Não, não mandei mensagem nenhuma.

Scully revirou os olhos, impaciente.

– Que mensagem? – insistiu ela, bebendo com vontade e depois lambendo os lábios.

– E esse seu papinho sobre o que aconteceu em Atenas. Você nunca viu a minha mulher no Intercontinental, não é?

– Sim, eu vi.

– Deus do céu, você nem sabe quando está mentindo, não é verdade?

– E por que eu mentiria, Scully?

– Por quê? Por quê? Por que você resolveu cancelar o meu cartão de crédito? Será que gente do seu tipo precisa ter motivo?

Irma deu um sorriso tímido e passou a língua em um resíduo vermelho em seus dentes.

– Gente do meu tipo? Você acha que eu sou doida e faço coisas sem motivo nenhum e depois resolvo fazer outra coisa, e aí mais outra. Não é? Mas é exatamente isso que *você* faz,

Scully. É o que você está fazendo neste exato momento. É o que você fez todos os dias, toda a semana passada. Você vai atrás de qualquer coisa que se mova. Não somos assim tão diferentes.

Scully não sabia o que pensar. Será que estava louco? Será que havia mesmo perdido a cabeça?

— Você é amiga da Jennifer?
— Talvez você devesse se fazer a mesma pergunta, Scully.
— Você é amiga dela, não é?
— Eu não sei quem ela é – respondeu Irma, erguendo o copo para o garçom, sorrindo de um jeito coquete.
— Não sabe? Mas você não a viu no Intercontinental?
— Não seja bobo. Eu te disse, eu só a *vi*. Você fica preso nisso feito... feito um grego dentro do cavalo de Tróia. Eu vi a sua mulher. Desculpa por ter te contado. Sério, diga a verdade: dá para imaginar Jennifer e eu juntas?
— Como assim? O que você quer dizer com isso? – perguntou Scully, irritado.
— Bom, porque ela é *assim* – disse Irma, dobrando o indicador e fazendo um círculo, de tal modo que só havia um buraquinho diminuto no meio.

Scully segurou firme as pernas da mesa.
— E você... você é o *quê*?
— Eu? Eu sou interessante. Ela só tenta ser.
— Mesmo assim você diz que não a conhece?
— Eu sou como você, Scully. Eu gosto de ser quem eu sou.
— É, Irma, só que não está muito claro o que você é.
— Eu disse *quem*, não o quê. Que jeito de pensar mais triste, mais masculino. Eu sou como você, Scully. Gato escaldado.

Eu aguento os trancos da vida e não tenho papas na língua. Já te perdoei por me dar o fora. Lá no navio. Lembra?

– Eu fico surpreso de você lembrar.

– Tá, eu estava mesmo muito bêbada. Olha, eu gosto de você. Eu gosto da Billie. Só acho que eu mereço outra chance. Eu sei que você merece.

Scully balançou a cabeça e mordeu o lábio, segurando-se para não falar todas as coisas horríveis entaladas na garganta. Mas resolveu sorrir. Ela era um fenômeno, sem dúvida. E ele precisava dela se quisesse chegar em Amsterdã. Era hora de puxar o saco.

– Você parece ser um cara durão, Scully, mas tem coração mole.

Ela riu e aceitou o novo *pastis* que o garçom trouxe.

– Ah, é?

Aquela expressão de novo. Sentiu uma ridícula pontada de vergonha ao ouvir aquilo.

– Sério? – completou.

– Eu quis dizer que você é gentil, Scully.

Irma colocou sua mão sobre a dele e por um segundo ele até gostou dela. Ela era louca, mentirosa, um pesadelo direto do inferno, mas era uma pessoa de carne e osso. Só o toque de uma mão, um toque de outro ser humano. Deus, como ele sentia falta de ser desejado. O café parisiense onde estavam tinha uma atmosfera aconchegante, agradável, com seu odor de cebola, café e tabaco. Scully sentiu-se mais relaxado.

– É porque você se sente sozinha, Irma? Esse negócio seu?

– Eu não me sinto sozinha – disse ela por entre dentes cerrados. – Não precisa sentir pena de mim.

Scully olhou para ela, para o modo como seu pescoço estava esticado, os olhos contraídos, feito uma cobra prestes a dar o bote. A imagem o fez cair em si.

– Tá bom, Irma – disse ele, com sinceridade. – Não falo mais isso.

– Você não entende que é uma simples questão de atração.

Scully sorriu.

– Bom, matemática nunca foi o meu forte.

Billie voltou, reprimindo um sorriso quando subiu na cadeira.

– Que foi? – perguntou Scully.

– A privada! – disse ela, escandalizada. – Era só um buraco no chão!

Ele olhou para Irma e disse:

– A minha filha sempre se mete em aventuras em todos os banheiros onde vai. É viajar com Billie e ver as maravilhas dos banheiros do mundo. Deve ser um daqueles banheiros de agachar, Billie. Você já viu antes...

– Não – respondeu ela. – Não, não, não é nada disso. É como se alguém tivesse roubado a privada. Era só um buraco no chão.

– Então por que você demorou tanto?

– Eu tava tentando achar a descarga.

– Anda, toma o seu comprimido – disse ele, rindo.

– Vamos fazer compras! É triste ver vocês dois viajando bem na época do Natal – disse Irma.

– Mas Jesus também estava viajando no Natal – retrucou Billie.

– Sim – respondeu Irma, finalmente encabulada. – Verdade.

44

Depois de almoçarem no café, passaram uma tarde longa e barulhenta na companhia de Irma, fazendo compras. Ela os levou à Fnac e comprou fitas cassetes. Ry Cooder para Scully. Hoodo Gurus para ela. Em Les Halles, comprou um frasco de Ysatis para si mesma e passou em sua pele. Levou-os de táxi até as Galeries Lafayette, onde achou o mesmo perfume por um preço mais barato, mas não ligou. Lá comprou uma camisa de seda para Scully e sapatinhos vermelhos e elegantes para Billie. Pegaram outro táxi, desceram pelo grande mercado de rua perto da Bastilha e compraram lichias, bananas e laranjas. Havia tanta gente, tantos aromas, que era difícil andar por ali. Irma achou uma sela de cavalo no mercado de pulgas mas Scully disse não, já que eles não teriam como levar. Era uma pena, mas ela sabia que ele estava certo. E então, numa rua grande, com lojas de móveis de luxo, viram um homem com um pequeno canguru numa coleira. Foi ruim ver aquilo, mas Irma não percebeu.

E então anoiteceu, muito rápido.

Scully deixou que ela bebesse e fizesse compras o dia inteiro, sentindo-se estranhamente calmo, frio. Via tudo aquilo se desenrolar como se não estivesse ali. E a sensação ficou ainda maior quando estavam na pequena *brasserie* na Rue du Faubourg St. Antoine. Em meio às bandejas de ostras da Bretanha, as garrafas de champanhe, o brilho dos talheres e das toalhas, o sibilar da manteiga na cozinha e o aroma caramelizado do alho assado, o tempo passou quase sem que ele percebesse. Sabia o que estava fazendo, mas era como se não conseguisse acreditar no que acontecia. Achava que era efeito daquilo que estava prestes a fazer, uma coisa horrível e necessária, mas também podia ser porque ele havia bebido.

Às nove da noite, ele se sentia frio, calculista, completamente bêbado.

Irma e Billie riram de uma piada e ficaram se empurrando. Ele olhou para os dentes brancos e perfeitos de Irma, o brilho embriagado em seus olhos. Sentia a perna dela pressionada contra a sua, e a sensação era agradável, reconfortante, bem diferente do choque que seria se tivesse acontecido antes, de manhã. Naquela noite, ela parecia completa. Parecia estranhamente satisfeita, generosa, e isso não era só efeito do champanhe. Talvez esta seja ela de verdade, pensou ele. Talvez esta é a pessoa que ela foi no passado – agradável, divertida, generosa. Naquela noite, os lábios de Irma estavam sensuais, sem nenhum traço de crueldade. Que coisa horrível será que aconteceu com ela, entre Liverpool e Berlim, entre os altos e baixos da vida? Aqueles hematomas eram sinal de outros ferimentos, de problemas que ele nem conseguia imaginar quais eram.

– Você está no mundo da lua, Scully?

– Hmm? Sim, um pouco.

– A Billie estava me contando sobre quando ela nasceu.

Billie riu, embaraçada.

– Bom... Quando ela nasceu, ela era FDD.

– FDD?

– É. Feia de doer. Bem feiosinha. Era o próprio diabo chupando limão.

Billie gargalhou, divertindo-se.

– Mentira!

– Verdade. Palavra de escoteiro. Sério, quase pedi para devolverem.

– Para! – disse Billie, sem conseguir parar de rir.

– Anda, toma o seu remédio.

Os olhos de Irma brilhavam. Ela pediu mais champanhe e segurou a mão de ambos. Parecia que ia chorar. Chegou mais perto de Scully e ele sentiu sua respiração em sua orelha.

– Eu odeio ela por ter te abandonado – sussurrou Irma.

Scully contraiu as mandíbulas.

– Não sabemos se isso é verdade – disse ele, hesitante, sem jeito ao falar daquilo na frente da menina.

– Mesmo que não seja, eu ainda iria sentir a mesma coisa.

– Bom, é difícil alguém se dar bem com você – disse ele, rindo, sem alegria.

– Tente.

Mais tarde, seguiram cambaleantes para o bairro que ele já conhecia. O vento trazia o som dos sinos.

– Estão ouvindo os sinos? – exclamou Billie, exausta, alegre. – Estão ouvindo?

No Little Horseshoe, onde trabalhadores, drogados, travestis e estudantes estavam passando o Natal, Irma começou a beber Calvados e Scully resolveu beber cerveja. Agora que estava parada, Billie começou a ficar sem energia. Scully viu que eram dez da noite. Tentou empertigar-se. Até que não era um lugar ruim para se despedir de Paris. Pronto, havia chegado a hora. Aquela era sua última bebida. Irma estava caindo de bêbada. Era a hora certa. Levou as duas para a rua.

Debaixo das castanheiras desfolhadas, sua respiração visível no frio, Billie corria à frente deles, na sua derradeira explosão de energia da noite e, enquanto isso, Scully ajudava Irma a caminhar pela calçada.

– Vocês gostaram do dia?
– Claro – disse ele. – Muito obrigado.
– Espero que você tenha me perdoado.
– Claro que sim – mentiu ele.
– Deus do céu, olha só aquilo!

Mais à frente, diante da *Prefecture* da polícia e da cabine blindada na porta, Billie dançava com dois policiais, um homem e uma mulher. Os três faziam uma ciranda, de mãos dadas. Submetralhadoras balançavam na cintura deles. O ar frio e sulfúrico levou o riso calmo deles até Scully, deixando-o ali, petrificado, anestesiado.

No diminuto saguão do hotel havia uma pequena multidão de gente, mas nada muito grave: o lugar parecia uma feira, com tantas malas e línguas diferentes. Scully passou por ali sem maiores problemas, acompanhado de Irma e Billie, aliviado por ter ficado com a chave do quarto o dia inteiro. O barulho das pessoas lá embaixo ecoava pela escada recurva e Scully tentava fazer com que Irma subisse. Billie foi na frente, com a chave.

– Hotelzinho legal – disse Irma, jogada contra o corrimão.
– Essa escada é em espiral mesmo ou eu estou bêbada?

– As duas coisas – disse Scully, atrás dela, olhando para o seu traseiro firme, empurrando-a para a frente, o que fez com que ela desse um gritinho e começasse a rir. Ele mesmo estava bêbado, mas ainda tinha a noite sob controle.

– Faltam quantos andares?

– É o próximo.

Irma tropeçou em suas pequenas botas e descansou o corpo contra o papel de parede. Sua franja caiu sobre os olhos e ela inclinou a cabeça para o cabelo cair para o lado e poder enxergar, expondo seu pescoço comprido, branco, marcado.

– Me ajuda, Scully?

– Anda, você consegue subir mais uma escada.

– Me ajuda?

Scully ficou ao lado dela no degrau e ela abriu os olhos, sem olhar para ele. Agarrou-se à lapela dele.

– Você não vai me ajudar, Scully?

– Você quer que eu te carregue?

Ela o puxou contra si e olhou bem dentro de seus olhos. Beijou-o de olhos abertos, a língua explorando seus dentes, lábios, queixo. Scully sentiu os quadris dela pressionados contra os seus. Esticou a mão e a puxou para mais perto de si, sentindo as nádegas de Irma contraírem-se.

– É o que você quer – disse ela. – Me ajudar.

Scully a pegou no colo e subiu, cambaleante, e enquanto isso ela atacava seu pescoço, tentava tirar seu suéter. Da escada lá embaixo, no térreo, veio o barulho de uma freada brusca e pessoas vibrando com a chegada do ônibus. Scully viu a porta aberta e aprumou-se.

— E eu também vou te ajudar, Scully.
Ele não teve coragem de dizer nada, mas sabia que ela tinha razão.

Billie adormeceu sem tirar os sapatos, a mochila ainda pendurada em um de seus braços. Scully colocou Irma em uma cadeira e se ajoelhou para deixar a menina mais confortável. Tirou suas botas, desvencilhou-a da mochila e da jaqueta e a colocou debaixo das cobertas. Desligou a luz e deixou a porta do banheiro entreaberta. As cortinas estavam afastadas, deixando entrar a luz arenosa da cidade. Scully apoiou a cabeça contra a janela para recuperar o fôlego. Atrás dele, Irma procurava uma garrafa em sua bolsa. Ela suspirou.
— Onde você está hospedada? — murmurou ele. — Onde estão as suas coisas?
— Toma.
Ele virou e viu que ela oferecia uma garrafa a ele. Ele fez que não. Passou por ela e trancou a porta. Sentiu a garrafa pressionada contra a parte inferior das costas e virou para onde ela estava sentada. Irma sorria para ele, um sorriso embriagado. Cravou um dos saltos da bota na coxa dele. Scully sentiu o salto machucar sua pele. Percorreu os olhos pela perna dela e depois virou-se para a menina que dormia. Irma virou a garrafa e bebeu, com vontade. Ele ficou olhando para ela, viu o movimento de seu pescoço pálido na penumbra. Segurou seu tornozelo e ela colocou a outra bota na outra coxa dele. Ele deslizou as mãos por suas pernas. Suas coxas crepitaram com a estática e ele ficou surpreso com a maciez de seu corpo quando segurou suas panturrilhas. Tentava conter ao máximo o tremor de suas mãos. Sentia semanas de frustração e desejo reprimido

fervilhando dentro de si. Ficou olhando enquanto ela tirava a meia-calça e a calcinha, ainda bebendo da garrafa.

– Billie – sussurrou ele, a voz rouca. – A Billie está bem.

A pele de Irma parecia feita de marfim na escuridão. A garrafa caiu e Scully perdeu o controle que tinha sobre os acontecimentos da noite. Puxou Irma para o chão, onde ela abriu seu cinto e levantou a saia até o salto de suas botas fincarem na parte de trás das pernas dele. Ele deslizou para dentro dela, segurando seus seios, os joelhos ralando no carpete. Seu hálito era alcoólico e tomou conta de sua boca.

– Você precisa de mim, não é? – disse ela, num espasmo.

– Shh – fez ele.

Cobriu sua boca com a mão e sentiu a língua dela entre os dedos, depois dentes mordendo a palma de sua mão, as unhas fincando em suas nádegas. Ela era macia ao toque, macia demais, como uma fruta excessivamente madura, mas ele se agarrava a ela, pois sabia que ela estava certa. Ele precisava dela por diversos motivos, mais do que seria capaz de admitir. Sentiu que seu desespero se fundia ao dela, suas mentiras às dela, sua gratidão, sua vergonha, a descarga elétrica que lhe descia pela espinha.

45

Por volta de meia-noite, Scully estava de pé, vestido, dentro do banheiro vazio, esvaziando a bolsa de Irma na pia. Ouvia o ronco dela do outro lado da porta fechada enquanto revirava suas coisas: uma embalagem de fio dental, lenços de papel amassados, batons, um caderno com garatujas em alemão, bilhetes de embarque antigos, pastilhas, absorventes internos, uma camisinha, um recibo do Grande Bretagne em Atenas, fiapos fibrosos de maconha, que pareciam pelos pubianos contra o esmalte branco da pia, uma caixa de óculos e, finalmente, uma carteira de couro de cobra.

Dentro da carteira havia um cacho de cabelo grisalho, um passaporte da União Europeia em nome de Irma Blum, com a foto de uma Irma de cabelos ruivos e sorriso maroto, um punhado de cheques de viagem em dólares americanos cuidadosamente assinados, uma foto polaróide de um bebê gordinho e oitocentos francos em notas novinhas em folha.

Scully enfiou o dinheiro no bolso e pegou a mochila de Billie onde ele a havia deixado, sobre o vaso. Sentia gosto de cinza de cigarro na boca e sua cabeça latejava. Ficou alguns instantes olhando para o tubo dourado de batom. Hesitou um pouco e o apanhou na pia. Tirou a tampa e girou o cilindro vermelho, para ver como funcionava. E então escreveu no espelho. XXX. Antes mesmo de perceber o que estava fazendo, deixou cair o batom na pia e desligou a luz.

Através das cortinas abertas, a cidade brilhava como se fosse esculpida em luz. A luminosidade que entrava no quarto mostrava Billie e Irma dormindo profundamente, braços e pernas esparramados na cama diante dele, enquanto ele tentava andar sem fazer barulho. Ali, dormindo, poderiam ser mãe e filha. Chegou mais perto. Irma dormia de boca aberta. O quarto fedia a bebida e meias sujas. O braço dela estava esticado sobre a colcha, muito branco. Billie dormia na diagonal, a mão em punho contra os lábios.

Catou as botas e o casaco de Billie, colocou-os na mochila presa em seu braço, tirou as cobertas e pegou a filha no colo. Irma dormia, roncando, feito um paciente anestesiado. Segurou a menina no colo e observou durante alguns instantes aquela estranha mulher. Sentiu uma leve pontada de ternura, um impulso momentâneo de acordá-la, mas já estava se dirigindo para a porta de dobradiças barulhentas antes mesmo de a vontade passar.

Ali, sob a luz repentina do corredor, deitou Billie no carpete e puxou a porta, sem respirar. Colocou a orelha na porta: nada além dos roncos.

Lutava para colocar as botas em Billie, e então ela acordou e murmurou:

– O que foi? O que foi?

– Fique quieta. Shh.

E então ela abriu os olhos, que ficaram perigosamente arregalados durante alguns segundos, fitando-o. Ele colocou um dedo em riste nos lábios, pedindo silêncio, e voltou a colocar suas botas. Ela sentou para que ele colocasse o casaco. Seu cabelo estava despenteado e as feridas em sua cabeça estavam roxas.

– Levanta, querida. Você vai ter que andar, pelo menos até a gente chegar na rua.

Ela começou a choramingar. – Mas eu tô cansada!

– Eu também – disse ele, tapando sua boca. – Agora fique quieta.

Sem malas, assobiando desafinado uma musiquinha de Natal, sem fôlego para alcançar as notas corretas, Scully atravessou o saguão pequeno do hotel com Billie no colo, sem levantar suspeitas na recepcionista, que roncava. Na rua, Scully teve que se controlar para não sair correndo, esbaforido. Respirou o ar gélido e viu o fantasma de sua respiração à sua frente. Pronto. Era só o que bastava para abandonar alguém, abandonar uma mulher e uma mala de roupas sujas, suas velas, o desenho destruído do pobre e falecido Alex, os presentes espalhados, comprados no dia da bebedeira, tendo de pagar a conta cara do hotel. Era assim que devia se sentir uma pessoa vazia, saber que se é capaz de fazer as piores coisas.

Colocou Billie nas costas e cruzou a Pont St. Louis, enquanto uma grande barca passava lá embaixo. Os sinos da Notre Dame começaram a bater à meia-noite, melancólicos, soturnos. Sentia a vibração no fundo do estômago. Ao redor, o barulho dos cafés lotados, ecoando pelos muros escuros da catedral, vibrando em seus dentes.

– Cadê a Irma? – murmurou Billie, enrolando o cabelo dele em seus dedos.

– Olha só, os sinos estão tocando.

Scully sentiu a respiração da menina contra o pescoço e sabia que precisava se alimentar, mas estava com medo de não conseguir chegar ao metrô na Cité perto do mercado de flores antes da meia-noite, que era quando o sistema parava de funcionar.

– Pra onde ela foi?

– Fica em silêncio um pouquinho.

– Eu tô caindo, cuidado!

Scully cambaleou e se equilibrou de novo, mas Billie se desvencilhou dele.

– Você vai me deixar cair!

Ele havia bebido mais do que imaginava. Agora que estava no ar fresco, sentia a mente confusa.

– Eu estou com frio – disse ele, segurando-se nas pontas em formato de flecha de uma cerca. – Com muito frio.

Billie pegou a mochila do braço dele e colocou em suas costas.

– A gente saiu no meio da noite – murmurou ela.

– Preciso entrar em algum lugar um pouco. Um café. Qualquer lugar.

– Ali – disse ela, apontando para a grande catedral, abarrotada de música e de vozes de vivos e de mortos, os sinos ecoando pelo céu acima deles.

Scully olhou para cima, para as gárgulas que gotejavam, para a névoa de luz pairando sobre a catedral, caindo de leve sobre os muros feito chuva. Agora sentia a embriaguez tomar conta de si. Sua garganta ardia e via pontos de luz de todas as cores. Sentia-se como uma ovelha que passou por um banho em imersão de inseticida. Sua pele estava pegajosa, fria. Deus do céu, não agora, não quando suas mãos ainda estavam com o cheiro de Irma e seu coração era um pedaço de pedra.

Billie puxava sua camisa, preocupada com ele. Ele a afastou. Ouviu a sola de seus sapatos raspando nos paralelepípedos do chão.

– Mas é Natal – disse ela. – É ali que a gente devia estar.

Não, pensou ele, sentindo que era guiado feito um animal enorme e estúpido, não, é muito pior que isso, muito pior que Natal. Mas estava tonto demais para resistir. A entrada, com seus rostos, dedos em riste, cetros e cajados, avultava sobre ele feito um túnel, e ele se juntou à corrente de pessoas. Aquelas pessoas cheiravam a vinho, manteiga queimada, cebola, e moviam-se lentamente, de um jeito onírico, apáticas, meio congeladas. Seus casacos estavam fechados e elas tinham cachecóis bem enrolados nos pescoços. Seus rostos contemplavam a missa da meia-noite, na penumbra. Som de passos sobre as pedras lisas, um som que se estendia até o barulho dos tubos do órgão. Penetraram no enorme espaço em clarabóia da catedral, com sua névoa de incenso e fumaça das velas, o perfume de mil mulheres, a atmosfera almiscarada e o ar frio e sepulcral de uma cidade subterrânea. Scully se sentia como alguém enjoado com o balanço do mar. Sentia que as pessoas abriam caminho e se afastavam dele, como se pudessem sentir nele o odor do sexo, do fracasso, do roubo. Afastavam-se educadamente, mas sem hesitação, ao ver seu olho estranho, que chorava, e conseguiam enxergar o que havia dentro dele. Elas *sabiam* e isso o deixava arrepiado, fazia seus dentes baterem. Você não é muito melhor que ela, diziam os lábios retorcidos pelo desdém. Agora não adianta mais ficar triste, seu filho da mãe. Você sabe o quanto é fácil fugir, deixar alguém dormindo.

Os corpos dos santos tremulavam ao seu redor.

O grande estandarte com a imagem do Cristo crucificado pairava lá em cima, fazendo a multidão vibrar. Feito uma pira, diante dele, as velas acesas esperavam. O cheiro quente e puro do fogo. Ele caminhava e o cabelo loiro de uma mulher à sua frente tinha cheiro de rosas. Billie ao seu lado, seu rostinho iluminado. Magoada, compreensiva. Ele acendeu uma vela e a segurou diante de si. Deus do céu, como sua cabeça girava. Seu sangue parecia sólido em suas veias. Uma vela em homenagem ao nascimento de Cristo, em homenagem a Jó chafurdando em sua própria merda, em homenagem a Jonas fugindo feito louco do monstro que ele sabia que era. Uma vela para Jennifer, só por precaução. Para sua pobre mãe abandonada. Para Alex, Pete e Irma, a pobre Irma que agora o fazia chorar e rir no meio de todas aquelas coisas, na catedral de Nossa Senhora de Paris. Nossa maldita senhora que o deixou chorar, tropeçar e cair naquele cabelo com cheiro de rosas, com a chama trêmula de sua vela de repente crescendo, crepitando e transformando-se de um jeito hilário num fogo de verdade diante dele e dos outros, cujas bocas estavam agora abertas, como se em adoração pela estranheza dos milagres. Línguas de fogo vívido enquanto ele caía sobre a multidão de pessoas que se empurravam. Que Deus as guarde!

Cinco

On a quiet street where old ghosts meet
I see her walk away from me
So hurriedly my reason must allow
That I have wooed not as I should
A creature made of clay...[10]

"Raglan Road"

---

[10] Numa rua silenciosa, onde velhos fantasmas se reúnem/ Eu vejo ela afastar-se de mim/ Com tanta pressa que desconfio/ Que não cortejei como devia/ Uma criatura feita de barro... [N.T.]

46

Com a cabeça para trás e a boca aberta feito aqueles palhaços em que a gente enfia bolas, Scully roncava, esparramado nos assentos, cheirando a estações de trem, à fogo, a cimento e àquela noite comprida e terrível. Billie tinha passado por tantas noites ruins que não conseguia lembrar-se de alguma que fosse boa. Mas a noite passada foi a pior. Na noite passada ele sem dúvida era o Corcunda. Parecia um animal ferido, assustado e também assustador, quase incendiando o cabelo daquela moça e caindo no meio da igreja, e o padre lá em cima, parecendo um rei zangado em sua batina. Tirou ele dali bem rápido, antes que as pessoas fizessem algo de ruim com ele. Era horrível ver aquilo, vê-lo caindo feito um touro morto, que só tentava deitar e morrer. Ele estava tão pesado, chorava tanto, estava tão mal que ela sentia dor no coração. E Billie soube, ali mesmo, que só ela poderia salvá-lo.

Engoliu seu comprimido sem água. O comprimido serpenteou garganta abaixo como se estivesse vivo. Sentia as mãos sujas. E também precisava tomar um copo de leite, ou então uma garrafinha de suco de maçã, aquela garrafinha que parecia ter quadris largos e que fazia ela se lembrar da vovó Scully. Seu rosto não doía mais, mas seus olhos ardiam por ter passado a noite em claro, cuidando dele.

Não havia muita gente no vagão. Alguns homens, algumas mulheres, mas nenhuma família. A maioria era parecida com Scully: pareciam ter dormido numa estação de trem no dia de Natal. Dava para ver que ninguém os esperava em casa para almoçar, que não iam abrir presentes, não iam achar a moeda escondida no pudim de Natal, não iam passar a tarde na praia, não iam usar chapeuzinhos de festa e nem comer uma caixa de macadâmias até passar mal. Mas ela mesma não ligava para nada daquilo. Ficou meio surpresa por não ligar, mas agora ela tinha uma missão. Olhando ao redor, ela podia apostar que metade das pessoas ali levantaram de manhã só para fazer alguma coisa, só para ir a algum lugar e sair de Paris.

Olhou para os joelhos de sua calça jeans nova e pensou em Irma. Sentia-se mal por ela. Irma não era adulta de verdade. Por dentro ela ainda era criança, mas tinha bom coração. Um dia Scully ia perceber isso. Irma não era uma estátua. E ela iria procurar por eles, iria encontrá-los. Ela era como Scully. Talvez fosse por isso que Billie gostava dela. Sim, ela iria achá-los de novo e Billie não achava isso nem um pouco ruim. Tudo o que uma pessoa precisa é de um bom coração.

Sua cabeça doía. Encostou a cabeça no assento da frente, onde algum palhaço deixou dois buracos de queimadura de cigarro. Ainda ouvia o som dos sinos em sua cabeça. Os sinos, os gritos e o choro dele, ecoando nos túneis do metrô. Paris explodindo com o barulho dos sinos. Até lá embaixo dava para ouvir os sinos de todas aquelas igrejas. Ele deitado em cadeiras de plástico e no chão da Gare de l'Est, enquanto aquele monte de pessoas loucas corria pelos túneis, batendo carrinhos com malas e quebrando garrafas. E os velhos dormindo em poças mornas, os sacos de dormir enrolados e encostados nas paredes de azulejo. Era igual a debaixo da ponte. Paris era bonita por cima e oca por baixo. Lá embaixo, todas as pessoas eram sujas, cansadas, perdidas. Não estavam indo para lugar nenhum. Estavam só esperando a Torre Eiffel e a Notre Dame, a cidade inteira, cair sobre suas cabeças.

Pegou o último pedaço da baguete que havia comprado e pôs na boca. Ninguém falava nada no vagão que balançava em silêncio, batendo nos trilhos. A chuva escorria pelo vidro das janelas. Ela precisava ir ao banheiro, então guardou o frasco de comprimidos na mochila e a levou consigo, dirigindo-se para o fim do corredor, para as portas de vidro.

No banheiro, ouviu o rugido do trem nos trilhos e sentiu o ar frio batendo em seu traseiro. Uma luz fraca entrava pela pequena janela e a fez pensar em seu quarto, em Fremantle. A janela bem grande, de frente para os barcos. Todas aquelas ávores retas, as araucárias, feito setas perto da água. E o sol batendo na parede do seu quarto, o quadrado de sol com aquelas coisinhas diminutas levitando dentro dele. Quando era pequena, achava que eram as almas dos insetos mortos, ainda voando na luz. A parede de madeira. O chão sem tapete, com carrinhos pequenos e ursinhos de pelúcia adormecidos, enfileirados. Não adiantava pensar mais nisso. Agora nada daquilo existia mais. Ela tinha um quarto naquela casinha de boneca que Scully fez na Irlanda. E da janela dava para ver um castelo. E lá também tinha um celeiro para um cavalo. A lembrança era uma névoa – todo aquele dia estava envolto em névoa. E ela se sentia feliz por isso, mas sabia que a névoa sempre acabava sumindo. Um dia a névoa iria desaparecer, até mesmo as partes que ela não queria ver. Até o aeroporto. Até mesmo isso.

Olhou-se no espelho do banheiro: estava suja, feito uma cigana, mas não tão bonita.

Lavou as mãos e o rosto com o sabonete e ajeitou o cabelo, fazendo um pente com os dedos. Ainda se sentia feliz por parecer com Scully. Ela também não era bonita, mas a gente não precisa das pessoas bonitas. As pessoas bonitas se olham no espelho e ficam muito tristes ou muito felizes. Mas as pessoas que eram como Billie só davam de ombros, não ligavam. Ela não queria ficar bonita quando crescesse. E, afinal de contas, ela agora tinha cicatrizes, bastava olhar pra ela.

Billie umedeceu uma toalha de papel e voltou pelo corredor com ela. Scully agora ocupava quatro assentos; suas pernas e botas esticadas sobre o vão, no assento dela. Sua calça jeans estava manchada e fedorenta e havia coisas saindo de seus bolsos.

Ficou parada alguns instante, vendo os pedaços de paisagem passando pela janela, e então colocou a mão no bolso dele e tirou várias cédulas dobradas. Deixou as moedas no bolso dele, mais para o fundo. Havia mais dinheiro do que eles tinham antes, muito mais. Colocou o dinheiro no bolso da jaqueta, pensativa, e então pegou a toalha de papel molhada para limpar Scully. Ele gemeu e virou a cabeça, mas não acordou, nem mesmo quando ela limpou as mãos dele. Quando terminou, havia pedacinhos de papel em sua pele, aqui e ali, mas sem dúvida ele agora estava melhor. Enfiou a massa molhada e cinzenta de papel no cinzeiro e sentou de frente para ele, com a mochila no assento ao lado, e ficou folheando os passaportes dos dois, vendo suas antigas feições, os sorrisos enormes. Contou o dinheiro mais uma vez (quinhentos francos) e o guardou no bolso da jaqueta. E logo adormeceu, enquanto a Bélgica passava pela janela, ignorando-a.

No trem, atravessando os estranhos subúrbios ornamentais de Amsterdã, Scully descansava a cabeça contra o vidro que tremia. Sentiu que Billie lhe dava leves tapinhas carinhosos, como uma mãe acariciando o filho. Nos últimos trinta minutos, sua dor de cabeça havia piorado muito. Doía tanto que o trepidar do vidro nem mesmo o deixava pior. Sentia a garganta dolorida pelo vômito, e ela parecia um tubo de PVC enfiado em seu corpo. E ele fedia igual a um banheiro público. Assim que o trem parou, as outras pobres almas no vagão estavam com cara de quem estava prestes a pegar o trem de volta a Paris. O poder letal do Natal.

Tateou os bolsos, procurando alguma coisa para pôr na boca, e tirou de lá trocados em quatro moedas diferentes.

– Eu peguei o dinheiro – disse Billie, de frente para ele, antes mesmo de ele entender o que se passava.

– Você? Por quê?

Ela deu de ombros.

– Estou com medo.

– De mim?

Billie olhou para baixo, para suas botas.

– Então você vai precisar trocar o dinheiro por florins. Dinheiro holandês. A gente está na Holanda.

– Holanda?

– O país daquela história do menino que ficou com o dedo preso na represa.

Ela assentiu, séria.

– Melhor do que ficar com a cabeça presa numa represa, imagino – murmurou ele para si mesmo.

– Por que a gente veio pra cá?

– Preciso visitar a Dominique. Ela tem uma casa flutuante aqui.

Ela suspirou e olhou pela janela. Scully contraiu os membros lentamente, tentando controlar sua náusea. Podem me chamar de Rasputin, pensou ele. Podem até me envenenar, me acorrentar e me arrebentar, mas eu sempre vou ficar de pé, vou continuar procurando. Um sorriso meio torto tomou conta de seus lábios. Verdade, eu posso fazer todas essas coisas ruins comigo mesmo e ainda assim consigo seguir em frente. Então não me subestime, Dia de Natal! Mas, lá no fundo, ele sabia que não restava mais nada. A noite passada era como uma nuvem escura no fundo de sua mente. Seus dentes doíam e ele sentia um vazio no peito. Para onde quer que ele fosse hoje, sabia que só continuava andando para não afundar. Era como se a terra estivesse à sua espera, sedenta. Não adiantava fingir. Não lhe restava mais nada. Jennifer estaria ali. Ele a encontraria, agora sabia que a encontraria, mas mesmo assim se sentiria oco. No fim, tudo seria do jeito dela.

Não havia nenhum passageiro na estação Central. Os quiosques e lojas estavam fechados, mas havia um monte de gente que parecia morar ali. Sons portáteis e violões tocando em todos os cantos. Bêbados e drogados cochilando nos corredores. Cambistas com trancinhas rastafári no cabelo caminhando cabisbaixos perto das escadas rolantes desertas, desanimados com o feriado. Um louco usando meia-calça fluorescente gritou vendo seu próprio reflexo na vitrine do *Bureau de Change* que estava fechado. Hippies de dezessete e dezoito anos – alemães, pensou Scully – bebiam Amstel e riam de um jeito afetado. Scully grunhiu para eles e continuou andando. O ar estava quente, abafado, com cheiro de suor, fumaça e urina, então o ar da rua foi lufada fresca que ele saboreou durante alguns segundos. O ar fresco o despertou o suficiente para que ele colocasse a mochila no ombro, olhasse para Billie de sobrancelhas erguidas, hesitante, e continuasse caminhando, meio zonzo, sob a luz opaca do dia, na direção do trançado das linhas de bonde na praça à frente deles.

Um canal, centenas de bicicletas na vertical, uma fileira de prédios bonitos, desfigurados por vários anúncios de neon. Um céu cor de peixe, o firmamento tão baixo que fez Scully ficar encurvado até ganhar um ritmo rápido que nunca ia além do andar arrastado de uma vítima, os passos incertos de um lunático, o caminhar de um jeca. Estava acabado. Sentia-se péssimo.

Era uma cidade bonita, não havia como não notar. Bonita, mas silenciosa a ponto de dar medo. Não havia quase ninguém nas ruas. De vez em quando, sinos tocavam timidamente e um ou uma ciclista bonita passava, totalmente empacotado em roupas de inverno, determinado a chegar em algum lugar.

Desceram pela estrada larga e ladeada de árvores, com seus cafés fechados, hotéis baratos, lugares para troca de dinheiro e lojas de suvenir até chegarem a uma praça grande. Debaixo da estátua na praça, alguns homens de pele escura fumavam baseados e um jovem árabe e ríspido sussurrou roucamente para ele, oferecendo cocaína.

– Não enche – disse Scully, sentindo-se tomado pelo mal-estar do "recém-chegado", pelo medo de estar numa cidade que não conhecia. Ficou surpreso por ainda ser capaz de sentir alguma coisa, mas lá estava ela, a velha sensação de nó no estômago que sentiu na primeira vez em Londres, na primeira vez em Paris, em Atenas. Finalmente uma emoção, graças a Deus. Era pior sem as multidões, sem as levas de gente onde ele podia simplesmente se ocultar e continuar andando, tentando decidir para onde ir. Cada porta que dava para a rua estava fechada. Os passos dos dois ecoavam claramente no ar límpido do dia. Scully não tinha alternativa senão continuar, visível, parecendo um pé-rapado, sem poder se esconder. Mas que importava isso? Que se fodam! Dane-se Amsterdã, dane-se o Dia de Natal!

Depois de um tempo, chegaram a um restaurante turco e se deixaram cair nas cadeiras de plástico. Comeram homus e tabule velhos. Tomaram café e chocolate enquanto jovens mulheres varriam e limpavam o lugar. Scully ficou olhando para os frontões com sinos, as cercas de ferro trabalhado, as janelas imensas. Tentou encadear os pensamentos.

– Onde fica a casa flutuante? – perguntou Billie, limpando os dentes com um guardanapo de papel.

– Não sei – murmurou ele.

Ela arregalou os olhos, surpresa.

– Mas então você não tem o endereço?

– Não.

– Mas isso é uma cidade!

– Grande conclusão, Einstein.

– Não fala assim! Não ri de mim! – disse ela, olhando para Scully com tamanha fúria que ele até mudou de posição na cadeira.

– Desculpa.

— Eu posso muito bem ir embora — murmurou ela. — Eu tenho dinheiro.

— Não faça isso.

— Então não ri de mim.

Ela levantou e foi pagar a conta. Ele ficou olhando enquanto ela cuidadosamente tirava uma nota de cem francos do maço. Ficou surpreso ao ver que as moças turcas decidiram aceitar. Dava para ver que achavam Billie uma figura. O modo como ela esperava pacientemente pelo troco. Sua filha. Billie contou as coloridas notas de florim, agradeceu educadamente e voltou à mesa.

— Scully?

— Humm?

— Vamos pra casa?

Scully fez que não balançando a cabeça.

— Eu quero parar de procurar.

Ele balançou novamente a cabeça e sentiu o sangue pulsar nas têmporas.

— Você nem sabe onde procurar.

Ele sorriu.

— Não deve ser difícil achar uma casa flutuante, certo?

Billie bateu com o punho na mesa e foi para a rua, melancólica, irritada. Ele ficou algum tempo olhando para ela, vendo-a chutar as pedras, sua respiração visível no ar. Os pombos se afastaram dela, desconfiados, sacudindo as cabeças. Ele sorriu para ela através da divisória de vidro. Ela devolveu o olhar de cara amarrada.

47

Finalmente param de bater na porta e ela apóia o peso do corpo no braço mole. A luz fraca do meio-dia cai sobre as roupas de cama desarrumadas. Coisas esparramadas pelo quarto. Sapatos vermelhos bonitos. Meia-calça preta. Uma mala xadrez revirada e aberta. Sacolas de compras e papéis de embrulho aos montes. A porta do banheiro está fechada. Natal. Claro, os queridinhos devem estar na igreja. Deus do céu, ela precisa de um cigarro, mas onde estará a sua bolsa no meio dessa bagunça?

Lentamente, tomando muito cuidado, ela se põe de pé. Sente a dor de cabeça vindo, feito uma avalanche. Chuta as coisas no chão – nada de bolsa. Bate na porta do banheiro. Abre-a lentamente. Sobre o balcão, até mesmo dentro da pia, suas coisas. Ela acha o interruptor, faz uma careta de dor com a luz repentina e vê sua carteira no chão. Pega a carteira, que ainda tem o cheiro do Marrocos. Cheques de viagem, todos assinados. Todos ali. Mas nada do dinheiro. Seu passaporte, absorventes internos e bilhetes de viagem no balcão. E, no espelho, bem na cara dela, três X. Beijo, beijo, beijo. Como no fim das cartas.

Irma pega o maço de Gauloises, acha o isqueiro e acende um cigarro. Ela dá uma tragada profunda, com a cabeça inclinada para trás, a dor concentrada na base do crânio. XXX. Que desgraçado! Que filho da mãe!

E desata a rir.

48

Billie e seu pai caminhavam a esmo, seguindo pelos canais prateados enquanto o tempo piorava. Seguiam por ruas com nomes como Prinsengracht, Herengracht, Keizersgracht, palavras que soavam como se você estivesse falando de boca cheia. As pontes lacrimejavam com a chuva fina e afogavam com seu choro as bicicletas acorrentadas juntas sob a projeção das árvores sem folhas. Ao longo dos parapeitos de tijolos dos canais, havia barquinhos de remo, barcos a motor e patos de borracha presos a cordas, ao lado de casas flutuantes de todos os tipos possíveis. As casas flutuantes não eram iates, caíques ou balsas, como na Grécia e na Austrália, e sim casas enormes, pesadas, que mal se moviam. Enfeitadas com fileiras e fileiras de potes com flores amarelas, as casas flutuantes ficavam bem próximas da água. Tinham uma cor de creme envernizada e seus remos estavam amarrados nas laterais, como se fossem proteções de madeira. Eram grandes, largas, com laterais arredondadas, com janelas cheias de plantas verdes e cortinas com babados. De suas chaminés saía o cheiro de fumaça e o calor do fogo, junto com o cheiro de comida. Tigelas de cachorro do lado de fora, coletando a chuva, que escorria pelas bicicletas presas em correntes, pelas cadeiras de jardim, pelas luzes de Natal. Para Billie, pareciam ter sido construídas por crianças, pintadas como se fossem casas de boneca. A cidade inteira era assim — cada casinha parecia um lugar para brincar, para se esconder. As ruazinhas e canais eram tão pequenos que dava para imaginar que ela mesma construiu aquilo.

Mas logo as ruas viraram mais ruas, os barcos viraram mais barcos, a chuva deixou a superfície da água arrepiada, e ela só continuava andando, com Scully atrás dela feito um cavalo manco. A gola de Billie estava encharcada e sua calça jeans molhada de tanto encostar nos parachoques dos carros estacionados, e ela começou a achar que salvá-lo talvez fosse difícil demais para ela. As casas compridas e magrinhas começavam a parecer torradas enfileiradas. O céu estava empapado de chuva, um céu que nunca teria sol, lua ou estrelas.

De vez em quando, alguém abria uma porta em alçapão para tirar roupas do varal ou despejar um balde de água suja, ou então só para fumar um cigarro com uma bebida natalina nas mãos, e Billie corria na direção dessas pessoas com a foto da carteira de Scully. A foto em preto e branco, cortada e amassada. Eram os três na foto, mas ela não conseguia olhar. Ela só mostrava a foto para as pessoas enquanto Scully ficava lá atrás, cabisbaixo, envergonhado. Queimava sua mão, aquela foto, mas ela não ligava mais. Hoje era o aniversário de Jesus e ela tinha as mãos dele: sentia buracos queimando em suas mãos. Mas não podia olhar, com medo de *vê-la* na foto. Se Billie olhasse para aquele rosto, com sua pele macia, o cabelo esvoaçante e negro, os belos olhos distantes, ela sabia que todo o seu amor, todas as sua forças iriam cair por terra. Faria xixi nas calças e sentiria as mãos pegarem fogo e também viraria pedra, seria uma estátua perto da água. Então ela ignorava a sensação ácida que queimava suas mãos e segurava a foto virada para aquelas pessoas, com suas bochechas rosadas e seus sorrisos natalinos.

As pessoas das casas flutuantes olhavam para a foto e depois para Billie e seu pai. Notavam suas roupas maltrapilhas, seus rostos cansados, e balançavam a cabeça negativamente, com ar triste. Às vezes traziam um prato de sopa ou colocavam dinheiro na mão de Billie, mas ninguém conhecia aquele rosto, e a cada negativa, Billie sentia-se culpada por sentir alívio.

Continuaram andando e andando pelas ruas e canais com nomes enormes, e ela sentia os lábios ressecados, as mãos queimando. Ficava o tempo todo esperando que ele desistisse, rezava para que ele desistisse, dizia a ele mentalmente para enfim se cansar e parar, mas, quando olhava para trás, ele fazia um gesto para que ela continuasse, mal levantando os olhos, e Billie continuava a subir as pranchas que levavam até as casas, a pular as divisórias de corda, a bater nas janelas. Cada gesto negativo de cabeça, cada expressão nula no rosto daquelas pessoas era um alívio. Não, não, não e não. Ela não estava ali. Billie tinha medo de que se continuassem procurando por tempo suficiente, o rosto de alguém iria se iluminar horrivelmente, reconhecendo a mulher na fotografia. E aí seria o fim. Aquilo a mataria. Ela simplesmente não sabia o que iria fazer.

Numa esquina, cercada por postes verdes com dobras na ponta feito pinto de menino, ela viu uma loja fechada, com pôsteres de fotos da Grécia e do Havaí e aviões enormes. Na parede, havia um quadro negro, com palavras compridas e preços. Um lugar que vendia passagens. Sentiu o dinheiro contra a perna e continou a andar como se não tivesse visto a loja. A loja seguinte era uma lanchonete com um cardápio na janela.

Satesaus, Knoflook-saus, Oorlog, Koffie, Thee, Melk. Também estava fechada. Tudo estava fechado.

Os relógios das igrejas batiam e faziam barulho e Billie continuava. Ela andava e andava e a luz aos poucos sumia do céu, e o ar ficou tão frio que parecia Coca-Cola gelada descendo pela garganta. E, de repente, anoiteceu, e eles estavam de pé numa ponte pequena, olhando para a água parada, para as luas refletidas que os postes da rua criavam.

– Nada – disse Scully.

– É – disse ela.

As pessoas começaram a sair para as ruas. Passavam por eles de bicicleta, as sinetinhas tocando, falavam, riam e cantavam.

– Scully, eu tô com frio.

– É.

– Vamos... vamos pra algum lugar.

– Tá.

E ele só continuava parado, olhando a água, suas mãos enluvadas sobre o corrimão verde da ponte, até que ela o pegou pela manga e o conduziu por uma ruazinha estreita, onde havia janelas com luzes acesas, de ar aconchegante. Ela o empurrou para dentro do primeiro lugar que achou e foi atrás, sentindo cheiro de comida, fumaça e cerveja. Havia areia no chão, música e aquecedores sussurrantes nas paredes.

Billie seguiu seu pai até o balcão grande de madeira do bar e subiu numa banqueta ao seu lado.

– Ele vai tomar cerveja, eu acho – murmurou ela para o barman. – E eu um chocolate quente. *Chocolat chaud?*

O homem endireitou-se. Seus olhos eram enormes. As lentes de seus óculos eram grossas como cinzeiros. Ele colocou no balcão uma taça redonda de cerveja com "Duvel" escrito e muita espuma em cima. Billie encostou o queixo nas mãos e ficou olhando para Scully, que se olhava no espelho do bar.

– Foi um dia ruim, hein? – perguntou o barman.

Billie fez que sim.

– Tá tudo bem com ele? – perguntou o homem, inclinando a cabeça na direção de Scully.

Billie encolheu os ombros. Scully bebeu a cerveja de uma vez e empurrou o copo para a frente, pedindo mais.

– Toma cuidado com essa cerveja, cara – disse o barman, em tom amável. – Não é à toa que o nome dela parece "diabo" em inglês. Toma conta dele, menina.

Billie assentiu com ar triste, e olhou para o quadro negro.

– Você tem salsicha com batata?

– Minha querida, você está na Holanda. Aqui só tem salsicha e batata – respondeu ele, rindo. – Vai ser para vocês dois?

Billie fez que sim. Tirou o dinheiro do bolso.

– Uau, pelo jeito você é a chefe, né?

Ela gostou dele. As pessoas em Amsterdã não eram tão ruins. Não tinham medo de crianças como em Paris ou Londres. Tinham vozes que pareciam cantar, bochechas rosadas feito maçãs. Ficou pensando se Dominique achava a mesma coisa. Dominique era triste, igual ao Alex. Suas fotos eram solitárias, sombrias, tristes. Ela parecia um pássaro. Um grande pássaro triste. Talvez ela tivesse vindo pra cá para ficar mais alegre, para ver as pessoas de bochechas rosadas e tirar fotos mais felizes.

Num canto, um homem com um lápis enfiado numa das orelhas conversava ao telefone. Ele era ridículo. Devia ter vergonha. Parecia um periquito falando em sua língua, sabe-se lá a língua que falavam ali. Línguas demais, países demais. Ela já estava cansada de tudo aquilo. Desceu da banqueta e atravessou pelo chão de areia até onde estava a lista telefônica, pendurada na parede. Pegou a lista e a abriu contra a superfície de madeira da parede. Mas não adiantava. Ela não sabia como se escrevia Dominique e tinha esquecido o último nome dela. Mas sabia que devia saber essas coisas. Que devia estar na escola, lendo livros, escrevendo nos cadernos, brincando de bola. Que devia estar *em* algum lugar, onde as pessoas soubessem seu nome, soubessem como ela era. Algum lugar onde ela não precisasse salvar ninguém.

Largou a lista telefônica, que se chocou contra a parede, e deu um susto em todo mundo no bar.

– Como é que se escreve Dominique? – perguntou ela a Scully.

Mas ele só continuou a se olhar no espelho, com os olhos meio abertos. A comida chegou.

– Acho que o seu pai precisa de ajuda – disse o barman, em tom gentil.

– É. Eu tô ajudando – respondeu Billie.

O cheiro da comida era um sonho. Fazia com que ela se sentisse forte de novo.

Quanto mais tempo Scully passava sentado ali, mais sede sentia. A cerveja trapista tinha um gosto complexo, delicioso. Era como se ele tivesse deixado a dor para trás. Conseguia concentrar-se calmamente nos piores pensamentos, cada clarão de pesadelo que passava por sua mente, sem nenhuma dor. Agora estava perto dela. Ele não tinha mais nenhuma ilusão, não se agarrava, desesperado, a nenhuma esperança. Ela estava ali, em Amsterdã, e era só uma questão de tempo. Uma boa noite de sono, acordar cedo, com a mente clara, organizada.

Sem dor. Nem mesmo ao pensar em Dominique. Não havia a menor dúvida de que ela estava com Dominique, mas de que maneira ela estava com ela já era mais nebuloso. Estaria a amiga em comum dando refúgio a Jennifer contra sua própria vontade? Será que ela se sentia dividida, sem saber a quem devia lealdade? Ou será que as duas partilhavam do mesmo – que mais poderia ser? – ódio por ele? O que mais elas partilhavam? A cama? A ideia em si já deveria deixar qualquer homem revoltado, certo? Diziam que era a pior humilhação, ser abandonado por uma mulher, mas agora isso não parecia nem pior nem melhor. O que quer que fosse, o que quer que tivesse acontecido, a Scully só restava acalentar a decepção que sentia ao pensar em Dominique. Mas que importância tinha saber *como* aconteceu? Dominique havia escondido coisas dele.

Não, nenhuma dor. Só sede.

Caramba, nada impedia que elas já fossem amantes desde o começo, em Paris. E ele tão feliz por ela ter uma companhia. Marianne, Jean-Louis, provavelmente eles sabiam o tempo todo. O desdém que sentiam era desprezo por sua cega confiança, sua fraqueza. E o bebê, o bebê era só um embuste, só uma maldita armadilha para se livrar dele. Para deixá-lo sozinho naquele casebre caindo aos pedaços, para ganhar tempo. Ele nunca viu nenhuma imagem em ultrassom, nenhum recibo de consulta médica, nenhum resultado de teste em Atenas, paspalho que era, confiando cegamente. Então ele não tinha outra criança. Isso já se aproximava mais da dor. Alguns dias antes, saber disso talvez o deixasse arrasado. Mas de alguma maneira ele estava além de tudo aquilo. Havia cruzado uma linha. Nada de bebê. Nada de esposa. Nada de casamento. Nada em seu passado que ele pudesse relembrar com certeza inabalável, nada além de areia movediça. E, quem sabe?, ela também pode ter dado no pé com todo o dinheiro que tinham. Em nome de quê? Do amor? Do desenvolvimento pessoal? Da vida boêmia?

Isso significava que ele causou esse sofrimento a si mesmo, à coitada da Billie, a Irma, só para ver um cadáver. Atravessou a Europa inteira de bom grado para identificar um cadáver. Com orgulho. Sim. Isso significava, ali, sob a luz quente daquele bar, sem sentir dor nenhuma, que ele não tinha nada. Nem um buraco no chão, nem mesmo o eco da ideia do que era sua vida. Na verdade, porra nenhuma. E isso só aumentava sua sede.

49

Scully só foi sentir o ar frio de dezembro da rua sabe-se lá a que horas da noite. A menina estava de olhos vermelhos, cansada, mas ele flutuava, pairava sobre as pedrinhas de cantaria lustrosas, caindo de bêbado, livre.

As ruas estavam repletas de pessoas caminhando, andando de bicicleta, em carros velozes. Ruído de bicicletas feito asas de mariposa passando por seus ouvidos. Sinos badalavam, reverberando um pouco nas ruas e muito no ar, fazendo com que pombos levantassem voo das torres da igreja. As nuvens debruçadas sobre a cidade. Grupos de pessoas embrenhavam-se por entre pequenos postes de demarcação e ajeitavam-se jogando a ponta de seus cachecóis, lançando perfume no ar. As linhas dos bondes brilhavam, as grandes janelas de vidro emolduravam pessoas, móveis e música, e os frontões informais davam um ar austero e bobo àqueles prédios calvinistas. A cidade tremia, trepidava nas bases, e Scully descia pelas ruazinhas, passando por voluptuosas grades de ferro trabalhado, com o doce efeito anestésico da cerveja trapista transparecendo em suas bochechas: era um alívio. Deus do céu, como todos ali eram bonitos. Como eram jovens, com traseiros bem torneados sobre os bancos das bicicletas. As janelas do café eram pedaços de manteiga derretendo a seus pés, o ar era claro e tão frio que cortava.

Em Spuistraat, o segundo andar de um depósito abandonado, decorado com correntes douradas e estandartes com pichações em holandês, retumbava furiosamente com luzes e música. Nas paredes do depósito, um grafite insano. As pessoas lá em cima pareciam pássaros, pássaros alemães prestes a cantar em inglês a qualquer segundo – desde que limpassem a garganta direito. Olha só, até o pessoal que se apossava dos lugares abandonados tinha orgulho de morar ali. Que povo!

Foi abrindo caminho até um café de paredes de madeira escura, repentinamente surpreso por se encontrar ali dentro, e pediu mais cerveja Duvel e um pouco daquela bebida clara e maldita que todo mundo no balcão estava bebendo. O doce barulho da areia nas tábuas sob seus pés o consolava depois de perceber o olhar de raiva, cansado, da menina perto de seu braço. Ah, que se dane! Olha só essas estudantes, os cintos apertados de uma maneira lindíssima sobre seus umbigos, o pedaço de pele pálida aparecendo nos rasgões propositais de seus jeans Levi's, as mãos largas e claras em seus cabelos, o modo como suas testas brilham, a curva de suas panturrilhas contra a calça.

Bebeu de uma vez o trago da bebida clara e imediatamente complementou com cerveja. Pensou naquelas orelhas absurdas e vermelhas de Peter Keneally. Agora suas próprias orelhas não existiam mais e suas sobrancelhas estavam derretendo. Sentia a mandíbula já totalmente entorpecida, mas a sua boca ainda funcionava. O avental do barman abria feito uma vela presa nos guinchos do barco, as torneiras de latão de onde saía a cerveja. Sem problema, ele agora já estava acostumado com o balanço do mar, já era um polvo. Oito pernas, sendo que seis delas eram de Irma.

– À Irma! – bradou de repente, levantando o copo.

A menina mexeu na carteira e achou florins.

– Ao Natal de Irma na Ile St. Louis!

O barman pegou o dinheiro e sorriu, compreensivo, para a filha sóbria e prestativa.

– Às seis pernas de Irma que apertam e sufocam! Que se contorcem feito um polvo!

Sentiu a ponta das pequenas botas chocarem-se contra sua canela e desatou a rir. Ela batia nele com punhozinhos do tamanho de damascos, seu cabelo era um borrão. As moças perto do bar viraram-se em suas jaquetas de couro barulhentas e sorriram. Scully sentiu que estava se inclinando para a frente, caindo pelo salão, sendo arrastado pelo cinto enquanto acenava para aquelas gracinhas com traseiros redondos, e então sentiu o ar perfumado e frio da noite em seu pescoço. De vez em quando, tudo apagava. A menina ficou ali parada feito um mastro, mas ele se movia. Esticou a mão para ela e continuou.

As ruas agora tinham uma cor rosa, cheias de baques e cotoveladas. Agora havia lixo sob seus pés e as ruazinhas fediam. Não sabia dizer se ele de repente havia ficado cansado ou se as pessoas eram todas mais velhas.

Um pequeno ser usando um capacete cromado colocou o braço em sua frente, impedindo-o de passar por uma curva na calçada, lenta de tanta gente, sussurrando-lhe coisas numa língua que ele não entendia. Scully desvencilhou-se dele e, com o impulso, caiu num sujeito insano, com cara de palhaço e uma corrente de uns três centímetros no pescoço. No chão havia seringas e nas paredes havia janelas grandes, cheias de putas.

– Aqui! – exclamou alguém em inglês em uma porta que mais parecia uma garganta. – Sexo ao vivo! Sexo ao vivo!

Scully cambaleava pela rua, pisando sobre o vômito recente de alguém. Aterrissou contra a vidraça quente de uma vitrine, que estremeceu com o choque. Endireitou-se e viu um monte de fotografias. Doía tentar focalizar os olhos; aquele mundo de imagens o confundia. Gente, era o que parecia. Bom, parecia gente, mas podia ser também o interior de um abatedouro. Carne rosada e rostos com expressões de dor, chocados, com os dentes à mostra. Tateou e achou suas próprias orelhas e ficou segurando sua cabeça diante daquilo, esforçando-se para entender. Sim, aquilo era uma mulher. Parte de uma mulher. E lâminas de barbear! Deus do céu, me ajude! Lá estava, o Auschwitz da mente, o lugar para onde ninguém queria ir, o inferno que diziam que não existia. Viu seu rosto fitando-o de volta feito um pesadelo. Dedinhos agarravam-se à sua jaqueta feito peixes no anzol. Viu Billie chorando e, atrás dela, um vulto de cabelo negro na multidão que passava, o movimento rápido e cego de toda a sua vida que o fez desatar a correr feito um homem em chamas.

Billie escorregou num limão meio amassado, sob a luz rosada da porta, e caiu de joelhos. Aquela rua tinha cheiro de estrume, as pessoas tinham expressões animalescas. Vitrines grandes e baixas cheias de moças nadando sob uma luz púrpura, os olhos brilhantes, sedutores. Música retumbante nos alçapões do chão e ar quente que soprava em seu rosto, fazendo suas feridas arderem com o calor repentino. Os dois penetravam num túnel de quadris, pernas e vozes, a mão de Billie escorregando da mão de Scully enquanto ele cambaleava, afastando-se. Cocô de cavalo e comida apodrecendo no chão desnivelado. E ele continuava afundando no túnel de gente, colidindo contra uma parede de corpos rosados atrás do vidro, parecendo um cemitério, seu cabelo embaraçando-se e prendendo na maçaroca de dedos, pernas, dentes. Ela viu a garrafa na vagina da moça, o colchete enfiado no rosto ao lado, o arreio de cavalo e o olhar de gado das pessoas nas fotos sob o vidro, e seu pai deslizava para o chão, observando uma pessoa passar. Ele estava caindo, caindo, e era pesado demais para ela segurar. E então ele gritou *aquele* nome, a voz rouca, falhando.

– Jennifer!

Billie sentiu as unhas quebrarem quando ele se desvencilhou dela. Viu suas costas, seu cabelo afundando-se no meio do movimento apertado dos corpos, e ele desapareceu. Sabia que poderia alcançá-lo. Era pequena o suficiente para se embrenhar por ali e alcançá-lo, mas aquele nome a deixou petrificada, catatônica. Será que ela viu mesmo um vulto de cabelos negros e brilhantes com o canto dos olhos?

Billie ficou ali, respirando, mas sem se mover, com a luz piscando sobre ela, a água no canal brilhando feito um portal que levava ao centro da terra.

Pessoas que pareciam porcos passavam por ela, farfalhando, crepitando, espremendo-se contra as janelas. O vão do canal era mais raso embaixo da ponte.

Um homem com boné de beisebol colocou a mão em sua cabeça e disse algo que ela não compreendeu, e depois parou.

– Você fala *inglis*?

Billie desvencilhou-se dele.

– Te dou dez florins se você me deixar ser o seu papai, que tal?

Ela ficou olhando para ele. O rosto dele era de um cachorro que apanhava todos os dias, triste, caído, mas ainda com dentes, desconfiado, do tipo que pode morder se você vira as costas.

– Eu já tenho pai – disse ela, afastando-se, mas bateu com as costas contra um poste baixo.

– Você menina bonita.

Ela se apertou contra o postezinho e o sentiu gelado contra a parte baixa das costas.

– Muito bonita.

Billie sentia o cheiro de antisséptico e vômito da rua e o suor daquele homem atrás de seu casaco preto. Ele sorriu, mostrando os dentes amarelos. Sentiu a mão dele na dela, fria, puxando-a para ele, puxando sua mão para onde seu casaco estava aberto, para onde estava a fivela de seu cinto, pendurada feito uma lua que cai do céu. Ela lhe deu um soco bem ali, com força, até onde seu punho alcançava, e se enfiou no meio da multidão. Arranhou e chutou pessoas para passar, insistindo, conseguindo espaço suficiente para correr, e então viu Scully perto da ponte, inclinado feito um marinheiro na calçada.

Scully abriu caminho por entre grupos de garotos que negociavam com drogados encurvados, em frente ao Hard Rock Café, e a viu passar pela ponte debaixo da igreja, cujos sinos tocavam. Sob a luz das lâmpadas da ponte, o vulto de pernas bronzeadas. Começou a correr, chocando-se contra as laterais, contra todos os corrimões, contra a dor que sentia. Achou a esquina do outro lado do canal, mas a ruazinha estava cheia, uma maré de cabeças, ombros, coxas. O vapor erguia-se feito uma nuvem diante dele e o som irritante e monocórdio de um rap explodiu em seu rosto.

Viu o vulto rápido de um cabelo negro emoldurado pela luz que saía de uma porta. Foi abrindo caminho e agora seu coração de fato doía, impelindo-o a continuar. Seu olho ruim teimava a abrir, distorcendo a noite. Ela parou um pouco em uma porta, seu cabelo era uma cortina brilhante. Entrou. Scully diminuiu a velocidade, tentando se arrumar um pouco. Encostou num poste baixo e limpou o grumo que sentia nos dentes com a gola do suéter. Percorreu os dedos por seus cabelos sujos e bateu nas roupas para limpá-las, em vão. Não era exatamente o que ele esperava. Ele não estava pronto. Tremia feito um menino inexperiente, pensando se não deveria simplesmente ir embora, ter um pouco de orgulho. Mas ele havia percorrido uma distância longa demais para sentir orgulho. Seguiu para a porta.

Ao descer a escada, sob a luz fluorescente, Scully hesitou. Era uma espécie de supermercado de sexo, com prateleiras lustrosas e iluminadas, para agradar os turistas e pessoas solitárias que haviam acabado de chegar na cidade. Todos os produtos estavam envoltos em celofane, organizados de acordo com o gênero, feito uma loja de discos, e aquilo de repente pareceu simplesmente hilário. Ah, dane-se! Ele não a conhecia mesmo, no fim das contas. Será que ela havia escapado por causa de coisas assim? Sentiu um sorriso idiota em seu rosto e a viu caminhando entre as prateleiras.

– De todas as bodegas que vendem sexo – disse ele, de repente, mais alto do que tencionava –, você tinha que entrar logo na minha!

O garoto no caixa, imberbe, usando um brinco de pérola e um suéter que a mãe de alguém fez, sorriu, cansado, e olhou para o outro lado. Rostos rosados, bochechas cor de maçã viraram-se em sua direção enquanto ele caminhava por entre as seções. Devem estar trocando seus presentinhos de Natal, pensou ele. Espero que tenham desinfetado antes.

O cabelo serpenteou nas costas dela e ele sentiu um aperto no peito. Ela, tão perto. Sentiu cheiro de perfume, ouviu o clique dos saltos altos enquanto se aproximava.

– Jennifer?

O vulto, com barba por fazer. Scully espremeu os olhos, avançando sobre ela, mas a peruca já deslizava sob suas mãos e o sujeito assustado e maquiado caiu dos seus sapatos de salto alto, e Scully gritou de susto. Cambaleou e as prateleiras começaram a cair, em sinal de solidariedade. A caverna fluorescente agora ecoava com gritos e coisas caindo. Scully fez meia-volta, sentindo a surpresa e a raiva provocada pela peruca em sua mão, e atingiu bem no queixo o pobre-diabo de blazer amarelo e boca aberta. As pessoas começaram a correr, causando uma confusão de pênis de plástico. Scully levantou as mãos para acalmá-las mas o garoto do caixa com cara de bom moço veio para cima com um vibrador circuncisado, envolto em celofane. Scully abaixou a cabeça e foi em sua direção. Só para ter a doce sensação dos golpes em sua cara, para que a anestesia da dor matasse sua sede e preenchesse a calma escuridão que se abria dentro dele.

Billie o viu sair algemado, gritando feito o Corcunda no Festival dos Tolos, sua imagem borrada pelas lágrimas. A multidão nervosa abria caminho. Eles não o conheciam. Achavam que sabiam o que ele era, mas não tinham a menor ideia. As luzes do furgão giravam. Alguém a tocou no ombro e ela subiu no banco da frente, sentindo cheiro de charuto e desinfetante. Fecharam as portas. Os policiais conversavam em sua língua de pássaros. Lá atrás, atrás do vidro, ele estava rindo. Alguém, o motorista, passou um lenço para ela.

– Você o conhece? – perguntou alguém.

Billie pensou na pergunta. Sentiu no lenço o cheiro doce de roupa lavada e umedeceu os lábios. As luzes das ruas estreitas passavam rápidas.

– Sim – disse ela com a voz firme. – Ele é meu pai.

50

Scully acordou com um susto horrível que lhe fez doer a cabeça. Sentiu imediatamente a garganta dolorida. Seu rosto estava quente. O colchão de vinil gemeu debaixo dele quando se sentou na cela nua. Um cubo. Ouviu uma chave roer feito um rato dentro da fechadura e a porta grande abriu, a janela deslizante aberta feito uma boca escancarada. Droga! Ficou de joelhos, cambaleante, lento, tentando se levantar a tempo.

– Billie?

Uma mulher trajando um terno de veludo cotelê amassado, com cabelos loiros acinzentados, entrou, hesitante. Atrás dela estava um sujeito de uniforme. O bigode dele era só uma penugem sobre o rosto firme e rosado. Mas então onde estava Billie? Meu Deus, meu Deus!

– Olá – disse a mulher. Ela era magra e bonita. Tinha uns quarenta anos, talvez. E parecia ter acabado de sair da cama. Seus olhos estavam vermelhos. – Você fala inglês, não?

Scully fez que sim, desconfiado, não gostando nada daquilo. Billie!

– O meu nome é Van Loon. Eu sou médica.

Scully assentiu. Ainda estava de joelhos, diante dela. Fecharam um pouco a porta.

— A sua... cabeça dói?

Ele pôs a mão na lateral da cabeça e fez uma careta.

— O vibrador — murmurou, lembrando-se.

A médica rabiscou alguma coisa em seu caderno.

— Dizem que você está chateado — disse ela. — Mas você está rindo.

Scully olhou para ela, sem entender.

— Você ficou duas horas rindo.

Pela dor de garganta que sentia, aquilo não era exatamente uma surpresa.

— Qual o seu nome, por favor?

— Anne Frank — disse ele, olhando a cela ao redor. — Vocês estão com Billie?

A médica sorriu. Tirou luvas de plástico do bolso e as colocou.

— Por favor, tire a sua jaqueta. Pode fazer isso por mim?

— Por quê? — retrucou ele, a voz rouca.

— Quero ver a sua pele. Os seus braços.

Braços? Mas obedeceu, os gestos duros, e mostrou-lhe os braços.

— Que drogas você consumiu hoje?

— Só bebida — disse ele. — Só isso.

— É por isso que você se meteu numa briga?

Ele olhou para as mãos dela nas luvas de plástico, e ela as tirou, sorrindo.

— Você é louco? — perguntou ela com voz gentil. — Eu estou aqui para ver se você é louco. Para te ajudar.

Scully retorceu-se e saiu da posição de joelhos. Não conseguia se lembrar de ter ficado duas horas rindo. Agora estava numa maldita cela de prisão, com uma psiquiatra. Nada bom.

– Ok! – murmurou ele. – Eu não sou a Anne Frank.

– Ah! – disse ela, pegando o caderno novamente e agachando-se diante dele.

– Olha, será que você pode perguntar pros guardas onde está a minha filha?

– Você está preocupado com ela, não é?

– Você pode só perguntar? Agora? Por favor.

A médica virou a cabeça para trás e chamou em holandês o guarda uniformizado no corredor. A sua voz tinha um som estranho, reconfortante. Gotículas de suor começaram a se formar sobre a pele de Scully e ele segurou a cabeça entre as mãos.

– Dizem que ela ainda está lá em cima.

– Ela está bem?

– Tem alguém com ela, sim.

Ele não gostou daquilo.

– Quantos anos a sua filha tem?

– Seis. Sete, sete. Em julho. Ela é só uma menininha.

– Você é inglês?

– Australiano.

– Você não tem nenhum documento, nenhum dinheiro? Nenhum documento de identidade?

Ele engoliu em seco.

– Billie. A Billie está com a mala, não está?

– Qual é o seu nome?

– Deus do céu!

O policial colocou a cabeça para dentro e murmurou algo em holandês.

– Ele me disse que tem uma mala lá em cima, com passaportes.

– Eu quero ir embora agora.

Ela se afastou um pouco.

– Você está deprimido, não está?

– Ah, sim – admitiu Scully. – Pode-se dizer que sim.

Vão tirar ela de você, pensou. Essas pessoas vão tirar ela de você se você não voltar ao normal. Mas viu o olhar da médica percorrer as veias saltadas em seus braços, seguindo-as feito o mapa de suas inúteis viagens. Ela devia estar pensando se ele poderia explodir. Ele mesmo tinha essa dúvida. Será que seria aí que tudo iria acontecer? Será que ele iria explodir igual a uma melancia debaixo da roda de um carro, morreria feito um esguicho de suco podre?

– Eu só quero a minha filha.

– Ela está bem, está segura – disse ela, a voz calma.

Ele se levantou, ficou de pé, umedeceu os lábios. Ela ficou observando-o ir até um lado da cela e voltar.

– Você... você pode me dizer o seu nome? Por favor?

– Sim – disse ele. – Sim.

O chão era sujo e de repente parecia insuportável. A ideia de Jennifer era só uma piada, só a ideia dela. E ele só sentia um vácuo dolorido. Não havia mais nada nele, ele agora sabia, nada que pudesse explodir, nenhuma explosão louca de energia que o fizesse sair dali. Ele não tinha mais sangue em suas veias, o suco podre.

– Você é da Austrália?

– Sim.

Ela assobiou em sinal de surpresa e disse:
– Nossa, bem longe.
– Sim – murmurou ele, sentindo a distância.
– Há quanto tempo... há quanto tempo você está na Holanda?

Ele tentou pensar, tentou voltar mentalmente a fita com as imagens daquelas ruas, luzes, bares, mas não conseguia ver onde foi que tudo começou.

– Eu sei – murmurou ele. Eu sei há quanto tempo, eu sei.
– Você está abalado.
– Com medo – corrigiu ele, num sussurro.

O sujeito uniformizado abriu a porta e falou com a médica. Scully parou e ficou olhando.

– Você aceita café? – perguntou ela.
– Que horas são?
– Duas.
– Por favor. Não tirem ela de mim.
– Fique calmo.
– Sim – disse ele.

Começou a chorar e parou.

– Você pode chorar, não tem problema.
– Hoje – disse ele. – Chegamos em Amsterdã hoje.
– Vem – disse ela. – Deite um pouco.

As mãos dela eram quentes, gentis. Scully sentiu seus próprios cílios contra a pele do rosto. Ela se ajoelhou ao seu lado no colchão de vinil, a penugem sobre seu lábio superior estremecendo e emoldurando seu sorriso. Parecia estar morta de cansaço.

– Me fala da Austrália – disse ela. – Dos bichos que têm bolsos na frente. Eu quero saber.

51

Depois de todas aquelas perguntas, Billie ficou sentada com uma caneca de chá com leite, comendo um pedaço de bolo. O bolo era seco e esmigalhava fácil. As pessoas iam e vinham. A delegacia cheirava a desinfetante. As luzes eram fortes, faziam-na contrair os olhos. Ela estava cansada. Pensou em Dominique, em tudo que sabia sobre ela. Dominique era bonita. Mais ou menos bonita. Tinha mãos pequenas e seu apartamento era cheio de fotos tristes. Dominique era legal, mas sempre ficava te observando. Com muita atenção, como se não soubesse entender as tuas intenções, como se ela simplesmente não *entendesse* crianças. Ela às vezes olhava para Scully. E Billie via. Ele não sabia como ela olhava para ele. Como se ele fosse um bolo ou algo assim. Talvez ela o amasse. Billie não ligava. Ninguém o amava como ela. Isso era um fato.

Dominique tinha um sinal de nascença no braço. E ela andava um pouco com os pés pra fora. O chão do apartamento dela era todo xadrez, de madeira. Às vezes, quando brincava com os carrinhos no chão, Billie olhava para cima e via o pôster grande na parede da sala. Um rosto na sombra. Palavras em branco, ATELIER CINQ, PHOTOGRAPHIES. E o nome de Dominique, LATOUR.

Era isso. Esse era o nome dela.

Billie colocou a caneca e o resto do bolo na mesa e foi até a recepção. A lista telefônica estava lá como um tijolo. Dois policiais contavam piadas perto da janela.

AMSTERDAM SCHIPOL
TELEFOONGIDS
PTT TELECOM

Ela abriu a lista, recitando o alfabeto mentalmente. *Telefoonnummers. Alarmnummers.* Telefones tocavam em várias mesas. Uma sirene girava lá fora. Dominique tinha mau hálito, essa era a outra coisa que ela lembrava.

latour, d   herengr. 6   627 9191

A página fez um barulho suave de chuva ao ser rasgada. Dobrou a página com cuidado, diversas vezes, fazendo um pequeno pacotinho, e colocou em sua mochila.

– Você quer mais bolo, Billie? – disse um dos policiais, aquele que fez mil perguntas.

Ela fez que não. O policial virou para o outro, para terminar de contar a piada. Billie empurrou a mochila com o calcanhar da bota. Na alça estava o telefone que Scully tinha escrito naquele dia, na estrada. Do carteiro. Eram dois números que ela tinha. Deitou no banco e adormeceu com as luzes das sirenes girando ao redor. Em seu sonho, ela tinha asas, asas prateadas.

52

Scully acordou e Van Loon estava novamente tirando seu pulso. Ela tinha mudado de roupa e cheirava a alguém que tinha tomado banho.

— Você bebeu bastante – disse ela.
— Sim – disse ele. – Muito.
— Você é forte.
Ele deu de ombros, tentando sentir-se confiante.
— Eu me sinto melhor.
— Ótimo.
— Eu sou louco?
— Não muito. Triste, talvez.
— Você também parece triste – disse ele, surpreso consigo mesmo por dizer aquilo.
— Não – disse ela, com um riso meio sarcástico. – Só doida de ter este emprego.
— A Billie está aqui?
Ela fez que sim.
— Ela é como você?
— Eu vou ser acusado de algum crime?

— Não, de crime nenhum. Só fique longe dos vibradores, está bem?
— Sim – disse ele, submisso. – Você também.

Conduziram-no através de túneis até um lugar com ar mais fresco. Em meio às mesas e divisórias de vidro de aparência agressiva, ele assinou formulários com as mãos trêmulas. Uma luz suave tingia o vidro das janelas. Viu Billie de pé perto da janela. Ela acenou de leve, seu rosto comprimido contra o vidro. Sentiu uma espécie de remorso que não havia sentido antes, uma sensação de humilhação que diminuía a sensação de alívio. Poderiam tê-la tomado dele. E ele teria merecido. Abaixou a cabeça durante alguns instantes, sem conseguir olhar para ela. Os policiais pareciam satisfeitos por vê-lo ir embora. Viu Billie despedindo-se dos policiais com apertos de mão. Sentiu uma lenta mudança dentro de si. Saiu e foi ao encontro dela.

53

Da fileira de montanhas de formas largas vem a névoa aproximando-se e transformando-se na luz congelada da manhã. O céu resvalando em silêncio contra a terra, como os mortos contra os vivos. As pedras das paredes das fazendas crepitam. O gelo deixa a grama ereta e as pegadas de gado congeladas. No cume do vale, as cruzes cheias de líquens estão debruçadas sobre o mato. As estradinhas serpenteiam, seguindo suas próprias sombras. Nos currais, o vapor frio levanta do estrume líquido e o leite sai das vacas quente e ressonante. Os campos sobem e descem em morros até os carvalhos enormes e nus – um lago congelado de lama, cheio de reentrâncias. Acima dele, o monolito do castelo está envolto em sombras, dominado pela trama de pássaros no céu. Corvos lançam-se no ar decolando dos parapeitos de centenas de aberturas e janelas, cruzando estradas e freixos. Pousam na chaminé sem fumaça do casebre que fica ali no cume, meneando as cabeças, desconfiados. Uma escultura feita de marcas de pneu congeladas na lama diante da casa. Um vapor surge delas, de cada superfície, de tudo. Durante alguns segundos, o dia hesita. Nada se move. E então, do norte, de algum outro lugar, um vento surge e o dia começa.

54

Uma chuvinha sedosa flutuava nas sombras projetadas pelos armazéns vazios e destruídos e pelos mastros dos barcos, sob a luz da manhã. Billie e Scully andavam escolhendo o melhor caminho por entre poças cor de ocre e bicicletas quebradas, com o cheiro salgado do mar soprando contra seus rostos entorpecidos. No parapeito gasto do cais, cadeiras de descanso, churrasqueiras enferrujadas, mato. Um chinelo prateado enfiado na terra. Parecia que havia tido uma guerra ali. Pilhas de roupas encharcadas, colchões, um relógio, óculos de sol amassados, livros caídos e abertos feito pássaros feridos, uma bola de futebol murcha com uma poça de água de chuva congelada derretendo em sua cavidade. Pendurados nas janelas enormes e quebradas, estandartes retorcidos e roupas de cama manchadas. Um cachorro estava deitado perto de uma parede, desconfiado, e alguns barcos sujos estavam na água, parecendo fazer parte do lixo.

Nenhum dos dois falava nada, somente caminhavam. Billie ficou prestando atenção no ruído de seu cadarço, que estava se desfazendo. Eles não podiam conversar, ela sabia. Era difícil demais. Não estavam procurando nada de fato, só andando.

No começo ela o seguia, mas agora era ela que o guiava. Fez com que ele passasse direto pelo galpão flutuante que tinha uma placa de "Bar" pendurada na escorregadia tábua de entrada. As gaivotas soavam como gaivotas de TV. Ela segurava sua mão e sentia o bolo de dinheiro em seu bolso.

Na ventania de uma praça, onde os pombos estavam encurvados tentando se proteger e os jornais rodopiavam no chão e se enrolavam impiedosamente nas pernas dos transeuntes, um jovem com uma mecha azul no cabelo, trajando um *kilt*, tocava uma gaita-de-foles. Suas pernas arruivadas batiam os pés com o ritmo e seu cabelo vermelho era bonito ao vento. A lengalenga rascante da gaita envolvia as pessoas ali, desorientadas, oscilando no ar com um som solitário em meio aos tijolos tão sóbrios.

Continuaram a caminhar.

No fim da ruazinha havia uma placa e de lá Billie ouvia uma música antiga, música de filme em preto-e-branco, daqueles com gente de terno e gravata, então ela o puxou para tirá-lo do vento, entrando pela porta onde estava a placa, cujo nome ele balbuciou sem interesse. "*Gebed Zonder End.*"

Receberam no rosto uma grande corrente de ar morno. O lugar cheirava a café, bolo, perfume, jeans.

Billie sentiu a areia sob seus pés e viu as paredes de madeira, as banquetas, os rostos humanos redondos, de bochechas brilhantes. Achou uma mesinha com beiradas gastas, percorreu as mãos por ela e sentou. Scully ficou ali parado um tempo, como se não soubesse mais sentar numa cadeira, mas tocou a mesa e sentou, piscando, tenso. Billie colocou dinheiro na mesa e eles pediram o café-da-manhã. Café, pãezinhos, queijo, geléia e frios.

– Não vou mais sair correndo, procurando. Prometo – disse ele.

Billie colocou os dedos nos buracos do queijo.

– Eles queriam saber coisas – disse ela. – Todo tipo de coisas.

Ele pressionou o pão escuro no prato. Dava para ver no pão as marcas quando ele tirou a mão.

– Billie, eu estou tão envergonhado do que eu fiz.

Ela assentiu em silêncio e depois disse:

– Eu sei.

Ficaram em silêncio durante algum tempo. Ficou olhando para ele, vendo-o tentar achar palavras. Suas mãos grandes sobre a mesa. Ela reconheceria aquelas mãos em qualquer lugar. Uma vez, ouviu alguém dizer que o coração de uma pessoa era do tamanho de seu punho. Abriu o zíper da mochila.

– Toma – disse ela, segurando o papel dobrado.

– O que é isso?

Ali, na palma de sua mão, o papel parecia uma flor. Billie esperava que ele não visse o quanto a flor tremia.

55

Billie logo viu, antes mesmo de cruzarem a ruazinha estreita, arrastando os pés nas pedrinhas de cantaria como velhos, em frente de todos aqueles hotéis e cafés aconchegantes. Ela viu e parou. Ouviu crianças brincando de bola numa praça, do outro lado da ponte. Um pássaro cantava na árvore desfolhada sobre os carros estacionados na beira do canal, e em algum lugar, alguém tocou a sineta de sua bicicleta. Billie encontrou um poste baixo e sentou nele, sentindo a umidade atravessar sua calça jeans. Scully andava pela beirada do canal, os cabelos revoltos, parecendo o sol. Seu rosto tinha um ar de dúvida, como se ele não soubesse se devia ou não seguir adiante. Billie ficou olhando até ele achar a casa flutuante: um barco vermelho com um monte de folhas de outono no telhado, um telhado inclinado feito a varanda dos fundos da casa da vovó. E ele ficou ali parado um pouco.

– É esta – disse ele.

Billie desviou o olhar e viu os patos desenhando letras V na água negra. Pensou em todos os lugares que havia visto, lugares sem nome, todos os apartamentos, hotéis e casas em ruas que ela não conseguia pronunciar, cidades que ela não conhecia, onde pessoas falavam línguas que ela não compreendia. Todas aquelas pessoas que ela não conhecia. Todos aqueles restaurantes, estações, aeroportos e navios que pareciam todos iguais.

– A gente passou por aqui ontem – disse ele, com voz calma.

– É.

– Parece abandonada, né?

Ela deu de ombros. Estava com frio agora, e triste.

– Engraçado – murmurou ele. – Eu estou com um pouco de medo.

Billie olhou para a pontezinha bonita, pintada de verde, com corrimões trabalhados. Ouviu os passos dele no convés da casa flutuante e virou-se para ver: ele estava batendo na porta que ficava no fim da pequena escadinha de madeira. Talvez fosse assim que os anjos se sentissem, tristes por ajudarem, por chegarem ao fim. Ele olhava com as mãos em concha através das vigias redondas e das janelas, andando pela plataforma.

– Vem cá, Bill.

Ela pensou se devia mesmo ir. Aquele lugar que vendia passagens ficava por ali em algum lugar.

– Bill?

Ela confiava nele. Se houvesse alguém na casa, ela precisava acreditar que ele entenderia o que ela queria. Ela não iria devolvê-lo. Ele havia prometido. E ela confiava nele. Mas seu coração batia apressado mesmo assim.

– Billie?

Ouviu barulho de vidro quebrando quando subiu na plataforma, caminhando ao longo do corrimão até onde ele estava, com uma perna de cadeira velha nas mãos. Os patos alçaram vôo, deixando a água. Pessoas passaram andando de bicicleta e lá de trás dos carros estacionados dava para ouvir a risada de alguém.

– Passa você, Billie. Você é menor.

– A gente vai roubar? – perguntou ela, sem de fato se importar.

– Não, só vamos olhar. Cuidado com a ponta do vidro.

Billie ouviu sua jaqueta rasgar quando se embrenhou pela abertura e caiu de repente, de cabeça. Ela gritou, mas o sofá estava logo abaixo dela, cheirando a mofo e umidade.

– Está tudo bem?

– Sim.

– Abre a porta.

Billie olhou ao redor. O lugar parecia um enorme trailer. Cortinas, armários, uma mesa de trabalho e até uma mesa de jantar com cadeiras. E fotos, as fotos de Dominique, emolduradas nas paredes.

– Billie!

Ela obedeceu e saiu do sofá, e aí sentiu o choque da água fria ao redor dos tornozelos. Suas botas embeberam a água e ela sentiu os dedos doerem.

– Está afundando!

– Abre a porta, querida.

Ela caminhou pela água até a porta e lutou com a fechadura.

– Conseguiu?

Os pés dela começaram a doer e seus joelhos batiam. A porta abriu, formando uma pequena onda que bateu em suas pernas, indo morrer silenciosamente na outra parede. Ela subiu numa cadeira e ele entrou de olhos arregalados, e ela viu toda aquela expressão controlada sumir de seu rosto. Há muito tempo ninguém aparecia ali. Ele parecia ao mesmo tempo chocado, aliviado, inquieto. Seu rosto alterava-se feito as nuvens no céu. Ficou olhando enquanto ele abria a porta ao lado da mesa de jantar. Uma espécie de cozinha. A porta seguinte era um banheiro. E era isso. Era o fim do túnel.

Scully foi andando até a cama de latão, encostada no pau-a-pique. No centro da colcha de retalhos, uma única meia suja e um suéter azul claro que ele reconhecia muito bem. Pegou o suéter lentamente e pressionou a lã de caxemira contra o rosto. Cheirava a jasmim, a luz do sol, a uma vida inteira perdida. Deitou na cama e escondeu o rosto nas mãos. Era essa a sensação dos segundos antes de morrer, o touro no matadouro recebendo choques elétricos na cabeça. Caindo. Com a menina ao seu lado, seus dedos acariciando-lhe os cabelos, seu corpo perto dele no mundo vivo lá fora.

– Você basta pra mim – disse ela.

Ouviu a frase pairando lá em cima enquanto caía no espaço vazio.

56

Durante todo aquele dia de silêncio, enquanto a chuva escorria pelas janelas e gotejava pela janelinha redonda quebrada, ele ficou ali, deitado, enquanto ela o observava. Ele mal se movia, exceto para suspirar ou fungar ou mover os lábios, sem dizer nada. Às vezes, lágrimas escorriam de seus olhos bem fechados, mas ele não falava nada. Billie lembrou de Quasímodo, era inevitável. Seu esqueleto feito uma grade de ossos sobre o túmulo da moça cigana. Ela sabia que as pessoas também podiam morrer de amor, de tristeza.

Billie fez uma ponte improvisada com cadeiras que levava da cama até a mesa e tirou suas botas e meias encharcadas. Seus pés estavam cinzentos, sujos. Abriu gavetas e armários e achou meias e casacos lá em cima, que ainda estavam secos. Colocou tantas roupas que se achou parecida com o boneco do Michelin, mas agora se sentia mais quente.

Nas prateleiras achou batons, cartões-postais, pincéis de pintura, caixas de filme fotográfico e uns patinhos de porcelana. Havia uma caixa de papelão baixa e larga cheia das fotos de Dominique. Ela colocou a caixa na mesa e começou a olhar as fotos uma por uma, lentamente. Eram fotos de gente, em sua maioria. Algumas de ruas que pareciam Paris. Havia uma foto de Marianne numa cadeira branca. Sua boca parecia uma linha feita a lápis cruzando seu rosto. Encontrou uma foto de si mesma, com o cabelo arrepiado feito um chapéu, rindo. Como a pele dela era lisa naquela foto. Tocou a foto com a ponta dos dedos e sem querer emitiu um leve gemido, o que a fez levar um susto naquele silêncio onde só se ouvia o barulho da água lambendo as paredes.

Lá fora, os patos passavam pedalando, fazendo barulho. As sinetas das bicicletas tocando feito cabras nas montanhas.

Billie continuou a passar as fotos, vagarosamente. Era como ver através dos olhos de Dominique. Ela observava tudo com muita atenção. Dava para ver que ela ficava olhando para tudo durante um bom tempo. Aquelas fotos faziam Billie enxergar da mesma maneira: para o assento de uma cadeira, para os seus próprios olhos grandes e sorridentes, para o rosto respingado de tinta de seu pai, com uma xícara de café brilhando sob o queixo. Sim, seu sorriso grande, divertido. Aquele era ele. Ficou pensando se todos o viam como ela o via, como Dominique e a câmera viam.

Havia fotos dos dois num cemitério. Ela lembrava daquele dia. Scully tinha uma foto daquelas na carteira. Seus rostos redondos de tanto rir. A cruz atrás deles tinha veios. Parecia uma flor de pedra.

E então, de repente, Billie chegou nas fotos *dela*. Foi repentino, assustador. O bumbum de Billie contraiu-se e ela sentiu a pulsação em seus ferimentos, mas seu coração não parou. Por alguns instantes, ela ficou ofegante, segurando-se à mesa. E então ela contou: sete fotos. A primeira. Ela estava na rua, em St. Paul, usando um vestido curto. Um sorriso pequeno naqueles lábios que chegavam perto da orelha de Billie na hora de dormir. Era um rosto que se movia, olhos que seguiam os movimentos de Billie do outro lado da mesa, preocupada com ela, em saber se ela estava bem. Havia sangue correndo por baixo daquela pele. Era um rosto que amava Billie. E aquilo deixou suas mãos trêmulas. Mas aquela era só a foto de verão. Nas outras, uma por uma, à medida que ela ia ficando mais parecida com o inverno, mais bonita, dava para vê-la se transformando em pedra. Seu queixo endurecendo, seus olhos escuros feito mármore, suas bochechas rígidas e brilhantes, feito os objetos no Tuileries.

Na última foto, ela estava perto, bem perto do rosto de Billie, com um dedo em riste contra os lábios.

Tinha parado de chover e os patos haviam sumido. Ela olhou para a janelinha redonda e quebrada e esticou a mão através dela, para sentir a chuva. E então enfiou aquelas fotos pela janelinha e elas foram caindo e se espalhando pela plataforma, caindo como lírios na água.

Um barco passou por ali, vibrando a casa. A água escura e fedorenta embaixo dela subiu numa onda espumosa e bateu nas paredes e nos armários, para lá e para cá, até se cansar. O tapete felpudo estava mole, parecia feito de algas.

Billie organizou o dinheiro em pilhas de todas as cores e tipos. Achou a caderneta de endereços e colocou-a ao lado do dinheiro. Perto dela, colocou sua revistinha do Corcunda e depois esvaziou o resto da mochila na água: restos de maçã, recibos de bilhetes de passagem, fiapos de tecido.

Na cozinha, abriu um pote de azeitonas e uma lata fedorenta de sardinhas. Encontrou um pote de geléia vermelha, que comeu com uma colher. Cuspiu as sementes das azeitonas contra a parede até sentir os lábios doloridos. Tentou acender o forno mas não conseguiu fazê-lo funcionar, então desistiu da ideia de fazer café para Scully e foi engatinhando pela ponte improvisada de cadeiras até a cama. Scully ainda respirava, mas seus olhos estavam fechados com força. Colocou um pouco de comida perto dele e o sacudiu de leve, mas ele só tremia. Não abriu os olhos, não olhou para a comida. Billie sentou ao seu lado e segurou sua mão fria, e o ar ficou mais gelado, mais cortante, e ela sentia suas cicatrizes queimando. Quando o tremor dele piorou, ela vasculhou os armários nas paredes e encontrou casacos peludos e moletons, que colocou em cima dele até ele quase ficar invisível.

De vez em quando, ela enfiava o cabo de uma vassoura para ver a altura da água. Estava ficando mais funda. O ar era uma névoa de tanto frio.

Olhou para ele. Dentro daquele ninho de roupas, debaixo de sua pele, ele ainda estava procurando, ainda buscando. Talvez dentro de sua mente ele nunca iria parar de procurar. Não havia como culpá-lo. Talvez também fosse acontecer com ela um dia. Billie ficou pensando se algum dia ela bastaria para ele.

Ele abriu os olhos durante alguns instantes e olhou em volta, confuso, feito alguém que acaba de ser salvo de um acidente de carro.

– Eu – disse ela.

Ele contraiu um pouco os olhos e virou-se para ela. – Está me ouvindo? – perguntou ela.

Suas pálpebras estremeceram e ele afundou mais uma vez.

No fim da tarde, uma névoa desceu sobre a água, sobre os carros estacionados, sobre os esqueletos das árvores, sobre as casas e as torres das igrejas. Billie estava sentada na mesa, tiritando de frio, folheando a caderneta de endereços suja, repetindo os nomes para si mesma mentalmente. Agora era um silêncio profundo e a névoa se movia de vez em quando sobre a água, como se quisesse dar passagem a coisas invisíveis. A respiração de Billie transformou-se numa bruma na luz que morria e então tudo ficou escuro. Ficou sentada um tempo, na noite que caía, e então o telefone na parede vibrou feito uma cigarra.

Billie atendeu. O receptor queimou seu rosto.

– Alô?

Ficou ouvindo a névoa silenciosa do outro lado.

– Alô?

Ouviu o barulho do telefone no gancho do outro lado e o *bip* do sinal de desligado. Sentiu a garganta arder com o ar que aspirava pela boca. Foi tateando pelas cadeiras até a cama que balançava e ficou ao lado de seu pai, que parecia estar desperto, vivo, junto dela. Era estranho o quanto ela se sentia feliz e estranha, sonolenta e bem.

57

O lugar para onde Scully foi era frio e o enorme peso da terra o pressionava de todos os ângulos, confortando-o no escuro. Seus membros contraíram-se, sua língua ficou pressionada contra o palato e ele sentiu a solda gélida de suas pálpebras contra o rosto, seus testículos, mamilos e pulmões retraídos. Pés, mãos, pedras, cidades, árvores debruçavam-se sobre ele, em camadas. A comida em seu estômago transformou-se em carvão e, acima dele, do lado de fora, pairando sobre tudo, um inseto agitava as asas e voava num verão impossível. Só o som do inseto, o som seco e crepitante de suas asas já era suficiente para dar ao mundo o perfume de jasmim. Scully sentiu as próprias veias retesadas feito arreios de couro. Um único inseto. Chamando.

Depois disso, no silêncio cada vez maior, ele acordou para a noite morta, respirando. Ouviu o som rascante de cascos nas calçadas lá em cima. Billie dormia a seu lado, os dedos presos na trama folgada e esgarçada de seu suéter, como se antes ela tivesse tentado levantá-lo, erguê-lo. O hálito dela estava azedo e salgado. Aninhou o rosto contra o seu e sentiu a vida dentro dela. Sentia os próprios dedos curtidos e frágeis quando passou a mão nos nós dos cabelos dela. Um cavalo relinchou. Scully encontrou sua mão, colocou o polegar na pequena palma. A pulsação dela, ou a dele, prosseguia, quente e lenta. Ouviu lá de cima o murmúrio monocórdio e profundo dos homens, o andar relaxado dos cavalos. Sua respiração pairava sobre seu rosto. O frio era subterrâneo, doce, letal. Mesmo desperto ele se sentia sonolento de tanto frio. O som de cascos sumiu, deixando um novo silêncio. Não havia nem mesmo o som da água do canal contra a plataforma, só sua respiração.

E então ficou petrificado: lá fora, no silêncio, os passos de alguém. Botas, botas de salto, andando sobre a calçada da lateral do canal, ecoando nas paredes altas das casas de Herengracht, e ele sentia os braços e pernas congelados por reconhecer aquele som.

Desvencilhou-se dos dedos de Billie, saiu da caverna de roupas que ela havia criado para eles e colocou-as ao redor dela, sob a luz interna refletida pela água. O som de passos continuava a ecoar pelo canal quando ele saiu da cama, sentindo o choque da água parada, da qual havia se esquecido. Teve que fazer um grande esforço para não gritar, mas a explosão da sua respiração mesmo assim retumbou com um baque naquele espaço sepulcral. O maldito barco estava afundando. Sentia contra as pernas as películas do gelo (ou talvez fosse sujeira) enquanto andava cegamente para a escada, passando pelas cadeiras enfileiradas.

Abriu a porta de alçapão e sentiu o gosto do ar mais frio do lado de fora. Seus pés queimavam de frio até entorpecerem enquanto ele prestava atenção lá fora. O ruído estranho dos saltos de vez em quando, na superfície irregular das pedras de cantaria. Sentia as meias encharcadas embaixo de si. Os passos pararam do lado de fora, perto dali.

Na plataforma, as folhas podres estavam escorregadias. Uma névoa cobria a luz dos postes e sufocava o céu de tal modo que a única fonte de luz eram os pilares amarelos e opacos das luzes da rua. As lâmpadas derramavam focos de luz em ondas, aqui e ali, entre os carros estacionados e sobre a calçada de pedras de cantaria, onde um monte de cocô de cavalo se revelava entre os esqueletos nus dos olmos.

O ar sufocava, enlouquecia. Alguém lá fora. Scully ficou olhando até conseguir enxergar tijolos. O leque de luz de um poste, a sensação de estar vendo uma esquina, sim, ele lembrava que havia uma ruazinha estreita ali. O sangue pulsava em seu pescoço. Conseguiu enxergar um poste pequeno de sinalização, um pouco das grades de ferro trabalhado, os tijolos lisos e crus da parede de uma casa. A névoa contorcia-se sobre si mesma, sulfúrica em suas narinas. Viu a névoa sobrevoando os alegres telhados da cidade. Precisava enxergar. Enxergar direito. Não tinha medo de se sentir observado daquele jeito: precisava saber.

Scully saiu mancando, os pés dormentes, pela plataforma cheia de folhas, mantendo-se agachado ao máximo, oculto pelo topo da cabine. Um pato solitário saiu da água e alçou voo e o rufar de suas asas ecoou o chicote da memória. Perto da parte da frente do barco, ele se agachou ao lado de uma corda ornamental meio apodrecida e viu a perna da calça jeans, sob a luz da esquina. A bota de bico fino, sem pernas nem corpo por causa da névoa e do ângulo. Sua respiração acelerou. Ele estava calmo, mas seu corpo estava agitado.

Mediu a distância do pulo até as docas. Estava perto – envolto em névoa, mas perto. Talvez pouco mais de um metro, pensou ele. E uns vinte, vinte e cinco metros até a esquina. Suas panturrilhas estavam tensas.

Mas esperou. Será que estava visível? Era improvável. E agora já via um joelho. Uma primeira onda de reconhecimento. Continuou alerta. Observando. Contou até vinte, quarenta, noventa. O barulho de um casaco de couro pesado. E se ela de repente atravessasse a calçada, fosse até a tábua da entrada, abrisse a portinha de alçapão tipicamente protestante, entrasse na casa e chamasse por ele? O que aconteceria? Como ele agiria?

Ouviu seus dedos nas meias congeladas deslizando aos pouquinhos na sujeira escorregadia da plataforma. Agarrou-se ao corrimão de metal, preparado.

E então a bota virou e mostrou um salto quadrado, meio baixo; dois saltos. O gemido mundano do couro, o barulho das solas nas pedras. No círculo de luz opaca, o vulto do cabelo e o brilho de lua na pele quando ela virou sem pressa na direção da rua e foi embora, deixando um rastro de passos que ecoavam e que fizeram Scully sair em disparada imediatamente. Ele pulou e perdeu o equilíbrio, ergueu-se e caiu de cara nas folhas, na lama e na sujeira perto da amurada. Lutou em vão por alguns segundos e depois desistiu. Era simples. Ele simplesmente desistiu. Ficou ouvindo, sentindo um alívio amargo, o som daquelas botas sumindo na névoa, ecoando contra os tijolos da Herengracht, para dentro da noite emudecida.

Ele podia levantar, sabia que tinha força de vontade, a estúpida teimosia para fazer isso – mas ouviu o barulho dos móveis abaixo de si, uma luz leve, e para ele bastava só ficar ali, deitado no frio, ainda vivo, sentindo a corda pesada contra o rosto.

Quando desceu pela escada até a cabine inclinada, com as pernas dormentes, Billie estava segurando um isqueiro aceso, cujo plástico sob a luz tinha um brilho verde opaco, e ela o ajudou a enxergar por onde andava até chegar a uma cadeira. Sua mochila estava sobre a mesa e o telefone estava em sua mão. Ele piscou por causa daquela luz estranha e tirou as meias. Seu queixo com barba por fazer tremia um pouco, mas seus olhos estavam límpidos.

– Certo – murmurou ele. – Certo.

Billie não sabia dizer se aquilo era uma pergunta ou uma ordem, mas ela colocou o aparelho contra a orelha e continuou a discar mesmo assim. Pequenas ondas batiam nos móveis. Ficou olhando enquanto ele abria armários na parede, tentando achar meias. Ela ergueu seus próprios pés cheios de meias e os balançou na direção dele. Do outro lado da linha, além do som dos oceanos, da terra, do céu, uma voz de homem dizia, com sotaque estranho:

– A essa hora da noite, é bom que seja algo importante! Por São Patrício, é bom que seja!

Seis

*For when the angel woos the clay
He'll lose his wings
At the dawning of the day...* [11]

"Raglan Road"

---

[11] Pois quando os anjos cortejam o barro/ Acabam perdendo suas asas/ Ao raiar do dia... [N.T.]

58

Chuva. Amplas, enormes cortinas de chuva caíam e o velho furgão Transit percorria a neve derretida, atravessando arbustos, curvas enlameadas, passando por fileiras de choupos, lariços e carvalhos. Cortinas de lama erguiam-se em cada curva e os limpadores do para-brisa rangiam ao deslizar no vidro. Atravessaram cidadezinhas cinzentas com casas do governo, casinhas com pedras redondas nas fachadas e grandes *haciendas* espanholas híbridas, em estradinhas de asfalto em meio à estranha pureza verde da terra. Passaram por acampamentos de viajantes ao lado da estrada, com burros tristes presos às cercas de casas alheias, na chuva, e em todo canto havia ruínas de monumentos sufocados por arbustos de amora-preta e ervas daninhas, muros caídos, cruzes tortas e pilhas de entulho que pareciam cistos enterrados na terra. Chuva.

Ninguém falava. Os três chupavam compenetrados as pastilhas de menta que estavam na boca desde que saíram de Dublin. De vez em quando, passavam os dedos enluvados no vidro embaçado.

Peter Keneally dirigia com cuidado. Era como se ele estivesse transportando objetos de porcelana. Fazia uma careta de dor sempre que passava por um buraco na estrada da República da Irlanda. De vez em quando, olhava para as duas pessoas ao seu lado. Podia-se dizer que estavam abatidos. Desanimados. As cicatrizes da menina pareciam remendos sedosos da cor do sol. Ela estava com uma cicatriz feia na frente do cabelo, perto do cotovelo de Peter. O rosto de uma santa, por Deus. De vez em quando, os caracóis de seus cabelos encostavam em seu braço e ele tinha vontade de cantar. Scully havia se cortado ao fazer a barba, o que não era nenhuma surpresa, já que suas mãos tremiam muito. Seus olhos estavam vermelhos, irritados, como se estivessem em carne viva, e aquelas roupas sem dúvida não lhe pertenciam. Estava com a aparência de quem tinha visto o Diabo, mas um sorriso débil surgiu em seu rosto quando avistaram um lugar conhecido.

Na planície antes da subida até o Leap, antes mesmo que a estrada ficasse mais larga por causa da árvore solitária que impedia o trânsito, Scully já estava tirando o cinto de segurança e se inclinando para tocar o braço de Peter. Peter diminuiu a velocidade.

Billie ficou olhando enquanto seu pai saía para a chuva forte e gelada quando o furgão parou, bem ao lado daquela árvore esquisita com coisinhas penduradas. A chuva achatava seu cabelo, seus ombros encharcados com a água, mas ele não parecia ter pressa. Os limpadores do para-brisa iam e voltavam à sua frente e ela viu que ele esticava a mão para tirar alguma coisa dos galhos.

– Ah, Deus – disse o homem ao seu lado.

Viu o pedaço de pano nas mãos de seu pai, viu o tecido cair na lama a seus pés. Continuou a chupar sua pastilha.

Ali fora, na chuva, Scully segurou-se à árvore, perguntando-se como isso poderia acontecer, como foi que você parou de se perguntar, perguntar aos seus amigos, a Deus.

59

Era a primeira noite do ano. Scully acordou de repente, ficou com os olhos fechados e prestou atenção no silêncio assustador da casa. O silêncio era tão completo que ele conseguia ouvir as batidas de seu próprio coração, sua respiração alta feito as máquinas de uma fábrica. Abriu os olhos sem querer e viu, sobre as tábuas do chão, uma luz estranha. A luz também batia na parede, como se fosse a luz opaca da lua. E então viu o travesseiro vazio ao seu lado, com o contorno de uma cabeça, e levantou de repente, sua pele nua reagindo ao frio.

Scully foi correndo até o quarto de Billie e acendeu a luz. As cobertas na pequena cama estavam reviradas, sem ninguém. Suas botas e papéis espalhados pelo chão, os brinquedos arrumados numa fileira. Desceu a escada, os joelhos estalando com o esforço, e chegou à cozinha e à sala – mas ali não havia ninguém e a lareira estava apagada. Subiu voando pela escada para verificar sua cama mais uma vez e foi aí que passou pela janela do frontão, ainda sem cortina, e viu o mundo lá fora transformado. Esfregou os olhos. Um pequeno vulto escuro descia pelo brilho miraculoso da neve. Além das árvores, além de sua própria respiração que embaçava o vidro, viu as luzes do outro lado do vale e as montanhas espectrais e brancas na fria distância.

Desceu até lá descalço, sem nada no corpo além de um roupão de banho. A neve estava macia e limpa, fria o suficiente para anestesiar a dor em seus pés depois de algum tempo. Chocava-se contra pedras e gravetos retorcidos que se esgueiravam dos freixos, mas não sentia nada. O céu era uma cúpula sobre ele. Sua respiração era um cilindro de fumaça que guiava o caminho, seguindo as pegadas de Billie.

Ele a encontrou perto da velha casa da bomba hidráulica, perto do castelo. Suas paredes caídas agora estavam reconstituídas com a neve, que as conectou às sebes, sólidas feito pedra – uma nova construção de um dia para o outro. Ela estava completamente vestida, imóvel, suas galochas pretas brilhando com a luz das tochas dos cavaleiros, que estavam de frente para a fortaleza, melancólicos. Ela virou e o viu. Sorriu, hesitante.

Billie olhou para seus pés nus, seu corpo que tremia, e ele desceu a ladeira, indo na direção dos homens e seus cavalos cansados. As chamas crepitavam na extremidade das tochas, a respiração em jatos era visível ao sair das narinas dos cavalos e dava para ver seus flancos molhados de suor, com manchas negras de sangue. Alguns dos homens eram meros rapazes. Também havia mulheres, aqui e ali, seus rostos redondos e sujos brilhando à luz do fogo, olhos voltados para cima, grandes feito moedas. Scully caminhou por entre eles, colocando as mãos nos cavalos, falando, dizendo coisas que ela não conseguiu ouvir. Pareciam perguntas.

Billie viu machados, lanças, pernas e braços feridos e enfaixados, mas não sentiu medo. O cabelo dos cavaleiros estava esbranquecido pela neve, que parecia açúcar em seus ombros, nas crinas de seus cavalos. Seus escudos e armaduras nas pernas estavam sujos de lama e neve e o tremor dos arreios e fivelas reverberavam nela feito o tiritar em seus dentes.

Ele parecia um deles, ela agora percebia – e perceber aquilo era como engolir uma pedra. Com seu cabelo emaranhado, movimentando os braços, os olhos grandes refletindo a luz do fogo, olhando para cima como os cavaleiros, para as janelas vazias do castelo. Ele era quase um deles. Esperando, arruinado, desapontado. A diferença é que sua pele era rosada, viva. Isso e também o roupão de toalha.

Scully sentia o cheiro dos cavaleiros e seus cavalos. Reconhecia neles o sangue, os excrementos, o suor, o medo, e juntava seu olhar ao deles, fitando o coração morto do castelo, cujas alas esparramavam-se a leste e oeste, decoradas pelos fantasmas de neve de freixos e ervas daninhas. A fortaleza cujas torres não revelavam um movimento sequer, cuja luz nunca aparecia, cuja resposta nunca vinha. Ele agora sabia quem eram, sabia que estariam ali todas as noites, quer fossem vistos ou não, pacientes, com uma fidelidade canina, sob todas as intempéries, esperando algo prometido, algo que lhes era de direito. Mas ele sabia, com a mesma certeza com que sentia Billie puxando sua roupa, enfiando a mão na sua mão e levando-o embora, sem fazer força, que não estaria entre eles, que nunca deveria estar, nem na vida e nem na morte.

Foi só quando já estavam no topo do morro, duas figuras negras contra a neve, à sombra da casa, que os pés de Scully começaram a doer.

Impressão e Acabamento